那你君君我，
君君我夏毛。

落雪满南山

明开夜合 著

广东旅游出版社

中国·广州

图书在版编目（CIP）数据

落雪满南山 / 明开夜合著. — 广州：广东旅游出版社，2023.10
ISBN 978-7-5570-3142-8

Ⅰ.①落… Ⅱ.①明… Ⅲ.①长篇小说 - 中国 - 当代 Ⅳ.①I247.5

中国国家版本馆CIP数据核字(2023)第177298号

| 出 版 人：刘志松
| 总 策 划：刘运东
| 责任编辑：林保翠
| 责任校对：李瑞苑
| 责任技编：冼志良
| 特约监制：王兰颖　代琳琳
| 特约编辑：周　维　张开远　宋艳薇　刘玉瑶
| 封面设计：安柒然

落雪满南山
LUOXUE MAN NANSHAN

广东旅游出版社出版发行
（广东省广州市荔湾区沙面北街71号首、二层 邮编：510130）
联系电话：020-87347732
天津旭丰源印刷有限公司
（地址：天津宝坻经济开发区宝中道北侧5号2-3号厂房）
联系电话：022-22458633
880毫米×1230毫米　32开　11.75印张　349千字
2023年10月第1版第1次印刷
定价：42.80元

本书如有错页、倒装等质量问题，请直接与印刷厂联系换书。

目录

001　第一章　与君初相识
022　第二章　夜之桥
039　第三章　风中心事
052　第四章　神明在上,不敢自欺
075　第五章　心里说再见
087　第六章　拥抱风雪征尘
112　第七章　惊鸿与白首
123　第八章　诗的灵魂
146　第九章　不渝
169　第十章　十字路口
198　第十一章　爱情遗迹
215　第十二章　不见天日的冷

落雪满南山	第十三章	227
誓言与承诺	第十四章	243
杏花遇雨，浊酒遇歌	第十五章	254
夏日骊歌	第十六章	262
静水流深	第十七章	280
烛火重燃	第十八章	307
归来与厮守	第十九章	323
春枝与新芽	番外一	343
小朋友与大朋友	番外二	348
天上月与心上人	番外三	358
且饮且行	番外四	364
故事之前	番外五	367

第一章

与君初相识

我们真的因为寻常饮水而认识。

那应该是个薄夏的午后,我仍记得短短的袖口沾了些风的纤维。

—— 简媜

天快黑了,学校外的烧烤摊子渐次支起,夜色中烟雾缭绕。奶茶店、文具店、蛋糕店……鳞次栉比,和南城、和每一座城每一所大学外的街道没有什么两样。

暮色笼罩而下,天光只剩下疏淡的一抹。

苏南提着行李袋,走进崇城大学,问了几次路,天彻底黑下来之前,总算看见了掩映在树影之下的"新闻与传播学院"的招牌。

一楼签到处的学生接待员还没走。苏南签了到,拿上会议资料,前去安排好的酒店休息。

此来崇城,是应导师林涵要求参加在崇城大学举办的传播学高峰论坛。林涵去年招了三个研究生,一个学硕两个专硕,专硕的同门一南一北忙于实习,打杂卖力的事,多半都是苏南在奔忙。

周六上午,院办报告厅。

苏南到得早,寻了个不起眼的角落坐下,闷着头复习演讲资料。几页讲稿,被攥得页角卷折,她手心里满是汗。

人陆陆续续到了，快开始前，苏南收起讲稿，往第一排看了一眼。

第一排第三座，坐着崇城大学新传院的副教授陈知遇。

苏南的导师林涵和他是多年故交，嘱托苏南此次过来一定要与他打声招呼。

"陈老师。"

陈知遇正低头看论文选集，闻言抬起头来。

"我是林涵老师的研究生，苏南。"

"哦，你好，"陈知遇合了书页站起身，向苏南伸出手，"林老师跟我说过了。"

苏南赶紧伸手与他握了握，又把背在背上的书包卸下来，从里面掏出个纸盒子，"这是林老师托我给您带来的。"

陈知遇接过："这么沉？"

旁边一位老师笑道："什么东西？"好奇地接过去掂了掂，"哟，跟块砖头似的，从南城背过来的？林老师也是有意思，寄快递不就得了。"

苏南解释："林老师说，寄快递她不放心。"

"那可能是块金砖。"

陈知遇一笑，向苏南道了声谢，让她先坐下，会议结束以后，请她吃顿便餐。

论坛持续两天，一共分四场，第一场是学生代表发言。三位学生都发言完毕之后，由本场的主持提问点评。

苏南发言完毕，回到座位上虚晃晃地坐下，心脏扑通扑通跳，也不知道自己漏没漏什么要点。室友来了条微信，问她什么时候回南城。她正要回复，听见陈知遇轻咳一声，赶紧锁屏抬起头。

陈知遇捏着话筒，站起身："我听说，本来邀请的一共有八位同学，一打听主持是我，四位都婉拒了。"

底下哄堂大笑。

陈知遇是做传播学史研究的，苏南不是崇城大学的学生，也听说过他在学术上要求严格，挂科率极高。

苏南不由坐直身体。

陈知遇先点评了另外两位学生的论文，提了几个问题："接下来是苏南同学的报告……"他顿了一下，"关于群体动力学的研究已有很多，这里我就不提什么具体的问题了。这次论坛让我看到了传播学的新生力量的新视野和新角度，对我也很有启发……"

几句话，避重就轻绕开了对苏南的点评。

苏南有点儿蒙。

结束后，大家陆续离场，陈知遇被围在原地，身旁三两学生，提问一个接一个。

苏南抱着书包，一时踌躇。

十五分钟过去，那几位学生终于走了。

她便瞧见陈知遇抬头，环视一圈，目光落在了自己身上，只得硬着头皮走过去。

陈知遇拿起搭在椅背上的西装外套，搭在臂间："走吧。"

崇城大学新传院院楼外有一条步道，通往另一侧的校门，初夏时节，沿途花坛里还开着几朵月季。

出了院楼，陈知遇停下脚步，苏南也赶紧跟着停下。

陈知遇摸了摸西裤的口袋，掏出烟盒和打火机："抱歉，我抽支烟。"

苏南点了一下头。

陈知遇含着烟点燃，抽了一口，却没急着走，微微侧了一下身体，看向她："知道为什么不点评你的吗？"

苏南摇头。

"我和林涵同学十年，要是点评了，恐怕我跟她的同学关系今天就得破裂。"

苏南张了张口，说不出话来，低头抿了下唇，拿自己也听不见的声音"嗯"一声。

"你对学问毫无敬畏之心，不适合做学术。"陈知遇下了判断，转身继续往前走。

苏南在原地愣了几秒，才又跟上前去。

说不难堪，肯定是假的。

她也没少被林涵说过，做论文没有新思想，做点儿经验学派的研究还可以，但一涉及法兰克福学派的相关研究，就只能在旧框架里打转。

这一点她是清楚的，但是，被自己的导师批评和被别人批评，是两个完全不同的概念。

陈知遇的评论，是不是恰好再次证明了她当时选择读研就是一个错误的决定？

苏南垂头丧气，一直到了餐厅。

"苏南。"

苏南这才从自己思绪里回过神来，一抬头，恰好与陈知遇视线对上。

"我问你，菜够不够，要不要再加点儿？"

苏南忙说不用。

陈知遇目光停了半刻，合上菜单，端起茶杯："这么经不起批评？"

"没有……"苏南下意识否认。

陈知遇喝了口茶，慢慢说道："前些年，院长有个博士生，延毕两次，论文迟迟过不了，院长看不下去了，让我帮着辅导……院长是我当年的博导，这人也算是我师弟，还是得帮一把……最后，我手把手帮他把论文改出来，让他毕了业。这事儿，干得没意思。人各有所长，挑战自己不擅长的，徒给自己和别人添麻烦。"

她讷讷地"嗯"了一声。

吃完，苏南准备回酒店收拾东西去车站。

"要不要送你？"

"不用了，乘地铁方便，行李也轻……"

陈知遇忽然一顿："你不说我差点儿忘了，你带来的'金砖'……"

"我去帮您拿！"

"我有手有脚，不麻烦你。"陈知遇一笑，思索一会儿，"你现在去酒店拿东西，我回趟报告厅，一会儿你直接去停车场找我。"

苏南还要婉拒，但陈知遇一摆手，不容置喙。

"……请问停车场在哪儿？"

第一章　与君初相识

"从院办出去,往南走五百米,往西拐就到了。"

可是……

可是,南又是哪边啊?

车向东行,一路去往火车站。

陈知遇车开得稳,打灯变道丝毫不错。

他这车看着有些年岁了,还是手动挡的,如今市面上的车,多已是自动挡。车里收拾得一干二净,没放什么香,只有一股干燥的气息。

苏南身体略靠向车门这侧,与陈知遇拉开了些距离。

她打小这样,不知道怎么跟师长相处,心里总有一种怕被批评的惴惴然。

"不在崇城逛一逛?"

"回去还有课。"

"这个季节,烟尘柳絮,也没什么可看。冬天来吧,雪景不错。"

她点点头。

沉默一霎,陈知遇转头看她,笑了笑:"回去可别跟林涵打小报告。"

她忙说:"不……您,您说得对。"

她满脑子计较着生计,多看两页书,就多两页的焦虑惆怅,这心态断然做不了学问,她自己也知不是那块料,只想赶紧混过这两年找份工作。若说读研真有什么裨益,大约是到时候跟人谈 offer(录用通知),能有底气把底薪再往上加个一千块。

半路沉默,到了火车站的地下停车场,苏南拿上行李,向陈知遇道了声谢。

四下潮湿阴暗,头顶一排白色灯光,延伸到远处,只剩下一道发亮的线。

陈知遇手肘撑着车窗,点了支烟,不带什么情绪地"嗯"了一声。

他仿佛思绪飘远了,目光也不知落在空间的哪一处。

她不由得放轻脚步,当自己是缕幽魂,悄无声息地走远了。

从崇城回来之后,苏南继续自己索然无味的研究生生活。每周看书,做读书报告，给导师打杂，周末做考研辅导赚点儿外快。

转眼之间，到了秋天。

研二开始，专硕班的同学已经开始奔赴一轮又一轮的校招，而学硕班只有更加紧凑的课程表。

黄昏时分，下起雨来。初秋淅沥小雨，敲着叶子，校园里昏暗宁静。

苏南收到导师林涵的短信，走出图书馆时才记起自己忘了带伞。

图书馆到院办只有三百米，她踌躇一瞬，拉上卫衣的帽子，跑进雨中，到了院办楼下，摘下帽子，拍了拍身上的雨水，前去林涵办公室。

门没关，虚虚掩着，门缝里传来交谈的声音。

苏南犹豫片刻，敲了敲门。

"请进。"

办公室分内外两部分，里面三间办公，外面是个会客的茶室。桌上亮着一盏浅黄小灯，旁边紧挨着一盆低矮的绿植。

两盏茶，淡白色热气缓缓飘散开。

靠窗一旁，坐着陈知遇。他听见开门声时，抬起头来，投射来两道平淡的目光。

苏南立在门口："涵姐，陈老师。"

"你没带伞啊？"

"出门没下雨……下午一直在图书馆。"

"坐下喝点儿热水吧。"林涵拿起水壶，往一次性杯子里倒了点儿热水。

苏南到桌子一角落座，端过水杯小声说了句"谢谢涵姐"。

林涵坐下，一手撑着头，看向陈知遇，又看了看苏南，笑说："今年陈老师被邀请过来开选修课，听说了吗？"

苏南点头。

"选没选？"

"……选了。"

其实没选，上午看见《传播学思潮》下面紧跟着的"陈知遇"三字，她就下意识绕开了。

"选了那正好，陈老师不熟悉我们学校，你给他当助教吧。"

她愣了下："……好的，涵姐。"

陈知遇看过来，微微一笑，有些风流云散的意味："仰仗你多帮忙了，苏南同学。"

十月，天气稍稍转凉，正是南城天气最好的时候。早上起来闻到清新的水汽，头顶一片湛蓝。

十一国庆假放完后的周一，苏南去林涵办公室见新招进来的三个研究生。

两女一男，两个小师妹一高一矮，都戴眼镜，文静拘谨，一看就是林涵喜好的那类；师弟大高个儿，站起来给大家倒水时，苏南目测了一下，起码有一米八五。

闲聊一阵，定了同门聚餐时间，林涵送走三个新的研究生，留下苏南，问她毕业论文选题有没有什么想法——南城大学新闻系，学硕要跟专硕一起在研二就开题。

苏南老实承认自己还没有什么想法。

"倒也不急，回去再想想——也能找陈老师聊聊，传播学史这块他擅长。"

苏南"嗯"了一声，说"好"。

"陈老师跟我夸过你，说你做事踏实。"

苏南愣了下。

林涵站起身，回里间办公室拿了张表："周六学校办博识论坛，我是主持人之一，要出两个学生当志愿者，你去吧。明天中午下课了来院办开筹备会议。"

博识论坛由南城大学新传院主办，一年一度，持续两天，来的都是各大高校的领域内的著名学者。

苏南接过表，看了下上面的时间安排，点头应下。

她经济状况不太好，所以院里有什么能拿点儿补贴的事，林涵都会让她去。这一点，老师对学生的那一重命令关系，倒是让她自在不少。

第二天筹备会上，苏南再次见到了昨天的小师弟。

会还没开始，他趴在桌上，耳朵里塞着耳机。

苏南看了看，也就他旁边还有个空位，便走过去坐下。

小师弟动了一下，缓缓转过脸来，一瞧见是苏南，赶忙坐起身来摘了耳机，叫了声"苏南师姐"。

苏南回想了一会儿，才想起来他叫江鸣谦，不太有特色的名字，听一次不容易记住。

"涵姐叫你来的？"

江鸣谦点头："涵姐说还缺个打杂的，师门就我一个男的，当仁不让。"

苏南笑说："师门一向阴盛阳衰。"

江鸣谦也跟着笑了笑："为师姐们服务，求之不得。"

会上，林涵把制作展架、安排住宿名单、对接签到、准备会议资料这些任务一一都安排好了，最后剩下分配老师，一人负责三个。

林涵分配完外校的老师，一看还剩五个本校的，大笔一挥划给苏南："这五个不用住宿，你负责吧。"

苏南瞧了一眼，果然有陈知遇。

周四，苏南收到陈知遇的邮件通知：下午的课停一次。她看到后赶紧把这个消息转进微信群。

周五晚上，苏南开始跟自己负责的参会老师联系，提前收集第二天会议上要用的PPT，到陈知遇，犹豫了一下，发了条微信过去。

措辞再三斟酌，等发完一看，好些"冒昧""打扰"，又觉得似乎过于隆重了。

等了片刻，陈知遇回过来两个字：没做。

她捏着手机，不知道如何是好，正打算问问林涵怎么办，陈知遇又发来消息：你们校医院靠谱吗？

苏南赶紧回复：最好还是去附近的南城人民医院。

片刻，她意识到了，又发了过去：您生病了？

过了很久没见回复，苏南踌躇，却没敢多问，等收集完了其他老师的PPT，仍是坐立不安。苏南这才想到，陈知遇周四停课怕也是因为生病。严重到这程度,也不知道是什么病。这事她管不着,但似乎该跟林涵说一声——转念又想,兴许林涵已经知道了。

她预备等到十点,要是陈知遇再没有跟她联系,就把这事儿跟林涵说说看。正在拷贝 PPT,手机一振,她下意识捞起来,一看,是陈知遇发来的:笔记本电脑带上,来人民医院急诊科输液室。

她没问为什么,回了个"好"字,赶紧换衣服背上笔记本电脑出门。

从学校步行到人民医院,只要十分钟。

输液室里人满为患,苏南站门口踮脚找了一会儿,在靠窗边一排发现了陈知遇的身影。

苏南给他当了一个多月助教,每回上课见他,他都是衬衫西裤,有时候戴副无框眼镜,像今天这样穿着灰色棉质 T 恤,倒是第一回见。他随意坐着,因为腿长,狭窄的过道更显得格外逼仄。

"坐。我口述。"

苏南有点儿困惑,但还是在旁边坐下,打开了笔记本电脑。

陈知遇将手搭在膝盖上,微微弓着背,声音有点儿哑:"报告一共三个部分……"

苏南这才明白过来陈知遇要干什么,赶紧打开了 PPT。

陈知遇往她屏幕上瞅了一眼:"先记下来,回头再做。"

她"哦"了一声,打开了 word 的窗口。

陈知遇条理清楚,没一会儿就说完了,而后身体微微往后一靠,合上眼。

她悄然无声地转头看他一眼。

他脸色不好,有点儿憔悴,皮肤白,眼下黑眼圈越发明显。

苏南没立刻就走,坐在一旁一边做 PPT,一边不自觉地帮他盯着吊瓶里的药水。

陈知遇偶尔睁眼看她一下,没说什么,又合上了。

半小时后,苏南做完了 PPT,转头看了看陈知遇,不知道他睡没睡着,轻轻喊了一声。

陈知遇缓缓睁眼。

"……做完了,您检查一下吧。"

"就这样吧。"

她犹豫了一下,把笔记本电脑盖子合上:"您好些了吗?"

陈知遇仍是无可无不可地"嗯"了一声,又闭上眼。

苏南走也不是,留也不是,最后,只好抱着电脑干坐着。一个瞬间,她突然回过神来,抬头看了眼吊瓶,快见底了,赶紧站起身来,等着那瓶药快滴完,按铃喊来护士。

护士又挂上了一瓶小的,拿笔在单子一画:"最后一瓶了。"

苏南目测了一下流速,估计十五分钟能打完,又坐下了。她打开了笔记本电脑,把刚才做的PPT检查一遍,又开了一个文档。

"要写毕业论文了?"陈知遇突然出声。

她吓得震了一下:"……嗯,十一月要交开题报告。"

"准备做什么?"

"还没想好。"

"没什么想研究的问题?"

她抿了下唇。

她这人有些矛盾,听不得别人的批评,却又破罐破摔地觉得,别人会批评也是理所应当。

陈知遇看她一眼:"上回我说,你对学术毫无敬畏之心,这话不对。"

她垂着眼,目光不太聚焦地落在自己手背上。

"你做事态度不错,可能就一点,确实不那么适合学术。"

"……每年毕业那么多人,也不见得都是适合学术的。"苏南没忍住,低低说了一句。

这话,有些顶撞的意思了。

陈知遇微微一怔,瞧她一眼,笑了笑,没再说什么。

一会儿,水挂完了,护士过来给陈知遇拔了针。

苏南把笔记本电脑装回书包里,随陈知遇一块儿走出医院——陈知遇住在家属区的公寓里,跟她走一个方向。

晚上八九点,这条路正是热闹的时候。

暖黄色路灯光下,烟雾缭绕,空气里一股食物的香味,葱花、豆腐、重油的辣椒……行人来来往往，一对老夫妻牵着狗擦身而过……

葱郁叶间露出夜空的一角，让灯光照亮。

走进学校，苏南口袋里的手机振动起来，摸出来看了一下，抬头看向陈知遇。

陈知遇立住脚步，声音平淡："回去了，今天谢谢你。"

"没事，这是我应该做的……"她见陈知遇迈开脚步向着教师公寓方向去了，赶紧接起电话。

陈知遇走出去几步，脚步一顿，回头看去。

苏南低垂着头，立在路边。

身后的书包像是什么重物压着她，让她羸弱的身体微微躬屈，细瘦的影子被路灯光拉得很长。

陈知遇回到住的地方，来了个电话。陈母打来的，问他在南城的近况。

公寓窗台上放了盆滴水观音，前面租客没带走的，他打扫的时候见它长势喜人，也就继续养着了。

他靠窗站着，点了支烟，想起自己病还没好，只抽了一口，夹在指间。

"下周回来吗？"

"不知道，暂时没什么安排。"

陈母顾佩瑜叹声气："下周程宛生日，忘啦？"

他把烟灰掸进花盆里："……记得。"

"没什么要紧事就回来吧，不要太不像样子。"

他"嗯"了一声，电话挂断很久，方才回过神来。秋夜风有点儿凉，他在一瞬间想了很多的事，惊醒的时候，却想不起自己究竟想了些什么。

博识论坛第一天在南城大学举行，第二天的分会场转到S市，一部分老师要跟着去。学校包了车，早上六点出发。

苏南起了个大早，到巴士那儿的时候，才发现自己到太早了，一个老师都还没来。早上温度低，她衣服穿得少了，只得蹲在没有开门的院办的檐下,紧紧抱着书包。

过会儿,听见脚步声,她抬头一看,是江鸣谦。

他是跑过来的,到大巴前门搡了一下,这才注意到蹲在一旁的苏南。

"师姐。"

苏南站起身应了一声。

江鸣谦笑了笑:"早饭吃了吗?"

还没应,江鸣谦丢过来一个袋装面包,苏南接住,道了声谢。

面包快吃完的时候,老师陆陆续续到了。苏南和江鸣谦站在车外一个一个对着名单,到发车时,就剩一个陈知遇没到。

苏南犹豫着要不要给陈知遇打个电话,便看见不远处一道身影走了过来。

江鸣谦在签到表后面打了个钩,扬眉一笑:"到齐了。"

待陈知遇走到近前,苏南跟他打了声招呼。

陈知遇"嗯"了一声,上车。

江鸣谦抓住扶手,一下跳上车,苏南紧跟其后。

她扫了一眼,陈知遇坐在最后一排靠窗的位置,他身边还有三四个位置。江鸣谦大刺刺在陈知遇身旁坐下,喊了声"陈老师",她只好紧挨着江鸣谦坐下。

天刚蒙蒙亮,老师们起得早,都没睡醒,昏暗的车厢里,安静沉寂,只听见大巴引擎的声音。到七点,老师们挨个醒来,车厢里方才热闹起来。

车拐弯的时候,苏南猛地惊醒,才发现自己竟然也不知不觉睡着了。

"师姐,你睡相不太好。"

她下意识擦了擦嘴角。

江鸣谦呵呵笑了一声:"骗你的!"

她不知道做什么表情,只好也跟着笑了一下。

江鸣谦是自来熟的性格,自顾自叽叽喳喳讲开了,从本科专业讲到大四考研,从社团活动讲到体育比赛,他好像天生有种不会冷场的本事,别人随意应一声,他就能接下去。

苏南被他吵得头有点儿疼,但出于礼貌也不好说什么。

"下个月有个创业大赛,师姐你想跟我一起吗?我已经找了三个人了,就还差一个……"

"我不太擅长这个……"

"没事,新媒体营销这块师姐你能做吧……"

"论文开题不写了?"

一道冷淡的声音突然插进来,苏南吓了一跳,片刻才回过神来,转头向左边看去。

陈知遇微微靠窗侧坐,腿上放着一本书,手指夹在书页间,蹙着眉,脸色苍白,看着有点儿憔悴。

苏南急忙道歉:"对不起……"

陈知遇按了按太阳穴,没说什么。

江鸣谦不敢再说话,干坐了一会儿,似乎觉得没意思,就跟苏南换了个位置,靠着右边的窗户开始睡觉。

陈知遇将书摊开,看了片刻,目光转向窗外,将本已大敞的窗户开得更大,让微凉的风夹着车后喷出的尾气吹进来。

苏南见他脸色霎时更加难看,手指捏拳,抵住了胃部。

"您……您是不是晕车?"

陈知遇没吭声。

她忙将搁在一旁的书包拿起来,拉开拉链翻找一会儿,翻出个小小巧巧、细圆管状的东西,递了过去。

陈知遇顿了一秒,接过去。

"闻一下……"

陈知遇揭开盖子,凑近轻轻闻了一下。

"使劲,让气体冲进脑门里……"

陈知遇皱了下眉,还是照做,强劲清凉的薄荷脑顺着鼻腔直冲而入,让他瞬间感觉胸口郁结的恶心之感消退了一点儿。

又闻了两下,他转了转管身,去看上面英文的 logo:"哪儿买的?"

"我同学去泰国玩儿带的,网上应该有卖的……这管您拿着吧。"

他说了声"谢谢",也就收下了:"你也晕车?"

"不晕,我拿来提神用的……赶急活的时候,这个比咖啡管用……"她似乎说完才发觉自己说了不该说的,急忙缄口。

"交的作业不是赶出来的吧?"

她哪儿敢。

"不是,偶尔会……您应该听说过,我们院长布置的作业特别多。"

"不怕我把这话告诉给院长?"

"您……您应该没那么闲。"

陈知遇笑了一声。

"我室友说,晕车的时候,最好别看东西……睡觉和聊天好点儿。"

陈知遇看她一眼,把书搁到了一旁:"那你陪我聊会儿?我听林老师说你论文还没思路。"

苏南顿时叫苦不迭。她打心底里不敢跟陈知遇聊学术上的事,这下简直是搬起石头砸自己脚:"嗯……"

"有什么想做的领域?"

"跟着涵姐上过一些女性主义的课,对这个有兴趣。"

"这方面我了解不多,就我所知道的,现在没什么特别新颖的研究视角,无非性别政治、话语构建、身份认同、刻板印象这几个方面……"陈知遇思索片刻,"巴赫金的狂欢化理论听过吗?"

"听过,但是没看过相关的文献。"

"这理论文学研究用得比较多,传播学引用还不算太多。你要是对女性主义感兴趣,可以试试选一个可以体现女性意识的社会现象、文化产品,用狂欢化理论做分析。"

苏南愣了一下,全然没想到陈知遇会指点得这么细,忙说:"好。"

"这角度做起来容易,想毕业不难……不过要是我的学生,在我这儿肯定通不过。"

最后,还是免不了要落到这一层面。

被说了多次,她反倒觉得自己有些免疫了:"……能毕业就可以了。"

"赶着工作?"

"……嗯。"

"那为什么读研呢?"

第一章 与君初相识

"……一不小心,保研保上了。"

"保研材料也是你一不小心递交的?"

她几分窘然,无话可说了。

陈知遇将目光转向窗外:"……倒也说得通,很少有人能拒绝偷懒的机会。"

无可否认,陈知遇这话说得很对。别人都在忙碌校招的时候,她顺利保研,至少三年多时间不用再考虑何去何从的问题,绝大多数人都很难拒绝这种唾手可得的诱惑,即便现在她正在为当初自己的一时不坚定后悔不已。

她低下头,声音轻得几乎听不清,心里一股颓然:"那时候偷懒的后果,我现在正受着呢……"

陈知遇转过头来:"嗯?"

她轻咬着嘴唇,摇了一下头。

陈知遇目光定在她脸上,她眼里浮现出一层略有些惶惑的神色,瘦弱的肩膀瑟缩着……他想到了前天晚上望见的、那道似要被重物压塌的影子。

"……话说重了?"

"没……您说得对。"

"别介意,我这样惯了。"

"没有……您说得对。学术严格没什么错,只是我……我确实不适合,路走错了……"她头更低,"……但还是得走完不是?"

其实,也不一定。他看她一眼,没把"退学"这两字说出口。

不至于。研究生里多的是浑水摸鱼过日子的,当一天和尚撞一天钟,比她苏南严重的多了去了——可能就是见她这么勤勉,却没什么成果,反倒于心不忍。

开学至今,陈知遇收了两次作业,他仔细看了苏南交的,且不论有没有新观点,论文献综述,她是做得最扎实的,脚注、参考文献也工整标准,找不出什么错。

陈知遇顿了一下:"那个什么创业大赛,你要去参加?"

"没时间去。"

"没什么意思,也就能让履历好看点儿。你要是需要这样的机会,论文开题结束了,可以去找个有意义的实习。"

"谢谢。"

陈知遇看她一眼,还想说点儿什么,却又似乎无话可说了。

他将车窗关小了些,身体往后靠,合上眼睛。

天色一分亮过一分,暖橙色的光薄纱一样笼罩着晨雾中低矮的树林。

S市到了。

分会场议程安排与在南城主会场的大同小异,抵达之后先与S大学的老师会合,举办上午的论坛。

分发材料、联系老师、中途端茶倒水这些小事全要苏南负责,等上午场散会,江鸣谦领着老师去订好的酒店吃饭,她还得留下来整理下午的座次牌。

好在忙完还有顿盒饭,煎鱼、鸡丁、炒豆芽,送来时已经有些冷了。江鸣谦送完老师之后自己琢磨着去找S大学的高中同学蹭饭,偌大的报告厅就剩下苏南一人。

热水管够,苏南给自己倒了杯水,偷偷顺了点儿茶会时的小零食,自己在会场角落里将就吃了一顿。

她昨天睡得晚,早上六点不到就起床,本就睡眠不足,正午阳光一照,困意潮水一样直往上泛,一看离下午场开始还早,定了半小时闹钟,趴下睡觉。

迷迷糊糊,听见有脚步声,苏南腿动了一下,蓦地惊醒,倏然抬头,对上一道目光,吓得呼吸一停,慌慌忙忙站起来:"……陈老师。"

"怎么在这儿睡?"

"回酒店麻烦,一会儿还要检查设备。"苏南抬手摸了一下嘴角。

这动作完全是无意识的。

她神情还有点儿蒙,因为枕着针织衫的衣袖,脸上被压出几道编织纹样的红色印痕。

陈知遇盯着看了一眼,忽地上半身探了过去。

苏南几乎是下意识往旁边一躲,却见陈知遇伸出手臂从座位抽屉里掏出一个U盘——她坐了他上午坐的位置。

尴尬了。

苏南摸了摸鼻子,抱上自己的书包挪到旁边位置。

"没事你坐,下午我不来了。"

她愣了一下:"您有事?"

他将U盘揣进口袋,扬眉笑了笑:"翘了,反正下午也没我的事。"

他转身往外走,到门口又停了脚步,冲她一笑,嘱咐道:"替我保密。"

她怔怔地点了点头。

下午三四点,晴了大半日的天突然转阴,散会时下起雨来。老师们夜游护城河的计划泡汤,吃完饭只得留在酒店消磨时间。

苏南累得够呛,但与学校里一位讲师同住,回房间了也不敢造次,从书包里掏了本书,坐在床边,假模假式地摊开,思绪早不知道去了哪儿。手机骤然振动,她赶紧摸过来看了眼,江鸣谦发来的,问她要不要晚上去学校附近的文化街逛逛。

苏南毫不犹豫婉拒,一抬眼看见同住的老师正摊着电脑办公,气氛沉闷,实在待不住,干脆借了这个由头下楼去。

外面雨声潇潇,苏南问前台借了把伞。

S大学校园很小,南边有一片民国建筑,早两年有部民国偶像剧在这儿取景,小小地火了一把。

雨夜树影沉沉,青砖黑瓦,一角屋檐隐在叶里。

苏南走到檐下,收了伞。

雨中起了雾,远处城市轮廓只剩剪影,灯火朦朦胧胧,晕开了一样。风有点儿凉,一股雨水气息。

"秋意浓……"她忽地想到一首歌,不自觉哼了出来,"离人心上秋意浓,一杯酒,情绪万种离别多……"

后面词儿记不得了,干脆只哼调子。四句词,翻来覆去地哼了好几遍。

"能唱首别的吗?"

苏南吓得呼吸一停,循着声音看去,这才发现旁边那栋楼前,不知道什么时候站了个人。

那人顿了一顿,提步往这边走来。

陈知遇走到她身旁,摸了摸口袋,把烟点上:"怎么跑这儿来了?"

"……随便逛逛。"

陈知遇含着烟,缓慢地抽了一口,抬手指了指前方夜色中的一处:"那是个美术馆,能看见吗?"

"嗯。"

"我朋友设计的。"

她不知道为什么陈知遇要对着她说这些,不知如何回应,沉默了数秒,似乎过了合适应答的时机,干脆没吭声。

却听身边人又说:"这儿视野好,从这儿看过去,美术馆顶部造型像只纸鸢。"

她顺着看去,真有点儿像。

陈知遇沉默下来,隔着厚重雨幕,眺望着那一角美术馆。

他烟抽得很慢,仿佛有心事。

苏南十分不自在,不知道该走该留,更不知道该不该出声问自己该走该留。

过了许久,陈知遇仿佛终于想起来身边还有她这么一个人,把没抽完的一小截香烟灭了,清了清嗓,找话题似的一问:"你哪里人?"

"械城。"

"械城……"陈知遇忽然怔忡,"那儿秋天不错,雨一下一个月,适合找个地方喝酒看枫。"

语气里裹着点儿说不清道不明的意味。

苏南转头看他:"您去过?"

"去过,"陈知遇笑得很淡,"好多年前了。"

"现在没有枫叶了,前几年修路,平安路上所有枫树都被伐完,只有械山上还剩一些。"

"可惜了。"他语气很平,听不出来情绪。

苏南顿了顿:"我手机里有照片,想看吗?"

雨水敲在檐上,滴答滴答。

第一章　与君初相识

陈知遇："嗯。"

苏南把伞搁在地上，从口袋里摸出手机，翻开相册，片刻，把手机递过去："往后翻，后面几张都是。"

陈知遇接过，向着屏幕里看了一眼。

碧槐红枫，沿着山道绵延数里，灿灿欲燃。

他手指点着往后翻，一顿，停在其中一张上面，碧溪上一弯黑色木桥："这桥还在呢？"

"嗯……不过现在没人往这下面去，桥也快废弃不用了。"

"废弃了也好，那桥不安全。"

苏南总觉得陈知遇今天有点儿奇怪，交浅言深倒是其次，话语里，总像是掺了点儿喟叹往事的意味。

陈知遇看完照片，把手机还给她："谢谢。"

她摇摇头，将手机揣回兜里。

一时间安静下来，只能听见雨声，淅淅沥沥穿叶而过。

她眼角余光向他一瞥，夜色里的身影无端让人觉得寂寥，不像这些时日，她所认识的几分张扬肆意的陈知遇。

又待了半刻，苏南轻声说："我先回酒店了。"

陈知遇目光不知道落在哪儿，恍若未闻。

苏南动作轻巧地退后，弯腰拾起地上的伞，脚步轻缓地走了。

走到拐弯处，她回头看了一眼。

陈知遇又点了支烟，一星灯火，忽明忽暗。

回到南城，相安无事。

周四苏南上完课，关设备时，陈知遇将带来的参考书和水杯往她跟前一放："帮我送去办公室，等我一会儿，有事跟你说。"

陈知遇办公室在三楼，靠南边，一整层视野最好的一间，夏日一开窗就是满眼绿荫。只是深秋叶落枝朽，逢上下雨天，反倒觉得萧瑟。

苏南将书和茶杯放在办公桌上，立在窗边往外看了一眼，来往学生匆忙路过，一朵朵伞汇入雨中。

身后"咔嗒"一响，苏南回头："陈老师。"

陈知遇将门敞着,径直走到办公桌后,从书架上拿出一沓资料:"照着这上面列出来的,帮忙把这些资料收集起来。"

"……做文献综述?"

"不用,只要找到相关的,粘贴上去就行。有补助,按字数算。"陈知遇看她一眼,笑说,"可别粘不相关的凑数,我会检查的。"

她讷讷回答:"……不会的。"

"拿回去慢慢弄吧,三个月时间,能收集多少是多少。一周给我汇报一次就行。"

她不敢有异议:"那……第一次这周六跟您汇报吗?"

"周六……"陈知遇掏出手机看了看,"这周六不用,我回崇城。下周开始。"

然而当天晚上八点,陈知遇就收到了苏南发来的邮件,一个文档,两千字,问他就按这个格式整理行不行。文档规矩工整,一目了然。

他回信:还能再认真点儿吗?

凌晨,电脑"嘀"的一响,邮件又有回复。

陈知遇恰好洗澡出来,打开一看,差点儿笑疯过去。

苏南发来第二份文档,比第一份更加细致,一丝不苟,后面委委屈屈地跟了一句:陈老师,按您的要求又做了一遍,这样行吗?

他想了想,掏出手机给苏南发了条微信。

没过片刻,他看那行"对方正在输入……"的提示闪了好半会儿,最后就蹦出三个字:陈老师……

他乐了,抬手把书桌上的香烟盒子摸出来,一边抽出一支,一边回她:听不懂反话?我的意思是随便整理就成,不用这么认真。这资料回头我自己还要筛一遍。

苏南回复:我知道了。

他含着烟,低头点燃,背靠着书桌给她回复:早点儿睡吧,做助教学校就给你这么点儿钱,不值得你熬夜费心。

片刻,苏南还是回复:我知道了。

这人,也不知道是真傻还是假傻。

他笑了一声,把手机丢到一旁,起身给自己倒了杯热水。

南城秋天多雨,一下仿佛没完没了。

他在床上躺下,听了许久,没法入眠,心里一股氏惆,萦绕难去。

兴许是缺点儿酒,还缺点儿晚枫。

第二章

夜之桥

当时我距离这个人是三公尺零八公分,但不到四分之一炷香的时间里,我做了一个影响终身的决定。

——电影《天下无双》

陈知遇很久没去程宛父母那儿了,上一回还是过年的时候。他远远找了个地方把车停下,步行过去。门口有人站岗,那人余光斜了斜,直接放他进去了。

空气里有点儿雨水气息,几株老树摇着叶子。

他在树底下站着把一支烟抽完,提步上楼。

程宛如今往上走得越来越高,很多事身不由己,但唯独过生日,还是保持以前的习惯,只跟最亲近的人一起过。

上半年程母生了场病,这回看着气色好了很多,拉住陈知遇说了些话,都是家常碎语。他是被程父程母看着长大的,在别的事情上时常乖戾,在二老面前却很有耐心。

程宛跟陈母在厨房里熬汤,隔着疏淡白雾向着客厅里看了一眼。

陈母笑说:"我跟他父亲都管不住他,就还能听听你父母的话。"

程宛笑一笑:"他装乖呢。"

因是家宴,席上礼数少,酒也喝得少。吃完切了个蛋糕,点蜡烛时,程母委婉地催了句生孩子的事。她看着别人含饴弄孙,说到底还是羡慕,

第二章 夜之桥

但也清楚程宛和陈知遇都忙事业,上升期精力中断,回头再赶上来就不容易了。

出了家门,两人一道走出去,到停车的地方。

程宛没喝酒,车由她开,挂了挡,松离合,第一下熄火了。

"手动挡几年没开过,不习惯了。"

"松离合慢一点儿。"

程宛又试几次,总算把车子发动了:"我去你那儿歇一晚。"

陈知遇摸出烟点燃:"几天没打扫了。"

"没事。我凑合一晚——我怕有人堵我门。"

陈知遇瞥她一眼:"怎么?"

程宛笑一笑,脸上表情有点儿淡:"遇到个棘手的,非要缠着今天跟我过生日。我没接电话……可能人还是太年轻了。"

陈知遇一贯不对她的生活发表评价,抽了口烟,淡淡说:"悠着点儿。"

程宛打开了车载广播,一首轻快忧伤的民谣,她跟着哼:"If you miss the train I'm on, you will know that I am gone, you can hear the whistle blow……(若你错过了我搭乘的那班列车,你将明白我已离开,你能听到汽笛……)"

程宛泊了车,把钥匙给陈知遇,跟他一块儿上楼。

房子是当时为了结婚买的,然而程宛只偶尔过来借宿。她上班的地方离这儿远,干脆在单位附近又买了套房。

客厅里,摆了两个极大的木头展架,玻璃门后整齐码放着各种各样的石头。

程宛走过去转了一圈:"又多了。"

旁边桌子上搁着一只纸箱,她打开看了看,里面是一块黑色的岩石。

"这是什么石头?"

陈知遇瞥来一眼:"黑云母安山岩,林涵帮忙弄来的。"打发苏南千里迢迢给他背来崇城。

程宛胯斜靠在桌子边沿,看着展架里标记得清清楚楚的各色的砾岩、粉砂岩、糜棱岩……有的普通,有的价值连城。

"你开个石头展吧,还能卖俩门票。"

陈知遇不理她的玩笑,自己进浴室去洗澡。

程宛转悠一圈,开了一瓶陈知遇的红酒。刚刚家宴上没喝,这会儿她捏着杯子,一不小心就喝了半瓶。

陈知遇洗完澡出来,捞起茶几上的烟盒,摸出一支,低头点烟:"你直接挑了瓶最贵的。"

程宛笑了笑,往沙发上一躺:"不喝了。醉了难受。"

陈知遇在她对面坐下,手肘抵在大腿上,微微弓着腰,心想,醉不了也难受。

程宛转过头,瞅他:"你说,我退了好不好?"

"你舍得?"

权势跟毒药一样,有时候沾一点儿就脱不了身。

程宛找他借了支烟,点燃了,仍旧仰躺着,抽了一口,手臂举高,看着那火星暗下去,一缕淡白烟雾弥散开。她视线去捕捉那烟雾散开的轨迹:"我一辈子,也就这样了。"

周四,苏南犯了感冒,午休时躺了会儿,闹钟响了没听见,等匆匆忙忙跑去教室,课已经开始了十分钟。

小教室,没钥匙的话,门从外面打不开。

她在那儿思考了半分钟,迟到和旷工哪个更严重,最后还是硬着头皮敲了敲门。

片刻,"吱呀"一声。

陈知遇目光在她身上定了片刻,不带什么情绪地说:"进来。"

苏南赶紧找个位子坐下,翻出笔记本。她跑了一路,一坐下就开始咳嗽,捂着嘴,怕打扰陈知遇讲课,使劲憋着,实在憋不住,才从喉咙里闷重地咳出一声,一摸保温杯,空的——着急出门忘了接水。

第一堂课下课,苏南匆匆忙忙跑去走廊拐角处的茶水间,接了大半杯开水,在走廊里一边往杯口吹气,一边小口小口地往喉咙咽。

"准你假,回去休息。"

苏南差点儿一口呛住,一回头才发现陈知遇不知道什么时候出来了:

"……陈老师。"

"你在这儿会干扰我。"

苏南脸涨得通红:"……对不起。"

陈知遇瞅她一眼:"怎么感冒了?"

"……被传染的。"

"变天注意点儿。"

"……嗯。"

苏南弄不清楚陈知遇什么意思,只觉得诚惶诚恐。

她打小就这样。高中聚会,其他人都能跟班主任谈笑风生,子丑寅卯都能聊点儿,唯独她,局促难安,像个局外人。

离开茶水间,苏南回教室收拾东西。

还没走出院办大楼,手机一振,来了条微信,群里的。

陈知遇:浅析我国传播学科的建制问题,不少于3000字,下周上课之前交给助教@苏南。

苏南隐隐嗅出点儿捉弄的意思,然而算着课时,确实该布置小作业了。

捏着手机,回复一句:收到。

周六预报有雨,清晨一起来就听见雨水噼里啪啦敲击窗户。原本说了要一道去逛菩提寺的室友立即打退堂鼓,说换个天晴的周末再去。

苏南百无聊赖,作业不想写。坐在床上玩了会儿电脑,收到陈知遇微信,差点儿从床上弹起来。

"上周收集的资料呢?"

苏南忙从桌面上找出文档,给陈知遇发过去。

片刻,收到邮件回复:妥。有没有空,带上电脑,来办公室帮个忙。

苏南内心挣扎片刻,还是昧着良心回了一句"有空"。

她说不清楚,为什么打心眼里有点儿畏惧陈知遇。

苏南把伞立在走廊,敲了敲门。

"进来。"

苏南推开门。

陈知遇从笔记本电脑屏幕后面抬起头:"找个地方坐——门开着,别关。"

苏南顿下关门的动作,到旁边小沙发上坐下,从背包里翻出笔记本电脑,搁在茶几上。

"外面下雨了?"

她肩上沾了点儿雨水。

"嗯。"

陈知遇收回目光:"邮件接资料。"

苏南赶紧登邮箱,收件箱里已经多了封未读邮件。

"根据文档内容,帮忙做个表格。"

苏南也没来得及看是什么,先应下了。

陈知遇把自己桌上的笔记本电脑往后一推,起身走到窗边。开了一条缝,风裹着雨丝吹进来。他斜靠着窗台,点了支烟。

半刻,苏南踌躇着开口:"陈老师。"

陈知遇转过目光。

"行列的项目……"

陈知遇含着烟,走到她身侧,居高临下地往屏幕上瞥了一眼:"可以。"

苏南便开始一个一个地往里贴数据。

陈知遇:"……"

他咬住烟:"你是这么填数据的?"

苏南紧张:"……嗯。"

陈知遇忽地弯下腰,从她手里夺过鼠标。

苏南吓一跳,身体整个绷直,却见陈知遇抖了一下手腕,从文档里把数据复制到 Excel 表格,干脆利落地点击"数据——分列——分隔符号",在选项里勾了个"逗号",一按回车,上百行数据自动分了列。

苏南:"……"

陈知遇低头瞅她:"没学过 Excel?"

这情况,无论如何她也说不出"学过"。以前只拿表格做过排列求和,本科毕业论文的 SPSS 函数,也是找人帮的忙。天生的,她一看到数字

第二章　夜之桥

就头大。

身旁传来很低的一声笑，苏南半个身体都是僵硬的，过了一会儿才反应过来是因为靠得太近。陈知遇的呼吸拂着发顶，一点儿烟草的气息也仿佛比方才浓烈，蹿入鼻腔。

过了一个有点儿漫长的瞬间，陈知遇终于直起身，往后退半步。

苏南余光瞥见香烟顶端的烟灰抖落下寸许，仔细去看却无迹可寻。

陈知遇的声音里裹着笑意，听着不像生气："活了三十三年，第一回教研究生用 Excel。"

苏南脸上发烫。

"你 PPT 做得倒还好，以为没什么问题。"

"……PPT 简单。"

"文科生？"

"……学传播多半都是文科生。"

"我是理科。"

"那您为什么……"

"……瞎报的。"陈知遇这句有点儿急促，想要结束这话题一样，"……剩下的你慢慢改。"

"好的。"

陈知遇瞅着她。

这人有股奇怪的寸劲儿，说不准自尊是高还是低。有时候忍不住想多打击两句，想看看界限究竟在哪儿。

十二月，江鸣谦生日，占了餐吧半个场地，请上一堆人喝酒闲聊，闹哄哄的，有点儿像在美剧里看到的美式派对。

苏南后悔了答应过来，此刻抱着碗蔬菜沙拉有点儿手足无措。电视里在放节目，周围嘈杂得听不清楚台词。演员动作夸张，当是默剧，看一会儿也能品出点儿意思。

她是在哪儿都能苦中作乐的性格。

寿星总算注意到她这只落单的羔羊，搬了张高脚凳往她身旁一坐："学姐。"他可能喝多了酒，上脸，耳朵都透着红，头埋下去，枕着手臂。

苏南愣了下:"喝醉了?"

江鸣谦摇摇头,过会儿,从臂间抬起头,望着苏南笑了一声:"吃点儿你的沙拉。"

苏南递过叉子。

江鸣谦却将她手一捉,叉了点儿生菜,就着她的手,就这样喂进嘴里。他觉察出苏南有点儿抽手的意思,但用了点儿力,没让她成功。

苏南尴尬,但并不是因为江鸣谦的动作,而是因为对面的注视。

隔着三四米的吧台椅上,陈知遇慵懒放松地坐着,白衬衫袖子挽上去,手指捏着酒杯,旋转的灯光照得他神情不明朗,但就能觉出点儿看戏的意思。

苏南真没发现陈知遇什么时候到的,兴许早就在那儿了。

江鸣谦吃完沙拉,心满意足地跳下凳子走了。

苏南捏着叉子,进退不是。片刻,她看见对面的人要笑不笑地冲她勾了勾手。

沙拉碗立时就端不住了,觉得沉,还烫手。她踌躇了一会儿,到底还是把叉子一丢,滑下高脚凳,走过去。

她今天上半身穿了件有点儿复古样式的衬衫,下半身是条深绿色的高腰齐踝的绒裙,头发披下来,脸上化了点儿妆,很淡,唇上抹的唇彩也快给吃没了,也是很淡的粉色。

以前没看她这样穿过。在学校里,她总是衬衫牛仔,一件藏青色和一件姜黄色牛角扣大衣换着穿。学生气很足,换言之也很不打眼。

陈知遇没忍住,多看了两眼。

苏南硬着头皮叫了人:"陈老师。"

陈知遇指一指旁边的椅子。

苏南稍微把裙子一裹,坐上去。

"喝什么?"

苏南抬头去看后面挂着的餐牌。

"给她来杯可乐。"陈知遇擅自做了决定。

苏南一顿:"……我成年了。"

陈知遇眼里带着点儿笑:"能喝吗?"

说不准,只在团建的时候喝过,两瓶啤酒没多大问题,再多就该上头了。她小声说:"一杯啤酒。"

吧台灯光照得酒液晶莹剔透,苏南晃了下杯子,看着冰块露出来又沉下去。

"你男朋友?"

苏南抬了抬眼。

今天的陈知遇有点儿不一样,可能是在校外。

这三周,她照例上课,给陈知遇做资料整理,时不时被抓去做"Excel 培训""数据库培训""SPSS 培训"……本科生时糊里糊涂考过了的概率统计,被迫又得上一遍,简直苦不堪言。到后来,她都有点儿怀疑陈知遇是不是故意的。

但相处次数多了,她那根时时紧绷的弦慢慢松弛了。

陈知遇不是那么难伺候,他就是嘴上不饶人,遇到真正做得不如意的地方,却很耐心帮她纠正。不管乐意不乐意,她的确学到了不少东西。

但他今天有点儿懒,连刺她几句都不乐意的懒。

"不是……师门的学弟,上回跟车一起去过 S 市……"

陈知遇打断她:"不记得。"

苏南缄口,低头抿了口啤酒。

陈知遇的目光移到她脸上:"你开题怎么样了?"

"周三开题答辩,过了。"

"什么时候交初稿?"

"明年……哦,后年二月。"

"一年时间。"

"研三上学期还得实习。"

"读博吗?"

苏南摇头。

陈知遇笑了声:"你要是读博,可以考去崇大。"

去给他当学生?那她可受不了。

他像是觉得热,把衬衫扣子又解了一颗。

两人都静坐着,他这动作就格外显眼。

苏南目光没忍住跟过去，瞧见他露出来的一截锁骨，烫眼似的，赶紧别开了目光。

平心而论，要不是陈知遇脾气这么差，她很能悦然欣赏他这副皮囊。没见过男人生这样白的，五官又挑不出错，总让她想到《莫里斯》里的休·格兰特，笑起来尤其，肆意轻佻。

她早觉得陈知遇身上有点儿浪荡的气质，果然是因为在学校时，全让一副严肃正经的着装给遮盖住了。学校里的女生全瞎了眼，拿他当科林·费斯来崇拜——他即便是科林·费斯，那也是《傲慢与偏见》里出水的科林·费斯，《单身男子》里拈花惹草的科林·费斯。

陈知遇把酒杯举到嘴边，浅啜，目光斜过来："快结课了，阅卷统分麻烦你费点儿事。"

苏南早就习惯了。

他这学期受邀在南城大学授课，但崇大那边也有教学任务，每周都得往返两地多次。她只盼望早点儿结课，他早点儿回去，折腾崇大的莘莘学子、国之栋梁……真心实意盼望。

"……下学期，实证研究探析，还得继续麻烦你。"

苏南："……"

落在她脸上的目光，像能刺探出她心中所想一样，含着点儿促狭的笑意。

"下学期……我能不做您的助教了吗？"苏南自暴自弃地讨价还价。

"不能。"

"哦。"

陈知遇看她酒杯空了，伸手去摸钱夹。

"您……不喝了？"

"出去逛逛。"

谢天谢地，她总算能坐回去了。听不见声儿的电视节目多有意思，蔬菜沙拉多有意思。

陈知遇接过找零塞进钱夹，跳下吧台椅，捞起自己搁在一旁的大衣，招呼苏南："走。"

苏南："……我学弟，生日派对。"

"那有点儿巧,"陈知遇摸出一支烟,含在嘴里,声音里混着点儿笑,听不出真假,"今天也是我生日。"

苏南出了门,上了陈知遇的车。

昨天下过雨,今天天阴着,温度有点儿低。夜风从车子大敞的窗户刮进来,裹着烟味拍在脸上。苏南冻得缩住脖子。

陈知遇看了一眼,把烟掐在灭烟器里,关上窗。

车在前方路口直行,开出去数百米,陈知遇又掉了头,回到方才的路口,左转。

苏南投过去疑问的目光。

"本来想去看个石头展,不去了。"

"去哪儿?"

她连为什么最后被忽悠着上了车都稀里糊涂的。

"山上。"

开出去一阵,车流越来越稀疏,上高架,出市区,往近郊驶去。

路远,陈知遇打开了车载广播:"If you miss the train I'm on, you will know that I am gone, you can hear the whistle blow a hundred miles……"

苏南出声:"《醉乡民谣》的插曲。"

"你看过?"

"科恩兄弟其他电影看得难受,尤其《老无所依》和《谋杀绿脚趾》,看完一度怀疑自己是不是欣赏眼光出了问题。但是《醉乡民谣》我很喜欢,不太像他们拍的……"

陈知遇笑一声,转头看她一眼。让风吹的,她的头发乱了,脸颊和鼻头泛点儿红。真算不上长相出挑,但眉眼间就是有一股说不出来的劲儿。

"没什么可怀疑的,我也最喜欢《醉乡民谣》。"

苏南愣了一下,转而一笑。

窗外路灯一闪而逝,她眼里亮晶晶的。

"有些电影,看完用来添堵,用来思考。喜欢的电影,就该轻松点儿世俗点儿。《天下无双》，我每年翻出来看一遍。"

苏南有点儿惊讶。印象中，《天下无双》就是个拍得乱糟糟的爱情片。

"那不是刘镇伟最好的作品。"

"你喜欢《大话西游》？"

"……还好。可能有代沟，看得太晚。"

陈知遇瞥她一眼："你喜欢什么？"

"《大鱼》。"

"也不是蒂姆·波顿后期的典型风格。"

"嗯，"苏南笑一笑，"……我可能，就是喜欢一些非典型的东西。"

这算是认识以来，两人聊得最无拘无束的一次。

话题始于电影，终于文学，一小时时间悄然流逝，等回过神时，车已经开入山区。

陈知遇停了车，领着苏南去休息区买了杯热饮。滚烫的热可可，喝一口，浑身都暖和起来。

陈知遇指了指前方："天文台。"

台阶延伸而上，沉沉树影间，露出牌坊的一角。

脚步声一前一后，一轻一重。

"晚上闭馆，进不去。"

陈知遇在台阶站定，转过身。

远处，南城高楼大厦的灯火尽入眼底，笼在夜里稀薄的雾气之中。风很冷，荡阔地刮过来，带起林间空阔的涛声。

陈知遇直接在台阶上坐下，摸出烟盒，抽出一支含在嘴里，拿手拢住打火机的火光，低了头，把烟点燃。

"陈老师。"

陈知遇抬起头。

苏南站在往下三阶的位置，视线与他平齐："今天真是您生日？"

陈知遇笑一声："拿这个诓你做什么？"

"生日快乐。"

苏南从呢子大衣里露出的绒裙，被风掀起一角。

那风越过她发丝，打了个旋儿，又近乎蛮横无理地从他指间穿过。

第二章　夜之桥

陈知遇笑了一声，隔着风声，有点儿说不清道不明的意思。"谢谢。好几年没听人当面跟我说这句话了。"

抬眼，对上她疑惑的目光，陈知遇低头抽了口烟，半真半假地解释："小时候，一到生日我就得被我爸妈抓起来，一屋子几十号人挨个敬酒说吉祥话，装孙子一样。所以，后来过生日我能躲着就躲着了。"

瞧见她嘴角似乎带着笑意，眼睛发亮，他又说："是，我也有过那么狼狈的时候。"

"这就是长大的好处，"他微一挑眉，"再没人逼你做你不爱干的事，没人说你挑食，没人管你几点睡几点起。"

"那自己呢？"

他瞧见苏南往上迈了一步，离他更近，那被夜色模糊的五官也似乎更清晰了一些。

她说："人可以不被别人逼迫，但能不被自己逼迫吗？"她并不像是跟他抬杠——估计也没这个胆。

烟吞下去，又沉沉吐出来，他沉默了会儿，笑说："你是想跟我聊哲学问题？"

"没呢，我说不过您。"

"那我给你讲个故事吧。"

"在风口？"

确实挺冷，她身上那件呢子大衣也不知道能不能御寒。

"那去休息区咖啡厅？"

"……那还是在这儿吧。"

"怎么？不是嫌冷吗？"陈知遇瞥她一眼。

"在舒适环境里听来的故事，一般都记不住。"

伶牙俐齿，故意跟人作对一样，也不知道是攒了多长时间，才攒出来这点儿勇气——或者纯粹是因为他生日，掐着尺度故意逗他开心？

这孩子其实没他想的那样笨。

故事关于一对殉情的情侣，约好同生共死，一碗鸩毒各自归西，奈河桥上饮了同一碗孟婆汤，就等着缘定再生。

什么都没错，偏偏第二世生错性别，两人都是男的。各自在俗尘蹉跎三十年，偶然相遇，等依稀辨认出前世恋人的模样之后，只有无尽的尴尬。他已成家立业，他已儿女成双。

"后来呢？"

手里一支烟快要抽完，陈知遇把烟在青石板的台阶上一摁，站起身，荡了荡大衣沾上的寒露："后来，两人形如陌路，当这次相遇从未发生。"

苏南听得怔愣："……这是我听过最没头没尾的故事。"

陈知遇眼里带笑，是很淡的一抹。"因为这世界上大多数故事都是没头没尾的。听完了，你做个阅读理解吧，这个故事告诉我们什么？"

苏南正儿八经地思考了片刻："只问生前事，莫论身后人？"

"错，"陈知遇往下迈了一步，他身上带着点儿凉风气息的烟草味立时扑入鼻腔，"告诉我们，不要轻许诺言。"

他脚步越过她身侧："走吧，看你快冻傻了。去喝点儿东西，送你下山。"

"真的不冷。"

总觉得在这种荒郊野岭，陈知遇才是真实的陈知遇。

"不冷抖得跟筛子一样？筛下来的面粉，都够包三年饺子了。"他一抬手，解了自己随便挂在脖子上的围巾，往苏南怀里一扔。

苏南怔怔地接住。

格纹的，经典款，她知道这牌子，价格不便宜，质地极为柔软，手指碰上去，还有陈知遇身上的体温。

给她做什么呢？她又不可能戴。这昂贵的围巾，一点儿也不衬她这身行头。

颀长的背影迈下台阶，快要融入夜色。

苏南攥紧了围巾，赶紧跟上前去。

咖啡馆里一股甜香，热气和灯光把小小的一间店，渲染出了极地荒原化外之地救助之家的气质——大晚上上山来的，不是"亡命之徒"又是什么？

只是有人为艺术，有人为爱情。

"喝什么？"

第二章　夜之桥

"……随便。"苏南目光向下,却是盯住了展柜里仅存的一块提拉米苏。

"你们这些说随便的人,把选择权交给别人,又总对别人的决定挑三拣四。"他带着玩笑的语气,好像又变回了方才在酒吧里心不在焉的纨绔。

苏南一抿唇,赶紧利落地道:"香草拿铁。"

挨窗户坐下没多久,两杯咖啡就端上来了。

苏南浅啜一口——化外之地的咖啡馆里买的饮料果然有垄断市场坐地起价的嫌疑,味儿太淡,像是用来勾兑的一包速溶冲剂都舍不得一次用完。

坐了一会儿,苏南到底还是有些耿耿于怀:"……我去趟洗手间。"

"直走,右拐。"

比她这个在南城待了快两年的人还熟练。

陈知遇搁在桌上的手机屏幕亮了又暗,暗了又亮。手机调了静音,没声儿,都是短信、电话、微信等来轰炸着祝他生日快乐的。

少年时喜欢烈火烹油,借着生日的由头,闹上一整宿尚且意犹未尽——好像自己的出生,真值得劳驾这么多人惦记庆贺。然而活一辈子,也不过变成后来学生在写论文时,添在页脚的一行脚注,规整又荒诞地活在"文献参考"里。

某一个时刻开始,他就不过生日了,早上整点接两三个亲人的电话,其余时间假装自己忙得没空瞟一眼手机,实则闲得如一缕孤魂野鬼,在三生石畔悠悠荡荡等了千百年的那种。

他回神抬眼一看,苏南端着一块插了一支蜡烛,不知道什么玩意儿的东西,小心翼翼地走过来了。

陈知遇愣了半刻,直到苏南在他对面,有些拘谨地道了一声"生日快乐",才反应过来。

"苏南。"

苏南缓缓抬眼,看着他,有点儿不知所措地紧张。

他沉默数秒,最终还是没把"我没有大半夜上山来吃蛋糕的爱好"这句话说出口,有点儿完成任务似的,拿过了苏南面前的碟子。

"哎!许愿!"

烛光晃了一下,映在她清澈的眼中。

"我没什么愿望。"

陈知遇不由自主,想到了那晚程宛拿不轻不重的语调,陈述事实一般地说:"我这辈子,也就这样了。"

苏南还在撺掇他:"随便许一个吧,身体健康,升职加薪……"

"你有什么愿望?"陈知遇打断,看着她越发有几分尴尬局促的脸,"你说吧,我让给你。"

"这是您的生日……"

"那行,我的生日愿望,就是帮你实现一个愿望。"

苏南愣了一下,脑袋里有点儿空:"能……能存着吗?"

"除了下个学期不当我的助教,什么愿望都行。"

陈知遇有点儿促狭地吹灭了蜡烛,捏着叉子屈尊吃了一口那不知道放了多久、新鲜不新鲜的提拉米苏。

腻,一股劣质香精的甜味儿直冲喉咙。他勉强咽下了,立即把碟子推远:"谢谢。"

苏南笑了一下,好像跟自己过生日一样高兴。

成吧,这块劣质蛋糕也不是完全一无是处。

陈知遇瞧着她,莫名有点儿想抽烟,仔细一想,今天晚上自己好像抽得有点儿多了,这儿又是室内,还是忍下,隔着昏黄的灯光,去看对面的人:"你生日什么时候?"

"二月,"她加了一句,"十六号。"

"立春过后了。"

"也还是冷,有些年还能碰到下雪。我不大喜欢冬天……我姐姐四月出生,草长莺飞的时候。"

做什么都觉得更有奔头。

"你有姐姐?"

"嗯。比我大三岁。"她垂下目光,像是不大提得起兴致。

陈知遇隐约从林涵那儿听过两句,知道苏南家庭条件一般,读研以来就没问家里要过钱了,有时候还得把勤工俭学的报酬汇过去。到底不是什么拿得出来仔细询问的事,所以详细的他也不清楚。

第二章 夜之桥

他也没有贸然施以援手的爱好，自认乖戾，但仍会谨遵社交上的一些禁忌。

离开咖啡馆，陈知遇又载着苏南去长江大桥。

桥很有些历史了，上下两层，铁路公路两用。他把车停在桥头，跟着她沿着两侧的步行道走了约莫500米，回头一看，她攥着他那条围巾，双颊被吹得通红。

"怎么不围上？"

苏南脚步一顿，片刻，高大的身影走近一步，手里的围巾被抽走，绕了两圈，裹住她脖子，手指像是出于习惯地在围巾上捋了一下。

浩荡的风从江上刮过来，一霎罩在她脸上。过了片刻，她重又呼吸过来，心脏陡然孤悬，摇摇晃晃，落不到实处。

"陈……"

身后鸣响电动车的喇叭，他虚虚扶着她手臂，往旁一侧，电动车从他身后呼啸而过。

苏南脑袋里一片空白，机械地眨了下眼，片刻后，感觉自己整个身体都是僵硬的，不知道是不是因为冷。

陈知遇一霎就回到原位，手插进衣服口袋里，像是在摸烟盒，片刻，又停下了："走，回车上，送你回学校。"

"……我第一次来。"

"想散散步？"陈知遇眼里带了点儿不那么严肃的笑意，过于游刃有余了，"这桥五公里，步行少说要一个多小时吧。"

苏南顿了一下："我也给你讲个故事吧。"

陈知遇看着她。

"有两个人，从小就认识，钩心斗角了半辈子。后来其中一人受难，另一人施以援手，半是利用半是真情实感，把这个难关渡过去了。两个人，有一段很亲近的日子，蜜月一样，互相商量着怎么把旧债务清理干净，怎么重整这个家庭……然而，然而施以援手的那个人，还是走上了干涉、控制、争斗的老路，得不到就干脆抽身而退……"

"后来呢？"

037

"后来……"苏南睫毛颤了一下,"后来,这个人就死了……另一个人怀念他,但明白有时候,很多事情,不如就让它过去更好。"

还是怀念,但只在梦里重温。

陈知遇咂摸着这个故事。

"您听过喀秋莎吗?"

"原来这故事不是讲人的。"

是说的一段桥的历史。

苏南把目光投向茫茫黑沉的江面,那上面只有几艘小小的渔船,一星灯光。

"我走过武汉长江大桥,全长 1600 多米。不远,一会儿就走完了……像是参观一段往事的遗迹。"她顿了一下,想要把一字一句都说得清楚,"那种感觉,像是你永远陷在过去……走不到未来。"

片刻,她飞快地笑了一下,抬头看向陈知遇:"这个故事不好,没您的有深意,也做不出什么阅读理解。走吧……这儿真冷啊!"

这段"参观遗迹"的讲述太过于诛心,让陈知遇忍不住心脏一跳。

他低头去看她。

她自己大约没发现——她的眼里蒙上了一层将落未落的朦胧水雾。

第三章

风中心事

夜晚的心像一条街／想一件事／就亮一盏灯／想多了／就灯火通明

——诸葛闹闹

放寒假前一阵，苏南被陈知遇指挥得团团转。

周四，教室。

《传播学思潮》最后一次课，全班同学做结课题报。作为助教的苏南伏案记录，眼观六路耳听八方。

一只手臂伸过来，把杯子搁在她面前，在她抬头看时，他眼里立即染上点儿促狭的笑意："帮我倒杯热水。"

周五，办公室。

苏南到时陈知遇正在抽烟，没穿着他那板正的西装，只一件套头针织衫，松垮垮套在身上，衬衫领口解了两颗扣，然而大敞的窗户正呼呼往里灌冷气。也不知道他是冷还是热。

苏南坐在自己常坐的小沙发上，偶尔抬头，办公桌后那双眼睛盯着笔记本电脑屏幕，双眉紧蹙，似在阅读什么了不得的国际新闻，或是审阅某个倒霉学生的期末作业。

"陈老师，我能从您柜子里拿本书吗？有个地方需要确认。"

"自己拿。"

苏南起身，开书柜门，顺道往陈知遇笔记本电脑屏幕上瞥了一眼——某知名漫画，最新话。

苏南："……"

周六，办公室。

寒潮来袭，南城一夕之间冷成冰窖。

苏南裹了层羽绒服到院办，门开着，却没有人。

她坐下做了会儿事，听见脚步声，抬头先看见一捧娇艳欲滴的玫瑰。

来人随手将花往她面前的茶几上一扔："拿去晒干泡茶喝——吃了也行。"

漂亮的玻璃纸颤了两下，花瓣上露珠摇摇欲坠。

"谁送您的？"

"不知道。"

苏南："……"

他已在椅上坐好，两条腿交叠搭在办公桌上，懒散地靠着椅背："盯着我看做什么？我二十年前就对这种把戏免疫了。"

苏南低头，有点儿嫌弃似的把花往旁边一推。

"二十年前……你是不是还在幼儿园里和泥玩呢？"

"我没上过幼儿园……"苏南小声反驳，"……直接念小学了。"

"哦，那就是在居委会里和泥玩。"

周日，办公室。

照例一束花丢在茶几上，照例还是玫瑰。

他一扯领带，啧啧一叹："你说俗套不俗套。"

"您……没打听谁送的？"

"怎么，打听出来了还请她吃顿饭？"

苏南翻来覆去地帮他检查一遍，连张小卡片都没有："兴许……是哪个女生送您的。"

第三章 风中心事

"你们现在这些学生不得了,老师的主意也敢打。"

"……可能只是单纯仰慕您。"

"给我打钱,多实在。"

"你不缺钱。"

"我也不缺花。"陈知遇瞥她,"昨天那束你怎么处理了?"

"……抱回去了。"沿路被人注目,到宿舍了还被室友一通盘问。

"那接着抱回去。搁我这儿占地方。"

苏南小声:"我们宿舍还没您办公室大呢。"

三次随堂一次期末,所有成绩登记完毕,已到中午。

苏南把成绩单发到陈知遇邮箱,稍稍一合笔记本电脑盖子:"陈老师,统完了。"

"嗯。"陈知遇拿起搭在椅背上的外套,"走,请你吃饭。"

"不用……"

"我明天回崇城了。"

苏南默不作声地开始收拾电脑包。

走到门口,前面身影一顿,转头提醒她:"花。"

苏南抱着花,上了陈知遇的车。

仔细品品,总觉这种相处方式,距离暧昧差点儿,距离坦荡也差点儿,说不清道不明,像个饵,勾着她漫天胡想。

上车时拘谨犹疑,饭却吃得心无杂念,若不是餐桌上有两道肉食,简直和坐地参禅一样肃穆庄严,让苏南都不禁开始自我谴责,菩提非树,明镜非台,如露如电,梦幻泡影。

寒潮未散,稀薄日光下,几株老树被寒风刮得摇摇欲断,地上一地的枯枝落叶。

陈知遇立在车门口,没上车:"不送你,能自己回去吗?"

苏南想也没想:"能。"

送回去,送到宿舍楼下,就不妥了。

陈知遇左臂撑着车身,隔了一步的距离,低头看她:"这学期谢谢你。"

"……我应该做的。"

陈知遇的声音里混了点儿笑，让人不大能分辨确切含义："……那行，提前祝你新年快乐。"

"也祝您新年快乐。"

陈知遇站着没动，似还有话要说。

苏南抬眼，却只对上一道极深的目光。

"……还有事吗，陈老师？"

"花，你忘了。"他拉开车门，把那束主人拒收的倒霉催的玫瑰拎出来，往她怀里一塞。

浓郁的香，荡了满怀。殷红饱满，衬得她白净的皮肤上也多了抹艳色。

她缓慢眨了一下眼，用手臂将花搂住了。

陈知遇拉开车门，钻进车里，挂挡，发动车子。

后视镜里，抱花的傻学生越来越远，最后只剩下一个鲜红的小点儿。

苏南近一年没回械城了。

从窗户望出去，目光越过七折八弯的幽深巷子，越过水泥洋灰成片乱搭的低矮建筑，越过被来往车辙碾得稀烂的雪地，发现靠近河流的对面，有三栋小小的红房子，拔地而起。小城一天一个样，那三栋红房子，就是她不在时突然出现的陌生的"惊喜"。

一声啼哭，把思绪拉回到姐姐苏静自大早上开始就没断的连声唠叨中："……我即使知道那个女人的工作单位又有什么办法？宁宁他不会要，离婚之后他每个月只用付一点点儿抚养费，都不够宁宁买尿片……我也不想这样……"一边说，一边麻利扯下婴儿屁股上垫的纸尿裤，"卫生纸，递过来。"接过卫生纸，扯了两截，给婴儿擦了擦屁股，拍了点儿痱子粉，又垫上条新的，再一层一层往上套裤子。

婴儿张着两臂，想爬，被她拽回来，撇了撇嘴要哭，一个奶嘴一下塞进了嘴里。婴儿嗝了一下，抓住奶瓶，大口吮吸起来。

玻璃窗上，不知道什么时候爬来一只蛾子，灰扑扑的，趴在那儿，一动不动，像个巨大的泥点儿。

"为什么要离婚？离婚就是便宜了那个人，我如果不搬出去，他能拿

第三章　风中心事

我怎么样？宁宁还没满周岁呢……

"你别跟妈说，妈思虑多，回头又要胡思乱想不得安生。我已经这样了，就只盼望妈跟宁宁好好的……

"你好好念书，别学我……"

一上午，苏南几乎没有插上话，似听非听，多半时间用来观察那红房子和泥点子。

苏静好不容易把孩子哄睡着，把脏衣服往桶里一扔："你先坐会儿，我去洗衣服，帮忙看一下宁宁。"

"姐，"苏南抬头一指，"……那房子是做什么的？"

"哦，名人展览馆。你不在时建的，妈喜欢去那儿纳凉。你没去过？可以去看看。"

年初刚刚批准获建的槭城文化名人作品展览馆，上个月刚刚开馆，本地人赶过第一次热闹之后，便门可罗雀，只有小青年们偶尔过去拍拍婚纱照。

展览馆门口，贴着一张告示，农历腊月二十六至正月初七闭馆。今天腊月二十，初中高中的小崽子们还没放假。

展览馆免费，凭身份证取票。

苏南捏着一张薄薄的号码纸，走进红房子里。

槭城弹丸之地，搜刮一圈也就那么几个"名人"，捐资助学的华侨都给拉上凑数，堪堪凑齐了三个展厅。展览的作品更是磕碜寒酸，连不知道从哪个犄角旮旯里扒出来的"老干部诗歌"，也糊裱装订，高悬展柜。

逛到西厅，苏南自觉无聊，正要离开，余光里瞥见玻璃罩子下面一尊洁白的建筑模型，立即停下脚步。

往前一步，低头看模型的介绍——S大学美术馆，设计者：周思渊，杨洛，陈知遇。

离开红房子，苏南顺道去超市帮苏静买了瓶新的洗洁精。

天冷，路上行人匆匆，除了几个初中生模样的熊孩子，哄笑着往人车轮胎底下扔炮仗。

苏南从小怕这个，拉上了羽绒服拉链，匆匆绕道而行。

043

到巷口，一辆熟悉的轿车陡然闯入视野之中。

苏南一愣，拉下围巾，眯眼细看，崇A的牌照。

苏南磨蹭了一会儿，才缓步走过去，还没到跟前，车窗已经打开，近半个多月没见的陈知遇探出头来，不无惊讶："苏南。"

"陈老师。"

陈知遇目光往她手里扫了一眼："你住附近？"

"嗯……"

车门拉开，陈知遇迈下车，干净锃亮的皮鞋往地上一踩，霎时沾上点儿泥水。

怀揣着刚刚窥知的巨大秘密，苏南没敢看他："您来……来槭城看枫树吗？枫叶早落了……"

"不是，过来送点儿材料。"

听见"材料"两字时，她心脏莫名地跟着咯噔了一下。

下一秒，便听陈知遇问道："你知道名人作品展览馆在哪儿吗？"

苏南的手好像有点儿冻僵了，不听使唤。

过了好半晌，她才缓缓抬起手指，指了指不远处："那儿，三栋红房子，很显眼。"

陈知遇笑一声："谢了。十几年没来过，槭城变化太大，路不好找了。"

"您过去吧，我……我姐姐等着用洗洁精……"

话没说完，忽听见巷子里骤然传来嘈杂的叫喊声。

抬头一看，巷子那头，等着用洗洁精的姐姐，正和一个五大三粗的男人，以极其粗暴的姿势互相拉扯着……

苏静一瞅见苏南，像是遇见救星，抬高嗓门儿："苏南！苏南你劝劝你姐夫！哪有过年还往别人家跑的……"

男人一把搡开苏静："房子给你住了，钱给你留了！你还闹！"

苏南怔然，窘然，紧接着思绪就像那已被践踏殆尽的雪地，无序斑驳，一片残余的空白。

"苏南！"苏静又扑上去，紧缠着那男人不放，"苏南！你帮忙劝劝你姐夫！"

第三章 风中心事

喉咙里似烧了块炭,发不出声,她恨不能失语,或者就地蒸发。手里的塑料袋被寒风吹得哗啦作响,她前进一步,却拉住了苏静手臂:"姐……算了吧。"

"算了?!我凭什么算了!这是他家啊,还有宁宁,宁宁是他女儿……"她忽然撑不住一般,喉咙呜咽出声,泛红的手指仍然死扣着男人的衣袖,"你不能走,你要是敢往那个人那儿去一步,我就……"她目光逡巡,落在巷口那辆虽有多年、外表仍然锃亮的轿车上,"一头撞死在车上!"

苏南被苏静骂过冷心冷肺,在她无数次劝说姐姐离婚的时候。苏静总有千百句话还回来,好像苏南一句理智的劝告,就成了和"贱人"一个阵营的。

久而久之,苏南不敢再提一句,心里那点儿微末的同情,也像把散沙捏在手里,捏着捏着就没了,剩下的那些,是攥入血肉的厌烦和麻木。

"人类的悲欢并不相通,我只觉得他们吵闹。"

此时此刻,她觉察出自己大抵真是冷心冷肺,十二分恨铁不成钢的一句"那你就去死吧"到了嘴边,差点儿一个字一个字地蹦出来。她咬着后槽牙,伸手抱住苏静的腰,使劲往后带,手上袋子被苏静一撞,"啪"一下落在泥水里,带着劲风的一巴掌,狠甩在脸上。

"苏南!你帮谁呢!"

男人趁机一扯衣袖,斜了苏静一眼,整整领子,大摇大摆地走了。

陈知遇上前一步,伸出手臂,却不知能做什么,尴尬地僵在那儿。

苏南脸上,让苏静抽出了五道红印。

苏静有点儿蒙,片刻,握着苏南手臂退后一步:"南南,我……我不是故意的……"

"宁宁还在家呢,那么小,你放她一个人……"她飞快蹲下身,借这动作狠狠地抽了抽鼻子,把沾了泥水的袋子捡起来,拿出里面干净的洗洁精瓶子往苏静手里一塞,"你回去吧,我回家……"

"南南……"

苏南低垂着头,谁也没看,越过苏静,越过陈知遇,踩着肮脏的雪地,飞快往前走去。

陈知遇:"苏南。"

身影仿佛没有听见,逃离般地走远了。

陈知遇拔了钥匙,摔上车门,飞快赶上去。

暗云低垂,河水枯竭,石桥灰扑扑,苏南立在桥边。

他想起那日,从人民医院回来,转身回望时那道像是被什么压着肩的单薄的身影。

那时候她在接谁的电话?又在想些什么?

明明是24岁光明张扬的年纪,却总能在她眼里看见明晃晃的疏离孤独。有时候什么也看不透,只一片荒漠,风雪弥漫。

"苏南。"

那身影飞快抬手,擦了一下眼睛,声音闷重:"……让您见笑了。"

见什么笑,不被逼迫、不被唠叨的大人,也有无可奈何的时候啊。

"我说……"陈知遇低叹一声,"疼不疼?"

"不疼。"

还在逞强。

陈知遇走近一步,伸手捏住她伶仃的腕子,往跟前一带,手指靠近她红肿的脸颊:"我问的不是这儿……"

湿漉漉的睫毛,急促地颤了一下。

"……五分钟。"

他抓着她的手腕,往自己怀里一拉。

五分钟,让他们暂时舍弃自己的身份。

怀里身体紧绷,片刻,缓缓地放松下来。大衣的边被紧紧攥住,露出用力到发白的指节。呼吸急促,起伏不定,把压抑的哭声,一声一声敲入他耳中、心上。

他手掌缓缓地、几分踌躇地按在她背上。

有些越发惶惑,有些愈加清楚。许多念头生了又灭,起了又落。

气息渐渐平顺,被紧攥的大衣也松开了,怀里的人退后半步,瓮声瓮气向他道谢。

他无可无不可地"嗯"了一声:"我认识一两个律师,专打离婚官司的。"

第三章　风中心事

苏南摇了摇头："用不上……"

苏静不肯离婚,要拖着早已没有的自尊、情分,跟出轨的男人死磕到底。

"需要的时候,直接联系我。"

桥下,露出淤泥的河床翻出点儿土腥味儿。

她头发被风吹起来,刚刚哭过的眼睛干净明澈,但仍有挥之不去的情绪羁连而生,望着只有忧愁和更加深沉的忧愁。

她固执、逆来顺受、苦中作乐,又深沉孤僻的性格,总算稍得端倪。

然而……

他伸手去摸口袋里的烟,抽了一口,才觉一种按下葫芦浮起瓢的焦躁稍得缓解。

小时候家教很严,父亲陈震是传统意义上的父亲,最不喜他定不住地瞎闹腾。有一回,他跟同学去山里露营,捉了只松鼠带回来养。那松鼠没过一周就死了。陈震罚他跪了半天——对着松鼠的尸体。

"没反对过你养宠物。去年的京巴,养了三个月,送给了你舅舅。前年的临清猫,养了一个月,现在是你妈替你照顾。这松鼠适应不适应城里生活,平常吃什么喝什么住什么,你打听过吗?这回要再养不下去,你准备丢给谁,给我?"陈震格外严肃,"知遇,你要是负不了责,就别揽事儿。"

他葬了松鼠,之后再没往家里领过小猫小狗小雀儿。

在风声中,两个人都沉默了太久。

"陈老师……您赶紧去展览馆吧,四点半闭馆。"

陈知遇点头,没有说话。

烟半晌没抽了,长长一截烟灰,让扑来的风吹散。他把烟一把掐灭,像是要把方才冲动之下的那个拥抱,以及衍生而出的种种,一并截断。

在桥上分别,两人背道而驰,陈知遇往红房子,苏南往远处另一边自己的家。

四周建筑面目全非,路仍是小时候自己惯常走的那条。

过桥,经过一连串从奶粉尿布到殡仪用品,从生到死包揽所有的小摊小店,穿过一条被散了架的自行车、和泥土长成一体的花盘、隔了三十年的旧球鞋……堆得逼仄狭窄的小巷,就到了自家门口。

苏南定在门口,却没上去。

楼上在滴水,门口的水泥地早让经年的雨水浸出一片深沉的墨绿,苔藓一样。

滴答。

她像是此时此刻,才从刚才那个掰散揉碎也找不出半点儿绮思的拥抱中回过神来,而后魔怔了一般回想种种细节。

羞耻、难堪、心悸。

他的体温,他带一点儿木质香味的呼吸,他衣上沾染的水汽……

所有一切沉淀发酵以后,只有食髓知味的绝望。

红房子里,那白色建筑模型的旁边,立了建筑和设计者的简介。

"S大学美术馆,设计取'儿童散学归来早,忙趁东风放纸鸢'的意境,整个美术馆穹顶,如纸鸢轻盈优美。这是杨洛生前在崇城大学建筑学系教授、著名建筑设计师周思渊先生指导之下,与现任崇城大学新闻与传播学院副教授的陈知遇,共同参与设计的最后一件作品,是S大学的瑰宝,也是整个人类建筑史上的瑰宝……"

杨洛,1979—2002,槭城青河区人。

1997年,以全区第一的优异成绩,考入崇城大学建筑学系。

1999年,获得安德森国际建筑设计大奖,银奖。

…………

2002年10月17日,因车祸不幸逝世,年仅23岁。

简介上方,一张彩色的半身照,印刷得有几分失真,但也能看出,那真是极好看的一个年轻女人,明眸善睐,印在照片里的那双眼,认真看你的时候,你仿佛觉得,整个世界的花都开了。

她几乎瞬间想起去年10月17日,S大学。

那天,他立在檐下,问她:

"能唱首别的吗?

"那是个美术馆,能看见吗?

第三章 风中心事

"我朋友设计的。

"这儿视野好,从这儿看过去,美术馆顶部造型像只纸鸢。

"槭城……那儿秋天不错,雨一下一个月,适合找个地方喝酒看枫。"

这一年的新年,苏南是在一种别样的凄然气氛中度过的。电视里放着欢天喜地的节目,电视前母女三人相对无言,只有宁宁间或哭上一声。小孩儿不懂新年旧年,不懂悲欢离合,不懂几家欢喜几家愁,只知道饿便哭,饱便笑。

勉强撑着跨了年,苏南去浴室洗漱,扎头发时,听见客厅里苏母央求似的劝告苏静。

"离婚吧,宁宁还有我这个当妈的帮你带呢,只要我有一口吃的,怎么会饿得了她?你去超市找个工作,一个月拿千把块钱,加上南南还往家里给点儿,咱们三个齐心协力,哪儿有过不去的坎……"

苏南拿下花洒,没有注意,第一下放出的是冷水,浇在手上,冰冷刺骨。

陈知遇的这个年,也过得十分平淡。

陈程两家住得近,通常是合在一块儿过年,加上陈知遇舅舅、舅妈、表姐、姐夫和刚满三岁的外甥女,略微数点也有十几号人。

闹闹哄哄,到凌晨两点才散,陈知遇和程宛预备回去休息,又被谷信鸿叫出去喝酒。谷信鸿跟程宛一个院里长大的,当了几年兵,退伍以后在北方做生意,混得风生水起,如今大家都称他一声"谷老板"。

谷老板包场,场子里都是些熟面孔,音乐放的还是 Bob Dylan(鲍勃・迪伦)的,没有闪瞎眼的灯光,没有闹哄哄的音乐,倒是个正儿八经叙旧的场子。

见面,谷信鸿先牵了一人过来跟大家打招呼:"谷老板娘。"

"谷老板娘"文静温柔,让谷信鸿护得滴水不漏,看来他是真正存了定下来的心思。

谷信鸿招待一圈,在陈知遇身旁坐下。两人举杯走了一个,陈知遇问他:"你这位谷老板娘今年多大岁数?还没到法定年龄吧?"

"人二十二,长得显小!"

"能定下来?"

"正经家里的姑娘,小归小,很懂事,知冷知热的。"

陈知遇笑一笑:"成,先祝你们白头偕老——婚礼定什么时候?"

"十月,首都。到时候你可得赏脸。"

"撂了一屋子学生也得去给谷爷您捧场。"

谷信鸿在烟灰缸里弹了弹香烟,拿眼瞅着陈知遇:"你呢?"

"我怎么?"

"我听说了,这些年你身边就没个人。怎么,准备遁入空门啊?"

"六根不净,佛门不收。"

谷信鸿不以为然:"伟大教育事业不缺您这号人物。你才34,一辈子就准备这样了?"

"不还有程宛陪着吗?"

"她能陪你吃饭喝酒,别的能陪你吗?"

"谷老板,"陈知遇笑了一声,"我有其他需求,还怕找不着人?"

"那不一样。"

"这话从您嘴里说出来,真是没一点儿说服力。"

谷信鸿神情严肃:"我现在才知道,喜欢不喜欢,那感觉真不一样。"

"谷爷,你怎么还聊上细节了。"

谷信鸿拍一拍他肩膀,老大哥似的语重心长:"往不好了说,你这半辈子已经过去了,别钻在一个死旮旯里不出来。"

喝完散场,天已快破晓。

程宛喝得有点儿过头,一进屋就吐了个天昏地暗。

陈知遇怕她栽进马桶里,敲了敲门,里面应了一声,传出冲水的声音。推门进去,程宛靠着马桶坐在冰冷地砖上,抬手问他要烟。

"没了。你赶紧洗个澡睡觉。"陈知遇俯身去搀她。

程宛将他的手一把挥开,笑了一声:"哥,你说,活着有什么意思?"

她小时候一直叫他"哥",他去哪儿,她就跟到哪儿,说要陪他打江山,到时候他称帝,她拜将,两人拓土开疆,平定山河。

如今她走仕途，却与那些宏图壮志再没有半点儿关系，有的只有钩心斗角，利益算计。

陈知遇没理她，拽住手臂一把拉起来，摁在面盆里，给她抹了把脸，拖去卧室按下，倒杯水搁在桌边，留了一盏小灯。

"程宛，还当我是你哥，就听我一句劝，跟那些乱七八糟的过去断了。"

从放浪形骸里得到的那点儿温暖，太过浅薄，烧不过一夜就散了。

程宛翻个身，手臂盖在眼上："上个月我碰见那个人了，孩子五六岁。也不怕生，冲我喊阿姨，问我吃不吃糖。"

陈知遇沉默听着。

"……走太远，回不来了。也不知道能去哪儿。"

程宛终于睡下，陈知遇带上门出去。

天快亮了，远处建筑顶上，露出浅淡的一抹暖色。风冷，从窗户灌进来，还带着昨夜沉湿的水汽。他抽了支烟，滑打火机，两下才燃。

焦躁烦闷，像是非得做点儿什么不可……当一支烟抽到一半的时候，他终于意识到，自己是想打个电话。

外套扔在了玄关，他走过去捡起来，从口袋里摸出手机，屏幕黑暗，摁一下没反应，才想起来早就没电了。

第四章

神明在上,不敢自欺

有好多话,藏在心底,专等一个人。

——朱湘

日子是盘内容潦草随意的光碟,被人摁了慢放,总也到不了重要的那个节点。

刚开学的那几天,苏南过得坐立难安。她明白自己在期盼什么,又下意识去否认,焦灼之下,那点儿期盼反倒越发水落石出,无所遁形。

终于到了周三上午,《传播学实证研究探析》第一堂课。

苏南早上六点就睁眼,一骨碌爬起来,洗脸刷牙,吃过早餐,等第三遍整理书包的时候,才发现时间竟然过得这么慢。

七点半,离开宿舍,去院办教室。

她比平常走得更快,到教室时才七点四十。教工已经过来开了门,虚虚掩着。

她以为没人,猛地一推,视野里骤然闯入一道熟悉的身影,心脏跟着漏跳了一拍。

那身影听见开门声,转过身来。

"……陈老师。"

第四章　神明在上，不敢自欺

"来这么早？"他笑问。

他穿着白衬衫，衣袖挽了起来，领口扣子扣得一丝不苟，脸上挂着的笑，却与这副正经严肃的打扮不沾边。

"过来开设备。"耳朵泛红，她忙收回目光，低下头，急匆匆找座位放包。

片刻，意识到什么："您……你也挺早。"

"嗯。等你来给我开设备。"

她没敢呼吸，用力眨了两下眼："……我迟到了？"

陈知遇声音带笑："没迟到。不过还能更早点儿。"

苏南走到讲台上，一边打开电脑，一边拿眼角余光去瞥立在窗边的人影："您什么时候到的？"

"跟你前后脚。"

其实七点就到了。

快抽完半包烟，才看见一道身影从楼前树影下闪出来，风似的一路小跑，身上风衣的衣角随着她动作扬起落下，落下扬起。

苏南微微笑了笑，熟练地开了电脑，帮他接上笔记本电脑，试了试音响设备，再拿上他的水杯，去走廊拐角的茶水间，帮他接热水。

此前做过无数次的标准流程，今次每个步骤都带着难以抑制的雀跃和一种隐秘的甜蜜。

"陈老师，好了。"

苏南把杯子放在右手方便拿取的位置，抬头看向陈知遇。

"嗯。"

傻学生眼里，只有明晃晃的自己的倒影和明晃晃的笑意。

"上周六，怎么没给我发邮件？"

苏南笑意短暂地滞了一下："您没说过年也要……"

"给林老师发过拜年短信吗？"

"发了。"

"高中班主任呢？"

"发了。"

"初中班主任呢？"

"……发了。"

"小学班主任呢?"

"……也……也发了。"

"那怎么不给我发?"

她愣了愣,张皇无措,飞快眨了下眼,片刻,垂下眼道歉:"……对不起。"

陈知遇心情顿时就好起来,迈开脚步,往讲台走去。

讲台上的人下意识退后两步,下了讲台,坐回到座位上——第一排,他强制要求的。她翻开笔记本,有点儿慌乱地从笔袋里抓出了一支笔,又像是才意识到还没开始上课,顿了顿,又放下了。

从他的位置,能将她动作看得一清二楚。

像小时候隔着笼子看鹦鹉,拿着肉骨头逗京巴,或者捏着一根羽毛去逗巴掌大小的小奶猫……

他瞬间敛了神思,有些烦躁地去抓衣服口袋里的烟。

走廊里传来脚步声,他忙将刚掏出的烟一把折断,整了整衣领,沉肃而立。

依然上课,依然被压着进行各种稀奇古怪的"培训",之前攒的那些资料交了差,苏南又被安排着攒新的资料,周六雷打不动发去邮件,陈知遇雷打不动回复一个"妥"。

他仍然收到花,不知哪个不知名的追求者孜孜不倦,只是不再拘泥于玫瑰,桔梗、百合、蔷薇、依米兰……花样繁多,全扔给了她。

宿舍里单辟了一个角落,各颜各色堆在一起,只是鲜切花保质期短,没到两天便蔫了。

晴天,他给她看刚刚淘换来的茶叶,碧螺春,阳光下茶色清透,只泡两道。

雨天,他说这天气适合喝酒,陈年的,绍兴黄酒最好,然而还有一堆资料要看,当老师没意思。

阴天,他说,今儿雾霾指数爆表,防霾口罩不顶用,已经在网上下单防毒面具,你要吗,咱们开团,第二个半价。

第四章 神明在上，不敢自欺

早上，教室里只他们两人，开设备时，听他打呵欠说昨晚睡得迟，问他又连夜追漫画了？他瞪了一眼：胡说。

中午，学生一窝蜂拥出教室，他问，像不像监狱放风？

傍晚，操场上学生抢上球拍，他负手而立：这网球打得跟拍蚊子一样。

晚上，他说：滚去睡觉。晚安。

"晚安"两字，反反复复看上十遍，才觉得一天踏实下来。

这心情无人分享，隐秘苦涩，像嚼着茶叶，到最后却有回甘。

一日一日，枯枝冒新芽，一夕之间草色遍野，浅紫二月兰压了半重天。进入四月，桃红柳绿，是南城最好的季节。

周三，陈知遇没如往常一样打开PPT，立在讲台上，扬一扬手里一份文件："刘老师要占两节课，让你们去实地做问卷调查。"

刘老师教调查研究方法，恰好逢上自己的研究课题要做调研，需要去两个城市，共计23个市辖区、乡镇发放问卷，是个真枪实弹演练的好机会，便准备让学生实地操作，熟悉流程。

苦差事，但有补贴，旅费和餐费报销，此外一份问卷能拿到三十块钱的酬劳。

刘老师进门说明详细要求，最后委派了苏南和他那门课程的课代表负责统筹。调研两人一组，负责一个区，四十份问卷，说多不多说少不少。苏南作为助教，自然得发挥精神，让其他同学挑完了，自己负责剩下的。

最后，留给她的是Y市G镇，整个省都排得上号的贫困地区。

出发时间最晚周五下午，每组学生有两天时间。为求稳妥，陈知遇和刘老师各在一市市中心坐镇指挥。

陈知遇拈了支粉笔，在黑板上写下一串号码："去Y市的同学，遇到什么情况，打这个号码。每晚七点群里汇报坐标。大家注意人身安全。"

一抬目光，却是落在苏南脸上。

苏南视线与他对上，立即低下头去。

和苏南同行的是刘老师的课代表,两人发挥苦中作乐精神,一人分了二十份问卷,各自负责一片,准备着咬一咬牙周六一天完成,周日就能去 Y 市的市中心逛一逛。

G 镇偏远,已到农村。苏南与村委会的负责人接上头,对方派了个女书记,骑一辆电动车,在田间道路穿行。

一望无际的绿色,延伸到地平线,汇入远处绵延起伏的山峦。田对岸有棵参天古木,树枝上系着红布条,在风里招摇。

真发起问卷来,才发现这事儿远不如想象的容易。如今还留在农村的,多是已上了年纪的老人,语言不通,文化程度不高,加之问卷题目设计得曲高和寡,比画半天,简直鸡同鸭讲……苏南无法,只得逐题逐题地拆分讲解。

中午在书记家吃了顿饭,下午书记有事,苏南只能自己步行走访。

暮色一重一重压下来。

问卷还剩下五份,苏南给自己打气,沿着小河堤岸一路小跑,往下一家去。

七点,陈知遇往调研群里发了条消息:分享地址签到。

消息一条条蹦出来,陈知遇对着名单一个一个核对,最后……没苏南的。

陈知遇翻出跟苏南一组的刘老师的课代表,拨了个电话,刚"喂"了一声,那端便传来课代表泫然欲泣的声音:"陈老师,我联系不上苏南了!"

他心里一个咯噔,按捺住情绪问详细情况。

课代表说两人约定了六点在镇上碰头,再坐出租车一道赶回市内。六点没等到人,给苏南打了个电话,没人接。等到六点半,这回干脆是暂时无法接通。她心里没个主意,一边打电话一边等,等到七点,正打算跟陈知遇汇报这件事。

陈知遇飞快往表单上瞥了一下,记下地址,安抚课代表:"你先在镇上找个正规酒店住下,不要乱跑。"

安抚好课代表,陈知遇又给村委会拨了个电话。村委会说苏南六点半到村委会去了一趟,给付了酬劳,之后人就走了。

陈知遇在群里嘱咐各位同学晚上留在酒店不要随意外出,自己迅速下楼取车,开往 G 镇。

天已经黑了,沿路大片空旷的田野,黑暗之中,几星灯火。

四十分钟,陈知遇抵达村委会,然而村委会已经下班,黑灯瞎火。

路旁稀疏立着路灯,好些已经坏了,成群飞虫聚在光下,嗡嗡地往灯泡上扑。

下了车,捏着手机,沿道路缓缓往前,视线扫过黑沉的湖面,森森树影,还有风里摇晃的芦苇秆。

"苏南!"

四下空旷,风声掠过耳畔,只有他一个人的呼喊。

心急如焚的滋味,算一算,已有多年未曾体会过了。

人生何来绝对?

只有你以为每一次已准备好时,猝然发生的意外、惊喜、机遇。

人不就是靠着点儿"不可预料",来给自己平庸无趣的生活增添注脚吗?

左边田埂上一道灰蒙蒙的身影,突然出现在视野之中。

他脚步一顿,喘了口气,向着那儿喊了一声:"苏南?"

片刻,怯生生的一道声音:"陈老师?"

杂草绊着裤脚,狂奔而去。

苏南赤脚坐在田边,手臂上,裤腿上,半边身体全裹着泥水,手里捏着一只同样泥乎乎的手机。

她目光有些失焦,在陈知遇停在自己身旁时,才渐渐清晰起来,笑了笑:"陈……"

陈知遇目光沉沉,隐隐似有怒气。

她不自觉敛了笑容,急忙解释:"手机掉进田里……哦,问卷……"她往旁边书包瞥去一眼,"问卷没事……"

"你没带脑子?"

苏南一怔,片刻,有些无措地别过目光,咬了咬唇。

手指上的泥快干了,轻轻一抠便落。

陈知遇喘了口气,好半晌才压抑住火气:"站不起来了?"

"脚崴了。"

他蹲下身,把她腿扳过来。

她不自觉缩了一下:"都是泥……"却被他抓得更紧。

脚踝被他握住,微凉的手指轻轻用力:"这儿?"

她"嘶"了一声。

"怎么肿这么厉害?"

"嗯……田埂土松了,我急着回电话,没注意,一踩上去就往下滑,脚陷进泥里崴了一下,不知道踩着什么,脚掌也疼……还好水里没蚂蟥,我最怕那个了……"

"少说两句,憋不死你。"

苏南乖乖抿住嘴:"哦。"

陈知遇把她腿抬起来,摸出手机照着,往脚掌心看了一眼。半干的泥混着半干的血,半指长一道伤口。

"不知道喊人?"

"天黑了,等了半天没人。我看见您的车过去了,喊了,您没听见。"

他火气撒不出去,嘴上越发不饶人:"你怎么不顶个斗笠直接下田插秧呢?"

苏南:"……"

"不知道早点儿往镇上去?你同学等你半天,你没点儿集体意识?"

她闷着头,没敢辩驳。

他把自己手机往口袋里一揣,一看她手里还捏着一只,一把夺过来,也往口袋里一揣,拾起旁边地上的书包,往她肩上一挂,背过身弯下腰:"上来。"

她愣着。

他不耐烦:"快点儿!"

苏南伸出手臂,攀着他肩膀,微一使力,爬上他的背。他颠了一下,稳稳背上,踏着荒草,往路上走去。

头上漫天星斗,田里栖着虫鸣。

她眼前模糊了又清晰,清晰了又模糊。

第四章　神明在上，不敢自欺

想这一条路，永远没有终点。

四周空旷寂静，连树的影子动一下，声音都格外清晰。

陈知遇脚步平稳缓慢，脚踩过野草，窸窸窣窣。

呼吸、脉搏，随着他的步伐，两人逐渐落入了一样的节奏，一时分不清彼此。

她本能地不敢呼吸，视线越过他头顶去看夜空，突然就想起了小时候。

那时的槭城还不是现在的槭城，满城青枫，流水十里，驳船栖在岸边，月光下，谁家阿妈端了木盆去河边浣衣。

她被父亲背在身上，从这一棵枫树，走到下一棵枫树，她跟着父亲唱，月亮走，我也走，我送阿哥到村口……阿哥是谁？于是改口，月亮走，我也走，我送阿爸到村口……门前开着碗口大的牵牛花，年迈的黄狗趴在狗尾巴草上打呼，父亲的背是一艘小船，摇摇晃晃又稳稳当当。

南南，以后争气，不要再生病，害你妈妈担心。

南南，念书要学你姐姐，再机灵点儿……

"陈老师……"

陈知遇脚步一顿："嗯？"

"……您真像我爸。"

"……"陈知遇被气笑了，"我可生不出你这么大的闺女。"

背上的人就一丁点儿重量，比他预期的还要轻。那天在河边抱她时就发现了，伶仃一把瘦骨，可骨子里没有软弱只有抗争，以及，无声的抗争——面对他的时候。

"我要是不来找你，你就预备在这儿坐一整夜？"

"……不是正打算起来去村里找人嘛。"

"全班都没出问题，就你一个助教出问题。"

"……助教要发挥带头作用。"

陈知遇差点儿笑呛住："带头给人添乱？"

苏南不吭声，埋下头，悄无声息地嗅了一下他身上极好闻的气息。

她私心只想给他一个人添乱。

"你要是出了什么问题,我怎么跟你导师交代？"

苏南一怔。

一句话,就把她轻飘飘的幻想一下拂灭,像人一把扯断蜘蛛网那样轻易。

她小声地道："……对不起。"

陈知遇没话说了。

气已经气过了,只剩下心有余悸。

这些年,除了早些年交的那些朋友,他几乎不跟人发展出任何关涉到离别就极易惆怅的关系。知冷知热之人,三两个够了,剩余都是点头之交。

人生重重苦厄,躲不过的是"无常"二字。

然而这傻助教有本事,太有本事了。

如果平日里对她诸多种种"欺负"皆是造下口业,那此时此刻此情此景,自己这拿不起也放不下的心情,大抵就是报应。

"长这么大,就背过我三岁大的外甥女一人,你觉不觉得荣幸？"

"您是拐弯抹角说我跟小孩儿一样,我听出来了。"

陈知遇："……"

"陈老师。"

"嗯？"

背上的人指了指,前方,夜色勾出一株参天古木的剪影："往树上绑红布条,是这儿的习俗吗？"

"树是神树,以前宗族祭祀,要在树上绑红绸,设案进香。"

"这儿应该有神明镇守吧？"

"山野之间,性灵之物都算是神明。"

"……太好了。"

"怎么？"

"我刚刚看见远处有个坟包,怪吓人的。"

"……所以这就是你刚刚掐我肩膀的理由？"

背上的人笑出声,笑声脆生生的好听。

他将她往上颠了一下："腿别瞎动！"

第四章　神明在上，不敢自欺

"哦。"

陈知遇有时候觉得，自己甚至不比门口那棵歪七扭八的老树活得更有意思。

老树年年岁岁立在那儿，几十年风雨之中，最不缺的，就是芸芸众生的故事。

可很长一段时间，他的生命被静止在了某个节点。

他有庸常的生活、繁杂的俗务，有每一天照常升起落下的太阳，每一年春生冬灭……

他像是变成了一座立在原地不能移动的钟表，指针从"12"又回到"12"，轮回无尽。

他拥有一切，唯独再也没有故事。

山野之间，万事万物，皆有性灵，皆是神明。

神明在上，他不敢自欺。

此时此刻，未知在脚下一路延伸，那点儿隐而不敢发的焦灼与恍惚，渴望与惶恐，确确实实，就是每一段故事开始时的模样。

人们所谓的——怦然心动。

到停车点一公里的路，被陈知遇刻意拖慢的步伐拉得无限之长，然而还是不知不觉到了终点。

村委会东、西、北三面两层楼房，门朝南开，围出一个院子。陈知遇放下苏南，进院子里晃了一圈，在西北角找到一个露天的水龙头。

"过来。"

苏南受伤的左脚在水泥地上试着踩了一下，脚踝钻心似的疼，咬牙嘶口凉气，只好右脚单脚跳着蹦过去。

陈知遇："……"

他走过去，将她手臂一捞，搭在自己肩上。

"陈老师，谢谢……"

"麻烦死了。"

她低低地笑了一声。

陈知遇拧开水龙头，苏南躬身伸出手，手指却被他一把拉过去，动作有些不耐烦的粗暴。

水浇下来,他捏着她手指,一根根冲洗。

月光碎在清澈的水中,溅在两人像是纠缠的指上。他手指跟自己的一样,有点儿凉。

洗完,他关了水龙头,似有若无地握了握她的手。

"脚。"

"脚……"她有些慌乱地往前蹦了一步,下一瞬,手臂被他一抓,绕过肩头。

他弯下腰,抓住她左脚:"站稳。"

"……好。"手指紧紧按住他肩膀。

他开了水龙头,微凉的水从小腿肚往下淋,碰到伤口。

"疼?"

"疼。"

"活该。"

她没说话,悄悄地笑了一声。

他手指用力,把她小腿、脚踝、脚背上的泥都搓下来,把她脚掌稍稍往外翻,看了看掌心。浇了捧水,草草一淋。这会儿看不清楚,怕没轻没重,决定左脚就先这样,回酒店再说。

"趾尖踮着,换右脚。"

"嗯。"

她放下左脚抬右脚时,脚踝受力,顿时吃痛,身体一歪。

陈知遇倏地直起身,手臂用力将她一扶。

苏南手忙脚乱站定,呼了口气,才发现自己两手扶在他腰上,他手臂则环在自己背上……

呼吸一滞。

他身上带着点儿体温的气息,就近在咫尺。心脏因一个不可能的可能,骤然山崩地裂。

不敢呼吸,更不敢眨眼。

安静。

水龙头没关,流水浇在地上,哗啦,哗啦。

第四章　神明在上，不敢自欺

他缓缓低下头。

月光落在她眼里，让一双清澈的瞳仁，有点儿湿润，有点儿……勾引人似的脆弱。

过了片刻，他喉咙一动，发觉自己视线正往下移，落在她同样湿润的嘴唇上……

明晃晃的渴望，无须掩饰，也掩饰不过。然而那念头只是转了一瞬，即刻悬崖勒马。

他垂下眼，声音里不带一点儿情绪："站不住就算了，回酒店让你同学帮你弄。"

秒针重新被拨动了。

苏南缓慢地沉沉地呼了口气，心脏也跟着重重落下。

说不上是失望，还是如释重负。

陈知遇关了水龙头，搀她走到车旁，将她塞进后座车厢。

这时候，借着车厢顶灯他才发现，她让泥水打湿的半干不干的白色上衣有些透。

陈知遇只瞥一眼便立即移开视线，解了身上外套丢过去。

她捏着衣服有点儿发愣："我不冷……"

"外套全是泥，你洗干净了给我。"

她乖顺地点头："好。"

陈知遇不再看她，绕去前面打开了车门。

关门动作有点儿重，苏南被吓了一跳，以为他又生气了。

大灯照着路面，车徐徐往前。

陈知遇掏出手机丢给后座的苏南："给你同组的同学打个电话，她六点就在等你。"

车厢里响起说话声，他抬头往后视镜里看了一眼。

她微垂着眼，脸上挂着充满歉意的笑，鼻头有点儿泛红。整张脸让朦胧的光线，晕染出一种格外温柔脆弱的调子。

像有天清晨，看着某天树上，枝丫冒出来的第一个带着点儿绒毛的青色芽尖。

宾馆门前立了道身影,一见车开过来,一溜烟跑过去:"苏南?!苏南你没事吧?"

苏南下车站稳,再次道歉。

陈知遇打开车窗,摸过皮夹掏了几张纸币一张卡,把皮夹一合,丢给苏南:"帮我开间房——你自己先去洗个澡。"

两句话,两件事,指派清晰明确,连一起说,就有点儿……

他品了品,觉得有点儿不对味,又不好再补充解释什么,车窗一关,直接开车走人了。

苏南洗了个澡,换上干净衣服,坐在床边吹头发。

敲门声响起来,苏南关了吹风。课代表让她坐着,自己跑去把门打开。

"陈老师——您等等,我给您拿房卡。"

陈知遇手里提了东西,接过钱夹和房卡,把装着药的塑料袋递过去,嘱咐课代表:"帮苏南上点儿药。"视线却是往里看。

房里的人恰好也探头看过来,头发还没干,脸上干干净净的。

他抬高声音:"上完药了早点儿休息,明早回市里。"

课代表爽快应一声。

苏南视线仍然停在他脸上,浅黄色灯光下的一双清澈的眼睛里,似有话要说。

上药这事儿,他真不想假以他手,然而不合适——进她们房间不合适,把她喊去自己房间更不合适。

他定了会儿,想一想,还是招手:"苏南,过来,跟你说件事。"

十分公事公办的语气。

苏南不疑有他,放下吹风蹦跳着过去了。

陈知遇低头看她,压低了声音:"你偷没偷看我身份证?"

苏南忙说:"没。"

"哦,不拿身份证,你怎么给我开的房间?"

苏南这才反应过来,他声音里裹着笑,压根儿不是什么正经的"说件事"。

第四章 神明在上，不敢自欺

陈知遇把手里的另两个纸袋递了过来，她接过往里瞅了一眼："这是什么？"

陈知遇却没回答："她那个袋子里的云南白药喷雾，你照说明书喷点儿，明天回南城……"

"我还想在市里逛逛呢……"话没说完，抬头一看，陈知遇正瞅着她，要笑不笑的，便没这胆了。

"……回南城带你去医院看看。"

"镇上有医院。"

"'莆田医院'？"

苏南笑出声："我从小糙养的，这点儿伤真的不要紧。"

陈知遇见课代表抬头朝着门口看了一眼，也不准备多说什么，伸手去摸烟盒，抽出一支咬着滤嘴："走了。你早点儿休息。"

进屋，苏南坐去窗边翻课代表手边那只塑料袋，消毒的治伤的好几种，外敷的内服的都有。

她给伤口消了毒，擦了点儿药水，脚踝上也喷了气雾剂，有点儿发凉，凉过以后又开始火辣辣的，却没之前那么疼了。空气里，一股浓烈清香的药味儿。

坐去自己的那张床上，把陈知遇给的纸袋都拿过来，从里面掏出两个纸盒。

一个是鞋盒，一双帆布鞋。

苏南瞥一眼课代表，她正抱着手机，没注意这边，便悄悄地把没受伤的右脚套进去试了试。

居然大小刚好。

再看另一个盒子，却是一怔——最新款手机的包装盒。

玫瑰金色，一摁键屏幕便亮了起来。旧手机里的卡也已经给她剪好，插进去了。

她顿觉手机烫手，连带着脚上套的鞋子的性质，似乎都有点儿变味儿。思绪乱了，理不清自己到底是喜是忧。往轻了想，往重了想，都觉得不对。只有一个念头，这手机不能收。

"苏南。"

苏南回神，课代表摸摸肚子，拿眼瞅她："你吃过晚饭了吗？"

她这才意识到，自己这么一番折腾，把别人吃饭的时间都给耽误了，顿觉过意不去，忙问："想吃点儿什么，我请你吧？"

"你想吃什么？我下去买，顺便给你带一点儿？你脚也走不动了是不是？"

课代表拿上手机钱包出门。

苏南从手机盒子里翻出卡针，把手机里自己的旧卡卸了下来。

刚过了三分钟，响起"咚咚"的敲门声，苏南趿上拖鞋跳过去打开门。

课代表笑容洋溢："陈老师请我们吃烧烤！"

财大气粗的陈老师，已在楼下等着，在瞧见她俩出来之时，把手里的烟灭了。

苏南扶着课代表，瘸着腿慢慢走过去，低声打招呼。

陈知遇也洗澡换了身衣服，白衬衫，袖子挽上去，头发半干不干的，衬着夜色灯光，又显出几分那天她在酒吧见过的浪荡的气质。

"上车吧。"陈知遇打开车门，目光往苏南手里提着的纸袋和穿着崭新帆布鞋的脚上扫了一眼。

镇子地方小，典型城乡接合部的模样，狭窄一条街烟熏火燎，阵阵浓郁香味扑鼻而来。从头走到尾，选了家看着相对干净的。

"你们先进去店里，我找个地方停车。"

课代表先下了车，陈知遇往后视镜里一瞥，却恰好与镜子里苏南的视线对上。

回头一看，苏南却飞快地低下头了，把手里拎着的纸袋搁在了后座上，而后钻出车厢，带上车门。

瞧着两人走远了，他伸长手臂把那袋子拎过来一看——自己刚给她的手机规规矩矩躺在里面的纸盒子里。

苏南和课代表在店里等了片刻，陈知遇姗姗赶来，扯了老长一段卫生纸，把凳子桌子各擦了三遍才坐下。等碗筷送上来，又浇上茶水仔仔

第四章　神明在上，不敢自欺

细细涮了一道。

苏南不由琢磨起来——原以为他不拘束，所以之前抓她那泥乎乎的双手双脚才没有一点儿犹豫，现在再看，这行为怎么又像是有点儿洁癖？

"陈老师，"课代表笑嘻嘻瞅着他，"我们私底下都觉得您很难接近呢，原来您这么随和。"

他就是很难接近，长了张赏心悦目的脸，说出来的都不是人话。

"你们私底下说我什么了？"

"说您年轻！一点儿也不像33岁的人。"

"34岁。"

"哦，34岁！咱们好多人都想为了您考崇城大学的博士。"

"我是副教授，带不了博士生。"

"等考去说不定您就升博导了呢！"

陈知遇笑一声："承你吉言。"

"陈老师招学生有什么要求吗？"

"没别的要求，只有一点，要能受得了我这脾气。"话是冲课代表说的，目光却向苏南瞥去。

苏南低头研究菜单，假装没听出他话里的挤对。

"您要求是不是特严格？"

"严格？"他盯着她把一张塑料菜单翻来覆去好几遍的手，先前在村委会没灯光看不清，这会儿才发觉，十指细长，连头顶油乎乎的白炽灯泡照着，也显得白净细腻，"算不上严格，只要别都读研究生了，还用不好 Excel 就成。"

那手指果然一顿。

"苏南同学，"话音一落，瞧见她总算舍得把头抬起来了，陈知遇低笑一声，"菜单研究了半天，有什么心得，跟我说说？"

苏南目光在陈知遇脸上飞快一瞥："……有什么心得，要看您今天请客的预算是多少。"

你不是看过我钱夹了吗？

陈知遇把这话咽下去，看向课代表："想吃什么，随便点。"

课代表摩拳擦掌跃跃欲试:"陈老师,我能点扇贝吗?我可爱吃这个了。"

"点。反正我回头找你导师刘老师报销。"

课代表"啊"了一声:"真的啊?"

苏南忍不住:"你点吧,陈老师逗你的。"

转过眼,却见陈知遇似笑非笑地瞅着她。

小店生意好,好半天才把他们点的东西上齐。课代表醉心于研究贝壳,话说得少了,沉默的时候,一种有些微妙的气氛就显现无疑。

片刻,还是陈知遇开口说话:"你们中饭在哪儿吃的?"

课代表:"在村委会!好大一桌子菜。"

苏南:"一个书记家里,三道菜,有个什么菇,烧肉挺好吃的。"

课代表:"杏鲍菇?茶树菇?"

"不是,不是菌类,是……味道有点儿像板栗和荸荠……"

陈知遇:"慈姑。"

苏南愣了下:"……好像就是这个。"

课代表:"哇,陈老师这都知道?"

"不比你们多知道点儿,镇不住场……"陈知遇喝口茶——他东西吃得少,就动了几筷子青菜和烤馒头片,大约是嫌这儿的荤菜不干净,"你们现在的学生,动不动就要上房揭瓦。"

课代表哈哈直笑:"没呢,我们可服您了!"

"是吗?"陈知遇抬眼,看向苏南,"我怎么觉得,有时候我做什么安排,有些人已经不大听得进去了?"

重音落在"安排"二字上。

苏南听懂了,低头拿筷子拨拉着茄子上的蒜泥,佯装毫无察觉。

课代表哪里听得出来两人是在打机锋,一径儿安慰陈知遇他才华横溢风度翩翩,堪称"高校男神"之首云云。

陈知遇笑而不语,目光自苏南脸上掠过,有些凉,有些省过神来的不知况味。

这一顿烧烤,只有课代表一人吃得心满意足。回酒店路上,也只她一人能继续把"陈老师好帅"的话题,变着花样地聊上一路不重样。

局里局外,到底不同。

到酒店楼下,陈知遇停了车,不动声色地支开课代表:"我看对面有个超市,能不能过去帮我买点儿零食?"

课代表求之不得:"您要吃什么?"

"明天回市路上,你们能吃上什么,就看你买什么。"

课代表乐颠颠地下了车。

陈知遇看着课代表过了马路,收回目光,伸手从储物格里摸出一包烟,点燃了,看向车前的后视镜。小小一面镜子,恰能看见苏南的眼睛。

"你是联络人,班上五六十来号人,行程计划、联系方式……全要找你。没个手机,你打算怎么办?跟人灵犀相通,心电感应?"

后一句话,让苏南想笑,又没能笑得出来。

陈知遇声音凉凉:"这么顾虑,你怎么不干脆打赤脚呢?"

苏南垂着眼:"鞋我买得起,手机买不起。南城大学研究生学业奖学金,一等奖也才一万呢,手机都要六千多了。"

陈知遇咬着烟,沉默下去。

她声音渐低,有些自暴自弃似的:"我家是什么情况,上回您也见过了。我姐夫出轨,姐姐和他闹离婚,我外甥女还不到一岁……姐姐当家庭主妇好几年了,没有收入来源。我父亲……"她想到"月亮走我也走,我送阿爸到村口",想到大黄狗牵牛花,心里越发不是滋味,"我父亲在我八岁时候,跟我妈离婚,之后再婚,但没过两年,因为酗酒去世了……"

她说不下去了,自舔伤口似的,模样过于难看。

要能活得张扬恣肆,谁不想换个活法?

"苏南。"

后视镜里,她睫毛颤了一下,缓缓抬起头来,眼里水雾漫漶。

他说不出心里什么滋味,猛抽了口烟,烟雾沉入肺腔,那点儿烧灼的感觉才有所缓解。

他斟酌着语气解释:"……没别的意思,买药经过家电商场,图省事,直接买了我熟悉的。"

从小衣食无忧，在物质上，他从没受到过什么拘束，最坏的情况，也就是闯了祸，陈震扣了他半年的零花钱，但有程宛、谷信鸿，有一大帮子兄弟接济，日子照样过得滋润。

为了六千、一万的数目计较，他想象不出，但不妨碍他能有所共情。

好心办坏事，这滋味别提多憋屈。

苏南哑着声音："我知道……谢谢您。"

他听明白了，谢归谢，东西还是不能收。

"苏南……"

后视镜里，那双含着点儿水雾的眼睛，安静地看着他。

他咬着烟，几句话，在嘴里掰碎了咀嚼："我再给你讲个故事……"

马路对面，课代表提着两个塑料袋，从超市里走了出来。

酝酿好的话一霎就跟潮水淹上沙滩一样，了无踪迹。

陈知遇叹声气，开了窗，把烟掐灭，风吹进来，车厢里烟雾被卷着荡出去。

"下次吧。"

在课代表的宣传之下，"陈老师平易近人慷慨大方"的名声，已在班里广泛散播。第二天上午，在Y市胜利会师的几组人，非要拉着陈知遇去湖边野炊。

苏南瘸着脚，不大想去，课代表和另一个女生一人挽一条胳膊，把她架出了酒店房间，直接塞进出租车后座，不给一点儿抗争的机会。

四月天气晴好，湖水浅碧一汪，许多人携家带口出游，鹅卵石遍布的湖滩上，已让五颜六色的桌布地毯占得满满当当。他们到时，就剩个角落能够容身。

铺上塑料的雨布，又把零食水果饮料一股脑儿地倒上去，最后拉着陈知遇在"上座"坐下，读作野炊，实为八卦讲坛的聚餐正式开始。

"陈老师，您下学期还教我们吗？"

"你们研三还有课？"

一片哀叹："没了……"

起初还是些循规蹈矩的问题，大家看陈知遇有问必答，渐渐就放了胆子。

一个女生睁着双天真无邪的大眼睛，天真无邪地问："陈老师，您有女朋友吗？"

旁边一男生自发当发言人："陈老师南城崇城两地跑，周末还搁这儿跟你们浪费时间，肯定没女朋友！"

"陈老师有没有我不知道，你肯定没有！"

"你们别闹！让陈老师自己回答！"

陈知遇神情平淡："私人问题就不作答了。"

"陈老师——"

"别这样嘛——再跟大家透露点儿……"

陈知遇："谁再问，回去写 5000 字文献综述。"

大家哀号一声，不敢继续"造次"。

苏南低头，啃着课代表给她削好的苹果，不敢去看这会儿陈知遇是什么表情。

想到那天在红房子里看见的"杨洛"，照片上那张漂亮温柔的脸——陈知遇与她是什么关系？

感情深笃自是不必怀疑，否则何以去世都十多年了，还能念念而不能忘。

那天回家之后，她又专门去搜了陈知遇的资料。

此前，她在问陈知遇为什么读了理科却选了文科专业的时候，是先入为主地认为，陈知遇本科也是读新闻传播，然而不是——

他本科和研究生都读的建筑系，但在国内研究生毕业之后，跨专业去美国的大学又念了一年的传播学硕士，而后归国读博。

杨洛出车祸去世，就是陈知遇研究生毕业的那一年。

她的死亡，全然改变了陈知遇的人生轨迹——是不是可以仓促地得出这样一个结论？

人能创造，能毁灭。

唯独，撼不动一桩死亡。

这些，苏南都讳莫如深。

大家把一地零食分得只剩下一片狼藉，餍足，把贵重物品委托给伤员苏南看管，一溜烟儿地跑去湖边玩水拍照。

"平易近人"的陈老师，再怎么平易近人，也不至于会去掺和这种幼稚的项目。

被留下的苏南和陈知遇两人，大眼瞪小眼。

"您吃饱了吗？"她全程观察，大家咔嚓咔嚓嚼薯片的时候，陈知遇只纡尊降贵地吃了一串葡萄。

"全是膨化食品，能吃饱吗？"陈知遇挑挑拣拣，翻出两根香蕉，"你们这些小孩儿，怎么这么喜欢吃垃圾食品？"

"方便，味道好。"

"不健康。"

"您熬夜看漫画也不健康。"

陈知遇挑眉："又胡说。"

"您看的那个漫画，今天早上刚刚更新的第723话的内容是……"

"苏南，"陈知遇盯着她，皮笑肉不笑，"剧透一个字，写1000字作业。"

"……人气配角，死了。"苏南眨了眨眼，看他，"6000字是吧？"

陈知遇一掌拍过去。

苏南护着脑袋："……老师不能体罚学生！"

"拼了我这个副教授的职称，今天也得教训教训你。"

苏南笑得直不起腰，过了半晌，从抱着书包的臂弯里抬眼，却一下对上陈知遇的目光。

严肃，似有所思。

她愣了一下。

"苏南，知道我为什么当老师吗？"

苏南摇头。

"固然一部分是顺势而为。"陈知遇将目光投向湖边欢笑的学生，"周辅成先生说，他只有半支粉笔，用来传播先哲智慧。"

苏南脱口而出："不管天光大开，还是烛光掩映，清醒的灵魂总守候着，只要有人守候，就有破晓的可能。"

第四章 神明在上，不敢自欺

陈知遇微讶，看她一眼："你读过《燃灯者》。"

"嗯。"

《燃灯者》，讲的是点灯传艺的故事，年轻的赵越胜，在迷茫之际受老师周辅成诸多教导，最后也继承了周先生的精神，走在了燃灯守夜的路上。

四月的风掠过树梢，吹向湖面。

陈知遇看着苏南，目光灼灼。

哪怕他如困兽，每行一步都如蛛丝结网，仍然自私地希望："苏南，要不要申报来崇大读博？"把你放在我一直能看见的地方。

苏南一愣神："您……您不是说过，我对学问毫无敬畏之心。"

陈知遇轻哼一声："不是跟你道过歉了？"

苏南自知可能辩不过他，沉默下去。

陈知遇避重就轻："考虑看看吧，你也不是那么不适合做学问，起码有一股子驴劲儿。"

"可我很笨，我以前看一本书，书里说有一种学者，如果一把钥匙掉在地上，他会把整片地打上格子，一个格子一个格子去找。虽然最后能找到，可这办法也没效率……做思想史研究的，需要的是您这样锐利的思维。"

"就这？"陈知遇语气有些淡，"那你可说服不了我，崇大图书馆一屋子故纸堆，等你去打格子。"

苏南仍是沉默。

她想靠近，又知这一种情绪有去无回。在他身边，再待上三年两年，又能怎样呢？现实引力太重，由不得她做梦。

陈知遇目光落在她脸上："崇大，值得你为之努力。"

他神情严肃，好像这一次的"建议"再不是兴之所至，而是深思熟虑过的。

鲜少听他拿这种语气说话，恍惚之间，几乎全面沦陷。

到底心里还有道理性的声音嘶声呐喊，到最后，她也没把话说得绝对，只说："我……我能考虑看看吗？"

陈知遇盯着她——她不知道什么时候在地上扯了根草，指上绕了又松，缠成了一个打不开的结。

073

"给我个期限。"

过了片刻,她把那根草绷断了,抬起头来:"……您这学期结课的时候,成吗?"

第五章

心里说再见

远远的,海洋鸣响并且发出回声。
这是一个港口,我在这里爱你。

——聂鲁达

调研结束,苏南回到南城,继续哼哧哼哧给陈知遇打杂——她如今在他跟前待的时间,都比在自己真正的导师林涵跟前待的多。

这一点连林涵都发现了,五月底师门聚会,专把这一点拿出来说道。

聚会是在林涵南城市中心的家里办的,老房子,面积不大,装了十来人,更显得拥挤。这房子是林涵父母留下的,林涵住习惯了,虽然在郊区买了新房,但在这边住的时间更多。

阳台上种了许多的花草,绿意森森,仿佛连周遭气温都跟着凉了几分。几盆杜鹃正在开花,灼灼烈烈。研一到研三,大家全堵在阳台门口啧啧赞叹:"涵姐,您家阳台都赶上一个小花园了。"

林涵笑说:"都不是我打理的……"

"我们知道,姜医生嘛!您又喂狗粮。"

林涵与南城人民医院外科副主任医师姜医生的故事,细论起来也是段佳话。林涵硕博都是在国外读的,受西方思想影响深,本打定了主意独身,去年年初去南城医院做手术,意外结识也有独身想法的姜医生。两人"老房子着火"——当然,这话是他们在私底下调侃的——一发不可收拾，一鼓作气就把婚给订了，现在同居，婚期待定。然后林涵就时不时在群里秀一把恩爱，秀得高端大气浑然天成又猝不及防，让一众的"单身狗"生无可恋。

"你们别都围在阳台了，过来试试姜医生烤的蛋糕……"

"咦——"

"过分！"

姜医生全程在厨房里忙碌，快到饭点时，才探出头来喊林涵过去帮忙。十几道菜，浩浩荡荡铺了满桌。林涵开了两瓶红酒，给大家斟上。

受林涵性格的影响，师门的学生也都没大没小，从不拘束。话题天马行空，生猛不忌。

但这回因研三和研二学生论文答辩结束，气氛意外有几分伤感。

林涵一一询问个人近况，到苏南时，笑一笑："苏南，陈老师很看重你啊，说你这个助教当得好，前两天还跟我嘚瑟，要鼓励你去崇城大学读博。怎么，你是准备读博了？"

苏南忙说："没呢！我要读博肯定也是跟着涵姐您。"

"我不是博导，也带不了你啊。崇大也挺好的，陈老师要求严格，他要是愿意指导你，你肯定能有所成就。"

苏南有几分惶惑，想到野炊那日陈知遇说过的话，目光在林涵脸上扫一眼，最后落在了自己手上："我……我可能，还是会直接就业吧。"

"直接就业也好，现在形势变化快，就业一年比一年难——那什么，江鸣谦，听说你在跟人创业，情况怎么样了？创业归创业，到课率不够你是毕不了业的……"

话题总算从自己身上绕开，苏南心里松了口气。

吃完饭，大家帮忙收拾过厨房，要求林涵批准他们去参观书房。

林涵笑说："跟人打听过我这儿藏书颇丰了是吧？行吧，你们随意去，今天准你们一人带走一本喜欢的——看完交篇读书报告！"

书房东西北三面皆是齐天花板高的实木书柜，一进去像是进了个小型的藏书室。大家嫉妒得心痒难耐："我要是涵姐，肯定也不愿去寸草不生的郊外别墅住。有花有树有恋人，这辈子还求什么！"

"嘘！小点儿声，矜持点儿！"

第五章　心里说再见

苏南围着书房走了一圈，在靠北的书柜前停下，随意翻看。

江鸣谦噌一下蹿过来："学姐。"

"嗯？"

"你上过孙院长的课吗？"

"上过，怎么了？"

"他的作业，你能不能借我参考下，听说挂科率很高。"

"我回去发给你。"

江鸣谦一笑，却没打算走，仍是挨在她身旁，抬手一边随便去翻架子上的书，一边拿眼角余光瞥她："打算带什么书走？"

"还在挑呢。"

他见苏南目光往上瞟，伸长手臂："这本？"

苏南有点儿尴尬，摸了摸鼻尖："不，不用……"

"哇！这是不是研究生时候的涵姐！"

一声惊呼打断两人不尴不尬的交谈，苏南别过头去，却见一个学妹手里，正拿着一个相框。

苏南还没反应过来，江鸣谦已一把将她拉过去凑热闹。

美国G大研究生毕业照，林涵穿着硕士服，手里抱着束花，在她旁边——

"这是不是陈老师！陈老师好年轻啊！"

照片里，穿着硕士服的陈知遇左边站着林涵，右边站着一个短发的年轻女人。陈知遇看着镜头，脸上带着淡薄的笑，但笑意丝毫未抵眼里。

"你们翻到什么秘密了？"林涵从门外探进头来。

"涵姐，你的研究生毕业照！"

"哦，"林涵走过来，拿过照片，"这都被你们翻出来。认认，这里面有哪些熟人？我那届出了不少业界大拿。"

大家七嘴八舌，把照片上的人认了个八九不离十。

最后，一人指着陈知遇身旁的短发女人问："涵姐，这是谁？"

"你们男神陈知遇老师的夫人。"

一阵静默，随后一声哀号："陈老师真的结婚了？！传了这么多年，从来没听说过他老婆是谁，也没见他俩一起露过面，我们都以为是假

077

的呢!"

林涵目光平淡,把照片往桌上一扣:"他俩低调——别瞎翻我照片了,不然我让姜医生把你们轰出去。"

下午三点,大家离开了林涵的家,到楼下了,仍在七嘴八舌讨论刚才受到的冲击。

苏南定住脚步,笑一笑说:"……你们先走吧,我回去找涵姐说点儿事。"

江鸣谦看她:"什么事,要不要我……我们等你?"

"不用。"苏南表情淡下来,退后一步。

大家也没太在意,簇拥着离开了。

江鸣谦走到小区门口,脚步一顿:"你们先走!我想起来我也还得找涵姐签个字!"

他看着大家往地铁站去了,拐进旁边店里,翻着冰柜,从里面拿出两支冰激凌,往回走。

老式的小区,院里皆是高大的树木,入目绿意葱茏。

江鸣谦目光越过风里微微摇晃的树叶,看见楼前不远处的花坛上,苏南正垂头坐在那儿。

他愣了愣,慢慢走过去。

"学姐。"

苏南仿佛没听见。

他站了片刻,又轻轻喊了声:"苏南。"

五月午后的阳光从叶间筛下来,细碎的光斑落在她光裸的小腿和脚背上,地上,搁着一双帆布鞋。

"雪糕,吃吗?两个味儿,草莓和巧克力。"他伸出手。

过了片刻,苏南缓缓地抬起头来,眼里一层水雾。

她飞快抬手擦了下,哑着声音笑了笑:"……柳絮飞眼睛里了——草莓味吧。"

江鸣谦站着没动,片刻,把冰激凌盒子往她额头上一靠,身体往前一步,将她罩在自己的阴影里,低头,看着她睫毛微颤,勉强的笑容再也挂不住。

"……学姐,别装了。"

周末,陈知遇帮程宛搬家——她之前在单位附近找的那套房子,如今时不时便有一些不三不四的人登门骚扰,为了不给自己找事儿,她另外找了一处地方。

"你说你之前何必非得把人往家里带?"陈知遇把瓦楞盒里的东西一件件翻出来,递给程宛。

程宛笑一声:"不知道——可能给自己营造点儿这是因为爱情的错觉?"

"你还需要这玩意儿?"

"女人嘛,总是不可理喻的。"程宛接过陈知遇递来的一个相框,顿了一下,"这是你的硕士毕业照吧,怎么在我这儿?"

陈知遇无奈道:"站我身后的那个人,你说你看上了,非要拿去收藏。"

程宛屈指往照片里笑意淡漠的陈知遇的脸上弹了一下:"……你那时候还真年轻。转眼林涵都要结婚了。"

"现在也不老。"

"还是客气点儿,老当益壮?"程宛看他一眼,笑了笑,"能聊聊那时候的事吗?"

陈知遇翻了翻口袋,摸出烟盒,抽出一支,见程宛伸出手,便把烟递给她,自己再拿了一支。

两人坐在瓦楞盒上,一时间烟雾缓缓荡起。

陈知遇有时候觉得很神奇——别人出生入死的兄弟是男人,唯独他的是个女人。

去美国念书那几年,一向厌恶学英语的程宛,为了他死命咬牙考了托福,跟去他学校看着他。他不记得有多少次,是程宛把烂醉如泥的自己从不同的酒吧拖回公寓,像上回他把她按在面盆里给她洗脸一样对付他——她更狠一些,寒冬腊月,一桶冷水直接浇在他身上,看他哆哆嗦嗦睁开眼,劈头盖脸一顿臭骂。

其实那时候她自己也难受——喜欢的人跟自己分手了,又跟一个不知道打哪儿跑出来的人恋爱,甚至迅速到了谈婚论嫁的阶段。

"那时候真怕你死了,"程宛缓缓吐了口烟,"总觉得你要是死了,我也撑不下去,所以拼命看着你,其实就是看着我自己。"

陈知遇看她:"现在是不是该我看着你了?"

程宛笑了笑。

"烈酒后劲也没这么足,人家女儿都有了,你是不是该放下了?"

"……难啊!"

陈知遇丢去鄙视的一眼。

程宛哈哈一笑,转头看他,一贯肆行无忌的眼里,生出些余烬般的怅惘。

"觉得难,是因为你正在尝试。"

"不说我了,说说你吧——"程宛不以为然,把剩下的半支烟丢进旁边的笔筒里,抬头看着他,跟那些七嘴八舌的学生如出一辙地兴奋八卦,"陈教授,我觉得你最近好像变了?"

周三,陈知遇下了高铁直接赶去教室,比平常迟了十分钟。

设备已给他开好了,讲台上一次性杯子装着的热水飘着淡淡的雾气,第三排的位置上搁着苏南的包,然而人不在教室。

他莫名觉得有点儿怪异,像是习惯的东西突然被破坏了一样。

快上课时,苏南才从门外走进来,目光在讲台上扫了一眼,却没落在他身上,低着头,到第三排位置坐下。

他顿了一会儿,开始上课。

两堂课加课间休息,九十分钟,苏南全程没往他这儿看一眼,到不得已要看 PPT 的时候,才把视线稍微往他背后斜一点儿。

"布置的书目大家要回去看,下堂课讨论。下课。"

苏南站起身,把本子和笔胡乱往包里一塞,拉链卡在布上了,她使劲扯了两下,还是没拉上,立时有点儿气急败坏。

"跟谁较什么劲呢?"

一句话从讲台上飘下来,她顿了一下,仍旧去扯拉链。

第五章　心里说再见

总算拉上了,她把包随意往背上一挂,看也没看,匆匆一句"老师再见",跟着其他学生离开了教室。

陈知遇立在讲台上,把设备关好,摸了摸手表,百无聊赖地站立片刻。

教室人都走光了,外面嘈杂的人声也渐渐远了。他走到窗边,视线去捕捉那一道背影,看着她远离院办大楼,穿过楼前树木的阴影,再也看不见了。

心里一点儿难以排遣的焦虑,他烦躁地伸手去摸烟盒。

周六,陈知遇早早到了办公室,把一束还带着露水的姜花搁在小茶几上。

那股清淡悠长的香味,有点儿干扰他的思绪,他打开了电脑,却没什么查阅邮件的心思,只是一次一次地看着表,或者盯着电脑屏幕右上角跳动的时间。

九点,苏南没到。

手机响了一声,一条微信。

"陈老师,抱歉我今天有事,不能过来帮您了。"

他反复看了两遍,总算确信,苏南是在躲着他。

她拿什么理由躲着他?

调研回来到现在一个月时间,他严格遵循界限,把所有私心藏匿于严格的规训之下,从没说过任何一句越界的话,做过任何一件被人指摘的事。

陈知遇面无表情地拿起手机,回复:到最后一刻才请假,是哪个老师教给你的规矩?

"对方正在输入……"闪了又闪,她只回过来一句"对不起"。

苏南等了片刻,手机再没反应,她抬起头来,向着对面面试她的学长歉意地笑了笑:"抱歉,是学校的老师找我有点儿事。"

书架另一侧,江鸣谦全程关注这边的动向,盘子里的三明治被他戳得七零八落。

半小时后,苏南和面试的学长同时站起身,江鸣谦立即丢了叉子走过去:"学长,我请你吃中饭吧。"

"下回吧,我现在赶着回去有事。"面试的学长拍一拍江鸣谦肩膀,"你暑假去首都,我请你吃饭。"

把人送走了,江鸣谦在苏南对面坐下:"怎么样?"

"还行。"

"你肯定没问题,上回他们招的那个新媒体运营,问她会H5吗,她特好奇地问,H5是什么?"

苏南笑了一声:"我也好不到哪儿去。"

"反正你是要找实习,我学长这儿虽然是初创公司,但能学到不少东西。"

"谢谢。"

江鸣谦瞅着她,小心翼翼地问:"我一直好奇呢,你那天……为什么哭了?"

苏南神色淡淡:"……想到以前的事了。"

江鸣谦一笑:"还以为你被欺负了。照你的性格,肯定被人欺负了也不敢吭声。"

"我有这么尽吗?"

"有吧?有一点儿……"江鸣谦摸了摸鼻子,"看着挺好欺负的。"

苏南想笑一笑,却没能笑得出来,心里只是发堵,又格外唾弃自己。

"你饿了吗?要不坐一会儿,就能接着吃中饭了。"

苏南看了看时间:"我回宿舍,还有作业要写。"

"你作业怎么这么多啊?"

"我是学硕。"

"还好我报了专硕,"江鸣谦一笑,年轻的脸格外神采飞扬,"能跟你一起毕业。"

心思也简单,对她的那点儿好感,直接就写在脸上了。

两人一道走出咖啡馆。周六,学校文化街上熙熙攘攘。

江鸣谦走在她身边,亦步亦趋,一米八五的个头,像条忠心耿耿的大狗似的,帮她隔开来往的车辆。

第五章　心里说再见

走到校门口,江鸣谦停下脚步:"你回宿舍吧,我还得往院办跑一趟。"

苏南点头,刚要转身,忽然瞧见马路对面,稳稳当当停着陈知遇的车。

江鸣谦一溜小跑,穿过马路,消失在树影里。

苏南立在原地,看着车窗落下来,陈知遇探出头,对她招了下手。

踌躇片刻,她到底还是走了过去。

车驶出一阵,调头,往校外家属区的公寓开去。

苏南坐立不安,眼睛望着窗外四下游移,生怕瞥见熟人。

她能觉察陈知遇这会儿正压着怒气,不敢开口问,但多半是因为她今天上午没去他办公室帮忙,只得有些笨拙地解释:"……真的有事,上午有个面试,临时通知的我。"

"什么面试?"

"……暑假实习的。"

她以为陈知遇要出言嘲讽,却并没有听见他出声,眼角余光往前面镜子里瞥一眼,他正看着她,那目光……她说不出来,烫着似的立即别开了。

车往前又开了一段,陈知遇一踩刹车:"下车。"

苏南忙拿上东西拉开车门。

陈知遇锁了车,目光凉凉地从她脸上掠过:"我上去拿个东西,你在这儿等着。"

路窄,远离了主干道,格外清静。路边高高砌起的石台上栽着迎春花,墨绿的枝叶垂下来。

苏南背靠着石台,惴惴难安地等了十来分钟,看见陈知遇从小区门口走了出来。

他打开车门,把一份文件丢进车里,"嘭"一下摔上门,摸出烟盒,抽了支烟咬在嘴里,小砂轮摩擦着发出一声轻响,一缕青烟腾起。

迎春花的叶子,一下被掐断了。

那烟飘过来,燎着眼睛。

视线里陈知遇的身影一片模糊，好像他从来也没有清晰过一样。

陈知遇抬眼凝视，单刀直入："说吧，考虑得怎么样了？"

视线里一片朦胧，苏南不敢眨眼。

曾有一刻，是真的正儿八经考虑过，要撂下那些她逃避不过的责任，继续一头闷在象牙塔里。

她为那样的自己感到懊恼，可那些幻想的过程，明明那么真切地让她高兴过。

多傻啊。

他富有、英俊、过尽千帆，游刃有余，他有她甚而连碰及都觉惶恐的故事，他用一句话一个眼神就能把她算计进去。

她为了跟他之间那一丁点儿似是而非的暧昧窃喜，每天晚上入睡之前，要把他做的每件事掰碎了分析好几十遍，得出个依然似是而非的结论。

如果是她多想了，现在恰好就是终了一切的好时机。

如果不是她多想，那这大半年的寤寐思服辗转反侧——得有多龌龊，多不堪？

两相比较，她宁愿去相信前者。

叶子在手指上溅上些青绿的汁液，她恍惚嗅到一股清苦的味道："……我已经决定了，也跟涵姐商量过，九月就去参加校招了。"

搬出林涵，是为了让这话显得分量重点儿，她自己很清楚，天平的指针并非那样分明地指向"逃离"二字。在某一刻，它曾无限地向着"靠近"靠拢。

烟在嘴里，没滋没味的，而后才觉出有点儿苦。

陈知遇想让自己平淡点儿，好对得起自己长了苏南十年的阅历，然而懊恼、烦闷，还是一股脑儿地涌上来——他很着急，身后一烂摊子的事，涉及已逝之人，涉及程宛，涉及程宛的前途，还涉及两家的父母。

多着急，就有多不舍得让人受委屈。

他想先把这些前尘往事全都解决，给她一个清白而确定的未来。

所以即便自己在这荒唐又荒芜的一把年纪里，萌生出一种半忧半乐

第五章　心里说再见

的惊喜，也只得暂时缄口不言。

"想去哪儿工作？"

苏南一愣，没想到他竟然没揪着追问原因："不知道……首都吧，去南方也好。"

"不考虑崇城？"

"崇城……"

已觉得天地太小，不能让她躲得更远，又怎么会再往他眼皮子底下凑？

她恨的不是自己喜欢上了陈知遇，恨的是自己过于低微，连这喜欢也像是一种不够格的窥视。

陈知遇口袋里的手机在响，烟尾快被他咬断，他在斟酌着说什么话，才能妥帖又明白地传达出自己想要的——你可以暂时不待在我身边，但你也别走远，等着我过去找你。

"……想做什么？报纸？杂志？电视台？还是网站？"被他掐断的手机又振动起来，他没觉察出自己语气太快，甚而有些急促。

"您……"

苏南心里软得一塌糊涂，难过得一塌糊涂，要不是那天躲在江鸣谦贴心地为她遮出的一片阴影里，釜底抽薪般地哭过一回，此刻恐怕又得摇摆不定。

人就是这样一种劣根性极强的动物，尝到一丁点儿甜头，就能忘了苦，忘了界限。

陈知遇耐心等着她，似是非要她此时此刻给出一个确切的回答：去哪儿，做什么。

为什么以前竟然会有自己才是主导一方的错觉？

"您电话一直在响，先接电话吧。"

她几乎忍不住泪，受不了他这样一连串的追问。

从前觉得哪里都能去，现在也有到不了的地方和不得不避开的地方。

陈知遇叹声气，把手机掏出来看一眼，别过身去。

苏南仰头，看了看顶上天空。两棵老树郁郁葱葱，把五月湛蓝的天色遮蔽得支离斑驳。

片刻，陈知遇打完了电话，一边拉开车门一边跟她解释："我现在得马上赶回崇城一趟——上车吧，我先送你回宿舍。"

"不用送了，"苏南忙说，瞧得出来他神色匆忙，"您直接走吧，这儿离宿舍挺近，走十分钟就到了。"

他看着她："等我回南城，好好聊一聊——还欠你一个故事。"

苏南立在原地，看着他的车拐一个弯，消失在重重叠叠的树影之中，在心里对他说了句再见。

第六章

拥抱风雪征尘

> 玻璃晴朗，橘子辉煌。一颗星星刹住车，照亮了你我。
>
> ——北岛

陈母顾佩瑜是突然倒下的，早起出去晨练一圈，回来进厨房预备煲点儿汤，拿起砂锅的时候，突然眼前一黑。

送到医院，抢救回来，然而她以后恐怕再也不能跟着小年轻们一块儿跑马拉松了。

陈知遇到时，病房里就剩下程宛，她解释说人都来过了，顾佩瑜嫌吵，又都给轰走了。

"叔——"程宛瞥一眼顾佩瑜，赶紧改口，"爸回去拿换洗衣服了。"

"怎么不让保姆收拾？"

"不放心呢。"

陈知遇到床边坐下，攥住顾佩瑜的手："妈，感觉怎么样？您别说话，说话费力，动动手指就行。"

顾佩瑜手指贴着他手心，安慰似的轻轻碰了一下。

"您好好休息，我在这儿陪着您。"

进门的时候，程宛告诉他，情况其实很危急，脑出血很多救不回来，去留是一瞬间的事。

他用力地握了握顾佩瑜的手指，一阵脱力。

没过多久，陈震拿着东西回来了，严厉训斥了两句，然而话里也藏着"差点儿见不上你妈最后一面"的心有余悸。

顾佩瑜说话困难，还是替陈知遇辩驳两句，孩子忙工作是正常的事。

崇城大学的三门课，南城大学的一门课，陈知遇暂时全都推了，一心一意照顾病人。

窗外几株高大槐树，绿意森森，夏天转眼就到。

苏南接林涵通知，陈知遇最后两堂课都不能来上了，期末考核布置在群里，7月31号前交给助教。

原以为，还能正式地道个别。

这一场暗恋，夜雨一样，来去都无声无息。

苏南是在一种刻意地折磨自己的心境里，结束了她的研究生二年级，六月末直接奔赴首都实习，预计待上三个月的时间。

江鸣谦的学长——上回面试她的人——叫贺锐，是个挺有意思的人。

公司初创，刚刚得了A轮融资。如今互联网产品风起云涌，一年孵化上千个项目，泡沫越吹越大，能出头的寥寥无几。是以，贺锐每日来公司前，都先长吁短叹一声："今天很有可能就是最后一天了。"他自己本科和研究生都学的计算机，不善言辞，每次开例会做思想建设，顶多憋两句"少说话多干事"，就全权交给公司的其他人负责了。

公司组织结构简单，层级少，大家关系也融洽，除了有点儿累，再没别的缺点。苏南科班出身，上手很快，学习一周，已能把撰写软文硬广、联络KOL、管理新媒体平台……掌握得八九不离十。

贺锐有时候过来巡视工作，看她在做H5，挠头说了句"模板有点儿朴素"，没过半天，丢给她一个新的，动画效果酷炫流畅。

自己的事儿，让技术控老板抢着干了，苏南只能在内容这块多花些心思。她一日一日关注着软文通稿的阅读量，看着那数字噌噌上涨，极有成就感，心在一种不知道为了什么的追逐之中渐渐平静下来。

也不是没想过陈知遇。

他的朋友圈、微博停更了很久，虽说以前频率就不高，但现在完全

第六章　拥抱风雪征尘

没有动静。

免不了担心，他那天匆匆离开，是为了什么事？

好几次询问的话已经敲在了输入框里，又被自己一个字一个字删除。

他还欠她一个故事，不知道还有没有机会兑现？

八月下旬，公司要跟一个当红作家合作，两方进行资源置换。作家自己的餐馆即将开业，要依靠公司的平台造势；公司则需要借作家的名气进一步增加新注册用户。

是个大项目，也是苏南从头开始参与的第一个项目。活动正式开始前有好几轮线上线下宣传投放，不同平台内容要求各有不同，再涉及活动当日的食客筛选、流程监控、线上直播……各种可预测不可预测的细节需要一一确认到位，作为半个新手的苏南忙得焦头烂额。

仲夏时分，科技园里寥寥几棵树木，像是要被太阳烤焦了一样。

这时候，江鸣谦跑过来慰问了。

他一下飞机直接拎着行李赶过来，把硕大的箱子往贺锐办公室里一放，从箱子里掏出好些南城特产、水果零食，一一在公司分发。

苏南座位靠窗，此刻正攥着手机，呆望着外面的天空。

江鸣谦轻手轻脚走过去，苏南没发现他，在他手搭上她肩膀时，吓了一跳，手机差点儿从手里蹦出去。

"学姐，"他露出个笑，把拎在手里的半袋新鲜荔枝搁在她桌上，"上班摸鱼，小心我告诉学长。"

苏南笑一笑，让出座位给他坐。

"我站着就行……"

"你太高了，站着我有压迫感。"

江鸣谦哈哈一笑，顺从地在她位子上坐下："怎么样？听学长说你们最近可忙了。"

"还行。"

"习惯吗？"

"……还行。"

江鸣谦打量她，一个多月没见，她脸色有点儿不好，但似乎又比期末那段时间更有精神。

"看什么呢?是不是我黑眼圈挺重的?"

"没……"江鸣谦摸摸鼻子,转过目光,"吃荔枝吗?挺新鲜的。"

解开袋子,两人分食荔枝。

"你是过来旅游吗?"

江鸣谦笑说:"不是,我妈在首都,我一般暑假过来去她那儿住两个月,顺便过来给学长帮帮忙——你住哪儿?"

"就在附近。"

"条件怎么样?首都夏天热,有些老房子空调失修,住着挺憋屈的。"

"跟人合租,还好。"

江鸣谦似是这才放心,起身把座位让回给苏南:"你先忙,学姐。首都我熟,一会儿下班了我带你去吃好吃的——荔枝赶紧吃,放久了容易坏。"

苏南笑着道了声谢。

以前就发现了,这人天生一副热心肠,碰到任何力所能及的事,都恨不得上去帮两把。有时候觉得他过于自来熟,但有些时候又觉得这性格真的不坏。

江鸣谦来首都短短一周,已跟公司的人打成一片。贺锐也没给他个什么职位,他就当自己是块砖,地推的、后勤的、客服的、行政的,只要用得上的,随叫随到。

贺锐有辆车,买了两年了,专放在车库里吃灰。江鸣谦把它借了过来,下班以后就载着苏南,随机叫上几个公司里的同事,走街串巷。江鸣谦说他小时候就住在老城区,后来父母离婚了,才跟父亲搬去南方,也算是半个胡同串子。

有江鸣谦在跟前闹着,日子好像一下变得很短——白天上班,晚上去深巷胡同里喝点儿淡酒,吃点儿美食,等到家已是晚上十点,洗个澡倒头就能睡着。

顾佩瑜出院了,在家休养,定期去医院做康复治疗。

原来住的那房子在六楼,进出不便,全家从市区搬到了陈震此前相中的一套别墅里。

半山绿荫蔽日，夏天也不觉炎热。

顾佩瑜每日清晨推着电动轮椅，独自沿着林道"散步"半小时，有时候能看见松鼠，从这一棵树蹿到那一棵树上。

陈知遇一周至少会来别墅三次陪着顾佩瑜——她突发脑出血以致偏瘫这件事，陈震和陈知遇是最为耿耿于怀的。陈震工作忙，越逼近退休之年，越得紧赶着把所有事务都梳理清楚；陈知遇两地奔波，在家待的日子屈指可数。

平日里陪她的时间太少，终归心怀愧疚。

夜里，陈知遇处理完学校的一些事，从市区赶回别墅，将车泊在停车坪里，静悄悄进屋，闻到一股酒酿的香味。

顾佩瑜推着轮椅从厨房出来，笑说："听见你锁车的声音了——冰镇的酒酿汤圆，王阿姨刚取出来的，你喝点儿，祛祛暑气。"

"一路上在车里吹空调，热不着。"虽这样说，还是接过白瓷汤碗，喝了两勺。

"吃饭了吗？"

"在学校吃过了。"

"你爸说要回来的，也不知道今天又要忙到几时。"

"他们今天开会，说不准。您到点儿了就先去休息，别等他。"

"我今天在研究插花呢，你瞧瞧。"顾佩瑜伸手向着桌上一指。

"看见了，刚想问您呢。"陈知遇起身，走到花瓶前，拨了拨一支橙色的花，"这是什么？"

"天堂鸟，又叫鹤望兰。好看吧？"

"好看。"

"以前静不下来，好些事说要做，一直拖到现在……我生这病，也不是没好处，"她见陈知遇面有愧色，笑一笑说，"生老病死，谁能决定呢？你跟你爸一样——我早就说了，心重。凡事看不开，活该天生劳碌命。我已经到年纪啦，真一头栽下去醒不来——"

"您别乱说。"

顾佩瑜笑看着他："要真有这一天，看开点儿，知遇，答应妈。我再不愿看你跟年轻时候一样了。"

陈知遇沉默下去，嗓子痒，有点儿想抽烟，然而在顾佩瑜面前，他从来不抽——她烦他沾烟酒，总说当老师的，这方面也得做表率。

"你推着我，咱们出去转一圈吧。"

陈知遇应下，让保姆拿了块披肩，给顾佩瑜盖在肩上。

到夜里，四周越发寂静，只偶尔从树林深处，传来三两声鸟叫，间杂着蛉虫的声音。

"这儿空气好，阳光好，就有一点，真是太安静了。"

"我常来陪您。"

轮椅摩擦路面，发出轻微的声响。

"我时常想，为什么人一到了年纪，就希望儿孙满堂，承欢膝下——可能就是太安静了。觉睡得少了，清醒的时间长，有时候就想，要能有个小孩儿，在跟前闹腾……"

"程宛可能暂时……"

顾佩瑜笑一声："你当妈傻呢？"

陈知遇一怔。

"她从小到大，三天两头往我们家跑，她对你是什么态度，是不是女孩对男孩那种喜欢，妈看不出来？"

"那我跟她结婚……"

"我毕竟上一辈的人，也不好干涉，谁知道你们究竟为什么结婚。"顾佩瑜笑说，"你们这些年轻人，花样百出，愁死我们这些大人了……我天天去翻什么萨福，什么伊丽莎白·毕肖普……"

陈知遇也跟着笑了一声。

"我不知道，万一你是跟她发生了点儿什么所以才打算结婚……"

"没有。她从小到大就对我没兴趣。"

顾佩瑜叹了声气："难为程宛了。她家不比我家……"

"您开明。"

"别给我戴高帽——知遇，我担心你。这些话，也不知当问不当问。你俩是打算一辈子这样吗？"

陈知遇沉默。

"你……"顾佩瑜顿一顿,"还念着杨洛吗?打算就这么念着她一辈子?"

"没……"陈知遇目光越过树梢,看向头顶,枝叶的缝隙间,隐隐露出一轮月亮的轮廓。

想到苏南,想到那晚在长江大桥上,她随口讲的一个故事,结论却是那样诛心。

那感觉,像是陷在过去,永远走不到未来。

多年,他守着遗迹,习惯了朝潮夕汐,习惯了到哪儿都是满目疮痍,也习惯了纪念变成了一种习惯。

"……已经没念着她了。"

顾佩瑜沉默片刻:"你还年轻,不要活得比我还要暮气沉沉。早些年不敢提,怕你伤心,也怕你跟我闹脾气。"

"我跟您闹过脾气吗?"

顾佩瑜憋不住笑了:"你不跟我闹,你跟你自个儿闹,跟你自个儿过不去——我巴不得你能跟我闹呢,好歹我能安慰你两句。"

杨洛去世的那一年,他过得人不人鬼不鬼。她请了长假,专在家里陪着他。他闷声不吭,半个月不跟人说一句话。这样过了大半年,他说,妈,我没事,我准备出去读书。然后就闷头开始准备,等所有手续都办妥当,二话不说就飞美国了。那时候好在有程宛,不放心他,也跟了过去。她每每问程宛,知遇怎么样,知遇好些了吗,程宛都是报喜不报忧。她心里清楚,自己儿子不是能轻易放下的人。小时候淘气不懂事,把一只松鼠给养死了,他为此难受了一个多月。现在走的是个人,是他从年少开始,就跟在后面,从追逐到深爱的女人。等他从美国回来,就是现在这副温和平静的模样,这些年也没见变化——还活着,可也仅仅只是活着。

"妈,"陈知遇蹲下身,安抚似的把她的手攥进自己手里,"不骗您,真没念着她了。最近遇到个姑娘,合适的时候,带她回来见您。"

在美国那阵,顾佩瑜给他发了很多邮件,频率不高,一周一封,零零碎碎无甚主题,有时候是读书心得,有时候是生活杂感,有时候是一两张照片,拍的不知名的哪个角落的花花草草……那时候看过就罢,甚而懒得回复。前几年整理邮件再翻出来，才渐渐品出顾佩瑜溢于言表的苦心。有时候常常感叹自己不懂事，年轻气盛的时候，不知道多让顾佩瑜担惊受怕——她就他这样一个儿子，却像个照看时刻濒危的孩子的孤母一样，拿捏着分寸，不敢靠得太近，更不敢走得太远。

顾佩瑜一愣，顿时激动起来，嘴里蹦出连串的疑问——从哪儿认识的姑娘，多大岁数，哪里人，做什么工作的……

陈知遇无奈一笑："您别着急，八字没一撇呢。我怎么着也得先跟程宛把婚离了，只是……"

难。

一则轻易开不了这个口，二则离婚对程宛的事业影响巨大，况且关于她的流言，一直断断续续未曾消停。

顾佩瑜早顾不上这个了："有照片吗，给我瞅瞅？"

"还真有，我给您找找。"他从衣服口袋里摸出手机，翻出张照片。

照片里，苏南斜靠着办公室的沙发，正闭眼打瞌睡。

那是调研回来后的一个周六，阳光透过绿叶从窗子里照进来，洒在她攥着书的手上，书将落未落。

仿佛一幅油画，他不舍得错目，不舍得叫醒她。

顾佩瑜手指轻轻往照片里熟睡的脸上点了点："长得真秀气，年纪挺小吧？"

"24。"

"老牛吃嫩草，还挺有本事。"

"什么也没做呢，我有分寸。"陈知遇合上手机。

顾佩瑜舒心一笑，又不由感慨："哎……我真是……"

陈知遇推着她，继续慢慢往前。

"这些年我什么都不担心，就担心你……就想呢，不管老的少的，男的女的……"

"没男的什么事。"

"哈哈，"顾佩瑜乐了，"抓点儿紧吧，你也老大不小了，我等着抱上孙子。"

"您得寸进尺还挺快。"

顾佩瑜笑了："怎么跟你妈说话呢？"

等顾佩瑜入睡，陈知遇离开别墅，站在门口，抽完一支烟，而后下山，迎着月色。

没过两天，得谷信鸿消息，因为谷老板娘怀孕，婚礼提前，八月二十日，首都雅豪酒店，静候诸位莅临指导工作。

陈知遇整理崇城大学的邮件，翻到热腾腾刚出炉的请柬，看完给谷信鸿发条信息，揶揄他"这么着急当爹呢"。

谷信鸿：不像某些人，羡人有恨人无。

多日没顾得上邮箱，挂号信、邀请函、学术期刊，满满当当塞了一整箱。

他点了一支烟，挑着紧要的先查看。

翻到个白色信封，上面只有干干净净一行地址姓名，寄件人信息什么也没写。

陈知遇拆开信封，一抖，有什么从信封里飞了出来。

三片暗红的枫树叶子躺在白纸上。

他愣着，手机屏幕亮了暗，暗了亮，忘了回复。

烟灰落了下来，他才回过神，拂开了烟灰，继续翻信封。里面有一张明信片，如燃犀烛火，灼灼烈烈，是槭城十一月的晚枫。

明信片背面写了一行字：陈老师，谢谢您两个学期的照顾。

陈知遇心里骂了一句，赶紧摸过手机，给傻助教打电话。

作家的餐厅开业近在咫尺，苏南上午要去餐厅拍摄场地照片。她把要推送的文章又检查一遍，放进存稿箱，设定了定时发送，跟贺锐打了声招呼，然后跟江鸣谦一道离开公司。

进电梯的时候，包里电话响了。

苏南忙把手里拿着的KT板递给江鸣谦，伸手去摸手机。包里东西太多，带出一堆七零八碎的，她赶紧一边俯身捡起东西，一边往屏幕上瞥一眼，也没来得及反应，直接接起了电话。

"喂……"

刚拾起的东西，哗啦啦全部掉了。

她愣了一下，又赶紧去捡，颤着声说："陈老师……"

抱着一堆物料的江鸣谦一顿，目光在她手上扫过一眼，落在她脸上。

"在学校？"

苏南把捡起的东西随意往包里一塞，背靠着轿厢，垂眼，轻声说："在实习。"

"哪儿？"

"……首都。"

"跑得挺远。"

当面的时候，她就常常听不出他话里情绪，现在隔着十万八千里的距离，更是无措。

"……期末作业已经全部收齐，发到您邮箱了。"

"我看到了。"

"那您……"

"我收到一封信，你寄的？"

"嗯。"

那边笑了一声，低沉，像是就贴着她耳朵一样："做得挺好，保存得不错。"

他打一通电话，就是为了跟她讨论枫叶标本的做法？

"叮"的一声。

"学姐，"江鸣谦目光没看她，"……到一楼了。"

苏南也快撑不住了："我现在在工作呢，您要是没有别的事的话……"

电话先一声挂断了。她听见"嘟"的一声，有点儿发怔。

江鸣谦把KT板塞到她手里，有点儿粗暴地把她往外一拽："走吧，要迟到了。"

等在餐厅里布置好物料，开始拍照的时候，苏南要是没把自己的心看牢，一个不小心，思绪仍会飘出去。

拍完照，江鸣谦拉着她在一旁坐下。

餐厅走小清新文艺路线，进门的地方立了个邮筒；桌子全是木质的，椅背设计成了公交站牌；角落里，零星摆放着一些花花草草。

第六章　拥抱风雪征尘

江鸣谦问人要了两杯水，往苏南面前一推，声音平平淡淡的，不大像平时的他："学姐，有没有人跟你说过，你挺藏不住心事的？"

苏南微抿着唇。她要藏的心事，连篇累牍，藏住了这一件，那一件又伺机逃逸。

他叹了口气，像是束手无策，把面前的杯子端起来，咕噜咕噜一口气喝完，把她留在这儿，抄起单反又去继续拍照了。

苏南坐了好一会儿，把当下这一件心事马马虎虎地藏住了，起身去帮江鸣谦的忙。

她摆弄着 KT 板的位置，在江鸣谦目光扫过来时，别过脸。

二十二号，餐厅开业。

苏南大早起来，把活动前的最后几篇稿子推送出去，然后带上了电脑、相机、随身 WiFi，跟着媒体组、市场组和技术组的同事，一道赶往餐厅现场。

午餐十一点半开始，拿到入场券的食客进餐厅品尝美食，并与作家亲密接触；下午两点午餐结束，作家开始持续三小时的讲座和签售；六点半，贵宾和媒体朋友派对开始。

行程安排紧凑，丝毫没有喘息的时间。

苏南负责线上直播，视频、文字、图片同步推送，一直到签售结束，紧绷的神经才稍稍松弛下来。

酒会开始前，江鸣谦悄悄跑过来，往她手里塞了张房卡："贺学长在对面给大家开了个套房，你过去休息一会儿吧，派对吃吃喝喝，没什么内容，只用拍点儿花絮，我帮你盯着。"

苏南道了声谢，从餐桌上顺走两片面包，灌了半杯橙汁润润喉咙，背上自己的包，往对面酒店去了。

房间里还待着几个同事，大家都累得动弹不得。苏南躺在沙发上休息了一个小时，给江鸣谦打了电话，询问现场情况。

"不用过来了，没什么问题——哎，这作家忒猥琐，两杯黄汤下肚，嘴里就开始不干不净，还好你没过来。"

"你怎么样了？"

"我被抓壮丁了,陪作家拼酒呢——先不说了。"

苏南坐了一会儿,到底还是有些不放心,拿上东西去餐厅找人。

里面光线昏暗,人头攒动,闹闹哄哄,全然不像是白天看见的那个餐厅。苏南绕了一圈,在一个角落里发现了江鸣谦。

音乐轰鸣,她扯着嗓子:"你怎么样了?!"

江鸣谦睁眼,冲她笑了一下,胃里陡然一阵翻腾,赶紧推开她往外跑。

苏南抄了两瓶水跟上前去,他扶着垃圾桶,干呕了几下,没吐出来。

苏南拧开水瓶给他递过去:"还好吧?"

江鸣谦蹲下:"学长不厚道,这样的苦差事也让我来。"一米八五的大个头,抬眼看着她,委屈得跟骨头被抢了的大狗一样。

苏南没忍住笑出声:"作家呢?"

"喝醉被拖走了。我别的不行,酒量还是一,一流的……"

"别逞强,你嘴都瓢了……"

江鸣谦看着她笑,分明醉着,眼里却亮晶晶的:"还行吧,你还没变成两个呢。"

"我扶你去酒店休息吧……"苏南挽着他胳膊,把他从地上扶起来,没料到他那么重,脚下一个趔趄,差点儿没站稳。

"你自己也使点儿力啊,这么重……"

"学姐……"江鸣谦忽然伸出手,按住她后背。

苏南一愣。

带着酒气的呼吸,拂在她耳旁:"苏南……"

苏南心慌,怕他说出什么不该说的,赶紧伸手去推他:"……你站稳好不好?"

他身材高大,像是整个儿把她罩在怀里,密不透风:"你说……我是不是太年轻了?"声音低沉,夹着叹息。

苏南心里咯噔一下,忙伸手去推,没想到一下就推开了。

他踉跄一下站定,一手插进口袋里,隔了几步的距离,看着她。

"江鸣谦……"

江鸣谦笑了笑,又恢复他平常的样子,神采飞扬,带点儿肆无忌惮的孩子气。

他站了片刻,没说什么,转身走了。

"你去哪儿?我送你去酒……"

江鸣谦一挥手:"上厕所!你别跟来!"

苏南愣着,看着他脚步虚浮地走回了餐厅,立在原地,一时不知道是去餐厅还是回酒店,踌躇数秒,还是决定去看看江鸣谦,起码跟贺锐打声招呼。

刚走两步,身后传来一道声音。

"苏南。"

声音不大,可就这么明白无误地钻入她耳朵里。

她僵了两秒,才缓缓转过身去。

不远,就四五米的距离,隔壁静吧门口。

他一贯的模样,衬衫西裤,袖子挽起来,领口扣子解了两颗,可能喝了酒,看起来比平常更懒散些。指间一缕白烟,散在潺热的空气里,一点儿火星灭了又亮。

"陈……"

话没说出口,陈知遇大步走了过来。

身影在朦胧的视线里越来越近,最后停在跟前,半步的距离。

一见面,那天晚上漫天的星光,从指间滑过的流水、风、虫鸣;那天在大桥上,两个人拉近又缩远的距离;灰扑扑的石桥上,容纳她暂时软弱的"五分钟"……带着尘埃,兜头而来。

烟草和酒精的气息浮在鼻尖,她骤然无法呼吸,听着自己心跳如擂鼓,拿有点儿不听使唤的脑袋费劲思索,阔别三月,第一句打招呼的话该怎么说,才显得风轻云淡?

然而——

"这么等不及,跟男朋友大街上就亲热起来了?"他叼着烟,话里戏谑嘲讽。

苏南一愣,仿佛有一阵热血冲到脑中,又即刻降至冰点。

手指发抖,她自己没察觉,几个字紧咬着从牙缝里蹦出:"……您管得着吗?"

前方又一道粗犷男声:"老陈,你行不行……"停顿一瞬,"这是……"

苏南抬眼看了看,顿觉四肢百骸都被冻住,不听使唤了。

静吧里出来一男一女,男的T恤短裤,女的背心热裤,短发——那天林涵所指的,陈知遇的夫人。

谷信鸿和程宛瞧着气氛有点儿不对,没敢上前。

谷信鸿嘀咕:"什么情况?"

程宛倒是好整以暇,冲陈知遇笑说:"酒不给你留了,你滚吧!"也不让谷信鸿留着看好戏,将他五大三粗的身体搡回门里。

隔着绿化树和花坛,另一侧便是马路,车子碾着尘埃,一阵阵呼啸而过。

一股怒火在心里蹿了几次,又压制了几次,最后……

烟剩了半截,陈知遇一把撅断,在垃圾桶盖上碾熄,将苏南手臂一拉,猛地一把拽进自己怀里。

苏南整个愣住,他身上烟草的气息裹着呼吸,心口又气又痛。

直到过了一晌,她终于反应过来,用尽全力伸手一推。

陈知遇退后半步,低头看。

她眼睛红了一圈,两只瘦弱的肩膀微微颤抖:"这么等不及,大街上就开始出轨了……"

一模一样的语气,原封不动地砸他头上。

陈知遇一愣,恍然大悟,赶紧伸手,再一把抱住她:"苏南……"

铜墙铁壁似的无处遁逃,苏南气得脸发白,眼泪却啪嗒直往下掉:"您放开!"

他不敢再逗了,手掌压制着她聊胜于无的挣扎,有一箩筐的话要跟她说,偏不知道从哪句开始,最后想一想,腾出一只手去摸口袋里手机,翻出张照片,塞进苏南手里。

苏南泪眼蒙眬,只瞧见两本证件搁在一起,硕大的"离婚证"三个字。

她话更说不利索了:"为……为我?"

"嗯……"陈知遇见她脸色又是一变,明白她更加误会了,把一句粗口咽回去,"换个地方,我慢慢告诉你……"

出租车汇入车流。

苏南觉得脑子像是锈住了一样，话是自己罗列在嘴边，一个字一个字地往外蹦，根本不受她的控制。

情绪也是如此。

"……江城，您去过吗？我在那儿念的本科。周边到处修路，去哪儿都堵成一片。有一天晚上跟社联的人刷夜，凌晨大家从水果湖步行到风光村……经过凌波门，经管院的学长拉住我，在湖上栈桥上……他说，真的挺喜欢你。他是他们那届的院学生会会长，很……很游刃有余的一个人，追他的女生也多，从来没想过他会注意到我。有那么喜欢吗？其实也说不上，我只是不讨厌他。那时候十八岁，喜欢跟不反感的界限，并没有那样明晰……他是个自尊心很强的人，有时候自说自话，从来不许别人置喙他的决定……后来，半年后，恰好也是在同一个地方，我撞见他跟别的女生……"

她抬起头，目光有点儿凉，这样看着他，像是一道无声的审判。

陈知遇心脏一紧，顿时有些厌恶自己的自作聪明。

她是很清楚透彻的一个人，不如说有时候太过于清楚透彻，以至于消极抵抗。然而她心里有一道界限，会拿这道界限去严格地衡量每一个人，界限之内，她准许他们为所欲为，但如果有一天，这些人触犯了界限，她会把他们彻底排除在外，甚至连界限之外的那些普通人的待遇也吝于给予。

陈知遇把她手抓过来，她挣扎了一下，没再动。

"我也还欠你一个故事，有点儿长，但不适合在这儿讲。你给我点儿时间。"

半小时后，车停在酒店门口。

陈知遇付了钱，攥着她的手，将她拉进酒店，进电梯。

停在房间门口，陈知遇单手翻出钱夹里的房卡刷了一下——手一直没放开，像是怕一松手她就会跑了一样。

进门，他松了她的手。门开了一条缝，没关严实——她在他办公室的时候，他从来不把门关上，有时候来往的老师一推门，就能清楚看明白办公室里的状况。

直到这一刻，苏南才隐约有点儿明白过来，她每一次去他办公室，他特意嘱咐的"不要关门"是为了什么。

他想看她在跟前，又不想让人非议。

陈知遇走进浴室，接了捧冷水往脸上一浇，拿面巾洗了把脸，这才走出去。

苏南站在阳台上，玻璃门隔开了她的身影。

推门的时候，她转过头来，看他一眼："陈……"

陈知遇瞅着她，自嘲："我要出轨也不会搁大街上。"

他摸出烟，低头点燃，盛夏溽热的风里，一缕青烟慢慢腾起。手肘撑着阳台栏杆，看着来往车辆汇入灯河，隔着夜色，把这个夜晚衬托出点儿浮生若梦的错觉。

"我本科在崇大读的建筑。小学和初中各跳了一级，进大学年纪小，十六岁……"

刚进校，有人带着参观，那人就是正在读大二的杨洛。那天飘了点儿雨，她穿白T恤、蓝色牛仔裤和球鞋，长柄伞拿在手里，伞尖磕在地上，玩儿似的把伞转来转去。

他第一个到的，她看见他来了，才停了动作，有点儿不好意思，也有点儿落落大方地冲他笑了一下。

那时候他还是个愤世嫉俗的中二少年，但在杨洛的这一笑里，他突然觉得自己是个大人了。杨洛嫌他小，从来不把他说的话当回事。直到两年之后，他去国外参加一个建模大赛，得了金奖，到学校是凌晨三点，不敢吵醒舍管，也不想吵醒她，闷头等了四个小时，直到七点多，她下楼吃早餐。他起身抱住她，把证书往她手里一塞："杨洛，我爱你。二十小时没睡了，我回去眯会儿。我醒了，你给我回复。"然后就打着哈欠走了。

后来，杨洛说那是她听过的最不可一世的告白了：给你答复，还要等你醒了？

两年时间，两人腻在一起的时候真的不多，更多时候是往外跑，去看那些世界著名的建筑，然后自己回来试着复刻，比谁用的时间最少，最还原。不是没说过誓言，杨洛制止他："我给你讲个故事吧。"于是说了那个前世约定，却转世成为同性的故事。誓言有力量，然而落空的时候也格外有分量。于是他也就不轻易许诺了。

杨洛读研一的时候，他被她拉入伙，跟着周思渊教授，一块儿参与了S大学百年校庆的建筑工程，S大学美术馆的设计。那时候上百号业内精英在抢项目，两人没日没夜，只怕辱没使命。出过稿的消息时，他在睡觉，等醒来下楼吃饭，杨洛正等在楼下，像初见那样，冲他一笑："上回你等我四小时，这回我等你。"

然后……然后时间就滑向了地狱般的那一天。关于那一天的记忆，他已经很模糊了，回想起来一切都乱糟糟，被人打碎了一样，拼不出一条连续的线索。他甚至没去看杨洛的遗体，没出席她的葬礼。直到很久以后，他在终日的寂静之中，突然接受了这个现实，而后难以抑制地逃离崇城。等到了美国，那种痛感才姗姗来迟。

苏南沉默听着，看着他缓慢地把手里那支烟抽完，又接着续上第二支。他讲述的时候，语气很平静——然而她不敢去揣测他平静之下的内心。

程宛守了他一年，几乎是拖拽着他赶上时间的进度。而就在他毕业那天，程宛得到消息，从小喜欢到大的人婚期定下来了。回国之后，他俩身份互换，他变成了拖拽着她往前的那个人。有天程宛喝醉了，跑去找人，没见着，但是见到了对方的父亲。周父看她的眼神仿佛盯着一只臭虫："以后别来了，省得把人带坏了。"那人结婚，程宛没去参加，拉着他去了趟九华山——她曾经跟爱人一起去过的地方。她说，老陈，咱俩反正没人要，凑合领个证吧，你父母我父母都省心。他说好。

那之后，就是漫长的长恨人心不如水。

"您……您还怀念她吗？"

陈知遇烟盒空了，在手里捏扁。他抽了太多的烟，隔着老远都能闻到那浓烈的烟草气息——和往事一样，总有些呛人。

"跟程宛说过一句话。一盏灯亮太久，没别的原因，只是忘了关；突然熄灭，也没别的原因，只是钨丝熔断了。"陈知遇看着她，眼神平静，

"这故事已经过去了。"

可是……仿佛有无数个"可是",然而一个也说不出来。

她低头看着自己脚尖,自己仿佛变成了一粒尘埃,那么渺小,哪里比得上人生初见,又哪里比得上"以死句读"。

"我知道你在想什么。站你眼前这个人,就是这么过来的,过去的事儿抹不掉——以前我倒是有这念头,但现在已经无所谓了。苏南,知道我什么时候开始想着把你留在身边吗?那天你抱着花,站在原地看着我的车离开。我有种冲动,自己也没想明白。想停下车,把你一块儿带走。"

他往前一步,伸手抓住她手臂,带进自己怀里:"这些年,我防备了太多人,没防住你。"他嘴唇轻轻蹭着她额头,"背着你那天,总算想清楚了——我真不是想守着遗迹度过一生,只是……"

苏南心里乱成一锅粥,像是有人把一盆巨大的惊喜全须全尾地摆在了她面前,她没有刀筷,无从下手。

陈知遇低头,把一个有点儿凉的吻落在她唇上。

"……从前没找到灾后重建的人。"

苏南睫毛颤了一下,无措地伸手揪住他衬衫的下摆。

他嘴唇有点儿干燥,很单纯地吻着她,怕吓走她一样。

她闭上眼,总算听见自己心跳的声音,在一种不知所措的惊喜之中。

"……苏南。"陈知遇停了一下。

苏南茫然地睁开眼。

陈知遇挑眉,带点儿笑:"别再哭了啊,长这么大,头回把人亲哭。"

苏南伸手去摸自己的眼睛,手指却被他一把攥住。他一推,她背抵住栏杆,硌了一下,有点儿疼,思绪却清醒起来。

被他结结实实地抱着,极用力的吻像是带着急切的渴求一样,要把他尚没有讲清楚的话,刻进她心里。

溽热的风从远处荡过来,吹动晾在阳台上的几件衬衫,发出窸窣的声响。

苏南微微睁眼,视野里陈知遇的身影像是被房间里照出来的白光镀了层毛边。

手指没忍住合了合,摸到他衬衫袖子的布料。

粗糙。有点儿潮,大约是自己手指上起了汗。

陈知遇松开了苏南,她额头上鼻尖上有一层细薄的汗,他拿拇指摩挲了一下:"都告诉你了……你怎么想?"

凑得近,他身上的热气熨帖着肌肤。烟尘喧嚣的首都盛夏,总算渐渐勾勒出一些真实的轮廓。

她怎么想?

他心里藏着故事,背后是经年的征尘和风雪。

她……只是觉得他有一点儿苦。

想抱一抱他。

苏南伸手,环住他的腰,额头抵靠在他胸前。

"陈老师……"

他沉沉"嗯"了一声。

"从前就觉得您行事无忌,但其实并不是这样……有时候不自量力地想,要能成为那个能温暖你的人就好了。"她笑了一下,仍然觉得胸口闷疼,不为自己,为陈知遇寥寥数语之间带过的那些往事,"……您别嫌我这话矫情。"

"别犯傻,"陈知遇低声一笑,"你已经是了。"

她不说话,只是很用力地抱着他。

她想到去年秋日,雨中S大学,他几分落寞的背影。

有时候一个人活成了故事,只言片语都像是对自己放冷枪。

她呼吸潮热,陈知遇衬衫下的皮肤有点儿痒。摸了摸口袋,才想起来烟已经抽完,盒子都捏扁扔了,咂摸着要不要再亲会儿她,又怕太过于天时地利,再亲要亲出问题来。

"热不热?"

刚才说了那么久的话没觉得,现在仿佛带了点儿毛刺的暑气直往脸上扑。

陈知遇将苏南拉回房间坐下,从冰箱里翻出一罐可乐。甜的,小姑娘爱喝。

转头一看,苏南坐在沙发上,垂着头出神。

他把冰镇的易拉罐往她额头上一贴,她急忙一缩脖子,回过神来。

陈知遇在对面床沿上坐下:"想什么呢?"

苏南拉开易拉罐,"呲"的一声:"想我这一年的运气估计都用光了。"

陈知遇笑一声:"你怎么不想你前二十几年买彩票一次都没中过,就是攒着人品?"

"……"

"有这么意外吗?"陈知遇瞅着她,"花都送了你半年了……"

苏南惊讶:"那花……"

陈知遇轻哼一声。

起初只是经过花店,恰好卖花人摆出了新鲜的玫瑰,色泽和香气都好像让那个平凡无奇的早上,有了点儿与众不同的意味,没细想就买下来了。

进门瞧见苏南闷头查资料,就直接丢给了她,没好拉下脸承认,随口诌了个理由。

后来就成了习惯,大概就是觉得,一天里清晨初绽的鲜花很衬她。

苏南简直懊悔不迭:"您早说啊,早说我就不扔垃圾桶了。"

"你扔了?多放两天是费你宿舍水还是空气了?"

"放着碍眼,多了还招蚊子。您直接送吃的多好,宿舍四人嗷嗷待哺。"

陈知遇:"庸俗。"

"花更庸俗!"

"那你倒是说个不俗的?万字情书?那我真干不出来。"

"是。您不罚我全文背诵拉扎斯菲尔德,已经是格外优待我了——我最烦他,名字绕得能把人舌头打结。"

陈知遇乐了:"你本科挂过《传播学概论》吧,怨气这么大?"

"挂了能保上研吗?"

"……你也就这点儿出息了。"

"我可是您盖了章的不适合学术。"

得了,现在的傻助教也不傻了,专拿他说过的话堵他,一回击一个准。

苏南,崇城大学,"扮猪吃老虎"系硕士研究生。

第六章　拥抱风雪征尘

安静片刻，陈知遇认真看她："还气吗？掏心窝子的事，干一次就得了，可别让我再说。老了，遭不住这个。"

苏南弯眉一笑："您是捏着我的心思是吧？"

"你那点儿心思还用捏吗？全写在脸上了，这些年小姑娘的眼神我没看过一万也有八千，看不出来？"

她拿一点儿惝恍，一点儿仰慕的目光，那样认真又担惊受怕地看着他的时候，他是真没法淡定。

有时候坐办公室里想些乌七八糟的，感觉自己脑门上贴了大写的"衣冠禽兽"四个字。

想归想，不该做的一点儿也不能做。

"可您什么也不说……"

她换了个坐姿，两条腿也不好好放在地上，曲起来，前脚掌跷着，脚跟点在椅上。

陈知遇板着脸："坐没坐相。"

苏南："……哦。"立即放下腿，乖乖坐好。"今天累一整天了，这样坐着能减少引力。"

"你怎么不把牛顿气活过来呢？"

"传播学四大奠基人已经被我气得七七八八了。有次上课，我说，卢因的'把门人'理论……老师奇怪地盯着我，我想没错啊，是卢因啊，我还专门背过呢……"

陈知遇差点儿笑呛住："看来是需要继续读博，否则出去还不得给你涵姐丢人？"

苏南顿了一下："陈老师……我不读博。真的，不跟您赌气。"

陈知遇看她："考虑好了？工作后再想读可就没那么容易了。"

"考虑好了。"

陈知遇没有再勉强她。

苏南捏着易拉罐喝了口冰镇的可乐——她觉得自己也像这可乐一样，美得咕噜咕噜往上冒泡。

"你怎么知道我结婚这件事的？"

"世界上没有不透风的墙。不做亏心……"她看陈知遇似又有"体罚"

的打算,赶紧说,"……五月去涵姐家,在那儿看见您跟您……前妻的照片。"

"回来就躲着我?你怎么不直接问?"

"问不出口啊,好像我肖想您似的……"

"可不就是?"

苏南笑一笑,再回想过去的三个月,有点儿恍如隔世的感觉。

像一个人在水里潜了太久,乍一被捞起来,太多空气涌入肺腔,那种满足的感觉会让人霎时忘了前一秒还在憋气的痛苦。

"也不能怪你。我是打算等你考上崇大,再慢慢筹谋这事。"

收到她寄来的枫叶明信片,慌得不行,再慢人估计真的得跑没影儿了,于是当天就找程宛,摊牌。那真是憋屈——被程宛翻来覆去揶揄,什么嘲讽的话都说了,只差"一树梨花压海棠"。气得胸闷,心道自己也才34,再怎么老能老到那份上?

程宛是个干脆人,两人一周之内就把所有手续都办妥了——结婚的时候各种协议签得清清楚楚,处理起来也干净。

只是双方家长,尤其程宛父母那边,暂时还没挑明。

当然,这些涉及人情世故的麻烦,他会挡在身后。

洪水滔天,也溅不上苏南一个衣角。

"隐婚,还是有名无实的,没谁敢往这上面想。"

"林涵知道。"

"知道我也不能问涵姐。她得怎么看我……"苏南才意识到这问题,哀叹一声。

"你叹什么,"陈知遇瞅着坐在对面的她,"我才是不知道怎么跟你林老师交代。这事儿外人看起来不太厚道,是吧?"

苏南点头:"不瞒您说,是。"

陈知遇朝她伸出手:"过来,我抱会儿,送你回去。"

她下意识就说:"要回去呢?"

话音一落,反应过来,耳根一红。果然听见陈知遇促狭一笑,急忙解释:"我不是……我想跟您多待……"

手臂被一拽,身体从沙发上起来,一条腿支在地上,一条腿膝盖搁在床沿上，被陈知遇抱入怀里。

"……那就这么待着。"

这么待着？

白衬衫被他身材衬出很好看的轮廓，眼一垂就能看见他扣子后分明的锁骨——"色令智昏"这词也不是专为男人发明的。

她有点儿喘不上来气，一时间脑子里过了些不好的东西，耳根更红，又不敢动，只得屏着呼吸。

"你住在哪儿？"

"万兴科技园附近。"

"挺远的。条件怎么样？"

"还行……实习加上补助就五千块钱工资，也没办法找条件更好的了。"

他声音有点儿平："……准备干下去？"

"不……我觉得初创公司管理很混乱，想去大公司里正规地学一学。"她微微抬头看他，"要是不在崇城，行吗？"

"随你。"

"我不大想去传统媒体，想去互联网。崇城的互联网公司发展不如首都……"

"嗯……"

苏南总觉得陈知遇反应有点儿怪异，又说不出是哪儿，只得找话题似的继续说："……媒体转型肯定会继续深化，所以我觉得互联网可能更有前途……"

陈知遇心不在焉地听着。不敢动，她膝盖好巧不巧地抵在很不适宜的位置。

"苏南……"

他真不想把今晚搞得过于过界，有点儿一厢情愿地，以过来人的心情，想让以后苏南回想起来，觉得这一天跟汽水一样又傻又单纯，甜得冒泡。

"嗯？"

"去帮忙拿瓶水。"陈知遇声音微哑。

109

苏南莫名其妙地看了看他搁在茶几上还剩了大半的冰水，没问什么，还是起身照做。

陈知遇立即调整坐姿，手肘撑在大腿上，微微弓着背。

他目光随她移动过去，看她打开了冰箱门，踮着脚往里看——冰箱也不高，不明白她为什么要踮脚，跟偷吃的小孩儿似的。

苏南把水瓶递过来，他扭开象征性地喝了一口，一看时间，都十点多了，再晚了不合适。拨了个电话，让前台帮忙叫车，自己起身打开衣柜，挑出件干净衬衫。

苏南有点儿发愣。

他闷笑一声，手指按着扣子，逗她："想看？"

苏南抓起包就往外跑："我在走廊等您！"

陈知遇换好衣服，牵着她的手下楼——动作自然得简直理所当然。

倒是苏南省过神来，只觉得害羞已经盖过了所有情绪。两人单独待着的时候还好，现在迎着来来往往的人，低垂着头，恨不能把跟前一小块地方盯出个洞。

到出租车上，陈知遇才像是后知后觉反应过来她先前问的那几个问题："可以去互联网公司看看，但不建议做内容。如今在网站做内容这块儿的都是廉价劳动力，还不如你在纸媒干半年真枪实弹跑采访见识得多。非要去互联网的话，想办法去产品岗吧。"

苏南连连点头，仍然有点儿像在做梦。

有这样一个人，一直鞭策，一直严格要求，却总在某时某刻给你指点迷津。

某一天，这个人成了你的爱人。

到住的地方，陈知遇跟着下了车。

老住宅区，这么晚，遛狗的大妈大爷也都渐渐回家了，小区里安静，寥寥几道人声。

陈知遇坚持着，送她上了楼。

怕室友睡着了，她站在门外往下几级楼梯的地方跟他道别："陈老师……"

陈知遇瞅她："差点儿忘了，你跟你那个小学弟……四次了，别让我撞到第五次……"

"四次？"苏南莫名其妙。

"蔬菜沙拉、面试、电话，还有刚才……你自己心里不清楚？还要我数给你听？"

"电话？什么电话？"她仔细想着，终于恍惚记起来，那天在电梯里接电话，江鸣谦催了她一句。

陈知遇警告似的盯着她："想明白了？"

苏南忍不住笑："您吃醋呢？其实没必要，我是猫派的。"

"什么猫派狗派？"

"嗯……年轻人的流行语，您不懂。"

陈知遇，像只平常对你爱答不理，久了，却领地意识极强的，优雅又狡黠的猫……

老猫！

声控灯灭了。

苏南趁机俯身在他嘴唇上一碰，又倏地退回去。

"陈老师，晚安！"

想溜之大吉，没得逞。手臂被他一抓，脑袋也被摁下来。

喧闹、不安……外面还没停歇的蝉鸣，都不存在了。

小小方寸空间，他在安静的黑暗里，细细地吻她。

第七章

惊鸿与白首

草在结它的种子 / 风在摇它的叶子
我们站着 / 不说话 / 就十分美好

——顾城

盛夏的天,从早上七点开始就往外渗着暑气。

小区里老大爷勾着腰遛狗,提在手里的收音机铿锵唱着"垒起七星灶,铜壶煮三江";栗子树下,一个小伙儿叼了片面包,把身体弯成个锐角,一蹬自行车踏板,一溜烟走了;门口支着三两早餐摊,煎饼馃子烤冷面,豆汁油条豌豆黄……

薄雾缭绕,初日高起。烟尘中香气四溢,整个城市在一种苏醒的蓬勃中开始新的一天。

苏南在摊子上买了两个煎饼馃子,穿过马路,上了停在另一侧的车。

"陈老师,热的。"她在副驾坐下,卸了背上的包,把装着煎饼馃子的塑料袋递给陈知遇。

"别吃路边摊上的东西,灰大,地沟油。"

苏南弯眉一笑,自己咬了一口:"您不吃?"

他昨晚喝了酒,一早起来什么也没吃,热腾腾的香味,有点儿勾着食欲。挣扎半晌,还是咬了一口……然后一个不小心,吃完了。

苏南在旁偷笑。

第七章　惊鸿与白首

陈知遇板着脸："我这是体验民生疾苦。"

"疾吗？苦吗？"苏南自己先往旁边一躲，笑问，"吃饱了吗？要不再来一个？"

陈知遇微一挑眉："躲那么远我就教训不到你？"

苏南使出撒手锏："第752话的剧情……"

陈知遇一手将她手臂一握，探身过去，另一只手撑在她身后车窗上。

苏南背抵着椅背，无处可躲："您……您做什么？"

"体罚。"

陈知遇计划在首都待一周，参加完了谷信鸿的婚礼，顺道去首都某高校公干。

车是借谷信鸿的，一辆小跑，红色，有点儿骚气。车载着苏南，到了昨晚的酒店。

陈知遇拉开窗帘，让外面阳光照进来，随手指一指旁边的办公桌："你就坐那儿写吧。"

苏南拿出笔记本电脑坐下，一边开文档一边问陈知遇："我写稿，您呢？"

"你还怕我闲着？"

陈知遇捞起一旁的笔记本电脑，在床沿坐下，把笔记本电脑摊在腿上。

苏南瞥一眼。

白衬衣，黑西裤，进屋的时候鞋袜脱了，赤着脚。

陈知遇平常的行事作风，不会让人往"病弱"这层上去联想——而且她在他背上悄悄"侦测"过，百分百的穿衣显瘦脱衣有肉。

然而，他脚踝上有一颗很小的痣，顿时显得脚踝到脚背一线，有点儿病弱的苍白，以及……禁欲。

陈知遇眼也没抬："看够了？"

苏南脸一热，赶紧背过身去："你是薛绍张易之……"

陈知遇挑眉："我是谁？"

苏南正色："我说，您就是我心目中的施拉姆、霍夫兰。"

113

陈知遇憋着笑:"赶紧工作!"

苏南要做的,是这次活动的总结通稿和微信推文,不难但是烦琐,要求图文并茂,她得从昨晚拍的上百张照片中挑出最适用的。

正写到第二段,身后响起窸窸窣窣的声响,似乎是陈知遇起身往外去了。

片刻,一只手臂伸过来,把冰镇可乐搁在她手边。

"在本次签售会上,著名作家×××和读者进行了长达两小时的密切交流……"

苏南窘迫:"您别念!"

陈知遇低笑一声。

"您知道我最讨厌你们这些当老师的哪三点吗?"

"说说。"

"上黑板做题,监考时窥视……还有就是,当堂念作文。"

"早说啊,你来我这儿读博,我让你也过过这三件事的瘾。"

苏南义正词严:"利诱没用,我是意志坚定的人。"

陈知遇手撑着椅背,呼吸就拂在她耳后。

她伸手将他一推:"忙你的,别打扰我。"

陈知遇挑眉,但瞧着她真一副心无旁骛的模样,也就不干扰她了。

一小时后,苏南撰完稿,拿工具给微信推文排版。

身后再次响起陈知遇的声音:"写完了吗?"

"快了,再半小时。"

"弄好了过来帮我回复邮件。"

"什么邮件?"

"几百封,我哪儿知道。"

苏南好奇,效率倍增,一会儿就弄完了,发给媒体组主管过目,推送之后,一合盖子,把笔记本电脑一推,伸了个懒腰。

"过来。"

苏南穿上不知道什么时候被自己蹬掉的拖鞋,到陈知遇身旁坐下。

陈知遇把电脑推给她,自己往床上一躺。

苏南盘起双腿,坐在床单上,把笔记本电脑摊在腿上,点开第一封邮件。

"陈知遇教授,我是大三广电班的同学,正在拍摄一个微电影,想邀请您出镜……"也不看完,直接关闭,"不去。您出场费很贵的。"

再点第二封。

"如何让你遇见我,在我最美丽的时刻……什么鬼!"苏南严肃地,一字一句地回复,"大学是一生中不可再得的时期,最好的时光,应该最多地投入学习。"

第三封。

"陈老师,我是播音主持班大二的同学,我有一个苦恼多年的问题,希望能够在您这里得到开解。波伏娃说,性向是天赐的……扯淡!波伏娃才没说过这句话!"

陈知遇快笑疯了。

"您邮箱都成什么了?知心姐姐?为什么性向的问题都要找您?"

"这已经是好的了,我还收到过不雅照。"

"男的女的?"

"男的女的都有。"

苏南瞪大眼睛:"……多,多不雅?"

"你能想到的最不雅的程度。"

苏南:"……"

陈知遇瞅着她笑。

苏南轻咳一声:"奥修说,我们的身体源自性,我们的头脑总是渴求性……但经由创造力的过程,性就会被净化……所以这是自然正常的事。"

陈知遇:"……"

"苏南,"陈知遇靠着枕头,要笑不笑地看着她,"现在不在课堂上,不是学术讨论的时候。你真想和我聊这话题的话,我就只能认为你是……"

苏南快把脸埋进键盘:"……我接着帮你回复!"

还回复?她怎么这么实诚。

他伸脚,把笔记本电脑盖子一合,手抓住她手臂,一带。

115

苏南歪倒在床上。

陈知遇手臂将她一抱："昨晚没睡好，我眯会儿，醒了一起去吃饭。"

苏南身体板正，人形砖石一样躺着，不敢动。

过了片刻，正要转头看看他是不是睡着了。忽觉有点儿冰凉的手指碰了碰她额头，将她额发一捋。

陈知遇手肘撑起来，低头吻她。

阳光越过阳台大开的门，照亮了门前的一小片。冷气声音很静，但仍然能听见一丁点儿的声响。

寻常的夏日上午，她听见自己的心跳声。

还有他的。

晚上，陈知遇请客，在一家清幽安静的私家菜馆。谷老板带上了谷老板娘，唯独程宛单身一人。她一来就集中火力，炮轰陈知遇。谷信鸿看乐子，跟着火上添油。

陈知遇三杯白酒下了肚，程宛总算解气，换了个座位，挤走陈知遇，把苏南肩膀一勾，笑问："妹妹，你叫什么？"

"苏南，南方的南。"

"我叫程宛，宛转蛾眉马前死的宛，记住了吗？"

苏南："……记住了。"只是诗好像不怎么吉利……

谷信鸿笑说："程爷，您悠着点儿，别逗小姑娘了。"

"说什么呢？你以为我跟陈教授一样斯文败类？这么嫩的姑娘也下得去手。"

谷信鸿哈哈大笑。

苏南："……我24了。"

"老陈34，马上步入更年期。"

陈知遇："你跟我一年的，消停点儿吧。"

程宛逗够了，坐回自己位上，给苏南斟了半杯果汁，自己端起酒杯："苏南妹妹，敬你。以后陈知遇这孤寡老人就委托你照顾了。"

苏南不动声色地端过陈知遇跟前的酒杯，笑说："一直是他在照顾我。"

"老陈能照顾人？不用浇水的花都能被他糟践死了……"

陈知遇眼里带笑，瞅着苏南，轻声说："你就喝果汁吧。"

苏南低声："没事的……"

傻姑娘逞强，不喝果汁非要喝酒，然而程宛喝酒是练家子，他们碰头时喝的酒全是烈的。这酒他自己也顶多只能来个四两，苏南这杯下去，不定会怎么样。

他手臂在她腰上轻轻一搂："就喝一口，别贪。"

苏南与程宛轻轻碰了下杯子，举杯喝了一口。

辣，直冲着喉咙。她苦着脸咽下去，放下杯子。

谷信鸿叫个"好"："咱们今儿是准备吃吃饭聊聊天，程爷你差不多得了。别整你那一套。"

程宛瞅他："我怎么了？真整我那一套，你还不得给我提鞋叫爷爷。"

苏南以前没见过程宛这样的女人。

身材火辣，长相精致，没化妆，然而眼角带一股媚气，与短发显出的英气相得益彰，存在感十足，很难不让人注意到她。

陈知遇凑近："你看谁呢？"

"看女人也不行了？"

"你少看两眼。"

苏南忍不住笑："……以前怎么没发现，您心眼只有这样一点儿大。"她拇指食指比了个缝。

陈知遇："……"

苏南两指再张开一点儿："那就这么大？"

陈知遇凑近她耳朵："……吃完饭教训你。"

气息拂得她耳朵发麻，一下就烧起来。

对面程宛跟谷信鸿唇枪舌剑一番，总算又把注意力集中到苏南身上："你是要到崇大读博吧？跟你说，他这人可龟毛。你别惯着他，不爽直接不伺候就成。"

苏南："不是……我毕业了直接找工作的。"

程宛愣了下："……哦，那也挺好的。"

谷信鸿问："苏小姐哪里人？"

"槭城人。"

程宛向着陈知遇瞥去一眼。

"槭城……槭城好啊，"谷信鸿哈哈一笑，"我记得那儿枫树不错？"

苏南既看到了程宛那一瞥，也听出谷信鸿笑里的尴尬。

心里陡然，有点儿没滋没味的。

苏南觉得自己不算是小心眼的人。

34岁的男人，没有故事才乏味。然而那粒砂，揉在陈知遇心里，和血肉连一块儿，也揉在自己眼里，眨不掉，只得适应。她觉得自己离适应还有段距离，还是不能多想，一想就有种一辈子，搬不动一座山的无力感。

陈知遇也感觉到气氛有点儿冷了，看一眼苏南，她脸上表情倒是平静的。

拿常理揣度，她不至于心大到无知无觉——然而有些话，反复说就格外腻味。他不爱赌天发誓，爱不爱一个人，到底还是要落实在行动上。

"可惜现在剩得很少了，"苏南笑一笑，"槭城没赶上好时候，要是撑上几年，放到现在，肯定不比西塘、婺源什么的差。"

她回应落落大方，程宛在心里赞了一句。

谷信鸿也暗骂自己嘴欠，也不知道关于这姑娘的信息还埋着多少的雷，自己没耐心挨个排查，浅浅聊了几句便止，将焦点转回陈知遇身上。

"调研报告我看了，现在什么数据都能造假，我也说不准。做生意有时候就是赌点儿运气赌点儿气魄，老陈，你拿决定吧，我跟上。"

"谷老板舯板大，风浪猛点儿也掀不翻您这艘航空母舰。"

"别埋汰我，我顶多一驱逐舰。"

程宛拿筷子尖儿夹了根酸笋："我这儿有最新风向，听吗？"

谷信鸿赶紧给程宛斟酒，"擎等着您呢，程爷！"

接下来苏南便觉得云山雾罩，每一句都能知道个意思，连一起就仿佛打机锋一样——他们不避着她，可能就是知道当面说了，她也不一定能听懂？

苏南垂目，端上果汁杯子，很浅地喝了一口。果汁冰镇过，有点儿凉，杯壁上印上了两个指纹。

第七章　惊鸿与白首

陈知遇凑过来："热不热？菜多吃点儿。"

苏南忙点头。

陈知遇给她夹了一箸菜，继续听程宛分析。

苏南想起小时候，父亲还没去世。

母亲跟苏静去了外婆家，家里没人做饭，父亲下了班，直接领她去跟工友一道吃饭。热腾腾一锅酸菜鱼，肉沫苕粉，白切猪肝，干煸土豆丝，搪瓷杯子装着几盅酒。他们说着大人的话，有些粗俗俚语，有些妄议时政，她一句也没听懂，只觉得这顿饭很是无聊。

那时候，父亲也跟此刻的陈知遇一样，时不时给她夹一两筷子菜，分出点儿心思关心她吃得好不好。

那是她第一次，很清楚地感知到一种天地浩渺，己身一芥的无助感，像是被遗弃了一样。

小时候饿了就哭，哭了就有奶吃；逢年过节一圈亲戚围着你，让你唱个歌儿叫个名儿；全家人关心你的行踪，怕你磕了碰了。你有求必有所应，你仿佛被整个世界捧在手心疼爱。

但其实并非这样，世界，并不围绕着某一人转。

每个人在每个场合都有自己的角色，你并非时时刻刻都能融得进去，甚至成为话题的焦点。

小时候耿耿于怀过好一阵，等想明白了，接受了，也就长大了。学来学去，左右逢源这一套她还是不会。但遇到这种自己插不上话的次数多了，也就渐渐有种钝感的无所谓，以及自得其乐。

但这回是见陈知遇的朋友。

不一样。

心里有点儿凉，更有点儿不知所措的惶惑。她知道自己乏善可陈的经历里面，也抠不出什么，值得他们反复说道——这是她自己的问题。

所以更觉得难受。

一顿饭，不知道怎么结束的。

陈知遇去叫车，程宛和谷信鸿夫妇在门口等着，苏南去了趟卫生间。
小院里一条石板路藏在竹叶间，沿路挂着灯笼，光朦朦胧胧的。
苏南从洗手间回来，还没走近门口，听见程宛几人在讨论她。

119

谷信鸿:"老陈眼光不错,这姑娘是块璞玉。"

程宛:"苏南瞧着挺有主见,我倒觉得挺难办的。你们男人上了这岁数,不都偏爱那种柔顺温柔体贴好哄的小姑娘吗?软玉温香的,是吧?"

谷信鸿:"程爷,你这是一竿子打翻一船人。老陈肯定不喜欢这样的,他不就喜欢……"

话没说完,剩半截。

晃晃悠悠的,悬在苏南心里。

片刻,程宛才说:"我操哪门子心,我自己还没个着落——谷老板,我小时候就瞧你最不顺眼了,你看着愣头愣脑的,但怎么每回好事都能轮到你头上?"

"我愣头愣脑?我那是大智若愚!"

趁着这插科打诨的当口,苏南赶紧走上前去跟他们汇合。

程宛和谷信鸿夫妇先上了车,陈知遇和苏南殿后。

刚要走,身后有人喊了一声"陈教授"。

陈知遇回头看一眼,让司机先走,立在原地等那人过来。

是个西装革履的男人,身材有点儿胖,怕热,拿着纸巾一直擦着额头上的汗,到陈知遇跟前了,准备伸出手,犹豫了一下,还是作罢,笑说:"能在这儿遇上您,真是赶巧了。"

"黄总好久不见。"

"您什么时候再去安市,我做东给您洗尘——最近刚得一批好石头,好多人问我要,我都藏着没给,好东西就得给识货的人。"

陈知遇神色有点儿淡,语气仍是礼貌:"实不相瞒,最近没怎么费时间在这爱好上,黄老板给我倒是明珠暗投了。"

男人讪讪笑了一下。

陈知遇又客气地补了一句:"下半年要去西部地区讲座,要是途经安市,免不了还得叨扰黄总。"

男人满脸堆笑:"求之不得求之不得!"

等寒暄完毕,陈知遇又拦了一辆车。

喝了酒,有点儿热,车上,陈知遇把衬衫领口解松一些,看一眼苏南,有点儿舍不得现在就把她送走。

第七章　惊鸿与白首

"吃饱了吗?"

苏南点头。

"一碗豆花饭,还吃得下吗?"

苏南愣了一下。

陈知遇手指碰一碰她脸:"顺路,带你去尝尝。"他向司机报了个地名。

小小一间店,店门口挂着深蓝色的麻布布帘,推门进去,一股干冽气息,混着冷气吹来。

择一个靠里的位置坐下,陈知遇点了两碗豆花饭,一杯豆花奶茶。

"以前有学生跟我推荐的,吃过两回,还行。有点儿小时候自家磨的那味道。"

苏南微讶:"您家里还会自己磨豆花?"

"我太奶奶小时候家里就是卖豆腐的,那时候还有个豆腐西施的称号。我太爷爷有回跟军队经过豆腐摊子,大家饿了,各买了一碗豆花。店里坐不下,都站着喝。军靴制服,制式武器,太奶奶没见过这阵仗,怕,但又好奇。一碗一碗递上豆花的时候,目光不知往哪儿看,飘了几下,就跟我太爷爷视线对上了。回去之后,我太爷爷立马备上东西前去提亲——他那时候在粤系,跟着陈济棠,算是个小军官。太奶奶父母丝毫没犹豫,直接就答应了。后来经历了很多事,你历史书上都读过。两人几次面临死别,又逢凶化吉。太爷爷九零年去世,太奶奶九八年去世,两人都是高寿。也算是举案齐眉一辈子。"

陈知遇笑一笑:"太奶奶在时,时不时会自己做点儿豆腐。她嫌现在水硬,做出来的豆腐不好吃。"

说话间,东西已经端上来了。

陈知遇揭了盖子,往苏南面前的米饭碗里舀了一勺豆花,又舀了一勺店主自制的辣酱:"一起吃,尝尝。"

苏南往嘴里送了一口,三种滋味儿融在一起,格外新鲜,又格外丰富。她连连点头。

陈知遇帮她把豆花奶茶也打开了,递到手边:"这个冬天喝更好,热的，也不太甜。"

苏南已经分不出嘴说话了，冲陈知遇比了个大拇指。

陈知遇一笑，自己拿起勺子，舀了一勺原味的豆花。

"什么也不加，好吃吗？"

"你尝尝。"

苏南也照着来了一勺，豆花原本有一点点儿涩口的口感，一时蔓延开去，等适应了，反倒觉得滋味无穷。

"太奶奶说，豆花就得什么都不放才好吃。和人的一生一样，佐再多料，到最后也是浮华沥尽。"

苏南沉默品着这话。

"太爷爷临走前一阵，又特意让太奶奶磨了一回豆花。那时候太奶奶身体不好，是我们小辈在她的指导之下折腾出来的，味道肯定比不上太奶奶自己做的。然而太爷爷喝得心满意足，拉着太奶奶手说，怎么才喝了一碗豆花，一生就过去了？"

怎么才喝了一碗豆花，一生就过去了？

苏南心里五味杂陈。

这故事真好，和这碗豆花一样。

惊鸿一眼容易，白首一生却难。

陈知遇顿了顿，转了话锋："几个朋友在一块儿，有时候聊起兴了，难免不能面面俱到。"

苏南手一顿。

他在向她委婉道歉？

他看着她，一字一句说得慢，听着也像有了誓言的味道："还有很多事，以后都慢慢带你去。"

苏南不说话，喉咙发紧，猛点了一下头，又飞快往嘴里送了一勺豆花饭。咀嚼得用力，委屈夹杂一点儿清甜的滋味，被自己咽了下去。

壁上橙黄的一盏小灯，映在碗里，似晕开的月光一样。

第八章

诗的灵魂

她有孤高不屈的灵魂,疯狂的诗一样的灵魂。

——三岛由纪夫

陈知遇离开首都回崇城,苏南这边还没辞职,不能跟他同路。

临近开学的时候,苏南去找贺锐打实习证明。贺锐挽留,夸她做事扎实,耐得住性子。公司随时能签三方,她闲了可以继续实习,不闲等毕业了再来报道也无妨,苏南还是婉拒了。

虽然还没有具体方向,但她想往更高处走。

江鸣谦跟她一块儿回南城。

他可能是已经知道了,那几天碰着苏南都有点儿不尴不尬的。苏南没做什么解释,仍然拿往常一样的态度对待他。过了一周,他好像自己调整过来了,恢复了原样,依然师姐长师姐短地叫她。

两人回南城是坐高铁,将近五小时。

车上江鸣谦拿着游戏掌机,非要教她玩。她手笨,走两步屏幕上的小人就掉下机关,死的次数多了,还让江鸣谦拿了一个奖杯。还是挺挫消积极性,她玩了一会儿就不肯玩了,说要睡一会儿,拉下薄外套的帽子,盖住了眼睛。

还是想陈知遇,明明才跟他分开了一周多。

想他要是在车上,两个人肯定可以不住嘴地聊上一路……也许会住嘴,她想趁着没人注意的时候亲一亲他。

回了南城,屁股还没坐稳,铺天盖地的校招就开始了。

宿舍四人有一人准备出国,其他三人都开始加入浩浩荡荡的找工作大军。

苏南也不敢懈怠,宣讲会、线上笔试一轮一轮地准备起来。人心浮躁,听见宿舍里谁哭诉笔试没过,都有点儿风声鹤唳、草木皆兵。

陈知遇那边,刚开学事务繁多,除了常规教学任务,还得挑选新一批的研究生,论文指导也提上日程。学校之外,还有些别的副业,或多或少得投入些时间,整两周了,竟然没能腾出半天的时间去南城看看苏南。

两人每天都通话,差不多十点半到十一点,半小时。

她讲笔试题目和简历设计,他听,提建议。

腻歪的话说得少,仿佛两人还跟之前的关系一样。聊完校招,聊完工作,两个人也会聊点儿生活琐事。

秋来天气渐凉,晚上空调忘了关,早起重感冒。晚上打电话的时候,被陈知遇听出来,隔天就收到快递,感冒药、消炎药、止咳药一应俱全——江浙沪地区就这点好,快递抵达及时。

晚上打电话说起这事,笑说要不以后就去互联网大厂打工了。

"你想去杭市?"

"杭市也挺好的,宿舍有个同学就是杭市人,说杭市宜居,就是房价贵。"

陈知遇笑一声:"择业眼光放长远点儿,别这么急功近利。"

"您不愁这个,买房全款都行,我们可是普通人。"

"我还能让你住大街上不成?"

苏南笑一笑,不置可否。

"你在哪儿打的电话?"

"阳台上。"别的地方都有人。

"今天南城下雨,你感冒还没好,进屋去吧,别在外面淋雨。"

第八章 诗的灵魂

"淋不到的,阳台有顶呢。"

他听出来她话里的意思,笑了笑,那笑声荡过来,像是贴着耳朵:"下周六来南城。"

苏南眼睛亮了:"能给我带崇城的鲜肉月饼吗?我听人提过,说是很好吃。"

"我还真不知道哪里有卖的,回头去给你找一找。"

她立马就精神起来,比喝了三袋感冒灵还管用。

周一,苏南去参加一家国内数一数二的互联网公司的面试。

群面,大家签到领号,被叫到的再上去对应房间。

苏南比预定时间早到了半小时,然而面试地点的大厅已经黑压压坐满了人,大家各自等候,少有人交谈,气氛凝重沉肃,只听见音响里不停传来叫号声。

以前没参加过这么大公司的面试,第一次来,这阵仗让苏南有点儿发怵,昨晚在宿舍里看的那些"面经",好像一个字不留地从脑海里溜走了。

七点半,苏南拿上简历去楼上房间面试。同组共八个人,小组讨论商量做一款新的互联网产品。

苏南面对陌生人反不如在熟人面前拘谨,发言算是踊跃,也没什么错漏的地方。她自认表现算不得太好,但也算不上差。

回去等群面结果。晚上八点,宿舍另一个也去参加的学生,收到了二面的通知。

苏南听见她的欢呼声,去看自己手机,没有一点儿动静。

等到十点,确信自己是被刷掉了。

晚上照例给陈知遇打电话。

雨已经停了,公用的阳台上能看见对面三棵笔直古木间悬挂的一轮月亮,清辉冷冷。

"你感冒好些了吗?"

苏南"嗯"一声。

"喉咙不疼了就可以停药,平常多喝点儿蜂蜜水。"

"嗯。"

那边顿了顿:"怎么了?"

苏南勉强笑了笑:"在想怎么周六还没到。"

陈知遇笑一声:"想我了。"

"嗯。"这一句低不可闻,她手插在衣袋里,一边听着电话一边盯着脚下,鞋尖无意识地蹭着地面,"陈老师,您明天有课吗?"

"有,上午的三、四节,而且还是在新校区,给大一的本科生上。"陈知遇叹一声,"当老师没意思。"

苏南笑了:"您不要消极逃避。"

"可能是因为你没在跟前。"

"敢情您在南城大学的课是冲我上的?"

陈知遇笑说:"那……当然不是了。但看你跟小萝卜头一样特认真记笔记,就特别有成就感。现在小孩儿不行了,上课尽玩手机。"

"谁是小萝卜头了……"

陈知遇笑一声:"周六过来跟你上课。"

"你办公室都没有了,被副院长征用了。"

"不是非得在办公室,哪儿不能上?"

苏南哀叹:"您饶了我吧,不想听课了。"

话题绕着绕着,就越来越远了,直到电话结束的时候,苏南也没跟陈知遇提起群面惨败的事。

十一点半,爬上床。

宿舍已经关灯了,大家各自躺在床上玩手机。

苏南床靠窗户。睡不着,也不想刷手机,掀起窗帘的一角,看见树梢顶上的月亮,散着有点儿发青的光。

在教室里半数脑袋低垂玩手机的低沉气氛之中,陈知遇结束了三、四节的课。他讲课真不无聊,前几年还因为开了新闻评析课,以犀利冷峻又幽默的讲课方式,评上了崇大的"四大名嘴"。然而总有学生宁愿去刷微博上那些转载了三四道的碎片信息,被动往脑袋里塞一堆不成体系的观点——连思想都称不上。

第八章 诗的灵魂

早年陈知遇还为这事儿生过闷气，渐渐就看淡了。从此也沿用大部分老师的做法，一学期点三次名，做三次小作业，期末论文或者闭卷考核。爱听不听。

十二点，准时下课。

半路被管学生工作的老师叫去办公室，耽误了点儿时间，等出院大门的时候，是十二点半。

院办门口一排新栽的樟木，跟新校区一样年轻，就四五年的光景。

靠中间的一棵树下，立着一道人影。

白色中袖上衣，袖口开得大，显得手臂格外纤细。牛仔裤，收脚，九分的，露出光洁的脚踝，脚下是帆布鞋。身边，一个十八寸的黑色拉杆箱。

苏南原本垂着头，此刻忽然抬起来。

目光对上。

她眼里碎了点儿阳光。

陈知遇一愣，很多情绪涌上来，也没细想，大步走向前，挟着阵风。

快到跟前，苏南抿嘴一笑："陈老师。"

陈知遇站定，语气很平："吃中饭了吗？"

"没呢，刚下高铁。"

"走吧。"陈知遇牵过她立在一旁的拉杆箱。

苏南目光在他脸上停留片刻，搜寻着，没找出一丁点儿惊喜的情绪。

心脏像是断线风筝，晃悠一阵，笔直往地下栽。

她垂下目光，跟在陈知遇身后。

树荫下，整齐停放着一排车。

陈知遇掏出钥匙按了两下，一把拉开后备厢，把拉杆箱放进去。

苏南踌躇着，上了副驾驶座。

片刻，陈知遇锁上后备厢，绕去驾驶座。

拉门，摔门。

钥匙往中控台上一扔，抓住苏南胳膊，欺身往前，往座椅后背上猛地一按，低头就吻下。

苏南愣了下，片刻才反应过来。

沉到底的心，一霎就又飞起来。

过了好一会儿，陈知遇脑袋才退开，但手臂仍然圈着她，很仔细地看："从什么车站来的？"

"崇城南站。"

下了高铁，还要坐一小时地铁。

"怎么不提前跟我说声，我去接你。"

"您要上课呢。"

"我要是今天请假呢？你不就扑空了。"

苏南笑一笑："再说吧。"

"蠢不蠢？"

"……其实是来崇城面试的。"

是个不算太有名的互联网公司，原本没打算来的，昨晚临时改的决定。

她抬眼一看，陈知遇要笑不笑地看着她，只得又说："……想您了。"

陈知遇盯着她眼睛看了半刻，又要低头。

苏南赶紧一推他："前面好像有个白头发老师盯着这儿看……"

陈知遇："……"

"啊，是你们院长！"

陈知遇放开她，整整衣服："……先吃饭。"

陈知遇在新校区所在大学城还有个公寓。

郊区低价地，当地批给三所高校建新校区。房地产商闻风而动，不过半年，商品房雨后春笋拔地而起。

学校与房地产商合作，校内老师得利，能以极低价格拿到房子。陈知遇不缺这个钱，也跟着入了一套，简单装修，备来新校区上课时用。

陈知遇下午还有课，在大学城内解决午餐之后，领着苏南去了自己公寓。

极安静一小区，苏南从进大门就开始紧张，怕在崇大老师扎堆的小区里碰见陈知遇的熟人。

第八章 诗的灵魂

结果,怕什么来什么。

下了车,跟陈知遇一道走进一栋楼,刚刷开门,迎面出来一老师,男的,四十来岁,公务员标配似的一件黑夹克,戴眼镜,腋下夹着书。

"陈老师下课啦?"

陈知遇笑着一点头:"韩老师去上课?"

"去实验室,去指点几个学生折腾报告。"

男老师目光在苏南身上扫一眼。

苏南忙说:"老师好。"

男老师略一点头。

苏南又冲陈知遇露出个标准礼貌的笑容:"下课了还要麻烦陈老师帮忙借书,真是不好意思,那我就在这儿等您吗?"

陈知遇掠过一眼:"就这儿等吧。"

这位"韩老师"不疑有他,从两人身边绕过,推门出去了。

这救场,简直用上了半辈子智慧。苏南还没在心里夸完自己,抬头一看,陈知遇瞅着她似笑非笑。

"你怕什么?"

"……我无所谓,您还在这儿教书呢。"

"我都不操心这个,你倒是替我操心上了。"

苏南笑看着他:"您还这么淡定,我可是听说过,崇大新传院院长治学严谨,您被院长叫去谈话已经是板上钉钉的事了。"

"他要是找我喝茶,肯定也少不了你那一盅。"

"你已经不是我老师了!"

"一日为师……"

后面半句,细品不对,陈知遇住了声,将她手臂一抓,进电梯。

陈知遇的公寓是美简风格,东西不多,但足以应付日常所需。

下午的课两点开始,时间紧迫,眼看要迟到,陈知遇大致指点了公寓里各处东西摆放位置,把钥匙搁在茶几上,嘱咐苏南:"要出去买东西,小区门口往东走五百米有个超市。我下午四点下课,晚上带你去吃顿好的。"

他一看手表:"我去上课了,门反锁上。"

苏南连连点头。

门关上过了不到两分钟,响起敲门声。

苏南赶紧奔过去,往猫眼里看一眼,拧开门把手。

"书桌上有本书,蓝色封面的,帮我拿过来。"

她取来,递到手里。

陈知遇接过,另一只手忽掐住她腰,往门框上一抵,低头。

一吻浅尝辄止,他抬头:"……也忘了这个。"

脚步声远了。

苏南关上门,食指碰了碰嘴唇,傻笑。

下午时间充足,苏南在陈知遇生活的地方瞎晃荡。

柜子里四季衣服各备了两套,她取了几件扒拉下来看。牌子不了解,但仅从材质看,便知道不便宜,关键是很衬陈知遇。

有个书架,书不多,除了学术期刊和专业书籍,就是整排的漫画单行本了,然而都还带着塑封,一本也没拆。

角落里,放了张单人沙发,旁边一张小桌,一盏立灯,这地方,一看就适合看书。

床铺深灰色三件套,被子掀了一角。

苏南立在床边,良心几经自我谴责,最终还是没克制住冲动,扑上去,打了个滚。

把犄角旮旯都看了个遍,苏南想起自己正事没干,这才翻出箱子里的笔记本电脑,开始准备明天面试的资料。

到三点半,困意袭来,她一推笔记本电脑,去陈知遇床上躺下。被子和枕头都有一股很干净的肥皂水的味道。她嗅了一下,驱逐脑子里浮出的乱七八糟的念头,合眼睡着。

闻到一缕烟味,苏南缓缓睁眼,昏暗之中,窗边立着一道身影,一缕青烟自一星火光上方缓缓腾起,散入夜风。

身影顿一下,看她:"醒了?"

"陈老师……几点了。"

"七点。"

她惊讶:"我睡这么久。"

"我还想问你呢,睡这么久?我敲门都没听见。以为你出什么事,喊物业过来开门。结果,鼾声如雷。"

"您别冤枉我,我不打鼾的。"

陈知遇笑一声:"你专程赶我这儿来睡觉的?"

"昨晚失眠……到六点才睡着,睡了一小时不到,起来买了张火车票,直接过来了……"

难怪看她气色不好。

"想什么一晚上不睡?"

她坐起来,抱着膝盖:"不知道呢,瞎想。"

陈知遇把烟掐灭,开了灯:"既然醒了那就起来吧,去吃晚饭。"

苏南"嗯"一声,伸脚去找地板上的拖鞋。

陈知遇瞥见书架上,自己那一排漫画被人贴了个条儿,紫色记号笔,加粗——"幼稚"!

陈知遇:"……"

苏南第二天要面试的地方在高新科技园,与大学城反而近。原来打算去"城里"好好吃一顿,因为她的昏睡泡汤,陈知遇干脆调转方向,往邻市开。

行驶四十五分钟,到了一家农家菜馆。

四面围墙围出小院,门口挂着两盏红灯笼。一推开门,一股甜香扑鼻而来。

店老板先呈上拿毛巾裹着的、刚从蒸笼里拿出来的桐叶细米粑——甜香就是这个散发出来的。

两人坐在小院的条凳上,吃了细米粑,喝了一盅大麦茶,老板才又从烟熏火燎的厨房里出来:"二位吃什么?"

"土灶鸡。"

老板得令,过去准备。

小院里荡着秋风,秋风里荡着炊烟。两个人坐在条凳上,看月亮,

131

看厨房里土灶里隐隐约约的炊火。

"苏南。"

"嗯？"

"我好像整整大你十岁。"

"不是好像，是确实。"

陈知遇："……"

苏南双手撑在两侧条凳上，双腿悬空，晃悠悠，歪头瞅着他笑："怎么？您觉得老啦？有危机感啦？"

"老板在宰鸡，看见了吗？"

苏南莫名其妙："看见了……"

陈知遇似笑非笑："他那刀看着趁手。"

"……"苏南低声下气，"我错了，您息怒。"

陈知遇将话扯回来："十岁，不是白长的。"

他看她的目光分外认真。

言下之意，遇到什么，都可以跟他商量，不要一人整夜不睡觉死熬。

苏南别开了目光，低头，看着自己前后晃荡的鞋尖，笑笑："……睡觉前喝了室友带的咖啡，本来准备提神看点儿行测。"

陈知遇目光定在她脸上。

"……我错了，下回茶和咖啡都不沾了。"言辞恳切，有点儿服软的态度。

陈知遇没再说什么，端起桌上大麦茶喝了一口。有点儿凉了。

片刻，他才又开口："下午定了个事，我十月中旬要带五个研二学生去 W 县考察，你去不去？"

"十月什么时候？"

"十五号左右。"

"我得看看我有没有……"

"没空也得有空，这事儿没商量，你空三天出来。"

苏南："……哦。"

又问："……我以什么身份跟您去？"

第八章　诗的灵魂

陈知遇:"秘书。"

苏南笑了,拿眼瞅着他:"陈教授,您作风很有点儿问题啊。"

"怎么着,你收集资料检举去?"他伸手揽住她腰,凑到她耳旁,声音里混着点儿不正经的笑,"资料还得有决定性证据,咱俩拍个照?"

那温热呼吸扫得耳朵发痒,她整张脸都烧起来。

陈知遇松了手,笑看着她,伸手摸烟,点燃一支。

苏南脸还在烫,低着头,脚尖一下一下磕着水泥地面。

"你这回在崇城面试要几天?"

"至多周四下午就结束了,我周四晚上还得赶回南城,周五上午还有个群面。"

陈知遇沉吟:"明晚没事?"

"没呢……"

"那行,我安排一下,你跟我去见个人。"

"见谁?"

"别管那么多,到了你就知道。"

苏南好奇心彻底被调动起来:"程宛?"

"还见她做什么?"

苏南一笑:"那……院长?您推我出去背锅?"

陈知遇:"……"

苏南想不到别的了,两手一摊:"您就吊着我胃口吧,我明白您最适合干保密工作,您要是不想说,谁也别想从您嘴里撬半个字。"

陈知遇一笑:"夸得不错,我笑纳了。"

在农家菜馆吃过饭,陈知遇又往回开。

路上车更少了,前面岔路口,左边省道,右边通往高速。

陈知遇一打方向盘,往左拐。

"……不走高速吗?"

"这一段灯少,能看见星星。"说着开了窗。

苏南探出头去:"哇,真是……"

车开出去十来分钟,陈知遇踩了刹车:"下车。"

133

路边有棵树,高,枝杈虬结弯曲,特别的是,树整个只剩下一半,一侧枝叶繁茂,一侧陡峭光秃,格外诡异,又格外有美感。

"树是被雷劈的,都以为活不了,隔年春天又发了新芽。"

话里,有点儿喟叹的意思。

苏南愣了愣。

他是……觉得自己就像这棵树?

陈知遇低头看她,夜色里目光复杂,却是明亮:"……有时候,人生还真是一个接一个的说不准,想不到。"

微凉的手指碰了碰她的脸颊,低下头,碰上她的唇。

四下旷寂,风声裹着沉闷的呼啸声,穿过那向死而生的大树,越过他们耳畔。

陈知遇捏着她的腰,将她转个身,压在汽车玻璃上。

手臂在门把手上撞了下,有点儿疼。她忍着没呼出声,因为更难以忽视的感受盖过了所有。

下意识想逃,偏偏脚定在原地,半个身体都发麻了。反手紧捏住门把手,车窗玻璃的凉隔着布料传到背上。

她拿着气声喊他:"陈老师……"

嘴唇贴在她颈侧的人微微顿了顿:"嗯?"

她手指缓缓捏住他的手臂,自己都不知道自己是想把他推开,还是想让他继续。

僵持这么一瞬,陈知遇在她唇上碰了下:"走吧。"

"陈……"

"你明天八点面试,准不准备早睡了?"

她急忙解释:"我不是……"

苏南耳根滚烫。

陈知遇说:"……你先记着。回头有你还的。"

车往回开,秋夜的夜风直往里灌,过了很久,也没让苏南情绪平静下来。

仿佛有一个未知的巨大的领域等她去探索,然而仅仅窥得一角,就已让她神迷目眩。

第八章　诗的灵魂

她把手掌贴在窗户玻璃上降了温，再去捂自己的脸。

觉得自己很傻。

然而……然而又甜。

前二十四年被人偷走的那些糖，在日夜窘迫又挣脱不得时盼望的那些糖，突然之间，一股脑儿地堆在了她面前。

满目琳琅。

看完那棵古怪的树，陈知遇又掉头走高速，回到大学城，已是晚上十点。

苏南下午那个颠倒晨昏的觉，把晚上的睡意给睡没了，洗完澡之后占用了陈知遇的读书角，看了半小时书，越看越精神。

陈知遇过来夺走她手里的书，把半杯红酒塞过去："喝了，去睡觉。"

他刚洗了澡，穿着睡衣，头发还有一点儿湿。

苏南端着红酒抿一小口，拿眼去看陈知遇。

想睡，然而睡哪儿？

公寓三室两厅，除了陈知遇睡的那间，另两间空空荡荡的，只摆了床和柜子，连床品都没有。

陈知遇目光在她脸上掠过一眼："隔壁房间床给你铺好了。"

苏南："……哦。"

也不知道自己是觉得失望，还是觉得松一口气。

旁边房间的床上，铺着跟陈知遇卧室里一样的三件套，蓝灰色。

陈知遇摁亮床边台灯："明天六点四十我喊你起床。"

"您送我吗？"

"不送你，你能从大学城迷路到天宫一号。"

苏南笑起来："您发现啦？"

"能不发现吗？上回指使你去打印店给我拿东西，我说出西门，往南走八百米，你特天真看着我……"

苏南扑哧一笑："……最后不还是给您拿回来了嘛。"

聊着，就有点儿停不下来的架势，陈知遇果断打住："赶紧睡吧。"

给她关了房间大灯，留着小灯。

苏南在床上躺下。

陈知遇立在门口："不准玩手机。"

苏南："……能瞎想吗？"

陈知遇板着脸："不能。"

第二天，群面和二面上下午接连举行，苏南中午没来得及和陈知遇碰头，在面试地点的楼下面包店里，买了几个可颂，将就解决午餐。

公司小，面试过程不如一线大公司气势汹汹。下午三点，苏南结束二面，回去等消息。

出了办公室，拿出调成静音的手机一看，已有两条陈知遇的消息，一条问她结束没，一条让她结束之后给他打电话。

打完电话，没等十五分钟，熟悉的车闯入视野。

苏南招了招手。

陈知遇停车，打开车窗。对面，苏南正左右张望着过马路。

上身西装，下身包裙，丝袜，黑色高跟。穿着丝袜的腿骨肉匀停。

陈知遇微微眯眼看着，伸手去摸烟。

苏南到车边，把包放在后座，自己上了副驾。

"怎么样？"

"我觉得应该还行。"苏南把束着的马尾放下来，拿纸巾抿掉嘴唇上的一点儿口红，"我讲了在首都实习的经历，面试官跟贺锐有一点儿交情，聊得还比较开心。"

"进去以后做什么？"

"做社区运营吧……"苏南垂下头，微微抿了抿唇，"明天还有两轮面试，也不一定能进。"

工作内容算不上多喜欢，公司也没到她的心理预期。

她看一眼陈知遇："今天来的人还挺多，跟我一组有几个崇大的学生，估计是您教的，群面时咄咄逼人，跟我意见相反，我俩还辩论了一回。"

陈知遇笑了："你倒是什么都能推到我头上——工作不急，多看看，

第八章　诗的灵魂

校招不是十一月才结束吗？"

苏南笑一笑："嗯。"

陈知遇瞅她一眼，在前面路口打方向盘，掉头。

"您不是要带我见一个人吗？"

"不是正式的会面，你身上这身衣服太拘谨了，回去换一身再去。"他目光不动声色地从她穿着丝袜的大腿上掠过——要穿着这身，自己跟自家这"秘书"的绯闻，真要坐实了。

他不说还罢，一说苏南便觉有些窘迫。

身上的求职正装，是跟宿舍室友一起去买的，不贵，剪裁和面料自然就粗糙，小号小了，中号大了，最后还是买了中号，不那么合身，也只能将就穿。

现在有些"面经"，建议应届生求职不要穿太正式的套装，穿简洁大方的通勤装就行，然而去现场一看，十个还是有八个穿套装，自己到底是不敢拿面试官的第一印象开玩笑，只得跟随大流。

陈知遇的衬衫西装全都剪裁精良，必然会觉得她穿上这身，跟营业厅里的客服人员似的。

两人各执心事，车很快就到了。

回到陈知遇住处，苏南从箱子里翻出换洗的衣服穿上。

中袖系扣的连衣裙，白色，上半身是样式简约的衬衫，下半身裙子到膝盖以上。裙子里穿了白色的吊带背心，衬衫扣子解开到第三颗，露出光洁的脖颈和锁骨。

苏南见陈知遇目光定在她身上，忐忑问了一句："……行吗？"

"……行。"

这裙子他以前没见过，不知道她什么时候买的。

穿上显出点儿介于学生和女人之间的气质，主要是露出的锁骨真的太白了，伶仃瘦弱，格外纯真又无辜。

苏南见陈知遇坐在沙发上绷着脸，一言未发，便觉得他这一个"行"字分外勉强。

然而她过来崇城也就三天，只带了两套换洗衣服，另一套是去年的旧衣，陈知遇肯定更不满意。

越发觉得困窘:"要不,我就不去……"

陈知遇将她手腕一拽。

苏南差点儿没站稳,手急急地按住他膝盖:"陈老师……"

陈知遇将她往自己腿上一按,手掌极用力地捏住她纤细的腰。

温热的气息荡在耳畔:"……别动,让我抱会儿。"

苏南果然一动不动的。

他也不敢动,动了今天就真的不用去了。

早些年,在美国低落颓废的时候,他曾有一年多的时间,整日酩酊大醉,人事不省,昼夜颠倒,试图麻痹自己依然固守不肯接受现实的心脏。

然而丝毫没有用,反而在偶尔清醒之后,越发窥见自己面目可憎。

人往下容易,往上,很难。

但人往上走的时候,心里会因为付出努力的清苦而平静。

当走到足够高,再往回看,他发现过去的自己,实则离深渊只有一步之遥。

于是,在拔足泥潭后的这些年里,他很少向酒精这一类的外物,寻求虚假的平静。

工作、读书或者独处,都能给予他真正的平静。

而显然此刻,能让他心境平和的,又多了一样。

几分钟后,陈知遇才松开手:"……你穿裙子好看。"

苏南眼睛亮了:"真的吗?"

"嗯。"

陈知遇仍是板着脸,"在学校就少穿,你这裙子这么短,上楼梯……"

"短吗?"苏南低头看,"不短了啊,都快到膝盖了。"

陈知遇:"……"

车开了一个半小时,拐入一条林道。

正逢落日,林间染上一层浅薄的暖色。

苏南趴在车窗上,很入迷地看:"陈老师,我好像看到有松鼠蹿过去,不知道是不是我的错觉。"

第八章 诗的灵魂

"这儿环境好,有各种小动物是正常的。"陈知遇看她,"喜欢这儿?"

"好安静啊。"橙红的光,透过叶片,忽明忽暗地落在她眼里。

"你喜欢安静的地方?"

苏南笑着:"……从小到大,我住的地方都挺闹的。"

小时候跟姐姐住一个房间,长大了住学校宿舍,一举一动,互相都能听见。平常邻居锅碗瓢盆碰撞,吵架打架,孩子哭了闹了;过年的时候,鞭炮声、麻将声……好像在她的记忆里,永远都充斥着这些声音。有一年回家,她突然觉得好吵,一丁点儿声响都让她烦躁得不行……

"……我时常在想,什么时候能有一个安静的,只属于我一个人的地方,让我不受打扰地待着呢?"

风吹起她的发丝,陈知遇看一眼她逆着光的身影,心口发堵。

关于她成长的事,她平常说得少,就那次在镇上,听她提过两句。他其实不那么敢问,知道自己这傻学生心思敏感,自尊心又强。

这会儿没防备,突然被这番话击中,沉默了好半晌:"……以后,可以住这儿。"

苏南笑一笑,不置可否。

车拐几个弯,一栋白色的别墅出现在视野之中,掩映着枝叶,影影绰绰。

"快到了。"

苏南紧张地"嗯"了一声:"陈老师,能不能至少告诉我对方是什么身份?我怕自己没表现好,给你丢脸。"

陈知遇笑看她一眼:"不用表现,你是什么样就怎么样。"

车靠近别墅,渐渐地减了速,开进去停下。

苏南下车,惴惴不安地跟在陈知遇身后。开了门,从里面传出一股食物的清甜香味儿。

苏南往里看一眼。白色和浅胡桃木色为主的装修风格,木桌子上摆着花,插在装着清水的玻璃粗颈瓶里。

陈知遇从玄关处的鞋柜找出一双拖鞋递给苏南。苏南急忙换了鞋,把自己的鞋子放整齐,进屋。

厨房里，传来什么摩擦地面的声响。片刻，一人推着轮椅出来了。

约莫五六十岁，笑意温柔的一张脸："汤还要熬半小时，一会儿就开饭——路上堵车吗？"

"不堵，"陈知遇笑说，"妈，您感冒好些了吗？"

苏南吓傻了。

"好多了。"顾佩瑜笑意盈盈，瞥一眼苏南，又瞥一眼陈知遇。

陈知遇虚虚揽一揽苏南手臂："这是苏南。"

顾佩瑜："苏南，你好。"

苏南："您好……"

陈知遇碰她一下："叫阿姨。"

苏南："……阿姨。"

半分钟后，当苏南被顾佩瑜领着去看木桌上的插花作品时，才意识到，不对啊，怎么感觉叫"阿姨"好像差着辈分？

陈知遇看苏南在顾佩瑜跟前，乖得像小学生一样，笑一笑，留下两人，自己去楼上换衣服。

"听知遇说，你现在读研三啦？"

"是的，明年六月毕业。"

顾佩瑜笑说："时间过得快，好像知遇研究生毕业也就是一眨眼的时间——毕业了，有什么打算哇？"

"现在正在找工作……"

"来崇城工作吗？"

"还，还没确定呢……"

"不要拘谨，"顾佩瑜笑看着她，"我真是好久没跟年轻人聊天了，知遇现在跟他爸一模一样了，说话老气横秋的，跟个小老头似的。"

苏南想：没见过这么衣冠禽兽的小老头。

顾佩瑜："知遇爸爸今天不在崇城，等你下次来再见一见。如果你在崇城，肯定要方便许多……我腿脚不便，又要静养，所以住在这儿，你来一趟不方便吧？"

苏南没把自己完全是被蒙骗过来的真相说出口，笑说："方便的，南城坐高铁过来很近。"

第八章 诗的灵魂

"你找工作如果遇到什么困难,可以跟知遇说,他多少可以帮上一些的。"

两个人在客厅里聊了一会儿,顾佩瑜又领着苏南去看她的画室。

好多幅新画的画,搁在窗边等着晾干,室内一股油彩和松节油的味道。苏南扫过一眼,作品笔触都还稚嫩,但能看出一些味道,大约是有阅历在那里的缘故。

顾佩瑜指一指自己正在画的——为了方便她坐在轮椅上作画,画板的支架都是特意调整过的:"这是23岁,我去爬雪山,在尼泊尔境内,遇到暴风雨,差一点儿遇险。"

"您玩登山吗?"

"也算不上,我喜欢的事情可多了,有一阵还想去当皮划艇选手。没跟知遇父亲结婚之前,我喜欢满世界跑。结婚以后就没那么自由了,生了知遇之后尤其,我不放心交给别人带,都是自己亲力亲为。等知遇去读书了,我又要帮忙照顾一些生意,直到今年五月生了病,才彻底闲下来,有自己的时间。"顾佩瑜笑说,"我都想当时结婚太早了,还应该多在外面玩一玩的,现在想出去,还得劳烦一干人。有的地方,有人帮忙,也是彻底去不了了……"

她将目光投向画布上,暗云密布、风雪肆虐的雪山。

苏南沉默着。

她觉得,方才在客厅里跟她聊什么读书工作的顾佩瑜,并不是真实的她,现在这个才是。

没自觉地,一句喟叹脱口而出:"山里挺安静的……"

一时静默,苏南一怔,意识到自己兴许是说错了话,急忙去看顾佩瑜。

却见她盯着窗外,脸上还是带笑,目光瞧着却有些寂寥。

她这样喜闹,又想要满世界去闯的性格,把她困在这里的别墅,真的太安静了。

过了好一会儿,顾佩瑜才又出声,笑说:"知遇怕我一个人闲着无聊,常让教插花、教油画、教茶道的一些老师上来,都跟我年纪一样大,几个老太婆凑一块儿,能聊些什么?搞得跟搁一块儿等死一样……"

苏南心里一咯噔，忙说："阿姨……"

顾佩瑜看向她。

苏南在她面前蹲下："我可以和您说说我家里的事吗？"

顾佩瑜笑得温柔："当然。"

苏南说："我8岁的时候，父母离婚，10岁父亲去世。断了抚养费，我妈在工作之外，还得兼一份工……我跟姐姐都要读书，学费生活费，一样都少不了。有一天晚上，我睡得迷迷糊糊，听见客厅里有人哭。起床一看，客厅里面没有开灯，我妈一个人坐在门口的地板上……我什么也不懂，看她哭，就过去抱着她——那是第一次，她把我推开。后来，她告诉我，她上楼崴了脚，进门去拿拖鞋的时候，第一下没着力，就那一瞬间，情绪一下就崩溃了，瘫在地上哭的时候，是真切地恨过我跟我姐姐。"

顾佩瑜安静听着。

苏南伸手，握住顾佩瑜搁在膝盖上的手。

这并不是一双操劳的手，跟她妈妈粗粝，满是薄茧的手不一样，细腻白皙；然而也一样干瘪，血管突出。

一双，母亲的手。

苏南低着头："……我很无力，也很自责，妈妈在哭，我却不知道为什么，更什么都做不了——然而她能清清楚楚知道我每一次的不高兴是为了什么。那个瞬间，我也是真正地恨过自己无能为力。"

苏南顿一顿："后来，我就尽量什么都不让她操心，尽己所能帮她分担负担——我其实是害怕，那晚她对我的抗拒，我直到今天还清清楚楚地记得。我怕她哪一天真的再不接纳我了，我应该怎么办……"

安静片刻，顾佩瑜轻轻拍了拍她的手背，叹一声："……好姑娘。"

亲情是一种刺痛又温暖的牵连。有时候，比真正剜心刻骨的痛苦，更让人不知所措。

"聊什么呢？"门口传来声音。

苏南急忙站起来："……陈老师。"

陈知遇走进来，往画上看一眼："您又进步了。"

顾佩瑜笑一笑："刚开始你还说呢，我这人没有画画的天赋。"

第八章 诗的灵魂

"那是激将法,刺激您的。"

"你都这么大了,还跟小时候一样幼稚。"顾佩瑜笑看他一眼,"汤应该好了,你去厨房问一问能不能开饭了。苏南这么远过来,一定都饿坏了。"

"好。"陈知遇一笑,瞥一眼苏南,走出画室。

这一顿饭,吃得和意融融。

顾佩瑜丝毫不给陈知遇留面子,把他小时候的糗事一股脑儿都倒出来……

陈知遇强势阻止:"这一段掐了,别讲……"

顾佩瑜笑说:"你自己干的事,还不让讲啦?他以前让他那伙儿兄弟里,笔杆子最好的那个,帮他写了一万字的情书,塞人姑娘抽屉里。结果呢,他拿到情书检都没检查一下。他那兄弟写顺手了,落款写了自己的名……"

"后来呢?"

"……孩子都念初一了。"

苏南使劲憋笑。

陈知遇投去警告的一瞥。

吃完饭,苏南去洗手间。

陈知遇凑到顾佩瑜身边:"怎么样?"

"小姑娘家境不好,你多帮衬点儿。是个懂事省事的孩子,从小到大肯定没少受委屈。"

陈知遇无奈:"我倒想,人自尊心强。"

顾佩瑜瞪他:"榆木脑袋!你非得直接给?以前把你那群兄弟指挥得团团转的本事呢?"

陈知遇笑了:"您这就开始胳膊肘往外拐了。"

顾佩瑜瞥他一眼:"你懂什么……"

苏南吃完饭时收到了明天三面的通知,第二天照例得八点开始面试,便婉拒了顾佩瑜留她今晚住下的邀请。

143

顾佩瑜推着轮椅,将两人送到大门口,看着上了车。

车驶去一会儿,苏南探头往后看了一眼,仍能远远瞧见一个坐轮椅的影子。

"陈老师……"

陈知遇看她一眼。

"以后……你给阿姨找的老师都换成年轻人吧。"

"我妈让你跟我说的?"

苏南摇头:"……别墅不是很大嘛……我看三楼都完全空着,您也可以组织一些靠谱的学生过来办点儿小型活动,读书会、采风什么的。"

"人多闹……"

"阿姨不怕闹的。"苏南看着他,认真地说。

陈知遇点头:"好,听你的。"

穿过重重叠叠的树影,城市的灯火越来越近。

"您带我来见这么重要的人,怎么都不提前告诉我的?"

"怕你紧张,拿见我妈当面试对待。"

"她满意我吗?"

"要能换,她恐怕想让你去给她当女儿。"陈知遇看她,"我知道她肯定喜欢你,所以没跟你说。"

苏南笑了,有一下没一下地摩挲着自己的手指:"我……"

"嗯?"

"能问您一个幼稚的问题吗?"

"问。"

"您……喜欢我哪一点呢?"

陈知遇左手掌着方向盘,摸过烟盒,抽出一支点燃。

在腾起的烟雾之中,看她一眼:"……觉得你跟我很像。"

"我们哪里像?根本十万八千里!"

陈知遇笑一声,停了车,凑过去。

他口里还带着浓烈的烟味,她第一下给呛住了,咳得泪眼蒙胧的时候,他又来吻她。

绵延又密不透风,直到她身上都被染上他的气息。

第八章　诗的灵魂

风在他们的头顶,摇晃着疏疏密密的叶,月亮在更远的地方。
"她有孤高不屈的灵魂,疯狂的诗一样的灵魂。"
他也是。

第九章

不渝

无数风的心脏／在我们爱的沉默上方跳动

——聂鲁达

苏南第二天晚七点的高铁。

陈知遇计算着时间,到底把那一顿被耽误的好吃的给她补上了。

临六点半的时候送她进站,来来往往的人群里,只来得及抱她数分钟,嘱咐她注意身体,别太着急。

"周六还去南城吗?"

"去。"

苏南便笑起来:"那我等你。"

陈知遇手臂虚虚搂着她手臂,替她隔开在一旁的人群:"这个面试要是过了,你就来崇城吧。"

苏南怔了一下,也没说好还是不好。

陈知遇碰一碰她的脸:"时间差不多了,进站吧,上车了跟我说一声。"

安检完了直接检票,坐上车五分钟,高铁就发动了。

苏南给陈知遇发了一条短信,陈知遇回复她注意安全,到了给他打电话。

第九章　不渝

34岁的男人，不是黏黏糊糊抱着手机不放，跟人微信来来去去聊天的性格，是以苏南再回他一个"好"字，手机就沉寂下来。

七点天还没黑透，天色里揉着一点儿将暗未暗的蓝灰色。

手机振一下，是个崇城的号码。苏南赶紧接起来。

今天面试的公司，通知她四轮面试都通过了，offer会发送至邮箱，请她查收，并在相应时间之前给出回复。

校招以来的第一份offer，苏南多少受到鼓舞。

然而想一想，没把这个消息告诉给陈知遇。

九月下旬，小公司的offer苏南已经收了数个，但是一线的大公司，总是折戟沉沙，铩羽而归。

临睡觉时在群里看到著名外企A司的招聘管培生的启事，她从手机邮箱里直接调出以前的简历，稍微修改了正文发过去。

没指望能过，纯粹死马当活马医的心态，但没想到第二天中午收到了面试通知。

A司没有群面，但是面试流程很长，一共五轮，前三轮是分管不同内容的主管，后两轮分别是副总和HR。面试全程英语交流，好在苏南的英语没给她拖后腿，尚能做到流畅交流。

她在一种全程有点儿蒙的状态之中，连过了三轮面试。打听了一下，南城大学统共就三个人进了第四面。

33%的概率，原本不抱什么希望的工作，突然在她心里展现出了清晰的蓝图。

四面，直接跟副总沟通。

副总是个老外，格外健谈开朗。苏南原本紧张得不行，跟他聊了两句就轻松下来。专业问题他问得反倒不多，而是对她的社团活动和实习经历格外感兴趣。

这是苏南经历得最长的一场面试，聊了将近四十分钟。结束时副总还同她握手，夸赞了一句"吃苦耐劳"。苏南晕晕乎乎的，也没细听这"吃苦耐劳"的主语是指她还是指集体。

面试结果要十一假期之后才出，放假前，苏南去林涵办公室，汇报论文进度。

研三没课,跟林涵碰面的机会少,有时候一些不算太过要紧的事,直接就线上解决了。

敲了敲门,听见应答之后进去。

林涵在打电话,示意苏南先坐。

桌上放着一块闪闪发亮的、结晶一样的黑色石头,苏南没忍住,盯着多看了两眼。

林涵打完电话,在椅上坐下,问她论文做得怎么样了。

"文献综述部分已经做完了。"苏南呈上目前版本的文献综述、大纲目录、半结构访谈的提纲和设计的问卷。

林涵先表扬了一句认真扎实,翻开细看,针对访谈提纲和问卷提了些意见,使其更贴近研究内容。

聊完,林涵最后嘱咐一句:"一月交初稿,你深度访谈和问卷可以开始做起来了——校招怎么样?"

"有收到几个 offer。"

"我听说你们班长去了新华社?"

"嗯……"

"你考虑好去哪家了吗?"林涵转身,从身后书架上拿下一张 A4 纸,"要没什么特别想去的,我这儿有几个推荐去省台的名额,你有意向的话,填了交给我。"

苏南接过:"谢谢涵姐。"

"开学了我一直在忙家里的事,还没组织师门聚餐,今年给你们招了三个小师妹。"林涵笑说,"原本还想招个像江鸣谦那样的男生平衡一下性别比,但是报我的男生实在不多。"

"江鸣谦最近在做什么?"苏南从首都回来之后,两人就几乎没联系了。

"他还挺有出息的,团队已经组建起来了,前两天还来拜托我帮忙给他传播一下,要招几个得力干将——他要是成了,兴许我学生里也能出个千万富翁!以后再也不用愁我的研究课题没经费了。"

苏南笑起来。

第九章 不渝

闲聊一阵，苏南准备告辞，又瞧见桌上的黑色石头，还是没按捺住好奇心："涵姐……这个石头，是不是给陈老师准备的？"

去年她去崇大参加高峰论坛，就替陈知遇大老远地背了块石头过去。

"你陈老师一直有个收集石头的癖好，这是我去广西旅游专门给他带回来的。"

"是翡翠、玛瑙什么的原石？"

"不是，他收集的是能做建筑和装饰用料的石料。"

苏南愣了愣："陈老师本科是读建筑系的……"

林涵摇摇头，似是不愿意多谈这话题："他收集了也不是为他自己——我要去趟五楼，你回去好好做论文吧。"

苏南提着书包，离开了院办。

院办南边的两棵树——曾经对着陈知遇办公室窗口的那两棵，叶尖泛出一点儿枯黄。

衬着淡灰的天，显出一点儿秋天的萧索。一直奔忙着，没有觉察到已经过了中秋。

她站在树下，听着叶间细碎的风声，发了很久的呆。

十一假期，陈知遇有事飞去美国，两人没能见上面。

苏南回家一趟。

苏母在超市工作，苏南到时，她正在搬动一箱矿泉水，搬了两步又放下，支着腰。

苏南赶紧过去帮忙，两人抬着，把几箱水垒好。

苏母叹声气："我这腰是真不行了——什么时候到的？"

"刚到。"

"吃过中饭了吗？"

"还没。我等会儿自己做。"

苏母"嗯"一声："你没事去看看你姐。"

苏南敲了好一阵门，苏静才来应门。

地上零零散散一堆东西，几乎没处落脚，卧室里传来小孩儿号啕大哭的声音。

"宁宁怎么了？"

苏静一捋头发："我去做饭。"

苏南顾不上换鞋，赶紧奔去卧室。

宁宁坐在床上，手里拿着一台早教机一样的东西，地上角落里，落了灰的学步车被砸得七零八落。

苏南心里一咯噔，赶紧抱起宁宁，掀起衣服去看她胳膊和身上。

没看见伤痕。她心里松了口气，拍着宁宁柔声安抚，宁宁小手勾着她的脖子，撇着嘴喊了一声"小姨"。

苏南抱着宁宁走出厨房："姐。"

苏静一下一下地切着菜。

"宁宁还小，你发火别冲她……"

切菜声一下停了："我什么时候冲她了？我一根手指头都不会碰她。"

苏南抿着唇，半晌，抱着宁宁又出去了。

把宁宁放在沙发上，打开了早教机，里面咿咿呀呀唱歌。苏南拿了扫把过来，一边看着宁宁，一边帮苏静打扫卫生。

中饭两个菜，一个汤，米饭水放少了，做得有点儿硬。苏南拿蛋汤泡着米饭，喂宁宁吃了小半碗，然后开了一瓶酸奶。宁宁抱着酸奶自己去一边玩，苏南跟苏静坐着吃饭。

超市里，苏母跟她简单说了现在苏静的情况。

苏静仍然固执不肯离婚，宁宁一岁多了，爬上爬下地闹腾，又太小不知道危险，得寸步不离地看着。苏静整个人精神状态极其糟糕，易怒又情绪脆弱。宁宁什么也不懂，看苏静发怒就哭，一哭苏静火气就更大。苏静不动孩子，就砸屋里东西。

苏母在超市上班，早出晚归，能顾及的也有限，她想让苏静离婚了出去找份工作，她把超市工作辞掉，换个清闲点儿的事，也能帮忙照顾宁宁。

"姐，"苏南看着宁宁，她正跪在沙发前翻着塑封的图书，手指点着上面的图画自己乐呵呵地喊"苹果"，"……你离婚吧，拖着不是事，别让妈为难……"

苏静"啪"一下把筷子掼在桌上："你是站着说话不腰疼。"

第九章　不渝

苏南再不说什么，埋头扒了口饭，心里发堵。

她没有站着，跟她一样，双脚都陷在泥淖里。

晚上，苏南收到陈知遇的语音电话。

宁宁在闹觉，苏静哄着她。

苏南说了句"稍等"，拿上钥匙，带上门，立在门口。

隔了一道防盗门，WiFi信号瞬间就减弱了，往外走两步，那边传来的声音就断断续续的，她只能站着不动。

"老了，长途奔波累。"

苏南笑一声："你不老，年轻着呢……"

"在家？"

"在姐姐家……"

"你姐姐……"

"还好。"

那边顿一顿："……这儿天气还行，下回带你一起来。抽空，你先把护照办了吧。"

苏南勉强笑一笑："……嗯。"

楼道里灯亮了，上面传来脚步声。

视线里一片模糊，她揉了一下，才发现天花板上在落灰，掉进了眼睛里。

楼上的人下来了，苏南往旁边一让。

"陈老师，我姐姐在喊我，先不跟您说了。"

苏南十月四号返校，临走前给苏静放了两千块钱。她在首都实习拿的工资，除掉之前的租房和日常开销，以及开学之后奔波各地校招的旅费，也就堪堪剩下这一点了。

好在每月有助研金，十一月学业奖学金也能发下来。

临走前，去超市找苏母打了声招呼，说了说自己的担忧，让苏母这一阵尽量多看着点儿苏静——她没工作，跟孩子两个人待在房里也不常出门，久了，兴许真的可能……

节后，收到 A 司的邮件，说她通过了四面，进入下一轮面试。

苏南心脏扑通乱跳，屏着呼吸匆匆看完了，又跳转回去看邮件开头的"congratulations"（恭喜），好像自己一下子不认得这个单词了。

她想起与陈知遇十五号去 W 县考察的约定，要能带着 A 司的 offer 去见他，就再好不过。

像是暗昧的天色里终于又透出点儿光，回家一趟那种浑身无力的感觉，消退了两分。

十号终面，进入最后一轮，就剩下了她跟另外一个南城大学的男生。50%的概率能进，再者，兴许两人都招呢？

跟 HR 聊的问题十分现实，薪资、职业打算、期望工作地点等。聊得很快，二十分钟结束。

之后便是等着出消息，三天时间简直度日如年。

A 司的官网、微博、instagram……已被她反反复复地翻烂了。A 司中华区的总部在崇城，管培生要经历全球项目、总部培训、实习期等好几个阶段，花费大约两年时间之后，就能开始参与公司管理，第一年进去，就有 15 万的年薪。

不管是"崇城"，还是"15 万"，都刺激得她克制不住自己去想象，拿到 offer 以后会怎样。

写着论文，就会开始发起呆来，自顾自傻笑一阵。

她想，她会第一时间给陈知遇打个电话，先不要开门见山，要卖个关子；

她会提前去实习，这样就能去崇城了；

A 司地址离大学城不算远，她兴许每天都能见到陈知遇；

白天工作，晚上写论文，遇到写不下去的地方，还能跟陈知遇请教；

她喜欢他的读书角，下一次想让他坐在单人沙发上，给她读个睡前故事……

窗户关着，外面起了风，风声模糊，衬得宿舍里很静很安稳。她没觉察到自己捏着笔，在作废的开题报告背面，一遍一遍写陈知遇的名字。

他名字真好看，也好听，一眼就忘不掉了。

第九章　不渝

　　邮件提示是突然弹出来的，苏南手忙脚乱的，丢了笔抓起鼠标点击一下。

　　与此同时，搁桌上的电话也跟着振动。

　　她一边接起电话，一边去看邮件内容。

　　电话里，苏母声音带哭腔："南南，你能不能回来一趟……你姐她……"

　　苏南一愣："怎么了？"

　　"……把你姐夫找的那个女人砍伤了……在闹，要告你姐……"

　　与此同时，电脑屏幕上，邮件里"sorry""failed"几个单词争先恐后地闯入她的视线。

　　脑袋一下空了。

　　挂完电话，关了电脑，苏南去直饮机那儿接了一杯水。心里堵得慌，想去开窗户，电话又响起来。

　　她慌忙去拿，穿着凉拖的脚，脚趾在椅子腿上磕了一下。

　　电话里传来陈知遇的声音。

　　她捂着嘴一下挂断了，弯腰蹲下身捏住脚趾，疼痛扯着神经，眼泪不由控制地往下掉。

　　室友听见动静问了一句怎么了，她摆了摆手，一点儿声音也不敢发出。

　　桌上手机又响起来，她不敢再挂一次，怕他担心。就拿手指死命攥着脚趾，感觉那痛仿佛被扯成了好多片。

　　她把泪憋回去，咳了一声，感觉自己声音正常了，拨回电话。

　　"……您给我打第一个电话的时候，手机不小心顺着床缝掉下去了，刚一直在掏手机……"

　　陈知遇笑一声，说她笨手笨脚："以为你出什么事了……"

　　脚趾已经肿得老高，指甲盖都乌了。

　　"没呢，我能出什么事……"她忍着，声音里带着笑，"有件事……您能不能不要怪我？"

　　那边顿了一下："什么？"

　　这个停顿，让她猜到陈知遇可能已经知道她要说什么了。

"……后天有个非常重要的面试,不能跟您去W县了。"

一阵静默。

"什么公司的面试?"

她瞎扯了一个公司的名字。

沉默很久,久到大脚趾都仿佛没有那么痛了,终于又听见陈知遇开口:"行,我知道了。你好好准备。"

声音平淡,听不出来什么情绪。

在疼痛之中,她半边身体都在发凉。

简单处理了下脚趾,苏南收拾行李,赶回槭城。

门虚掩着,苏南推门进去。

苏母站在窗边抹泪,沙发一角,苏静单手抱着宁宁,神情冷淡。宁宁哭得声嘶力竭,挣扎着要从她身上下去。

"妈。"

苏母背过身来:"回来了。"

宁宁挣扎得更厉害,伸出小手呜呜喊着"小姨"。

苏南走过去,从苏静手里把宁宁接过来,安抚两声。

"情况怎么样?"

"王承业做主,不起诉,但你姐得跟他离婚。"

王承业就是苏南姐夫。

苏南看一眼神色冷淡的苏静:"姐怎么说……"

苏静缓缓抬眼:"我不离婚。"

窗户上,过年时瞧见的那泥点子还是没擦干净,玻璃上蒙了一层灰,透进来的光也是朦朦胧胧的调子,没洗净一样。

宁宁脸埋在她肩膀上,小声地呜咽着。苏南轻抚着宁宁的后背,心里茫茫然不知所想,一股烦躁之感腾地升起。

好像,好像每一次她迎着光尽力奔跑的时候,身后总有一个黑洞般的漩涡在不停将她往后撕扯。

她与苏静遥遥相看,真是能感觉到自己心冷如铁,憋了好多年的话,就这样挨个挨个地蹦出来,想也不用想:"你以为你还是刚刚二十出头,

第九章　不渝

年轻漂亮呢？什么也不干，就有一堆男人围你转……"

苏静瞪大眼睛。

苏南："……不工作，连买卫生巾的钱都要问男人要，你这样活得有尊严吗？"

苏静气得发抖，看也没看，抓起手边的东西丢过来。

"啪"一声，宁宁的小飞机模型，碎在苏南跟前。

宁宁受惊，"哇"一声又哭起来。

"我跟妈两个人省吃俭用，供着你、哄着你。姐，你真自私。"

苏静指着苏南鼻子："你多读两年书就比我高贵？！染俩羽毛也当不了凤凰！"她冲上来，一把把宁宁夺回去。

宁宁哭得气吞声断，一个劲儿地喊"小姨小姨……"

"你小姨好，你给她当女儿去！我一把屎一把尿养你这么大，我才是你亲妈！"

苏母眼眶都红了，赶紧去抱宁宁："宁宁还这么小！你冲她发什么火！"

"从我嫁给王承业开始，你们不就是看不起我吗？我为什么不离婚？从小到大我没少被人指着鼻子问，苏静你爹呢，苏静你是不是没爹，苏静你是不是你妈生的野种……"

苏南冷冷淡淡地打断她："你别拖妈下水。我确实瞧不起你……"

"啪"的一声。一巴掌扇得苏南耳朵里嗡嗡一响，过了半晌，才反应过来。

苏母腾出一手去拉扯苏静："你干什么啊！"

苏南咬着后槽牙，把话说完："……你怎么把自己糟践成了这副鬼样。"

苏静胸膛剧烈起伏，瞪着眼珠子盯了苏南半晌，摔门走了。

苏母把宁宁抱回卧室去拿吃的，苏南木然站在窗前。

一道身影出现在楼下，快步穿过巷子，消失在了重重叠叠的楼房那一侧。

宁宁喝了点儿牛奶，睡着了。

苏母走出来，凑近去看她脸上："要不要紧……"

苏南别过脸："没事。"抓起钥匙，"我下去看一看姐……"

走两步，挤在鞋里的脚趾疼得她一阵烦躁。

"你脚怎么了？"

苏南摆摆手。

穿过巷子，在河沿上，看见了苏静的身影。她没穿外套，单薄的一件上衣，整个人清瘦得仿佛要被河岸上的风吹走。

小时候，姐妹躲在被窝里聊天。

苏静常说，妹妹你读书真厉害，以后我们家就靠你了，我就不行，我脑袋笨，真的不是读书这块料。你觉得我长得好看吗？我去应聘杂志封面模特，能不能选上？

苏南呢？苏南羡慕苏母总是把更多的心思放在姐姐身上，羡慕姐姐干什么事从来不需要想着是不是得替这个家减轻负担。

爱和嫉妒，都刻在骨子里。

至亲互相捅起刀子，简直刀刀致命。

苏南走过去："姐。"

那正在颤抖的肩膀一顿。

苏南伸手，搂住。

苏静只是无力地挣扎了一下，便转过身来，抱住苏南。

风荡过干枯的河床刮过来，带着昨夜宿雨的潮湿料峭。

苏静紧攥着苏南的胳膊，喉咙发出嘶哑的哭声，和风声混在一起。好像要把五脏六腑都呕出来一样，那样痛苦而又压抑。

苏静答应离婚，王承业会一次性支付一笔钱，然后按月给宁宁抚养费。房子是王承业的婚前财产，苏静得搬出去。

苏静带着南南回了苏母家里，本就不大的房里，多了两个人，多了许多东西，越发显得逼仄。

苏母却很高兴，里里外外打扫一遍，又特意请了半天的假，做了一桌子菜。

席上不停地给两人夹菜，又给每人斟了小半杯酒，笑说："咱们四个

第九章　不渝

从头开始，苦一点儿不怕。南南马上就毕业了，今后日子肯定是越来越好的……"

苏静缩着肩膀，一滴眼泪落在了酒杯里，她端起来一饮而尽。

苏南回到南城。

这几天，一直跟陈知遇电话联系。家里的事，被 A 司刷掉的事，一个字也没和他透露，仍然和往常一样，正经不正经地瞎聊。

有时候陈知遇给她发来照片，满塘枯荷，或是被急雨打落的花，或是烟雾缭绕的瀑布。

在 W 县的最后一天，他发来别人拍的，他正与人签合同的场景。

又传过来一张荒烟蔓草的空地："这儿要建个民宿，我自己设计。很静，夜里能看见星星。"

宿舍里没人，苏南捏着手机，眼泪不知道怎么就落下来了。

陈知遇又发："等民宿建好了，你跟我来看，我给你留着星空阁楼。这回真没得商量。"

屏幕上的字都模糊了。

她回："好。"

陈知遇："明天回崇城，处理点儿事，周六来找你。"

她仍然回："好。"

陈知遇看着屏幕上冒出的这字，叹了声气。

要是这时候给苏南打个电话过去，一定能听出来她语气不对。

他不知道她发生了什么，求职或是论文，必然是遇上了什么难过的坎。

可她费尽心机隐瞒的时候，他真的不忍心揭穿。

以前带本科生的时候，经历过一件事。

学院有知名校友赞助的特困生补助，每年评选完毕，会在院里的布告栏张贴公示。

那次是名单出来的第二天，他收完信箱的邮件上楼，走出两步，听见身后传来一阵急促的脚步声。

定住一看，特困生公示前站了个女生。

很瘦弱，面色蜡黄，束着一把稀疏的马尾。她盯着那公示看了很久，又往院门口看了看，见没人过来，推开布告栏外的玻璃，把那张公示一把扯下来，泄愤似的撕成了碎片。

后来，他跟院长提了建议，崇大新闻院的特困生补助名单，自此再也不公示。

他算不得多温柔，但在这种事情上，有多喜欢苏南，就有多不愿意她会因此受到伤害。

能怎么办？

只能守着等着，看哪一天她愿意自己说出来，甚而向他寻求帮助。

隔日，苏南接到一个电话，崇城著名私企B司，问她有没有时间去面试。

苏南翻自己记的备忘，只有周四有时间。对方跟她定了周四下午两点。

挂了电话，苏南把这个时间填进备忘录里，总觉得有点儿奇怪，印象中，她并没有投过B司。

问室友，室友说："这有什么奇怪的，你网申海投了吧？很多公司不集中举行校招，会去招聘网站筛简历，学历和专业合适，就直接叫去面试——B司蛮好的，我能跟你去霸面吗？"

周四，苏南拖着丝毫没见好转的大脚趾，去面试B司。来面试的，除她之外，还有七人。问了一下，都是没投简历，却接到电话的。

面试流程正规，没有群面，一共三轮，而且效率极高，基本一面结束，不出二十分钟，就通知去二面。

下午四点，苏南见到了B司的HR，一个竹竿似的西装男。

她一进屋，竹竿男就站起身："请坐。"

苏南赶紧打招呼："下午好。"在竹竿男对面坐下。

竹竿男瞧她一眼，又往桌上的简历看一眼："你本人比照片好看啊。"

苏南愣了下。

"该问的前面几个人都问了，我就一个问题，什么时候能来上班？"

"我还没毕业，可以先实习吗？"

"马上就能来,是吧?"

苏南愣了下:"算是吧。"

"好,你回去等通知吧,最迟明天晚上给你答复。"

苏南有点儿云里雾里的:"就……结束了吗?"

竹竿男一看手表:"哦,才一分钟啊。"

苏南:"……"

"那再聊会儿吧。我看看……"他把她简历拿起来,"槭城好玩吗?"

"不算好玩,没有什么特色。"

"哦……那南城有什么好玩的吗?"

苏南简单介绍了一下南城的著名景点。

竹竿男点点头,又看手表,只过去了三分钟。

竹竿男:"……"

苏南:"……"

竹竿男:"会编程吗?"

苏南:"本科只学过一点儿……"

"C语言?JAVA?C++?Python?"

"……HTML。"

竹竿男:"那不叫编程……"

竹竿男像是没辙了:"你有什么想问的吗?"

苏南:"我想问一下,我进去之后主要是做什么?"

"新媒体运营,产品经理助理,行政……你想做什么?"

苏南一愣:"都行吗?"

"唔……不啊,编程你就不行。"

苏南:"……那产品经理助理,具体负责什么?"

"就给产品经理打杂的啊。混几个项目经验,原来的产品经理被踹了,你就能上位了。"

苏南:"……"

她从来没见过这么奇怪的HR!

竹竿男又看手表:"差不多了,你回去吧,明天晚上六点通知你。"

苏南抱着简历,离开房间。

堪堪差一点儿关上门，听见里面传来电话铃声。

苏南不知道处于什么动机，没走。

便听见竹竿男接起电话："……陈老师，已经面试完了。嗯……肯定没问题的……不，不能记您账上，等回崇城了，我请您喝酒。"

苏南愣着，有好半晌，脑中一片空白。

她掏出手机，给陈知遇拨个电话，占线。

离开公司，陈知遇回了电话过来："刚给我打电话了？"

"嗯……面试结束了。"

他声音听起来格外平静："怎么样？"

"不知道，太顺利了……"

"顺利还不高兴？"

苏南在花坛前面蹲下，风刮得她有点儿冷。

好像听不清楚自己的声音，视线里只有几片模糊的枯树叶，在风里打着旋，又被吹走。

"陈老师……您不相信我吗？"

脚趾始终没好，反而越来越严重。

苏南早上又去校医院看一次，医生说里面有淤血，得拔了指甲盖清理，不然久了要化脓。校医院没有手术设备，医生开了单子，让她去人民医院。

周五人多，门诊排着队。

苏南捏着单子坐在椅子上，盯着电子屏幕上滚动的号码。

"118号，苏南，2号就诊室；118号，苏南，2号就诊室……"

苏南反应过来，急忙拿起搁在膝盖上的病历、医保卡和钱包。

身前人影一晃。

苏南愣了愣，抬头。

多日未见的陈知遇，面色沉肃。

"陈……"

他不吭声，一把将她从椅上拉起来。

她东西没拿稳，医保卡"啪"一声掉在地上。

第九章 不渝

他弯腰给她捡起来，塞进她手里。手臂绕过她胁下，搡着她，往就诊室走。

医生检查之后，戴上口罩："请家属在外面等候。"

苏南坐在床沿上，抬头去看陈知遇。

陈知遇没看她，直接转身出去了。

他靠着墙，伸手去摸烟，想起来不能抽，停了动作。

里面传来苏南有点儿发颤的清脆的声音："……会打麻药吗？"

"当然得打，指甲要整个给你拔下来，不打你受得了？"

"拔完了，长的时候会不会疼？"

"挺疼的，忍忍呗。"

陈知遇心脏也好像跟着抖了一下，手指用力，口袋里烟盒被捏得不成样子。

片刻，就诊室门打开，苏南手里捏着单子，跛着脚从里面走出来。

她站着，看他一眼："……陈老师。"

她目光竟然有几分委屈。

陈知遇火气噌地就起来了："就这么跟你腿过不去？嫌它多余？"

"……不小心的。"

陈知遇一把扯过单子，边看上面医生给开的药，边往前走。走两步，回头，却见苏南也拖着腿跟上来了。

"给我好好站着。"

苏南立住不动了。

十来分钟，陈知遇取了药过来，一看苏南，真就电线杆子一样，杵在那儿不动。

"……你不会找个座位坐下等？"

苏南："……"

陈知遇把塑料袋塞进她手里："真需要你听话的时候，倒是没见你听过一回。"

苏南闷着头不吭声。

陈知遇低头一看，她塞在凉拖里的脚，大拇指被包得严严实实。

"疼吗？"

161

"……麻药还没散,不疼。"

"我问你弄伤的时候。"

"……挺疼的。"

陈知遇掏出手机,打开相机。

苏南忙去拦:"你别拍!"

"咔擦"一声,陈知遇收起手机:"立照留存,让你以后长点儿记性。"

一挽衣袖,弯腰躬身:"上来!"

苏南知道他这会儿正在气头上,一句话也没说,乖乖爬上他的背。

陈知遇嘴上依然不饶人:"下回再想让我背,直接开口,别使苦肉计。"

苏南眼眶一红。

车停在酒店停车场,陈知遇下了车,仍旧背上苏南,直接进了酒店房间。

这家星级酒店离学校不远,一公里左右的距离,透过窗户,还能看见校园里高高的钟楼。

陈知遇脱了外套和鞋,走过来把窗户打开透气。

苏南往旁边一让,低声说:"……您能送我去赶一场面试吗?"

陈知遇动作一顿,瞥下目光,紧盯着她。

"年薪多少万的工作,这么值得你轻伤不下火线?"

他生气的时候,句句带刺,以前没和他在一起,她不往心里去,再刻薄的话,也都是风过树林了无痕迹。

现在不一样,这话利刃似的,一下戳中她的软肋。

"多少万的工作,您都瞧不上,可我不一样……您什么都不懂。"

陈知遇冷笑一声:"我不懂?你那点儿自尊心就那么重要,受不得我一点儿庇护?"

苏南声音发颤:"您的庇护就是找来那么多人,前前后后地陪我演一出戏吗?您何必费这个事,直接按月往我卡里打钱不更省事?"

陈知遇去摸口袋,才想起那包烟早被自己捏烂丢进候诊室的垃圾桶里去了。

第九章 不渝

大十岁有什么用,吵起架来阅历理智一点儿用都派不上。

"你就这么想我的?"

苏南手指缠住了窗帘一角,脸上没一点儿血色:"……你不相信凭我自己的本事能找到合适的工作。"

"那你相信过我吗,苏南?"他低头瞧着她,眼神里是她前所未见的冷硬,"你瞒了我多少事?我等你主动来跟我说,你动过告诉我的念头吗?嗯?"

苏南咬着唇。

"你能力我一清二楚,进这公司绰绰有余。我能直接举荐你进去,就怕你觉得是从我这儿走了后门,所以才劳烦这么多人。面试这套流程我不清楚?全他妈浪费时间瞎扯淡!"

这是第一次,听他说脏话。

"苏南,你家里什么样我一清二楚,我要是在乎这个,一开始就不搭理你。把你留我身边是想让你过得愉快自由,不是让你瞻前顾后自己跟自己过不去。依靠我就那么让你难受?"

水雾一层一层漫上来,眼里陈知遇的身影朦胧。

他上前一步,攥住了她的手腕:"当时就该强迫你读博,你这人就是欠收拾!"

"那我毕不了业……"

陈知遇气到失语。

"陈老师,"苏南抬头看着他,眼里泛着水光,但始终没落下来,"……你带我去见你的朋友、你的家人,带我吃你喜欢吃的东西,去你偶然发现的地方……爱一个人的时候,想要把最好的都留给对方。我想让你看见的,是一个优秀而明亮的苏南,而不是……"

不是那些紧跟在她身后的灰色的影子,不是在她瘠薄的人生里游荡了二十四年的寒风。

不是敏感怯懦。

不是仓皇落败。

爱一个人,只想给他春天的细雨,不要恼人的尘沙;只想给他夏天的绿荫和第一口西瓜,不要伏暑炎热;只要光明和温暖,凄风苦雨明刀暗箭，都挡在身后。

可是，她常常苦恼于自己的贫瘠匮乏，数点自己寒碜的人生，到底有什么是可以给他的呢？

"我大你十岁，病痛肯定先找上我。以后我躺病床上动弹不得的时候，也抱着这想法，不要你照顾我？"陈知遇用力攥着她手腕，最初的怒火消了，现在心里五味杂陈，说不清楚。

"……共患难都做不到，称不上什么爱不爱。你不就担心我知道你的真实境况之后接受不了吗？"

陈知遇停顿一下："苏南，我告诉你，我比你更清楚你是个什么样的人。"

苏南眨了一下眼。

那滴眼泪就砸在他手臂上。他像烫着似的，伸手揽住她的腰，往怀里一合。

地上的自己的影子折向她，被光拖长。

很快，两道影子紧紧相依，窗外日光摇晃，陷于一种恍惚的静寂。时间和空间的界限瞬间模糊了起来，仿佛只有彼此才是真实的。

最后的时刻，时间停滞了一瞬。

苏南缓缓地睁开眼。

湿润明亮的眼睛里，很完整地映着她的倒影。

那目光带着深情，带着不渝的疼惜，要看进她的灵魂，让她永远记得，此时此刻的陈知遇。

大白天，阳光投在地板上，明晃晃的一道，一折，渐渐倾斜。

陈知遇披了衣服，手掌抱住苏南的脚踝一握，起身将窗帘拉上，又将汗津津的苏南捞回怀里："过中午了，去不去吃饭？"

她鼻子里很不乐意地"嗯"了一声，语调拐了个弯。

陈知遇笑了笑，搂起她，掀开被子，很小心地注意不碰到她脚趾。

苏南嘟囔："热。"

"忍着，这天气不敢给你开空调。"

她大约是真的累坏了，手指无力地推他一下，使气一样，然后就闭

第九章　不渝

上眼了。

片刻，就听见她呼吸平稳悠长。

经过刚才，在陈知遇心里，苏南已经是彻彻底底盖了章的他的人，以后随她怎么闹去，哪怕天涯海角，他也绝对第一时间给她抓回来。

陈知遇松开苏南，自己去玄关左手边的台子上看一眼，拆了包烟，就站在玄关处把烟点燃。

什么也没想，不紧不慢地抽完了，仍旧回到床上，搂住她。

搁一旁的手机"嗡"一声振动起来，怕吵醒苏南，陈知遇捞过来，看也没看，一下掐断。

过会儿，又振。干脆调了静音，往屏幕看一眼，谷信鸿。

陈知遇单手给谷信鸿发了条短信：什么事？

电话又打过来，再次给摁了。

片刻，谷信鸿发来消息：大爷！你不能接电话？

陈知遇没回，过一会儿，谷信鸿再次发来消息：在崇城？我回来落个脚，出来吃饭？

陈知遇：不吃。

谷信鸿：陈教授忒大牌了！

陈知遇：有事。除非是你儿子出生，别的事别喊我。

发完就将手机扔去一边。手机屏幕亮了几下，彻底偃旗息鼓了。

片刻，陈知遇听见怀里苏南很轻的一声："……疼。"

"哪里疼？"

以为她说梦话，过了一会儿，却看她缓缓地睁开了眼睛。没开灯，只有没彻底拉上的窗帘里透进点儿光。

陈知遇按开台灯，暖橘的光线落进她眼里，像是一汪清水一样好看。

"醒了。"低头去亲她眼皮。

她才又说："疼。"这回声音清晰了点儿。

"哪儿？"

她白皙的脸颊，以肉眼可见的速度泛起薄红，视线闪躲着："……脚。"

"麻药退了。忍会儿。"

他小时候被钉子扎过脚,到现在都能记得那是什么滋味。十指连心,整个指甲盖都拔了,不用想也知道得有多疼。

陈知遇只得想办法分散她注意力:"饿不饿?"

苏南摇头。

"还睡吗?"

"睡不着。"

"那去洗个澡。"

进浴室,陈知遇往浴缸的边沿上铺了条毛巾,让苏南在毛巾上坐下,扯了浴巾给她裹上,然后开了浴暖,去调水温。

热水渐渐漫上来,浴室里热气腾腾。

苏南坐在浴缸里,思绪混混沌沌,没一会儿就会随机跳转到前一小时中的任意一个节点,回想一阵,又强制打住。脑袋忙得不行,一刻也没停着。

"你脚什么时候伤的?"

"啊……"苏南没想到他突然出声,一下被打断,愣了好一会儿,才讷讷地回答,"跟您说不能去 W 县的那天。"

陈知遇立时拧眉看过来。

"啊,您您您别……"

"我今天要是不来,你就准备这么瞒过去?"

苏南视线闪躲:"……只是没找到合适的机会。您在外地考察,我说了您还担心,只是脚趾伤了,没什么大不了的。"

"多大的事才是大不了?"

"……我也不知道,自己为什么就憋了一口气,就想拿到一个好 offer,然后堂堂正正去见您。总觉得自己很失败,干什么都不成……"

陈知遇瞧着她:"我一开始也不是因为你多厉害才喜欢你。你有厉害的时候吗?"

"那您为什么喜欢我?"

陈知遇吐出两个字:"你笨。"

苏南泼水浇他。

陈知遇板着脸:"规矩点儿。"

第九章　不渝

苏南："……"

陈知遇目光落在她被热气熏红的脸上："我是相信你才由你自己去折腾，但不是为了让你把自己折腾得这么狼狈。人落水的时候，还知道朝岸上呼救。我们认识这么久，撇开现在这层关系不说，我不值得你信任？"

苏南低低地"嗯"一声。

"我喜欢你自尊自立那股劲儿，但凡事过犹不及。"

"……嗯。"

"人跟人相处，多少得图点儿什么。你不用我直接替你安排好一切，但我长你十年的学识、阅历，是不是多少能为你所用？"

苏南身体往下缩，脑袋埋进水里，盖过又热又胀的眼睛。

"只要你愿意跟我沟通，什么困难都算不上是困难。我能给你提供一百种解决办法，你挑个你最舒坦的，别一个人钻牛角尖。"

他看一眼苏南，微微一挑眉："洗好了吗？你再惭愧也不用淹死，我原谅你了。"

等水彻底放完，陈知遇扯了条浴巾，往苏南身上一扔，松了她左脚，拿浴巾把她一裹，从浴缸里抱出来，湿漉漉地扔在床上。

他去给她拿来吹风，又把房间里的暖气打开了。

趁苏南吹头发的时候，陈知遇回浴室冲了个澡，洗完在她身旁坐下，一边擦头发一边问她："饿不饿？我们出去吃饭。"

苏南看着他，眼睛洗净了一样，亮晶晶的："能点外卖吗？我早就想尝试了……"

陈知遇挑眉："尝试什么？"

苏南急忙解释："……我是说，尝试在酒店房间待一整天，什么也不干，吃了睡，睡了吃……"

"什么也不干？"陈知遇闷笑一声，"我觉得还是能干点儿什么的。"

苏南红着脸去推他。

"你乱想什么？"陈知遇一本正经，"我是指，得干点儿写论文这样的正事。"

"咦，变态，在酒店写论文。"

陈知遇一掌打过去。

苏南顺势倒在床上,目光仰视陈知遇,露出多日以来第一个真正的笑。

"陈老师。"

"嗯?"

"你真好看……我喜欢你。"

第十章

十字路口

我想和你一起生活 / 在某个小镇 /
共享无尽的黄昏 / 和绵绵不绝的钟声

——茨维塔耶娃

陈知遇这一趟是自驾过来的。

昨天下午一接到苏南质问的电话,满肚子怒火无从发泄,要不是崇大有课绊着,他当时就要赶来给苏南好好上一课。憋到第二天清晨,还是气不过,开车直奔南城。

到了南城,给苏南打电话。那时候苏南正在校医院检查,没听见。他又打给南城大学研究生工作办公室,问到苏南室友的号码,劳动了一大圈人,才恰好在候诊大厅里堵住苏南。

他这番折腾,会给搅和进来的人留下什么印象,留下什么匪夷所思的绯闻和把柄,苏南已经不敢去多想了。

经过这几件事,苏南在陈知遇这儿已经信用值为负。

陈知遇不让她在自己留意不到的地方瞎折腾了,勒令她立即收拾行李,跟他去崇城。

下午,苏南回宿舍收拾东西。

陈知遇的车就停在梧桐树的树影下,准备一接上她就直接出发回崇城——他本来是想把她送去宿舍楼下,被她严词拒绝。

等了二十来分钟，瞧见苏南提着拉杆箱，一瘸一拐地出现在了对面门口。她换掉了凉拖，脚上趿着一双黑色的棉拖。

等她慢吞吞走近了，他打开窗户，往外一看，棉拖的图案是熊本熊。

陈知遇："……"

"陈老师，"苏南扒着车窗，"我下午还有点儿事儿，等我做完了再走行吗？"

"什么事？"

"一个学妹毕设拍微电影，请我帮忙演个角色。"

"脚都这样了还演什么微电影，能走位吗？"

苏南笑："我演一个坐轮椅的残疾人。"

陈知遇："……"

拍摄的地方在物理楼前的空地上。

陈知遇在车里等了一会儿，觉得无聊，下了车，踱步过去。

三个人的小型剧组，设了中近景两个机位，一人导演，一人拍摄，一人负责打光。

苏南披了件不知道打哪儿借来的病号服，坐在轮椅上。

陈知遇在靠近校内主干道的长椅上闲散坐下，隔着花坛与剧组遥遥相望。

距离有点儿远，听不清苏南说台词，只听见导演不停打板喊卡。

折腾了半小时，苏南从轮椅上站起来，脱下了病号服，站着跟拍摄的三人说笑起来。

陈知遇维持耐心，等。

好不容易见那边热火朝天的闲聊有了停下的趋势，忽地就从物理楼前一排树影后面，蹿出来个人。

身材高大，十月中了还只穿件短袖，跟有多动症似的，往苏南跟前一杵，小动作就没停过。

陈知遇干脆就不着急了，摸出支烟点燃，跷腿坐着，看戏。

反正苏南现在已经欠了他一打说法，虱子多了不愁痒。

"师姐！"江鸣谦远远打声招呼，在苏南面前定住，看她脚上穿着拖鞋，右脚使力，左脚只是虚虚地点着地，忙问，"怎么了？"

第十章 十字路口

"脚趾撞了。"苏南笑一笑。

"怎么这么不小心,"江鸣谦挠挠头,"……那个,你最近怎么样?"他声音有点儿哑,听着像是感冒了一样。

"在找工作呢。"

"定了吗?"

"还没。"

"我在忙论文开题了,挺烦的。"江鸣谦笑说,"早知道不读研了,学校里能学的不多。"

"听涵姐说你的团队已经组起来了。"

"嗯……下个月要去广市开会,顺利的话能拿到天使投资。"江鸣谦看着她,"忙起来挺好的……你要去崇城吧?"

"还不一定。"

"……异地吗?"这是江鸣谦第一次正面聊这件事。

苏南有点儿迟疑地"嗯"了一声。

江鸣谦笑了笑,神情有点儿疏淡,他忽地往上一跳,去够头顶广玉兰的叶子。

在落地时,云淡风轻地冲苏南一笑:"如果是我,不会让你异地的。"一顿,扬眉高声道,"我喜欢你,知道吗?"

苏南彻底愣住。

江鸣谦笑容明晃晃地耀眼:"我已经挺拼命了,不过十多年的差距真不好追。"

"你……"

江鸣谦语气坦坦荡荡,带点儿锋芒毕露的少年意气:"总有一天,我一定超过他。"

苏南一时竟然不知道该说什么,沉默半刻,轻声说:"对不起。"

两个月没见,江鸣谦好像有什么变了,又好像什么都没变。

"不用道歉,来日方长!"江鸣谦一手插进裤袋,退后一步,跳上物理楼檐前台阶,笑说,"我有事先走了,下回请你吃饭!"

身影两下跳上去,消失在物理院门口。

学妹导演:"学姐!这人谁啊?"

"……我师门的师弟。"

学妹一拍摄影机:"告白,全拍下了!好校园青春啊!"

苏南:"……"

学妹镜头一转:"……那是不是陈知遇教授啊!"

苏南一惊。

学妹已扛着摄像机像出笼的鸟一样飞过去了:"陈老师您好!"

陈知遇不紧不慢地从椅上站起身:"你好。"

"能耽误您几分钟时间做个采访吗?"

剧组另两人也紧跟着走过来了。

陈知遇视线越过他们,瞧见后面苏南正慢慢吞吞地往这边走。

陈知遇似笑非笑:"抱歉,我今天有事,采访等下次吧。我过来领个人。"

学妹:"领……?"

陈知遇闲散立着,微一挑眉:"苏南,快点儿。"

苏南象征性地快了"一点儿"。

学妹一愣,摄像机对准陈知遇,又慢慢转向苏南。

陈知遇伸手,虚虚一拦。这动作没实打实,却带了点儿不容拒绝的气势。学妹立刻不敢拍了。

四五米的距离,苏南却像是走了二万五千里长征一样。

最终终于挪到了陈知遇面前:"……陈老师。"

陈知遇皮笑肉不笑:"走吧。"

苏南摆出个有点儿微妙的表情,冲学妹道了声再见。

学妹觉得苏南这表情有点儿"爱恨交织",其实苏南是"慷慨就义"。

一走出小剧组视野范围,陈知遇的言语攻击就按捺不住了:"你以前遇事跑得那么快,我以为你带点儿牙买加血统,没想到演残疾人也演得这么传神。"

"反正你爱跟你脚过不去,我干脆买个轮椅当交通工具吧。

"倒也不用费那个劲,我妈刚淘汰了一台,给你用?积极建设节约型社会。

"你那学弟是不是属猴的?石山上十八般武艺抢人东西的那种。

第十章　十字路口

"这年头的年轻人,只长个子不长心眼。"

苏南完全憋不住笑:"他想跟我告白,我也拦不住。"

"告白?"陈知遇顿了脚步。

"是呢是呢,第五次!反正被您抓住了,您就说怎么罚吧!"摆出一副"随你如何,我尽一秒就算我输"的架势。

陈知遇笑一声:"真以为我治不了你?"

越过阳台,深青色夜空里,牛角样的一轮月亮。

这晚,在崇城陈知遇的公寓里,苏南睡得很沉,听见窸窸窣窣的声响,方睁开眼。

"陈老师……"苏南眼皮沉,时刻要再合上,"几点?你要出去?"

"七点,你再睡会儿。冰箱有面包和牛奶,醒了自己拿。程宛找我有事,我去市中心一趟。"他俯身碰了碰她额头,扣上衬衫纽扣。

"什么时候回来?"

"中午之前。"

"嗯。"

"继续睡吧。"

苏南思绪坠了秤砣一样,越来越沉,一句"再见"还没说出口,就又睡过去了。

一觉睡到自然醒,摸过手机一看,下午两点。苏南愣了下,爬下床跳着过去拉开了窗帘,热烈阳光倾泻而入。

真的已经到午后了。

陈知遇还没回来?

去翻微信,有条陈知遇中午发来的:有事,要晚点回。自己解决午餐,外卖地址是……

然后,就再没别的消息了。

苏南莫名有点儿慌,试着给陈知遇打了个电话,没人接。

她越发觉得忐忑,下午投简历时,十分心思三分听门外动静,三分注意手机,三分胡思乱想,留给正经工作的就一分。

到下午五点,陈知遇还没回来,打电话也仍是没人接。

苏南坐不住了,去翻自己的通讯录,才发现陈知遇朋友的电话,自己一个也没有。

倒有个昨天面试的B司的号码,打过去不知道能不能问到竹竿男的联系方式?

然而……34岁的人,需要她来多余担心吗?

敲门声突然响起。

苏南腾地起身,左脚一用力,稍微压了下拇趾,立时疼得她倒吸一口凉气。她顾不上,单脚跳着过去,打开门。

门外,站着谷信鸿。

苏南一愣。

谷信鸿笑说:"老陈托我过来的——他一时半会儿脱不了身。"

谷信鸿给苏南报了信,一问,她晚餐还没解决,又一定要请她吃饭。

谷老板娘就等在楼下,冲她笑一笑:"苏南,你好。"动时,风衣下面露出肚子鼓起的轮廓。

谷老板娘叫池叶,比苏南还要小一岁。

在苏南印象中,她是一个话特别少的人,总是听他们说话,然后浅浅淡淡地笑一声。而谷信鸿跟她截然相反,豪迈爽朗,天南地北都有兄弟。这样一个糙野汉子,和池叶这样的姑娘是怎么到一起去的,苏南也挺好奇。

问过陈知遇,陈知遇答:"孽缘。"又让她下回要是被谷信鸿呛得出不了气时,就把这个问题抛出来,保管把他治得服服帖帖。

苏南早前想着下回再有聚会,可以试着问一问。但当下没心思,只挂念陈知遇,她坐立不安,后背挺得笔直,手掌扶着副驾驶的椅背,有点儿急切地询问:"陈老师出什么事了吗?"

"也不算出事……"谷信鸿嘴里咬着根没点燃的烟,话有点儿含糊,"挺棘手的,这会儿肯定鸡飞狗跳。老陈走前专门嘱咐我,要是到了晚上他都没给我打电话报平安,就让我去找你。"

"报,报平安……"

池叶立马瞥了谷信鸿一眼:"不要这样说话,你吓着苏南了。"

谷信鸿忙说:"嗨!瞧我这张嘴。那什么……哎,我真不知道从哪儿

第十章　十字路口

开口……程宛跟老陈离婚这事儿，是只办了证，还没跟两方父母通气，这事儿你清楚吗？——哦，顾阿姨好说话，就顾阿姨一人知道。"

苏南松了紧紧攥着的椅背，松了口气。

池叶转过来看她："不介意吗？"

苏南笑一笑："我还以为陈老师是出了什么事……如果是这件事，我信他。"

谷信鸿接着说："程宛那边出了点儿不好的消息。她身份挺敏感的，这回还是她爹——程叔叔出面，才把这事儿给压下来。程叔叔起疑，又生气她行事毛躁，教训她两句，结果父女俩就吵起来。程爷炮仗一样的性格，一点就炸，直接把两人的事捅破了……后来肯定就两家父母会谈，具体情况怎么样，我跟你一样，也不清楚，还得等着老陈脱身了自己跟你说。"

难怪走得急。

苏南知道陈程两家背景深厚，即使了解不多，也清楚离婚多少会影响两人声誉。陈知遇好点儿，程宛那边形势却很严峻。

吃过饭，谷信鸿把苏南送回公寓。

这回，池叶跟着苏南下了车，看见谷信鸿也要拉门过来："你别来，我们说话不要你听。"

谷信鸿立即就又坐回去了，笑嘻嘻说："老婆，风口凉，你们别说太久了。"

小区进门左手边，有棵移栽过来的树，两层楼高，遮出一点儿阴影，阴影里立了一条长椅。池叶怀孕五个月，脚背浮肿，久站会累，就在长椅上坐下，自己拿披肩盖住膝盖。

"池小姐……"

"就叫我池叶。"池叶微微一笑。

苏南点一点头。

"谷信鸿、陈先生他们，背景比较复杂，"池叶手指轻放在膝盖上，坐得端正，"谷信鸿跟我求婚的时候，我没有答应，我爸妈也是。不是觉得自己配不上，而是不想去这样的家庭里面受闲气。他们或多或少的，都有一些门第之见。我和谷信鸿说，你自己去解决掉这些事，不要让我受一点儿委屈,不然我不乐意跟你。"

池叶看她:"你想过和陈先生结婚吗?"

"我……"苏南语塞。

不是没想过,然而总有一种奇怪的直觉,即使要结婚,也不是现在。

苏南骨子里有一股很别扭的倔劲儿,当年自己父母吵架闹离婚,苏静让她劝劝两人,她偏不,脖子一梗就说,烦死你们吵架了,赶紧离。

那时候她才八岁。

她有自己的一套原则,不破坏别人家庭,不对伴侣不忠,别的都是好聚好散。拧巴,多半也是跟自己过不去——并不觉得自己跟陈知遇差在门第,而是自卑自己没法像陈知遇对她那样,给予他同等的美好,不管是自己,还是自己的家庭。

条条框框的区别,她不在意。

高与低,富与贫,都有各自精彩的地方。

她在意的是陈知遇高天流云,自己身如枯蓬,却没有化腐草为萤火的本事。

"肯定想过的,是吧?"池叶微笑,"谷信鸿后来把家里的工作全部做通了,我进到谷家,没有受过一点儿不好的眼色。我觉得谷信鸿和陈先生能够成为朋友,两个人在为人处世方面,一定有意气相投的地方。"

苏南这才明白,池叶是要安抚她,笑一笑说:"我知道。"

池叶缓缓站起身,看着苏南:"那天在首都吃饭,我观察过你——不要介意,我从小就喜欢观察人,觉得一些小动作很有意思。术业有专攻,觉得插不上话是很正常的事,我擅长的领域,谷信鸿也插不上嘴。股票、政治、足球……遇到我不喜欢的话题,他们聊天,我就发挥自己的爱好,观察他们聊天……很有意思,听人吹牛也是一种乐趣。"

苏南越发好奇了,"……你的专业难道是心理学?"

池叶:"不是,我是肛肠科的护士。"

苏南:"……"

池叶一笑:"谷信鸿是做痔疮手术的时候,跟我认识的。"

夜里,苏南给自己的脚趾换药。黏膜跟敷料黏在了一起,揭开的时

第十章　十字路口

候，疼得撕心裂肺，咬牙拿着棉签蘸着药水擦上去时，手都疼得直哆嗦。

上完了药，又拆了干净的纱布自己包上，留着客厅的灯，去卧室睡觉。

跟陈知遇发了条信息，告知他自己已经睡了。等了五分钟，没有回复，就把手机一放，直接合眼。

做了梦，就在满山红叶的槭山上，自己一阶一阶往上爬，眼看着陈知遇近在咫尺，一伸手他就又远了，始终在高处，低头俯视她。

跑得很累，又不知道为什么不肯放弃，或者喊一喊他。

到某一处，脚下打滑。

腿一抽，醒过来。

一下就听见浴室里有水声，她愣了愣，赶紧去找拖鞋，拖着左脚很快地走过去敲门："陈老师。"

水声停了，门开。陈知遇刚冲完水，腰上挂着浴巾："怎么醒了？"

"你回来也不叫醒我。"

怕她踏进来打滑，他自己赤脚走出去，将她一揽，堵在浴室门口："你昨天没睡好。"他笑了笑，脸上露出些疲惫的神色，"等我穿个衣服。沙发上袋子里有泡面，你帮我泡上。"

苏南手一抖："你没吃饭？"

"嗯……晚饭没吃，事情结束就赶回来了，怕你担心。"

"你别吃泡面，我给你煮挂面——我中午买的菜还没吃完，你多等五分钟，就五分钟……"苏南语无伦次的，站立一瞬，飞快往厨房去了。

陈知遇避开苏南目光，回卧室套上身家居服，往厨房去。

水在烧着，苏南在淘洗小白菜。头发扎起来了，露出小巧的耳朵。侧边脖子上，有道指甲盖大小的暗红色印痕，略靠后，可能她自己都没看到。

陈知遇瞧着，也不提醒她，自己笑一笑。

"快了，你等一下……"苏南加快了手上动作。

"谷信鸿跟你解释了吗？"

"嗯。"

陈知遇停顿一瞬："具体不说了，以后……"他走过去，从背后将她抱住，头埋在她发间，"……没什么前尘往事，现在未来都是你的。"

苏南手一顿，不知道为什么就要落泪。

心疼他一脸倦容还大半夜风尘仆仆赶回来，心疼他连口饭都没时间吃……是真的不担心，不信陈知遇会在这件事情上让她受委屈。

"可以说吗？我想听。"

陈知遇一笑："真要听？跟泼皮打架没什么两样。"

一碗鸡蛋蔬菜面，陈知遇吃完了，抽支烟，漱过口，躺在床上，抱着苏南，跟她讲这一整天的经历。

早上七点直奔程宛家里，两家父母除顾佩瑜之外，合力先把两人抨击一顿，软硬兼施舌灿莲花声泪俱下，三人配合得当滴水不漏，绝对是活这么大陈知遇受过的最高规格的待遇。

该骂的，该苦心教育的都做了，到这份上，陈知遇跟程宛硬抗，长辈也的确是没办法。

接着就两家父母互相道歉，一人说自家女儿有心理疾病，拖累了你家儿子这么多年；一人说自家儿子做事不知分寸婚姻大事当儿戏，没尽到该尽的责任……

事已成定局，两家的场面话都说完了，各家把各家孩子领回去，关上门来，继续批斗。

陈知遇想着今天反正已经这样了，趁机把苏南的事儿也说了。

这下，陈震气得差点儿厥过去，直骂他寡廉鲜耻，简直丢尽了陈家的脸面！

最后，搬出多年没用的"家法"。

苏南忙问："什么家法？"

陈知遇苦笑："说出来丢人……"

堂堂崇城大学副教授，老宅太爷爷遗像前，跪了八个小时，整整的。

"还有吗？"

"没了。"

"真的？你不要骗我。"

"……背上还挨了一下，用我太爷爷的拐杖抽的。"

苏南立马去扒他衣服。

第十章　十字路口

陈知遇真是臊得慌，毕竟这么大年纪了，又怕她担心，赶紧抓着她手，想着怎么样也要把这事给混过去，嘴上就有点儿口不择言，冒出些有意轻佻的浑话。

苏南没动了。

一会儿，他听见一声抽泣。

赶紧去捉她手，往自己怀里按："……你想看就看吧，别笑我就成。"

今天真是，威严扫地。

苏南模糊着眼睛，把他衣服掀起来。

红肿的一条印，从肩膀斜到腰间，衬着他很白的皮肤，特别明显。

是真的下了狠手抽的。

她手指碰了一下，又飞快缩回去，泪眼蒙眬地看着他："疼吗？"

"疼什么，这么大人了。"

"要不要上点儿药……我去翻翻我的……"

"别翻了……"陈知遇抓住她的手，"你现在老老实实陪我睡一觉，比什么药都管用。"他心满意足地把人抱进怀里，看她不动了，往她发里深深地嗅了一下。

不是小孩子了，什么家法不家法的，他要是不照做，陈震六十多的人，能拿他怎么样？

然而就是遵守下来了，不想以后陈震再拿这个去为难苏南。

小时候，陈震说，知遇，你要是负不了责，就别揽事儿。

跪在地上，跟照片里的太爷爷大眼瞪小眼的时候，他想：苏南啊苏南，为了把你这个"事儿"负责到底，我这辈子挨得最重的一顿家法，就是为你了。

第二天一大早，程宛过来慰问。

说是慰问，但什么也没提，空着手来，看陈知遇一脸憔悴，还使劲嘲笑了两句。

公寓靠窗放着一个实木的吧台桌，程宛就跷腿坐在上面，看一眼苏南，又看一眼陈知遇，一支烟夹在手里，有一下没一下地抽。

"苏南，你工作找着没？"

"还没。"

程宛一挑眉:"要不跟我干呗,我自立门户,你给我当个小助理。我规划,你执行。"

陈知遇端着水杯从书房出来,脚步一顿:"让我的女朋友给你当助理?"

"怎么了?还舍不得?跟我少说年薪20万啊。"

"你上班这么多年,攒的钱够20万这个数吗?"

程宛笑:"老陈,我就是不喜欢你这一点,凡事太精明。"

苏南问她:"……自立门户?"

"嗯,"程宛把放在吧台桌上的小碟子拿过来弹烟灰,"都这样了,我也混不下去了。继续待着继续给我爸添堵。有些事儿,看上去很美,进去一看,都是一泡糟污。"

她喜欢权力,但不喜欢弄权。规矩做派她都懂,不但懂,还深谙于心。但懂,与做,是两回事。名利场上,人都是揣着明白装糊涂,看别人看自己都跟看猴戏一样。可还是得把这猴子猴孙给演下去,演着演着,有一天兴许就能熬上猴大王。往后呢?往后还有如来神掌。

"准备做什么?"

"要不在破弄堂里开个酒吧?做什么都行,"她手指捏了下眉心,"再不济跟谷老板混。"

陈知遇看她一眼:"你先休息一阵。"

程宛笑一笑:"对不起啊老陈,没法替你打江山,更没法给你守江山了。"

她把烟掐灭了,从高脚凳上跳下来,一拍苏南肩膀:"这次是真交给你了。别看他比你大,拧巴,还傲。我要不是打小跟他一起长大,真受不了他这脾气。"

程宛勾起自己搁在桌上的小包:"其实今天是过来给你送钥匙的,"从包里面掏出一把钥匙,放在桌上,"本来以为丢了,结果昨天在沙发缝里发现了。还有……"她顿了一下,看了看陈知遇,"你让我帮忙联系的事儿,有眉目了,你自己清点一下吧。"

陈知遇点头:"多谢。"

第十章　十字路口

程宛又瞅一眼苏南，上扬的眼角似笑非笑，忽地伸手，手指尖划过她颈侧的一处："走了，你俩保重身体！"

陈知遇："……"

门合上了，苏南不自觉地拿手掌碰了一下脖子。总觉得，有点儿怪怪的……

陈知遇盯着她。

片刻，苏南才注意他复杂的目光，忙说："没被她蛊惑！"

苏南去卧室洗漱，陈知遇去厨房煎蛋。

崇城十月末，不下雨的时候，很是舒服，天还未冷，早晚空气里带一点儿沾着水雾的清寒。到正午阳光极好，校园里银杏叶落一地，极能让人感叹生命之一生一灭，都是壮丽。

陈知遇瞧着厨房窗外一角黄叶，骤生的文艺思绪还刚只起了个头，就听见浴室里苏南"啊"了一声。

赶忙关了火走去："怎么了？"

苏南扭着脖子，往镜子里看，"……你什么时候弄的。"

一道清清楚楚的吻痕。

难怪方才程宛瞅她的眼神那么暧昧。

陈知遇似笑非笑："我哪儿知道。"

她把头发放下来，试着看能不能完全挡住："我周一还要去面试。"

"周一就消了。"

苏南将信将疑。

"真的。"

陈知遇钻入浴室门，双臂环抱住腰，扳过她的头来深吻。

苏南伸手去推他："……昨晚还同情你呢。"

陈知遇闷笑，随她怎么说。自打两个人彻底把最后一层界限也打破之后，陈知遇就发现苏南对他的态度里，总算没了一直以来的恭谨。

周末，苏南把这段时间以来面试遇到的种种情况都跟陈知遇说了，虚心地请他帮忙分析情况。

"A司管培生的终面没过，你问过原因吗？"

陈知遇瞥一眼苏南，见她目光闪烁，心下了然："你要想后续面试成功，就别在这种事儿上在乎面子。发一封邮件过去，问问原因。如果对方愿意回复，你以后就能对症下药。"说着，将电脑屏幕一转。

苏南愣着。

"现在就发。"

她在撰写英语邮件的时候，陈知遇抽空瞄了两眼，还行，虽然不怎么地道，但没什么语法错误。

苏南写完，看一眼陈知遇："这样行吗？"

陈知遇接过笔记本电脑，替她改了一两句，点击发送。

然后，翻出一份MBTI测试题："做一做这个。"

"做什么的？"苏南看一眼陈知遇，"有用吗？"

"你先做。"

数分钟后，结果出来了。

陈知遇拿过来看："ISTJ（内向、实感、思维、判断），挺准的。"

苏南凑过去看测试报告的描述："工作缜密，讲求实际，传统，谨小慎微，一旦做出决定，很难动摇和沮丧……冷静的外表下，有强烈却很少表露的反应。"

陈知遇一拍她脑袋："你学会计比你学新闻传播合适多了。"

"我数学差啊……"苏南摸着触控板往下滑，看了看后面的职业推荐，"保险精算师、税务经纪人……"顿时沮丧，把电脑一推，脑袋埋进手臂，"陈老师，我不找工作了，你养我吧！"

陈知遇笑一声："你说的？"

苏南急忙摆头："不不不……我瞎说的。"哀号一声，又打起精神来继续看分析报告。

"叮"的一声，右下角弹出一封邮件。

苏南惊讶："A司周末都不放假？"

立即点开了邮件。

陈知遇观察她的表情："怎么回复的？"

"说我……diligent……"苏南飞快浏览，捕捉关键词，"unambitious……"

"勤勉，缺乏野心。"陈知遇把电脑一合，"这评价很客观。"

第十章 十字路口

他拿过一张空白的 A4 纸，把她求职过的岗位一一写下来，提炼每个职业需要的性格特质，最后帮她总结："你投的 BATW 这几个岗位，都要求很强的领导能力。这不是你的优势，"他拿笔在旁边写了几个字，"你的优势在于，能够从复杂、烦琐、枯燥的事情之中找出内在逻辑，所以……"

抬眼一看，苏南盯着白纸，发呆。

执笔敲她脑袋："想什么呢！认真听！"

"陈老师……你写字真好看。"

陈知遇："……"

苏南忙说："您继续说！"

"……"陈知遇在自己刚写的那几个关键词上划了一道，"所以，你适合做的是偏技术的、执行类的岗位。"

"我技术也不怎么样……"

"难得你有自知之明，"陈知遇瞥她一眼，"不过，我还是替你说句公道话，你学起来很快，就是以前没花心思。"

"……以前那些又不是你教的。"

"……"陈知遇忍无可忍了，"我时间这么宝贵，替你分析这么幼稚的事。是不是诚心想听？不听我们趁早去做点儿别的！"

苏南无辜地看他："诚心啊。"

陈知遇："……"

耐着性子，把几句带刺的话憋回去。做完了职业规划，又开始和苏南一起挑选校招的企业。

"工作地点，广市，过；深城，过；滨城，过……"

苏南："……"

"胶岛，过……"

"陈老师，"苏南忍不住打断他，"……条件定这么严苛，我真的就找不到工作了。"

陈知遇不为所动："崇城自诩国际化大都市，就这种水平的公司也好意思出来校招。"

苏南默默地筛着校招简历。

183

忽然，鼠标一顿。

"C司，工作地点，崇城……解决方案工程师……"

苏南眼睛一亮："陈老师，你看这个！"

陈知遇瞥一眼："投。"

又着手帮苏南修改简历，等忙完，一下午时间就过去了。

苏南伸个懒腰："陈老师，谢谢你。"

"哪个老师教你的，谢谢只用口头上说一说？"

苏南瞥他："那……"

陈知遇看着她，什么也不说。

夕阳光斜照进来，将他白衬衫染出点儿稠润的调子。

逆光。眉目清俊。

苏南心痒，沿着地毯爬过去，到他跟前，凑过去亲他一下，小声问："可以了吗？"

陈知遇捉住她手腕，推开小方桌，往地毯一压："不可以。"

很温柔绵长的吻，跟第一回一样的，单纯不带什么别的意味，大约也是觉得此时此刻的夕阳太好。

苏南有点儿神色恍惚，微微睁眼："陈老师……"也不知道自己为什么要喊他。

"嗯。"他应一声，声音沉而微醺。

心里好像有根簧片，拨动一下，奏出很清脆的声音。

苏南过了几天很清闲的日子。

和陈知遇住到一起之后，她才发现他是真的很忙。

有课的早上，陈知遇七点就要起床，也不容许她睡懒觉，把她拖起来，在她还迷迷瞪瞪的时候，把牙刷往她手里一塞："这么懒，趁早给我搬出去！"

苏南就吓醒了，刷完牙，手在水龙头下淋一淋，洗干净了，还没干的时候，就拿手去挠他脖子。

当然没得逗。他像是教训自家乱拿糖果偷嘴的外甥女一样，抓着她的手，打两下："别给我裹乱。"

第十章　十字路口

他换衣服的时候，她去帮忙煎蛋。他习惯了早上火腿、吐司、煎蛋和牛奶，主要是因为方便又卫生。

没有早课的日子，他也是七点起床，但对苏南会宽容一些——会在跑完十公里之后，再回到公寓叫醒她。

下午如果有课，他就直接在学校教职工餐厅吃中饭；没课，会开车回来，在家自己弄，或者出去吃。槭城也在江南的地界，菜式清淡，偏甜，苏南小时候和苏静给苏母分担家务，学过几个家常菜，还是可以唬一唬人，尤其是一道板栗烧肉。

深秋是板栗成熟的时节，能从市场上买到特别好的板栗。第一回让陈知遇买一点儿板栗回来，他以为是她要吃，就买了校门口卖的糖炒板栗。香，甜，拿到手里还是热的。

陈知遇有一点儿嫌弃，说校门口排上那么多人，都是跟风。

苏南立即剥开一粒塞进他嘴里，看他咀嚼了两下，笑问："是跟风吗？"

陈知遇："……"

苏南更得意了："陈老师，得出一个结论，需要提出假设，调查或实验，再验证假设。你这个论断没有一点儿数据支持……"

陈知遇瞅着她："你这么厉害，调查研究方法得了多少分？"

苏南闭嘴，低头剥板栗。

那天中午，那一袋板栗，他们吃完了。饭，也没做。

第二次，特意强调了要生板栗。等菜端上来，陈知遇筷子下意识地就先去夹了一粒板栗。

瞅见对面苏南冲他笑，他不紧不慢地说："我在验证假设。"

汁收得特别好，红烧肉肥而不腻，板栗香而不涩，相得益彰。

没注意，半盘子都吃完了，他也不好意思不给个好评："你还是有优点的。"

苏南哼一声，懒得理他。

吃饭次数多了，陈知遇发现了一个秘密："你是不是就只会六道菜？"

苏南："……"

"一天三道,一共就 20 种不重复的组合方式……"

苏南起身夺过他面前的盘子:"那您就不要吃了!"

每周三下午,院里雷打不动地开例会。

陈知遇开会的时候,玩手机,跟她聊天:"开展活泼有趣的学生活动……校园广场舞?"

苏南:"陈老师!您好好开会!"

手机消停一会儿,又来一条消息。

"当老师没意思……我装病回来吧。"

苏南:"……您忍忍!"

这个人幼稚起来的时候,简直要让人怀疑他的年龄。

如果没有课,又不用开会,陈知遇多半还会被各种事情缠住,要么是指点学生杂志投稿,要么是更新课题研究进度,要么给门下的研究生指派点儿任务,要么接受学生运营的微信公众号的采访……

一直到下班时间,他才有相对比较完整的时间,带她出去吃饭,看夜景,或者在家追漫画,以及纯粹腻着浪费时间。

苏南投的 C 司,很快有了音讯,让她周一去面试。苏南喜出望外,预备等陈知遇回来,告诉他这个好消息。

傍晚,听见开门声。

苏南从书房出来,一个"陈"字还没说出口,瞧见他脸色沉沉,忙问:"怎么了?"

陈知遇蹬了鞋,扯开领带,往沙发上一扔,自己往靠背一倒,揉揉眉心:"帮我拿一罐啤酒。"

苏南的脚指甲正在慢慢长出来,没那么疼了,但是痒,走路比以前方便了些。

她去冰箱翻出罐啤酒,递到陈知遇手边。

陈知遇揭开喝了大半,喘口气:"今天出了上学期研究生一门专业选修课的成绩,我挂了一个人。三次点名,她两次没到,平常作业也漏交了一次,期末的小论文,被查出来大段抄袭——查重我亲自做的。"

苏南一愣。

"她来我办公室哭,说忙于实习不能兼顾,明天要申国外的大学,让我无论如何让她过。"

苏南:"……您没这个义务的。"

陈知遇神色烦躁:"有次给了一个本科生 58 分,他过来求我再多给他 2 分。我把他试卷找出来,又给他标准答案,让他自己算一算卷面分数。算完他就不说话了。他卷面不到 40 分,我标准降到海平面以下都拉不上及格线。"

苏南看着陈知遇:"实习和学习两手好处都要抓,天下没有这样的好事。您没做错什么……"

陈知遇冷哼一声:"这学生有本事,看我不改口,又喊来家长继续去找院长。哭哭啼啼,让学校把她这门课直接撤掉,她再补修一门别的。"

"院长答应了吗?"

"能答应吗?"陈知遇去摸烟,没忍住说了一句粗口,"……真是败坏心情。"

苏南也不知道从何安慰,沉默片刻,低声说:"……我不愿意读博,其实有一部分原因,就是怕您为难。您是有原则的人,我敬重您的原则,尤其不愿意未来的某一天,您会需要顾及和我的关系,而去做您不愿意去做的事,比如给我放水,比如手把手教我写论文……"苏南摸摸鼻子。

陈知遇愣了一下。

数秒后,含着烟笑了一下,把刚摸出来的打火机往茶几上一扔,烟也不抽了,心情突然就舒畅起来:"怎么有你这么懂事的学生,嗯?"

"可是不适合学术……"

陈知遇伸出一指,警告:"我道过歉的事,你别继续翻旧账。"

苏南一笑:"还有个好消息。"

"嗯?"

"C 司通知我去面试了。"

陈知遇扬眉:"这算什么好消息,不是意料之中的吗?"

"那你别笑啊。"

陈知遇将她往自己怀里一揽,手掌按着她后背,似感慨似惋惜:"没说服你继续读博,真是亏了。"

周一,苏南去面试C司。

换好衣服,出门前,陈知遇从卧室里出来,往她脚边扔了一只鞋盒。

苏南一怔。

陈知遇蹲下身,揭开盒子,从里面拿出双崭新的平底鞋。黑色,浅口,造型简约。

"都说不能送人鞋,但这鞋,是送你走上成功的路。"说着,握住苏南脚踝。

苏南愣着。

陈知遇抬头看她:"试。"

苏南蹬了脚上拖鞋,把脚塞进去。

"买大了半号,免得你左脚大脚趾憋着。"看她两只脚塞进去,露出光洁的脚背,到脚踝的线条,优美又有点儿羸弱。

陈知遇站起身:"好好发挥,别给我丢脸。"

看她还有点儿呆呆愣愣的:"……快把你脑袋里水倒出来,走了!"

在车上,苏南低头看着脚上的鞋,才后知后觉地道了一声谢。

陈知遇叹一声,愁。

反射弧长成这样,还面什么试。

C司最早是做大型通信设备的,后来开始涉及移动终端、软件、通信服务等更多领域,这几年又开始做大数据和云存储这一块。苏南要面试的岗位,是解决方案工程师。

这个职位名称里虽然带了"工程师"三个字,实际上并不是技术岗位,只需要在具备一定通信协议相关知识的基础上,根据客户需求制定个性化的通信服务。

面试的地点在大学城附近的星级酒店,苏南到时,整个大厅里已经是人满为患,这让她想到第一次去面试大型互联网公司的情景。比较不同的是,面试C司的男生更多。

苏南拿到号码坐下看了一眼,整个大厅里统共不到20个女生。

苏南:"……"

这个男女比例,是不是略夸张了?

第十章　十字路口

C 司的首轮面试，是单面，不是群面。

苏南进门，轻轻带上房间门，礼貌地说了一声："上午好。"

面试官是一个胖胖的中年男人，推了推眼镜，看苏南走路姿势有点儿别扭："你腿……"

"前段时间脚趾受了点儿伤。"

"带伤上阵啊，"面试官一笑，"坐，先做个自我介绍吧。"

苏南把自己的情况说了一遍。

"英语的也来一遍吧？"

听完，面试官在纸上写了几行字："英语不错啊。"

"本科的时候辅修过英语专业，主要是学快速翻译这一块，因为当时挺向往去当战地记者的。"

面试官刚推过的眼睛又松垮垮地挂在鼻梁上，他抬眼，透过镜片看了苏南一眼，笑说："挺有想法的。"

他放了笔，开始进入常规询问阶段：对 C 司是什么印象？面了 BATW 几个公司吗？做过什么实习？组织过什么活动……

苏南好多次的面试操练下来，心态已经比较平和了，也没夸夸其谈，基本有一说一。

最后，面试官问她："我司各个地方都有分公司，你要通过了，想去哪儿？"

"想留在崇城。"

"C 司总部在深城啊，崇城这儿有业务，但不是很核心。像大数据、研发这一块的，都不在崇城。而且一般新员工都会愿意去海外磨炼几年，东欧、南美、南非、东南亚这块，市场还是蓝海。"

苏南摸摸鼻子："我要是说实话，是不是就进不到下一轮面试了？"

面试官哈哈一笑："你说说。"

"我男朋友在崇城大学，所以……"

面试官瞅着她："那很快就要结婚生孩子了？"

"不，这个倒是不着急，我才 24 岁，生孩子什么的……"苏南顿了一下，本来一直很流畅的对话，到这儿突然有点儿卡壳。

面试官看着她，沉默了一会儿："好，你先去大厅等候，一小时之内，我们短信通知你结果。"

出房间,苏南感觉有点儿糟糕,最后一个问题答得太老实了。

也没想那么多,回到大厅坐下,立即有几个人围过来问她一面问了哪些问题。

苏南照实说了。

一个男生说:"东欧、南美、南非、东南亚……怎么听着全是我们第三世界的穷兄弟啊!"

一个女生接话:"西欧北美这么好的地方,能派生瓜蛋子去享福吗?"她看向苏南,"问了那些问题吗?"

苏南:"哪些?"

女生干脆挤在她身旁坐下:"有男朋友吗,什么时候结婚,打算什么时候要孩子……"

"没问……"但她自己脑袋抽了一下风,哪壶不开提哪壶。

"哇,那C司很上道啊,我上回碰见一个面试官,居然问我有没有性经验……"

苏南惊讶:"那你怎么回答的?"

"回答什么,我直接端起水杯泼了他一脸!"

苏南这才仔细去看她。皮肤白皙,高马尾,轮廓分明,有一点儿混血的感觉,是很具有侵略性的,明艳的那一款长相。

女生发现苏南在观察她,大大方方地伸出手:"辜田。辜负的辜,瓜田李下的田。"

"苏南。"

"好听,跟你蛮搭的,"辜田掏出手机,"加个微信?茫茫男生堆里,我们女生只能抱团取暖了。"

广播里在叫辜田的号码和名字,辜田把手机往口袋里一揣:"走了!一会儿给你发微信。"

苏南坐了半小时,捏在手掌里的手机一振。

"恭喜进入第二轮面试,请携带简历,10点10分去1321号房间面试。"

苏南惊讶。

第十章 十字路口

最后一问她答得那么不合规矩,居然没有被刷掉?

二面是群面,小组对抗,有两人差点儿当场撕了起来。面试官跟看热闹一样,看得津津有味。最后,让大家推选出自己觉得表现最好和最差的两个人。被提名"最差"的人,有两分钟的发言时间。苏南很不幸地被人投了一票,理由是她发言不够积极。

今天莫名的,有点儿险象环生。

苏南往自己做记录的纸上看了一眼:"今天负责计时的不是我,不过我自己记录了一下,赵同学和王同学争论了两分多钟,组长没有阻止,我试图阻止过三次,没有成功——虽然掌控讨论节奏并不是我的责任,但我觉得作为组员有义务这样做。每个人的个性不太一样,小组各有分工,我没自荐为组长就是因为自己不具有平息激烈争端的能力。还有一分半钟,我就补充一下刚刚由于时间被浪费,我来不及陈述的观点……"

她语气很平淡,把自己记录下来的,其他组员没有提到的几个漏掉的点充实了一下。

另外两个被提名为"最差"组员的两个人发言之后,群面就结束了。

下午是技术岗位的面试,苏南他们非技术岗的,要回去等二面结果,明天再继续后面两轮面试。

苏南感觉不太好,心里没什么底,但也只能这样了。

出酒店,苏南给陈知遇拨了一个电话。

陈知遇正好课间休息:"结束了?你出酒店坐 27 路公交,坐六站,在崇城大学下,直接来学院找我,我下午没课,中午带你去吃饭。"

这样清楚明白的指示,想迷路也不太可能。

院里正在上第四节课,苏南静悄悄上了五楼,顺着名牌一个一个往下找,最后,看见了陈知遇的名字。

一推门,果然陈知遇给她留着门,没有锁上。

陈知遇在崇大的办公室,跟他在南城大学的陈设差不多。

苏南在他办公桌后的皮椅上坐下,蹬了脚上的平底鞋,转一圈。

然后又坐直身体,学他看似一本正经,实则偷偷在看漫画的模样。

别说,真的还挺刺激……

正乐着,听见细微的一阵脚步声,门骤然推开。一个白头发的老头,手握着门把手。

两个人,面面相觑。

苏南腾地站起身:"孙院……"

白头发老头飞速地把门给关上了。

苏南:"……"

半小时后,陈知遇下课,在走廊遇见了院长孙乐山。

"孙老师。"

孙院长背着手,上下打量陈知遇:"……世风日下,人心不古!"

陈知遇莫名其妙。

孙院长:"往哪儿去?"

"……办公室。"

"这个,就是那个?"

什么这个那个?

孙院长一脸嫌弃地看着陈知遇,像是嫌他笨,一点儿灵犀相通的本事都没有:"办公室里这个,就是上回你车里那个?"

陈知遇:"……"

还真看见了,苏南没诓他。

陈知遇:"……嗯。"

孙院长绷着脸:"也不怕别人看见了影响不好。"

陈知遇面带微笑:"自由恋爱,没什么影响不好的。"

"……还是学生吧?"

"不是我们学校的。"

孙院长松口气:"那还成。"又瞅陈知遇,总觉得他哪儿哪儿都不顺眼,"既然你这么闲,下周M市那个座谈会,就你了。"

陈知遇:"……您再考虑考虑?"

孙院长"哼"一声,背着手,走了。

陈知遇回到办公室,打开门——苏南坐在进门的小沙发上,背挺得笔直,双手放在膝盖上,标准的小学生坐姿。

陈知遇没忍住笑出声:"你当门神呢?"

第十章 十字路口

"陈老师……"苏南苦着脸,"被……被你们院长……"

"知道,"陈知遇松一松领带,"我被他训了。"

"啊,"苏南忙站起来,"不要紧吧。"

"说要紧,也不那么要紧……"陈知遇反手关上门,摁了一下,反锁上,迈开长腿,往前一步。

苏南下意识地往后躲。

陈知遇往前一步。

苏南继续躲。

然后,背靠上了办公桌。

"……这是办公室!"

"还要你提醒?"陈知遇抓住她的手,合进自己怀里,往后一按。

苏南白皙的脸迅速泛红,目光闪躲,有点儿不敢看他。

"你是不是有点儿期待?"

苏南:"……"

低沉的声音里裹了点儿笑:"你这么期待,那就算了……"

陈知遇松了手,苏南立即逃出去,逃得远远的,退到了窗户那边,戒备地望着她。

陈知遇笑一声,恢复一本正经的模样,开始收拾东西。

苏南松一口气。

十来分钟,陈知遇把手头一点儿事处理完了,招呼苏南:"走吧。"

苏南走过去开门。

然而,脚步声紧跟其后,她刚刚碰上把手的右手被一把捏住,一带,她被翻了个身,"咚",背抵上门板。

陈知遇笑一声,看着她眼睛,低下头来。

外面走廊里,传来学生的笑语,脚步声来来去去。

一门之隔的办公室里,十月末裹着阳光的秋风吹进来,把桌上的一叠白纸吹散。

晃悠悠地落在他们脚边。

走廊里安静下来了。

苏南推一推陈知遇:"陈老师……"

193

起初是吻她,吻着就停下来了,两臂收拢,无声地把她圈在自己怀里。

今天的风很好,他莫名地想到当时在南城大学,她坐在门口小沙发上规规矩矩地做事,几上一束新鲜的花,她偶尔抬头,微蹙着清秀的眉。他坐在办公桌后面,有多少的心猿意马,就有多少的不动如山。

那时候,他也真的只想抱一抱她而已。

"饿不饿?"

"饿了……"

松开她,手指碰了碰她的脸:"吃饭去。"

整栋楼里已经没剩下几个人,苏南跟在陈知遇身后,保持三四步的距离。

陈知遇顿一顿,回头看她。

她也就跟着停下来。

"给你买件文化衫……"

苏南:"……什么?"

"再别个校徽,拿一个印校歌的帆布包,这样装崇大学生就像了。"

苏南摸摸鼻子。

陈知遇绷着脸:"跟近一点儿能吃了你?"

苏南赶紧跟近两步。

一路上,碰见几个老师。没几人注意到苏南,注意到了,也瞥一眼就过。她还穿着上午面试的正装,多半被当成了向陈知遇咨询校招事宜的学生。研究生院一年招两百多号人,没哪个老师真能把每个学生的脸都记下来。

苏南坦然了。

然而,一出电梯,对面忽然拐进来一个白头发老头。

苏南吓得气都不敢喘了,听见陈知遇喊"孙老师",也就讷讷地跟着喊了一声。

孙乐山院长看看苏南,又看看陈知遇:"座谈会,再加个讲座。就这么定了,没得商量!"说完,拐过他们往电梯去了。

第十章 十字路口

苏南总算知道了陈知遇这古怪脾气师承何处。

"什么座谈会?"

"下周,要去 M 市。"

苏南"啊"一声。

陈知遇瞅她:"你要是舍不得,这次面试就赶紧把工作定了,我带你去。"

"我也想啊,但是群面估计挺悬。"苏南对他说了上午的情况。

陈知遇听完:"你发言还行,摘明了责任,又没过度指责别人,最后还对整个小组讨论做了补救。不挺好的吗,悬在哪儿?"

"真的?"

兜里手机响起来,苏南摸出来一看:"恭喜你进入第三轮面试……"

抬头看向陈知遇,笑逐颜开:"陈老师,您真厉害!"

"我十年前就知道了,不用你强调。"

第三轮面试,见主管。

这回提的问题全是实打实硬碰硬,提了几个案例,让苏南当场给出解决方案。

来之前,苏南被陈知遇压着恶补了一些案例,倒也不怵,顾不上可行不可行,就按照自己的见解有条理地列了个一二三四五。

聊了快有四十五分钟,等离开房间的时候,苏南才发觉自己满手心的汗。

等电梯时,她在电梯前发现了一道高瘦的身影。

"辜田!"

辜田转过头来:"苏南!"

苏南挤过去:"你三面结束了?"

"嗯,下去等通知。"

"感觉怎么样?"

辜田耸耸肩:"还用说吗?妥妥的。"

昨天通过几次微信聊天,苏南知道了辜田是崇大通信技术管理专业的学生,本科,比她小三岁。

195

昨天两轮面试刷掉了将近三分之二的人，两个人一起经历了三面，现在有点儿并肩作战的惺惺相惜之感。

都知道 C 司难进，女生更难进。

回到大厅，两个人也没什么继续讨论面试的心思，干脆就凑在一块儿聊天。

辜田："我早上看见你了，开车的人是你男朋友？"

苏南"嗯"一声。

"没看清楚，但是感觉比你大哦？"

"是……是你们崇大的老师。"

辜田"哇"一声："哪个？我认识吗？"

苏南小声："陈……"

"谁？"

"陈知遇。"

辜田瞪大眼睛，克制了三秒，遵从本心，一把抓住苏南肩膀，使劲揉了几下："我好嫉妒你啊！"

苏南笑了一下。

"你还笑？我为了听陈老师的讲座，翘了好几次专业课。"

"……我还没听过他的讲座。"

辜田简直想上手教训她："我跟你说，有回陈老师开讲座，有人私底下偷偷跟社联和学生会的人交易，让他们帮忙有偿预留几个前三排的位置。"

苏南哑然。

她觉得陈知遇并不会想听到这样的事。

辜田看着她："你还是低调点儿吧，很多人心思叵测，保不准会用什么说辞造谣抹黑。"

苏南闷着头，"嗯"一声。

辜田拍她肩膀："别当真，我对陈老师没啥想法，只是纯粹觉得他长得特赏心悦目，我听他讲座，常常是看着他就忘了听他讲什么了。"

苏南微妙有点儿同感。

辜田很有分寸，这个话题点到为止，没逼着苏南详细讲述来龙去脉。

第十章　十字路口

因为这一点,苏南对辜田好感倍增。

闲聊了半小时,两个人前后脚收到短信,三面通过,进了四面。苏南心里陡然生出一种预感,她觉得这一回,能过。

四面就相对简单很多,面试官先跟她用英语聊了十来分钟,又提了一些诸如"遇到的最大的挫折是什么""怎么解决的"之类的问题,最后问她有什么职业规划。

"如果有幸进入贵司,我想先在这个岗位上做两到三年,吃透了再做下一步计划……初步的想法,是未来往产品经理的方向发展。"

面试官一边点头,一边在纸上记录:"一面的同事在备注里,让我记得给你提个问题,"面试官停下动作,"问题很关键,我可以明确告诉你,可能会影响你的去留。"

苏南呼吸有点儿缓了:"您说。"

面试官抬眼看着她:"你接受外派吗?"

第十一章

爱情遗迹

> 深情即是一桩悲剧,必得以死来句读。
>
> ——简媜

苏南脚趾一天好过一天,出发去 M 市的时候,已经可以很正常地走路了。

第一回跟陈知遇一块儿出远门,她从昨晚开始就有点儿兴奋,夜半失眠,翻来覆去的,飞机起飞没多久,她就直接睡着了。

醒来离降落不到半小时,揉一揉眼,转头,陈知遇正嫌弃地看着她:"……我不如把你给托运了。"

苏南笑:"你可以叫醒我啊。"

陈知遇"哼"一声。

苏南把遮光板打开往外看,透过云层的缝隙,瞧见城市建筑似乎只有指甲盖大小,星罗棋布。

半小时,飞机降落。坐半小时机场大巴,再转轻轨,等抵达 M 大学,已是中午。

陈知遇没让 M 大学安排住宿,自己领着苏南单独去别的酒店住。中午陈知遇去 M 大学签了到,下午带着苏南去 M 市走街串巷。

第二天行程安排很满,陈知遇上午参加座谈会,下午要在 M 大学举

第十一章 爱情遗迹

行一场讲座,晚上还要跟 M 大新闻传播学院几位领导吃饭,基本上全天没有时间陪苏南。

晚上,苏南洗完澡出来,看陈知遇正跷腿坐在书桌前,一边抽烟,一边捏着笔在纸上写写画画。

她凑过去:"在做什么?"

不小心碰到了陈知遇手肘,一小节烟灰落在纸上。

陈知遇拂了一下,含着烟:"给你画个地图,明天不陪你,你自己去玩。"

"有网络地图呢。"

"网络地图碰到你也没辙。"陈知遇把纸往她跟前一推,"照着这个走,走丢了我负责。"

苏南笑一笑,把纸珍而重之地叠起来。

第二天,陈知遇很早就起床了。

苏南睡得迷迷糊糊,感觉他俯身在她唇上碰了一下,带点儿潮湿水汽的香味扑进鼻腔。

"走了,你睡醒了自己弄东西吃。"

声音逐渐远了,然后灯一盏一盏灭掉。

苏南很畅快地睡了个自然醒,睁眼一看,床头,他给她压了一沓粉色纸币。

她愣了一下,抽过来一数,十张。她有点儿不知道该怎么办,还是按原样给压回去了。

解决过午饭之后,苏南拿出陈知遇给她画的地图,好几个景点,怎么去给她标记得一清二楚。

然而没什么游玩兴致,想了想,最后决定坐地铁去 M 大,听陈知遇讲座。

一进校门,就看见宣传栏那边立着巨大的喷墨展板。

展板左侧是陈知遇的照片,右边是讲座信息。即便让喷墨打印弄得有点儿失真,那照片上的陈知遇还是很好看。

苏南到得不算晚,但报告厅里已经满满当当都是人,她费力往里挤,也只在门口处挤了个立足之地。

这么看来，辜田跟她说有人专门有偿买座位，估计真不是夸张。

两点半，掌声雷动。

苏南踮着脚尖，看见陈知遇缓缓走上主席台。

隔太远了，脸都看不清楚。

音响里传来陈知遇的声音，扩大了数倍之后，也有点儿失真："M大学的各位老师，各位同学，大家下午好。我是陈知遇，很荣幸受新闻与传播学院院长……"

气度慨然，不疾不徐。

专业结合见闻，偶尔抖个包袱，报告厅立时笑声如潮。

苏南就这样时不时地踮一下脚尖，听完了整整一个半小时的讲座。

到提问时间，被挡在后面的人忽然失控似的往里挤："你们不提问的让一让！让我们进去！"苏南被人一搡，手肘撞上了对开的报告厅大门的铁质门把手，整个手臂都麻了。

后面的人一齐涌进来，她不知不觉地就被挤出了门，不知道哪只脚在她脚上踩了一下，她循着一声敷衍的"对不起"抬头去找，然而入目只有攒动的黑压压的人头。

高的矮的，挡住了她的视线。

陈知遇彻底看不见了。

苏南放弃了，往后退。

走出教学楼，在台阶上定着站了一会儿，抬脚往外走。

"苏南。"

苏南回头。

林涵惊讶地立在教学楼门口，手上捏着胸牌，蓝色带子在手指上绕了几绕："你怎么在这儿？"

苏南窘然而立，没甚底气地喊出一声"涵姐"。

林涵就站在那儿，也不过来，把穿胸牌的带子绕了又散，散了又绕，看着她："……陪陈知遇过来的？"

苏南惊出一身冷汗。

"还有事，回头再说吧。"林涵瞥她一眼，往教学楼里去。

第十一章　爱情遗迹

午后的风刮得那立着的塑料展板哗哗作响，半边身体都给吹凉了。

陈知遇应付完提问的学生，又被围着签了几个名字，总算顺利从报告厅逃脱。

一进二楼休息室，立即有接待组的学生递上矿泉水。

陈知遇拿着，一口都还没喝上，又有几个 M 大的老师过来与他寒暄，终于聊完，他才发觉休息室靠窗那儿坐了一个人。

"林涵。"

上午两人在座谈会上见过，本来约定了一起吃中饭，两个人分别被 M 大的老师给领走了。

林涵瞅他："猜我刚在门口碰见谁了？"

"谁？"

林涵不作声，直起身，从茶几上放的一排矿泉水里拿起一瓶，拧开喝了一口。

陈知遇心下了然，伸手去摸烟盒，掏出一支低头点燃："出去说吧。"

教学楼后面一条林道，金灿灿的银杏叶落了一地。

两人走到树底下，背对着步道。跟前是老教学楼年久失修的窗子，蓝色玻璃外爬满了藤蔓，半数都已枯黄。

林涵瞅着窗户里透出来的奶白色的日光灯，不咸不淡地说："我听南城大学有人议论过，没当这个真……"她心里觉得没滋没味，很不舒坦，但也不知道这不舒坦的劲儿到底是冲谁，"……谁主动的？苏南？"

"我主动的。"陈知遇抽一口烟，"你借她十个胆她也不敢主动。"

林涵心里生出一股暗火："苏南这孩子耿直，在我跟前待了快三年，我一直看着护着，要不是我不是博导，铁定是要让她继续跟着我的。你的情况我多少了解，那都是你自己的事，我不发表评论，可你这……且不说苏南是我学生，即便她不是，换成别的什么小姑娘，你来这一手，是不是有点儿过了？"

"我没跟她闹着玩。"

林涵愣了一下。

烟雾缭绕而起，陈知遇说："我八月份跟程宛办了离婚，没往外声张，这事苏南知道。"

林涵手指用力，从休息室里拿出来的矿泉水瓶子快被她捏出一道凹痕："……那杨洛呢？"

陈知遇目光扫过来："关杨洛什么事？"

"你跟她第一回见面，她千里迢迢给你背过去那石头，你不是替杨洛收集的？你不觉得诛心？"话语刚落，她顿了一下，也自觉语气有点儿重了，去看陈知遇神情，他倒是平平淡淡，也似乎没什么要辩解的意思，"……老陈，苏南单纯，你别拿她当一剂膏药使。"

淡青色烟雾后面，他一双眼睛极深，看不出情绪："真拿她当膏药使，用完了揭下来，是会要了她的命，还是会要了我自己的命？"他顿一顿，"……我不年轻了。"

林涵没话说了，叹声气："我一个外人能插得上什么嘴。非要我说，早知道这样，我就不该把她打发去给你当助教。"

"没打算瞒着你，"起了阵风，烟雾荡起来，一时笼住他的眼睛，"怕苏南心里有负担。"

林涵沉默半晌："……石头你还要吗？"

"你别费心收了。程宛帮忙联系了，年后全部捐赠给崇城地质博物馆。"

林涵心里好受了些："……你把我意思给她传达一下吧，刚门口碰上没来得及跟她说话。你俩都好好的，不然我这稀里糊涂的媒人夹中间难受。还有，让她抓紧写毕业论文，一月都要交初稿了，怎么还这么晃晃荡荡。"

陈知遇笑一声："你什么时候回去？明天中午喊上苏南一道吃个饭。"

"饭我不吃了，尴尬！"林涵又问，"她工作找怎么样了？"

"拿到 C 司 offer 了，以后就留崇城。"

林涵比出个大拇指："行，你俩这速度我是服气的，我还操心她什么论文呢，恐怕到时候我还能拜读你捉刀的作品。"

"这你就是冤枉她了，"陈知遇一支烟抽完了，捻灭在路旁的垃圾桶里，"……你这个学生，最大的特点不就是两袖清风吗？"

第十一章 爱情遗迹

林涵笑了。

苏南一下午心都悬着,晚上待酒店里看了会儿文献,给陈知遇发消息问他什么时候能吃完饭。陈知遇回复说快了,让她困了就早点儿睡。

苏南洗个澡,把笔记本电脑抱去床上,接着看文献。

到十点,听见门口"嘀"的一声,她忙放了笔记本电脑起身。

陈知遇开了门,立在玄关,没立即进来。

苏南跑过去,闻见一股酒味:"喝醉了?"

"还好……"松了松领带,接过苏南递过来的一瓶矿泉水,喝了一口,掏出一支烟点燃,低头,"晚饭吃了什么?"

"……炸鸡。"

陈知遇笑一声,手往她腰上捏了一把:"不怕长胖?"他一旦喝酒,眉目间就多了几分浪荡轻佻。

进屋,他往床上一倒。

苏南怕他手上的烟烧着床单,捉住他手臂把他夹在指间的烟夺下来了。

陈知遇手臂搭在额头上,微微偏了偏头,看她。

洗过澡了,两件套的卡通睡衣。

他抬脚,碰了碰她衣袖:"你睡衣真土。"

苏南:"……哦。"

"真的。"

"……你不要看啊。"

"脱了吧。"

苏南:"……"

陈知遇望着她笑,一股子纨绔的气质。

"你喝醉了。"

"没醉。看得很清楚。"

"……你身上一股酒味。"

"有吗?"陈知遇动动鼻子,"没闻到。"又问,"我嘴里也有?"

苏南:"……"

203

陈知遇脚背将她腰一勾:"过来。"

苏南慢吞吞过去,没走两步,手臂被他一抓,整个人往他身上倒去。

"……你来尝尝,有没有。"

只有烟味,没有酒味,有点儿呛。

委屈的感受,是一瞬间生出来的。她挣了挣,却被他抱得更紧,像是逃无可逃:"……放开。"

陈知遇没动。

灯下的脸立时模糊了:"……我不喜欢看到男人喝醉。"

钳着她的手臂顿一下,缓缓地松开了。

陈知遇脑袋里一下就清醒了,那时候,在镇上的时候,苏南怎么说的?

她父亲,是酗酒去世的……

他立即坐起来,抓住她一霎就冰凉的手:"真没醉,逗你玩的。"

她抬眼看着他。

"不信?我给你背一段……'我爱那个人,他便在受伤时灵魂还是深邃的,而一个小冒险可以使他死灭;这样,他将毫不迟疑地过桥'……"

苏南笑了:"……您背的什么?"

"尼采吧?谁知道……"陈知遇抓着她的手,往自己怀里一按,"……别动不动哭,你是吃准我怕这一点还是怎么?"

"没哭,我是怕……"

"怕什么?"陈知遇低头瞅她,故意把她思绪岔开,"……我能干得出强迫这种事?"

看她被逗得哭笑不得,陈知遇这才说:"见过林涵了?"

"嗯……"

"苏南啊苏南,"陈知遇叹声气,"喜欢你就这么难?怎么成天到晚都有人跳出来批评我。我就那么不像好人?"

苏南闷声笑:"……没错啊。"

陈知遇:"话你记着,一会儿跟你算账。"

"涵姐跟你说什么了?"

"让你听话,好好跟着我,免得她夹在中间尴尬。"陈知遇松了手,

第十一章 爱情遗迹

身体往下滑,头枕在苏南腿上。晚上这顿没到醉的程度,但也够他难受一阵。

"还有呢?"

"好好写论文。"

苏南:"……"

陈知遇翻个身,抱住她的腰,脑袋靠在她肚子上:"……你身上怎么这么香?"

"沐浴露的味道吧……你也去洗个澡。"

陈知遇"嗯"一声,然而迟迟没动。

过了半刻,苏南轻轻推一推他肩膀:"陈老师?"

没反应,已经睡着了。

苏南叹声气,轻轻抽出自己的腿,让他躺在床上,费劲巴拉地扒掉了他身上的衬衫和长裤,然后绞了块热毛巾过来,给他擦了脸和手。

最后拧暗灯,钻进被窝,挨着他睡下。

外面有很模糊的风声,夹杂着陈知遇沉沉的呼吸,思绪海绵一样,浸了水,很快往下沉。

苏南是被热醒的,黑夜里一团模糊,什么也看不清。陈知遇手环过来,抱住她。

"陈老师……"

头被扳过去,呼吸被堵在一个吻里。

洗完澡,苏南在桌子上坐下,陈知遇开了两罐啤酒,递给她一罐。

苏南喝口冰啤酒,双腿晃晃荡荡:"陈老师,你都不要养生的吗?"

陈知遇差点儿一口呛住,伸手,捏她脸。

苏南别过头:"干吗?"

"你脸皮厚了,自己没发现?"

"近墨者黑,您教得好啊。"

陈知遇挑眉:"我教你那么多,你什么时候学以致用?"

苏南脸唰地红了。

喝完酒,两个人又挤着去刷了牙,再回到床上。

陈知遇温柔而规矩地抱着她。

她手贴在自己小腹上,也不知道自己究竟是在期盼什么,还是不期盼什么。

黑暗里无声地叹了口气,对陈知遇道"晚安"。

降温很快,一场雨落,崇城渐而有了冬日的肃杀之气。

苏南中途回了一次南城大学,汇报论文进度,师门聚餐,顺道整理冬衣。

这是自在 M 市被撞破之后,苏南第一次见到林涵。

到的时候,包厢里已经来了五六个学生,围在林涵身边叽叽喳喳。苏南瞧见林涵目光望过来,立即喊了声:"涵姐……"看林涵不甚热情地应了一声,也不敢像以往那样挨着她坐了,拉开一张离她最远的椅子,就要坐下。

对面林涵招了招手。

苏南愣着。

"过来这儿坐。"林涵指一指自己左手边的位置。

苏南摸一摸鼻子,走过去了。

然而林涵把她喊过去之后,除了跟今年新招的几个学生介绍她是大师姐之外,再没跟她说别的。

正有点儿窘迫,包厢门被推开,一个高大的身影蹿了进来。

江鸣谦先喊了声"涵姐",目光环视一周,挨着苏南坐下。他解了围巾挂在座椅上,转头对苏南笑一笑:"师姐。"

有一阵没见,江鸣谦看着比上回"苍老"多了。

林涵也发现了,笑说:"怎么回事啊,才多少岁,留起胡子了?"

江鸣谦摸一摸下巴,笑说:"忘了刮。连续 30 小时没睡觉了,涵姐说要聚会,我就直接赶过来了,就在飞机上睡了两个小时。"

"要不要这么拼啊,你还年轻,创业要紧,身体也要紧啊。"

江鸣谦笑笑:"知道了,涵姐。"

苏南问:"你上回说的,天使投资拿到了吗?"

江鸣谦端起热茶喝了一口,目光在苏南脸上扫一眼,片刻,才极为矜持地"嗯"了一声。

"哇,恭喜!"

江鸣谦脸上却没有太多高兴的神色,抹了一把脸,把熬出了三层眼皮的眼睛别过去:"听说你拿到 C 司的 offer 了?"

"嗯。"

"蛮好的。"

"还好。"

"要外派吗?我听今年一些进了 C 司的同学说,多数要外派出去。"

苏南手指无意识地绞了绞桌布:"……要。"

江鸣谦顿一下:"去哪儿?"

"没定……虽然签了三方,也不是最后一定就要去的。"苏南笑了一下,笑得没什么内容。

江鸣谦本来想紧接着问一句"陈知遇呢",看她这副表情,突然就语塞了。

饭吃得很长,到九点才散。林涵有姜医生来接,没跟他们聊太久,在酒店门外略微嘱咐了几句,最后一句是冲苏南说的:"明天来我办公室汇报论文进度。"

江鸣谦把围巾裹上了,遮住他那冒出胡茬的下巴,模样看着还是一贯的少年,然而气质似乎有些不太一样了,像是春日葱青的叶子,一夕入夏,变为更为浓郁的墨绿。

他双手插在衣袋里,有点儿怕冷似的缩着肩膀:"我送你回宿舍吧。"没让苏南把拒绝的话说出口,又紧接着说,"送完你我马上就要赶去机场了。"

苏南惊讶:"回广市?"

江鸣谦点头:"明天上午要见一个客户。"

"……你过来就吃这么一顿饭?"

江鸣谦笑一笑:"是过来见你一面。"

苏南张张口……

"哎哎哎,"江鸣谦急忙阻止她,"师姐,除了对不起,你还能跟我说点儿别的吗?别老给我发好人卡。"

苏南笑了："……你不要仗着年轻就不把身体当一回事。"

两个人踩着落叶和树影，慢慢地往学校走。

"为什么要选择 C 司？去别的公司，留在崇城不是挺好的吗？"

苏南笑说："C 司外派工资高啊，去非洲三年，能拿到 100 万……看着这个数字有一点儿急眼。"

江鸣谦当然知道她是在开玩笑："陈知遇又不缺这个钱……"

"那不一样，"苏南目光向上，越过树梢，看见被光污染弄得发灰的靛青色夜空里，南城地标建筑直插入云的穹顶，"……那不一样。"

到宿舍楼下，江鸣谦顿住脚步，肩膀缩得更厉害了，衣服穿得太单薄，围巾也难以力挽狂澜："……那我走了，师姐。有机会去广市玩的话，联系我，我给你当地陪。"

苏南点头："你怎么去机场……"

"叫了出租车，快到了。"江鸣谦往后一跳，"你快上去吧，我走了！"那只穿了件薄风衣的单薄身影，一溜烟地往校门口跑去了。

隔日，苏南带着刚刚整理完的深度访谈文字稿和已经写了一半的论文去见林涵。

林涵给她泡了杯茶，坐下翻她的论文。

茶烟缭绕，苏南正襟危坐，观察林涵表情，见她似乎要抬头，就别过目光，没动静，就继续观察。跟研一刚进校来面试一样，捏了一把汗。

十来分钟后，林涵合上论文，抬头一看，苏南正直愣愣地盯着她桌上的多肉植物。

林涵："……"

她喝了口水："还行，没把论文给耽误了。"

苏南攥了攥手指："……可以继续写是吗？"

"后面就好写了，问卷和访谈结果都支持你的假设，写起来快，抓紧时间吧。"

苏南点头。

林涵看着她，犹豫了再犹豫，像吃石榴一样，去了壳，吐了籽，才捡出精华的那么一句话："苏南，不管是恋爱、婚姻、工作，女孩子要有

第十一章 爱情遗迹

自己的主见。"

回崇城，C司那边让苏南先去办实习生的入职手续。

C司前期培训流程很长，苏南与他们周旋，最后商量的结果是，年前每天上午过去实习半天，等写完论文，年后再全日制实习，毕业了签合同，直接转正。

苏南跟陈知遇一块儿醒过来，两人一道吃了早餐，陈知遇开车送苏南去C司。

车开了快十分钟，都没听见副驾上的人说话。

陈知遇觉得奇怪，转头看她一眼，脸有点儿苍白，愣了愣，忙问："怎么了？"

"……肚子疼。"

陈知遇急忙减了车速："吃早饭的时候不还好好的？"片刻，想起来今天是几号，反应过来了，"……多疼？"

"一点点儿……还好。"

陈知遇把车里暖气开得更足："你办完入职就直接打车回家休息，今天学校忙，请不了假。"

车停在C司楼下，苏南远远看见一个高挑的身影进了大楼，忙要拉开车门下去。

陈知遇把她拽回来，亲了一下才放她走。

苏南疾走两步，在电梯门口遇上辜田。

辜田见了她比见了亲人还高兴，打声招呼，一顿："……呃，你口红花了。"

苏南急忙掏出纸巾，整个擦掉了。

辜田坏笑："哟。"

苏南："……你闭嘴。"

两个人不是一个部门，各自办完入职，一块儿去体验C司的员工食堂。去了才发现要刷卡，只好去附近找地方吃饭。

苏南跑了一上午，又吹冷风，疼得有点厉害，在餐厅坐下，抱着一杯热水小口吞咽，整张脸都是惨白的。

辜田有点儿吓到了:"你要不要紧啊,要不直接回去吧?"

"我坐一会儿再走,走不动了。"

"你等会儿!"

辜田出门,身影蹿进对面的便利店,过了片刻,拿着暖宝宝回来了。

苏南去卫生间把暖宝宝贴上,半刻,身体开始发热,疼痛也稍微减轻了一点儿。

"陈老师不来接你啊?"

"他要上课。"

辜田一边翻菜单,一边问:"你想好外派去哪个国家了吗?"

"你呢?"

"非洲呗,别的地方没劲。再说非洲钱多,干两年顶十年。"辜田瞅她,"我搞不懂你为什么要来C司,我要是有陈知遇这么有钱又帅的男朋友,还外派什么,守着这张帅脸过日子不好吗?"

苏南只是笑笑。

吃过中饭,回到家里睡午觉。

迷迷糊糊听见开门声,眼皮沉,过了好半会儿才睁开眼,却见陈知遇正在收拾箱子。

"陈老师……"

陈知遇把手里拿的东西搁在床上,坐过来:"还疼不疼?"

"已经好了——你要去哪儿?"

"去趟首都,"陈知遇无奈,"被院长派去公干。得意吧?你现在都成我把柄了。"

苏南蒙着头直笑,半会儿,想起来:"……那你生日?"

"我争取生日之前赶回来。"抬手摸她额头,"你一个人睡不怕吧?"

"怕什么?"

陈知遇坏笑,凑她耳边说了几个字。

苏南脸热,伸手推他。

没一会儿,东西就收拾好了,陈知遇看看时间,还能待半小时,又交代了一堆,直听得苏南都不耐烦了,伸手去捂他嘴:"陈老师,你好烦啊!"

第十一章 爱情遗迹

陈知遇挑眉:"长出息了!"

苏南就趴在他背上,下巴搁在他肩上:"你都要走了,能不能抓紧时间亲我一下?"

陈知遇差点儿笑呛住。

苏南干脆自己来,往前凑了凑,碰了一下他的嘴唇。

要退开,陈知遇转过身来,按住她的脑袋。

这天苏南实在过得不怎么好,好一阵疼一阵的,到晚上也没消停。

以前生理期也疼过,但没这么厉害,她思前想后,估计是昨天没忍住,馋嘴喝的一罐酸奶害的。

到第二天清晨,还是有点儿坠痛。去超市买回来一袋红糖,自己切了两小块姜,熬了酽酽的红糖水喝下去,准备抓紧时间写几小时论文的时候,接到顾佩瑜的电话。

手机上显示是个崇城的号码,苏南以为是快递或者猎头,没多想,接起来听那边温和地喊了一声"苏南",声音怎么听怎么熟悉,想起来是谁,急忙放下杯子:"顾阿姨。"

顾佩瑜声音带笑:"起了吗?是不是打扰你了?"

"已经起来了,阿姨。"

"拜托你一件事哦苏南,知遇电话没人接。你在家吗?"

"在的——陈老师可能是在开会。"

"我有一些文件放在知遇那儿了,方便的话,我找人过来取一下。"

过了一小时,顾佩瑜又打来电话,说呼了门没人应。

苏南莫名其妙,细问才知道顾佩瑜说的"家",是指陈知遇在市中心的房子。上回程宛来送的钥匙,大约就是那边房子的。

她记得那时候陈知遇搁在书桌左边抽屉里了,拉开一看,果然在里面。

"阿姨,我找着钥匙了。"

顾佩瑜笑一笑:"今天有空吗苏南?有空的话,你可以来我这儿坐坐。"

长辈都发话了,她当然不好说不。

211

"你知道怎么来吗？要不要我派人来接你？"

苏南忙说不用。

不给别人添麻烦简直是苏南人生的第一信条，等婉拒了顾佩瑜，才发觉自己这一趟得先去市中心，再赶去西郊，一趟下来起码耗路上三小时。

苏南叹声气，穿得暖暖和和出了门，往地铁站去。

一辆白色轿车稳稳当当停在对面，辜田探出车窗，大喊："苏南！"

苏南左右张望，过了马路。

辜田打量她一眼："去哪儿？"

"市中心，给陈知遇妈妈送东西。"

辜田眼都直了："我也去市中心啊！我捎你一程？"

苏南一眼看穿她的心思："你见不到人的，我拿了东西之后还要往西郊去。"

辜田嘻嘻一笑："我有这么功利吗？上车吧，起码给你载市里去。"

苏南不大舒服，本来就不愿意挤地铁，当然求之不得。

"车是谁的？"

辜田："我的啊！我爸去年就给我买了，搁家里吃灰。我最近才开过来，就是为了往返市中心。大学城太穷了，要啥啥没有。"

苏南早觉得辜田的个性，不像是普通工薪家庭养出来的，现在一看她开着上百万的车，更加确定了："你家里这么有钱，还来C司打工做什么？"

"那能一样吗？我在C司挣的是我自己的，我爸挣的是我爸的。我觉得C司很好啊，凭本事吃饭，别的公司我还不乐意去呢。"又说，"我家没富养我，别看我爸送我这么贵的车，我上大学，除了学费之外，他一分零花钱都没给我，我最苦的时候一块方便面面饼掰成两半吃，过不下去跟我妈哭穷，我妈偷偷接济我，结果被我爸知道，干脆连学费都不给我出了。"

辜田开车的风格倒是和她本人大大咧咧的性格不大一样，十分规矩谨慎："我本科干过可多事，做棉花糖、卖手机膜、开网店……一直在折腾，穷一阵富一阵的。"

"那你为什么不自己创业？"

第十一章 爱情遗迹

"我想先给人打打工,偷点儿师。"辜田笑,"而且我需要启动资金,C 司外派来钱快。"

苏南:"……"

这是她听过最奇特的来 C 司的理由了。

辜田说起这些事儿神采奕奕,仿佛一点儿也不觉得吃方便面,或者卖手机膜,是多么值得可耻的事情。

羡慕,这是苏南唯一的感受。

大学城到市中心要一个小时,到半途,苏南的肚子又一阵阵绞着,坠胀闷疼。

辜田瞧她一眼:"怎么了?晕车?"

"没,大姨妈……"

"你昨天不是疼过了吗?今天还疼?"

苏南摇摇头。

辜田把车内暖气开得更足:"吃点儿止痛片?我这儿有布洛芬。"

"不吃了,忍忍就好了。"

照着顾佩瑜给的地址,车在一处清静的高层公寓小区门口停下。

苏南跟辜田道别,刷门禁卡,顺利进去。

陈知遇的公寓在中层,出了电梯,安静无声。苏南在门口停下,摸出口袋里的钥匙,插进钥匙孔试了一下,打开了。

屋里拉着遮光的窗帘,白天也昏昏暗暗。

伸手摸进门墙壁,摸到开关,摁一下,奶白色灯光倾泻而下。

屋里有股久无人居的气息,苏南走去窗边,拉开了窗帘,金色阳光裹着细粉一泻而入。

第一回来,免不了好奇。

苏南转身,这才发觉客厅靠西靠北的墙边,立了两个比人高的黑漆木柜子,有点儿像是她在什么玉石店看见的,用来展示翡翠玛瑙的立柜。

玻璃柜门反光,看不清里面是什么。

苏南好奇走过去,握着把手,拉开了柜门——

绿帘石:单斜晶系,晶质体;质量,1.23kg;密度,3.40gcm;莫氏硬度，6-7；双折射率，0.032……工业用途，透明晶体可磨制为刻面宝石。

蓝闪石：单斜晶系，晶质体；质量：0.67kg……

苏南愣住。

过了半会儿，才又移动视线。

阳起石、三斜闪石、橄榄石、黑云母、正长石……

有一口气突然憋在胸口，上不去也下不来。

她悚然抬头，视线从上而下，从左而右，高两米宽三米的两扇立柜，全部……都摆放着石头。

阳光下，晶石熠熠生辉。

浅绿、深蓝、暗红、曜黑……

穿透了时间的眼睛似的，把或明或暗的光泽，投进她的眼里。

静。

时间凝滞了一样静。

很久很久，苏南都没听见自己的呼吸和心跳。

这儿太静了。

高天流云，旷野深谷，千万年呼号的风，都停息于此。

就像是……

一处只供一个人瞻仰的，爱情的遗迹。

苏南退后一步，站立片刻，又猛地向前一步，把柜门重重合上。

漆黑木柜，扑簌簌往下落灰。

她几步跑过去拉上了窗帘，立在窗户那儿，与耸峙的立柜遥遥相对。

眼前时而清晰，时而模糊。

她把在窗框上沾上的灰尘揉进了眼睛里，视野之中，终于彻底一片朦胧。

第十二章

不见天日的冷

那无法跋涉的寒冷，总让深情的人错足。

——简媜

坐一小时公交，再坐半小时小区观景巴士，苏南赶到顾佩瑜住的别墅，递上从公寓里拿来的三份文件，已经是下午一点。

顾佩瑜专等她到了，才一起开饭。

等吃完，苏南又强打精神陪她在起居室里插了一会儿花。

顾佩瑜拿剪刀剪去了桔梗过长的茎，插入玻璃瓶的净水之中，一看苏南，正捏着玫瑰呆愣地站着。

"苏南？"

苏南回过神："阿姨。"

"怎么了？看你有点儿心不在焉的。"

"没……"苏南勉强笑了笑，"晚上导师要跟我通话问论文的问题，我没太准备好，心里没底……"

"你早说啊，早知道就不叫你来了，"顾佩瑜放下手里东西，转动轮椅到苏南跟前，握住她的手，"你先回去忙吧。我听知遇说了，你快要交论文初稿了，最近肯定都没法消停。我是怕知遇出差了，你一个人待着无聊，才喊你过来消磨时间的，没想到倒耽误你了。"

"没耽误,您客气了。"

顾佩瑜往楼上喊一声,让保姆把司机叫过来送苏南下山。

顾佩瑜送到门口,看她脸色苍白,不甚有精神的样子,又叮嘱她注意休息,不要过于操劳。

车沿着林道缓缓往下,叶间光线一道一道地爬过车窗。

苏南头靠着玻璃窗,脑门上冒冷汗。腹里一阵阵剧痛,像有人拿着剪刀在一刀一刀地绞。

忍不住,让司机拐去附近最近的医院。

苏南在医院门口下了车,冲司机道了声谢。

司机有点儿踌躇。

苏南笑一笑:"您就跟陈夫人说已经把我送到了就好了。"

剧痛再次袭来,她在原地蹲了一会儿,眼前发白。

等这一阵疼痛消退了,才缓缓站起身,挪动着进了门诊。

辜田接到电话的时候直接吓傻了,什么也顾不上,赶紧开着车赶去医院。

推开门,就看见病床上白色被子里,微微拱起来一团。

"苏南。"声儿都不自觉地放缓了。

那一团微微地动了一下。

辜田赶忙过去,轻轻碰一碰她肩膀。

苏南"嗯"一声,缓缓地转过头来。

一张脸纸一样白,显得眼睛格外黑,深不见底。

辜田摩挲着,抓住了她被子里的手,发凉,冰碴一样。

"你……疼不疼?不是大姨妈吗?怎么……"

"不疼了。"

她眨了一下眼,垂下目光。

恰好跟平常正常来大姨妈的日子撞上了,不然她不会疏忽大意到现在才来医院。

"通知陈老师了吗?"

"没。"

第十二章 不见天日的冷

辜田去翻自己的手机,她从没遇到过这样的事,连手指都有点儿抖:"我帮你给他打一个……电话号码是?"

没听见动静。辜田抬头,却见苏南一双眼睛深水一样平静。

"不要打。"

辜田一愣:"……为什么?他得负责吧?"

苏南闭眼,背过身去。

上午瞧见的,那些五光十色的石头,又像是整齐地罗列在她眼前,睁着眼睛一样,安安静静地凝视着她。

"你不要打……是我自己犯贱。"

天已经黑了。

初冬的季节,天黑得早。只是一转眼,夕阳鸣金收兵,剩两朵暮云收拾残局。

辜田载着苏南回到大学城的公寓,不放心,特意留下照顾她。不会做饭,去附近干净的餐馆买了粥、鸡汤和清淡的蔬菜回来。

苏南没有胃口,只喝了两口鸡汤和小半碗的粥。吃完又卧床休息了两个小时,等再醒来,脸上总算有了一点儿血色。

辜田把手机调了静音玩游戏,看苏南翻了个身,睁开眼睛,直接退出游戏:"好些了吗?"看她点了点头,把她搁在一旁充电的手机拿过来,"好些了,那就给陈知遇打个电话。"

"不要。"

"起码问他要点儿营养费呢!"辜田心里,陈知遇已然跌下"高校男神"的神坛,降格为了中年渣男。

她看一眼苏南:"解锁密码?"

苏南沉默片刻,还是说了。

辜田把手机解了锁,直接翻通话记录,往下一拉,联系最频繁的就是一个"陈老师",直接拨过去。

听见拨通响了一声,把手机递给苏南。

苏南神色怏怏地接过。

"吃饭了吗?"那边背景声嘈杂。

苏南"嗯"一声："……在做什么？"

"还在吃饭。"

"……又喝酒了吗？"

"没怎么喝，要听一堆人互相捧臭脚，没劲得很。"

辜田在旁边着急得不行，使劲给苏南使眼色。

苏南缓缓吸了口气，悄悄攥紧了手指："陈老师……"

"今天……"

两个人话撞一起了。

苏南："你先说吧。"

陈知遇笑一声，声音里疲惫，但也带点儿掩饰不住的高兴："今天得了两个奖。"

"……什么奖？"

"社科院和学界联合举办的，鼓励创新学科和课题。孙院长馋这个很久了，选报了好几年都没评上。"

苏南沉默半刻，才"嗯"了一声。

安静一会儿，听见陈知遇像是吐了口气，估摸他是把烟点上了。

陈知遇："你想跟我说什么？"

像被温水浸泡过久，说不出的怠懒。

苏南垂下眼，陡然之间，是彻彻底底地不想说了："想问你生日能不能回来。"

陈知遇叹声气："……真说不准，明后还有两天的交流会。"

"没事。你回来再补过也是一样的……"

辜田把电话听了大概，待苏南挂了电话以后，叹息一声："他生日？"

"后天。"苏南把手机往旁边一丢，"算了吧。回头我找个时间跟他好好说。"

包括外派的事。

今天打定了主意讳莫如深，自己心灰意冷是一方面，另一方面，还是不愿意扫他的兴，更不想他以后每年过生日，都得想起这么一件丧气事。

辜田不知道该说什么了。

第十二章　不见天日的冷

她从小到大,除了有意被倒霉父亲丢去历练,基本都是顺风顺水,长这么大没有谈过恋爱,感情上几乎没受过伤。

寻常女孩子,从幼年到成年,一路得蹚过多少次的荆棘,背负多少的鲜血淋漓?

被背叛,被出轨,被抛弃,被离婚,被辜负,被始乱终弃,被桎梏加身。

更多敏感,更多不忍,更多善良,是以当伤害降临的时候,也越发万箭穿心。

除了依靠自己,你怎么能寄望于这个世界对你温柔?

辜田眼睛红了一圈:"苏南……"坐在床边,看落地灯淡白的光照进她眼里,空落落的没有一点儿情绪,"苏南,你准备怎么办啊?"

苏南摇头,她也不知道能怎么办。

唯独一点,人不能活到要对感情摇尾乞怜的地步。

这一晚睡得很不安稳,夜半醒了好几次,瞧见薄纱窗帘后面,树影摇摇晃晃。

就想起小时候。

四五岁,按理说不至于有这样清晰的记忆,但唯独那件事情,她记了很久。

有一回做噩梦醒了,把阳台上挂着的衣服看成了怪物的影子,吓得哆嗦,又哭得撕心裂肺,把一家人都吵醒了。父母第二天要上班,哄了好久也没用,听她一个劲儿说"阳台上有鬼",心里冒火,渐渐失去耐心,冲她吼了两声:"再哭把你丢去阳台上!"

她不敢再发出一个字,后半夜就睁着眼睛,一边捂住嘴暗暗哭泣,一边与阳台上那道诡异可怖的"鬼影"暗自对峙。

不是所有人都能理解你的喜悦、惊怖与阴暗,人与人之间能够互相宽容都已经太难太难了。

这个道理,她懂得很早。

后来,渐渐养就了凡事不要依靠他人的性格,也常常对自己那些过于风吹草动的心事缄口不言。

是被电话铃声吵醒的。

苏南摸过搁在柜子上的手机,接起来"喂"了一声。

"南南……"

愣一下,清醒了,撑着坐起身:"妈……"

"起床没啊?是不是又睡懒觉了?"

"刚起……"

"我看你是刚醒吧。"

电话里传来宁宁喊"外婆外婆"的声音。

"宁宁起来这么早?"

"比你早多了,"苏母笑说,"你研三不是没课了吗?还没放假?"

"放了……"

"那早点儿回来玩啊。"

苏南闷闷地"嗯"了一声。

"你说最近在找工作,我也没敢打扰你。我看天气预报,南城要下雪了,你多穿点儿,别感冒了。"

"……嗯。"

苏母笑一声:"闷嘴葫芦一样,多说两句话不行?你姐要出门了,我去照看一下宁宁。没事早点儿回来啊!"

辜田被吵醒了:"谁打的?陈知遇吗?"

没听见回答,辜田翻个身,愣住。

苏南一手盖住眼睛,没出声,咬着唇,眼泪大颗大颗地往下滚落。

从崇城到槭城,自驾三小时。辜田不认识路,下错了高速,耽误一小时,到达的时候是中午了。

车停在巷子门口,辜田提上苏南的箱子,小心避开地上的水洼,七拐八绕,到了苏南家门口。苏南掏出钥匙打开下面的铁门:"箱子重不重?我来吧。"

"别别别,我壮实着呢,你好好歇着。"

苏母早做好了午饭,一听见钥匙插进门的声音,就乐呵呵喊了一声:"宁宁,你小姨回来了!"

第十二章 不见天日的冷

宁宁立即从苏静身上爬下去,颠颠地往门口去了,伸出两条小胳膊:"小姨小姨!"就要她抱。

辜田眼疾手快,一把把她抱起来了。

宁宁愣一下,看是陌生人,撇嘴要哭。

苏南忙说:"不哭不哭,这是辜姐姐……"

苏静上来接行李:"路上没积雪?"

苏南:"还好。"

苏静在超市制服外面套了一件羽绒服,头发盘着,化了妆,扫了一层很淡的粉底,气色很好,眉毛细长而秀气,抹了暗红色的口红,显得成熟自持。

总算恢复到了她结婚以前的那副模样,有股子冷美人的感觉,再不像前一阵拖着孩子自怨又暴躁。

苏南没忍住,多看了两眼。

苏静瞪她,却是带笑,拖上她的箱子,往卧室里去:"看什么?"

"姐,你好看。"

"傻不傻。"苏静戳她脑袋一下。

苏南笑了笑。她小时候老这么被她戳。

中饭极为丰富,苏母一个劲儿感谢辜田大老远送苏南回来。

"苏南傻的。"都是家常菜式,却很对辜田胃口,她吃得眉飞色舞,"前几天您给她打电话的时候,她刚因为肠胃炎挂了一晚上的水。不敢跟您说!"

苏母一愣:"严重吗?"

"已经好了,"辜田笑说,"但是这一阵饮食还要注意,医生让她静养。"她掰着手指数点,"冷水不能沾,生冷辛辣不能吃。"

苏母立即看向苏南:"你这孩子……"

一顿唠叨,当然免不了。

苏南一字不吭,耐心地一句一句听完了,到最后鼻酸眼热。

苏静下午还要上班,吃完饭就走了。

苏母收拾桌子和厨房,苏南领着宁宁,跟辜田去卧室玩。

"谢谢。"

辜田明白她是感谢她在饭桌上的那一通胡说，耸耸肩："换我我也不敢跟家长说啊，我爸非打死我不可。"

苏南回家的打算，是在接到苏母电话之后，一时兴起的。

她跟陈知遇说明了要早点儿回家帮忙，陈知遇不疑有他，他在首都还要耽搁几天，也没阻拦，让她回家好好玩，论文别耽误。

第二天，辜田开车载着苏南，在槭城游荡一圈。

槭山枫叶早落了，实在没什么好看。

辜田崇城那边还有事，在苏母千留万留之下又耽搁一天，不得不走了。

白天，苏南在家帮着照看宁宁，晚上就抓紧时间写几小时论文。

宁宁算是好带的，能听得进话，吃东西也不挑。但还是小，怕她去爬什么不该爬的，碰什么不敢碰的，不能让她离开视线。

白天干不了别的，就开着电脑放电影，有时候也不看，只听声音。

靠窗户坐着，看一会儿宁宁，看一会儿外面。

刮了两夜的风，早起下了雪。

远近高高低低的楼房，脏兮兮的道路，连同远处那几栋惹眼的红房子，都变成了一片白色。

时间过得很慢，心也跟着安静。

那些躁动的、不安的、焦灼的……渐渐水落石出。

陈知遇从首都回崇城，把学校积压的一摊子事儿处理完了。

跟苏南已经有整整两周没见过面，全靠电话联系。她家里有人，打电话也不怎么方便，每次说不到两句话，就得去给苏母帮忙，或者照看外甥女。

夜里听见风声呼号，早起一看，下雪了。

开了窗，风裹着寒冷的晨风荡进来，窗帘被吹起，又被吸下去。

陈知遇摸出手机，给苏南打电话。

接通，那边小声地"喂"了一声："等一下，我去洗手间。"

就听见窸窸窣窣，然后是门阖上的声音。

第十二章 不见天日的冷

"你家人还没起?"

"没呢……我姐姐今天调休。"

陈知遇拿过烟点燃,靠窗站着,风把烟雾刮得四处乱窜:"崇城下雪了。"

"哦……"苏南声音有点儿平淡,"槭城也下过了。"

陈知遇抬眼看着屋内。

这公寓安静,买这么一处,也是有个考虑。之前不觉得,现在苏南回家了,总觉得房子很大很空。

"……我来接你,去南山看雪。"

那边沉默着。

片刻,陈知遇才听见苏南出声:"您别来了,我年前出不了门的,我妈会问。等年后吧?"

"那我亲自来说。"

"不要!"

陈知遇愣了一下,就听那边又沉默下去。

过了半会儿,苏南轻声说:"……太着急了,给我一点儿时间好吗?"

话其实平平淡淡,但就是听得他心脏突然一紧,没来由地往下沉。

他咬着烟尾,猛抽了一口:"那就等年后吧。初十,我来接你。"

这个年,着实过得没滋没味。

陈家不跟程家一起过,年味也跟着减了一半。到陈知遇这个岁数,过年也就走个过场,贴春联的时候,晚上载着一家人去固定燃放点放烟花的时候,等新年钟声的时候,都想着苏南要是在跟前就好了。

总觉得年末年初的两个月,过得有点儿飘忽,悬着一样,说不出来是为什么。

陈家交友广,年关跟人走动,来来去去,到初八才消停下来。

顾佩瑜被吵得不行,初八下午,从老宅搬回西郊别墅。

陈知遇开车送她,路上,顾佩瑜说:"昨天你爸偷偷问我呢,苏南究竟是个什么样的人。"

陈知遇笑说:"您怎么说的?"

"我说,你想知道自己见去啊——他估计是想挑个合适的日子,一起吃顿饭。"

"要是不把爸的思想工作做好,我不敢让苏南跟他吃这顿饭。"

顾佩瑜瞅他:"你把你爸晾了两三个月了,他那榆木脑袋也怕是已经想通了。"

陈知遇笑看顾佩瑜一眼:"是他自己想通的,还是您给说通的?"

"你跟程宛婷反正已经是离了,影响也造成了,还能怎么样?你都这个岁数了,找一个总比就这么成了孤家寡人好。他以前就没管住过你,现在更是一点儿办法没有了。苏南家世确实不出众,然而这个也不怎么妨事……咱们家能缺这一点儿钱吗?"

陈知遇没吭声。

"我是真的喜欢苏南,乖巧、招人疼……年前见过她一回,但没细跟她说上话。"

"什么时候的事?"

"就你出差那几天,怕她一个人待着无聊……"顾佩瑜一顿,忽地想到什么,"你一直跟苏南住在大学城?"

"嗯。她实习公司离那儿近。"

"我说呢。"顾佩瑜把那一茬误会告诉给了陈知遇。

陈知遇一愣:"她去我公寓拿的文件?"

顾佩瑜瞅他:"是啊,怎么了?"

陈知遇抿着唇,没吭声,按捺着焦躁,将顾佩瑜送回别墅,没敢耽误,调转车头就往槭城方向开去。

路上一地烟花爆竹燃放后的红色碎纸,混在泥水车辙里,污浊不堪。天快黑了,天上堆着暗云,寒风料峭。

陈知遇把车停在去年碰见苏南的那个巷口,下了车,给她打电话。

苏母走亲戚去了,苏南在喂感冒了的宁宁吃东西,苏静刚下班,在浴室里洗脸。

电话响起来,苏南把手里小碗搁在茶几上,拿过沙发上的手机,看一眼来电人,神色沉下去。

第十二章 不见天日的冷

"陈老师。"

"上回你姐家门口的巷子。出来。"

苏南一愣:"……不是说初十吗?"

"出来,有话跟你说。"

苏南往浴室里看一眼:"……我现在走不了。"

"我等你。"

电话挂了。

苏南叹声气,把碗端过来,继续喂宁宁吃饭。

苏静卸完了妆,从浴室出来,脸上还挂着水滴,在沙发上坐下,接过宁宁:"去吧。"看苏南一愣,又把碗和勺子拿过来,"每天晚上偷偷打的那些电话,妈不知道,我还不知道?"

苏静舀了一勺混着肉汤的米饭,送到宁宁嘴边。

"姐……"

"你这么大了,自己做主。觉得合适就带回来。"苏静神色平淡。

苏南穿上羽绒服,戴上帽子、手套和围巾,全副武装地出了门。

过了桥,远远地看见一辆车打着双闪灯。

陈知遇靠车站着,穿一件黑色大衣,看着有些单薄。风卷起一缕淡青色的烟雾,一点儿火星时明时暗。听见脚步声,抬起头来。

走近之后,苏南立在他跟前,隔了两三步的距离。

陈知遇伸手:"过来。"

苏南摇摇头:"陈老师,我也有话要跟你说。"

陈知遇丢了烟,往前一步,一把抓过她手臂,带进怀里。

太久没见了。

好几次想过来见她,她总是推托。要不是顾佩瑜说起,他恐怕到现在都不明白,年关这段时间,她若即若离的态度究竟是怎么回事。

手臂勒得很紧,自己都没察觉,头埋在她颈间,狠狠地嗅了几下。忍不住,手指捏着她下巴就吻下去。

烟味有点儿呛。这么长一段时间压抑的情绪,顷刻就涌上来。

苏南立即伸手去推,没推开。

像是迎面被人泼了一缸隆冬的夜色,那一种冷和不见天日,深入骨髓。

多爱他，这时候心里就有多痛。

终于，苏南找着机会说话："……南山下雪了吗？"

陈知遇愣了一下："地势高，冬天一直有雪。"

"我们去看雪吧。"

前年跟他初见，他说："这个季节，烟尘柳絮，也没什么可看。冬天来吧，雪景不错。"

第十三章

落雪满南山

若深情不够对等,愿爱得更多的人是我。

——W.H. 奥登

苏南回到家里,简单收拾了行李。

车碾过冬日浓重的夜色,一路往崇城方向驶去。窗外风声呼啸,沿路灯火一盏一盏向前延伸,在远处连成两条逐渐并拢的线,最后在视野尽头模糊成一片,消失。

浅黄车灯里,细碎雪花被风刮着,漫漶着扑向前窗玻璃。

晚上九点,他们到达崇城南山。

路上掩着一层雪,地面湿滑,休息站再往上,车就不让继续开了。

陈知遇找车位把车停下,拎下行李箱,领着苏南前去山间的民宿。

走了约莫一公里,眼前出现几栋白墙青瓦的建筑,檐下挂着几盏橙黄的灯。门上的铃铛"丁零零"响一声,陈知遇掩上门,裹着细雪的风被挡在门外。

民宿的老板趴在柜台上打盹,听见铃声蓦地惊醒,一抹脸,往门口看一眼,立马颠颠地迎上来:"陈先生。"

"后面二楼那间房空着吗?"

"空着空着。"

从大堂出后门，穿过一条结了细雪的鹅卵石路，到了一栋独立的木质小楼。老板检查了屋内的水电设备，把钥匙交给陈知遇之后就撤离了。

"把外套脱了吧。"陈知遇接过苏南的羽绒服，拍了拍上面的湿气，挂在进门直立的木头衣架上。

室内面积不大，室温起来得快，空气里有一股木头的清香气息。

陈知遇回头一看，苏南正站在房间中间抬头看房顶的灯饰。

五对鹿角形状的树杈，不规则地分布一圈，每一根上面装了一盏小灯。

"喜欢？"

苏南点点头。

陈知遇把窗户打开一线透气："我设计的。"

苏南一愣。

"这家民宿是我一个本科同学的作品，我跟着参与了一点室内的设计。"

"还有什么是您设计的？"

陈知遇抬手，指一指她坐着的木头椅子。

苏南立即站起来，观察片刻："真有特色。"

陈知遇也脱了外套，只穿衬衫："你吃过晚饭了吗？"

苏南看他一眼，片刻，才意识到："您还没吃？"

陈知遇"嗯"一声，拿手机给前台拨了一个电话："我让人送点儿吃的上来，你吃吗？"

"我不用。"

"那喝点儿酒，这儿自酿的杨梅清酒不错。"

半小时后，老板提着食盒进来，把炸藕夹、红烧芋头、菌菇汤、酿豆腐等菜一一端上桌。最后拿出三瓶杨梅清酒，摆上酒杯。

"冷不冷？"

苏南摇摇头。

陈知遇从行李里翻出一条羊绒的披肩，往她头上一丢："披上。"

朝南的两扇窗户彻底推开，立即灌进来清冷的寒风，窗边灯笼微微晃荡。

第十三章　落雪满南山

桌子靠窗支着，两边是宽敞的木椅，搁了几个松软的抱枕。

苏南脱了鞋，蜷起双腿，窝在木头椅子上。室内暖气很足，又裹了羊绒的披肩，风里裹着细雪，却并不觉得冷。

陈知遇拿筷子夹了一块炸藕夹，送到苏南嘴边："尝尝。"

苏南顿了一下，张口咬住。

"好吃吗？"

苏南含糊地"唔"了一声。

苏南将桌上的几样菜都尝了一两口，陈知遇揭了陶瓷酒瓶的盖子，递给她："尝一口。"

"杯子……"

"就这么喝吧。"

苏南捏着瓶子，喝了一小口。

陈知遇瞧着她："好喝吗？"

"甜的。"

陈知遇笑了笑："你先喝，我让老板送一碟盐水花生上来。"

半刻，陈知遇重回到桌边，吃了一口芋头，去拿苏南面前的酒瓶。

"……"陈知遇摇一摇瓶子，抬头，"你喝完了？"

苏南点头："挺好喝的。"

"知道这酒几度吗？"

"……七八度？"

陈知遇无奈一笑："你一会儿醉了，可别冲我发酒疯。"

苏南摆了一下头，感觉还好："……我还能再喝一点儿吗？"

她伸手去拿陈知遇跟前的酒瓶，被他一下拦住。

"这酒后劲足，你先吃点儿东西。"

苏南规规矩矩坐着，嚼两粒刚刚端上来的花生米，看一看窗外。

被檐下灯笼光照亮的飞雪后面，夜色寂静，能瞧见远处绵延的群山轮廓。零星两点灯火，很远。

"冷不冷？"

苏南摇头，冷也不觉得了。

筷子碰着陶瓷碗沿的清脆声，酒瓶轻放在木头桌上的闷响，卷着雪花的风声,被风吹动的灯笼的轻响……

各种声音,把夜衬得格外寂静。

偶有几缕风卷进来,几点雪花落在桌上的酒杯里,一霎,就融化了。

清亮的酒液里,一点儿灯火的微光,摇摇晃晃。

苏南注视着碎在杯里的灯光,思绪也仿佛跟着晃悠悠地往下沉。

抬眼,视线里的陈知遇,也有一点儿朦胧。

风直扑在脸上,脸却渐渐地烧起来。

她笑笑:"陈老师。"

陈知遇看她。

"来石头剪刀布。"

陈知遇莫名其妙,还是配合她,出了一个"布"。

苏南是"剪刀",食指中指并拢,将他手掌一夹,嘿嘿一笑:"我赢了。"

陈知遇:"……"

"再来。"

陈知遇放下筷子,起身将窗户关上,走过去将她从椅子上捞起来:"你喝醉了。"

"没醉……"

陈知遇将她扛起来,丢去床上,弯下腰给她脱袜子。

一只手攀上他的肩膀,他回头,苏南一下扑上来,从后面抱住他,脸埋在他肩窝。

"苏南……"

气息温热,带点儿湿气。

他扯下她脚上的袜子,直起身,把她脑袋抬起来,转过身去。

她眼睛里水雾弥漫。

"怎么哭了?"

她哑着声:"你欺负我了。"

"我怎么欺负你了?"

她愣一下,摇头,泪继续往上泛。

他手臂从她腋下穿过去,很用力地把她抱进怀里。

第十三章 落雪满南山

"你告诉我,我怎么欺负你了?"

她只是不停摇头。

陈知遇叹口气:"……觉得委屈吗?"

还是摇头。

"对不起。"

依然摇头。

苏南的声音含含糊糊地从怀里发出来:"……梦见你了。在领奖台上。我好喜欢你的奖杯,金灿灿的,可能能卖钱。我说陈老师,你送给我好不好……你不给,你说很重要,要留给别人。我说奖杯我不要了,证书给我好不好?你说也不行,要留给院长,院长是你老师。那我呢……你女朋友呢,什么也没有……"她哭着,打了一个嗝。

陈知遇心揪起来。

"你还有我……"

怀里的脑袋使劲地摆了几下:"你才不是我的,你要替邻居去收花椒……"

"……什么花椒?"

"……邻居收了花椒,我妈让我去买一点儿。我好像忘了……"她说着就要推开他,"我得赶紧去买花椒……"

陈知遇使劲按着她:"明天去买。"

"不行啊……我妈会骂我的,还有我爸……也会骂我……"她一边哭,一边打嗝,上气不接下气,"他们要把我关去阳台上,阳台上有鬼。"

她语句跳跃,支离破碎,他已经完全跟不上了。

然而她说一句,他心脏就跟着紧一分,到最后只觉得手足无措,就跟十六七岁的毛头小子,看着心爱的姑娘在哭,却不知道从哪一句开始去安慰才好。

絮絮叨叨,语不成片地说了半小时,也哭了半小时,苏南总算消停下来。

陈知遇帮她脱了外衣,塞进被子里,掖好被角。

灯下一张苍白的脸,睫毛还是湿的。

他伸手将一捋她额前的碎发,俯身在她湿漉漉又有点儿发肿的嘴唇上碰了一下。

桌上的食物已经凉了,杨梅酒的一点儿余温,被寒风吹得一点儿不剩。

剩下半瓶,陈知遇一口气饮尽。好一会儿,才缓过来,只感觉五脏六腑都仿佛被冻住。

风刮了一夜,隔着窗户,蒙在布里一样闷重。

有什么在振动,陈知遇醒来,循着声音找过去,在苏南衣服口袋里找到她的手机。

来电人是"辜田"。

这名字,他似乎听苏南提过。

往床上看一眼,苏南还在沉睡。

他接起电话,还没出声,就听那边火急火燎:"苏南!你总算接电话了!刘主任找你好久!让你赶紧去公司网站上填外派意向表!"

外派?

那边顿了一下:"苏南?"

陈知遇:"苏南还在睡觉,我转告她。"

迟疑的声音:"……陈知遇老师?"

"嗯。"

"你们在一起?"

"嗯。"

"苏南已经和你说了?"

说了?说什么?

他烦躁地去摸烟,含在嘴里,还没点燃,就听那边又说:"既然说了,那我就……"顿了一瞬,那声音已含着压制不住的怒气,"我是外人,又是崇大的学生,按道理我没资格讲这个话。但我真心拿苏南当朋友看,所以有几句,还是要替苏南抱不平。苏南性格这么软,肯定不会对你说重话……但是,陈老师,你作为一个男人,下回能不能负点儿责?你是满足了,到头来,流产遭罪的还是苏南……"

陈知遇猛一下咬住滤嘴:"你说什么?"

第十三章 落雪满南山

一窗的光,投在墙壁上。

苏南缓缓睁开眼,翻了个身。

陈知遇立在窗前。

窗户大敞,他却只穿了一件衬衫,指间夹着烟,被寒风吹着,似乎时刻就要灭了。

她撑着坐起身,还没出声,就见陈知遇转过身来。

背光,脸上表情有点儿看不清楚,然而视线锐利,仿佛冰雪淬过的刀锋。

"你准备什么时候告诉我?"

陈知遇声音沙哑,烟熏火燎过一样。

苏南宿醉过后的脑袋一抽一抽地疼,反应了好一会儿,才把他这句话理解过来。

还没开口,窗前的身影几步踏近。

一股寒冷的水汽扑面而来,她没忍住打了一个寒战。

下一秒,她的手被他抓过去,猛地一下,砸在他心口上。

切切实实的,听见了"咚"的一声。

苏南眼皮一跳:"陈老师……"

"你是不是想把我心挖出来?"

陈知遇面覆寒霜,眼里是怒火燃尽之后枯焦的痛苦。

"我……"

陈知遇眼眶刺痛,猛喘了一口气。愤怒和悲痛像烧沸的铁水一样,浇得他血液和神经都在跳疼。

胸膛剧烈起伏,瞧着苏南泫然欲泣的脸,方才在脑海里炸响的千言万语,一个字也吐不出。

他丢开她的手,往门口走去。

"嘭"的一声,门卷进一阵寒风,被摔上了。

苏南呆坐片刻,从床上爬起来,拿温水浇了把脸。看一眼时间,已经是下午两点了。

穿上衣服,下去找人。

在民宿里逛了一圈,没看见陈知遇身影,又回到房间,给他打电话。

手机在桌子上振动，才发现他手机也没带着。

又下去找，这回，跟从外面进来的民宿老板迎面撞上。

"苏小姐。"

苏南立住脚步。

民宿老板笑一笑："陈先生让我转告你，说他出去静静，一会儿就回来。外面天冷，让你就留在房间。午餐一会儿就给你送上去。"

苏南哑声说"谢谢"。

回到房间，翻手机通话记录，给辜田拨了一个电话，问清楚事由，又让辜田帮忙登网页填一下外派意向表。

辜田一迭声道歉："我真不知道你还没告诉他……对不起啊，肯定给你添麻烦了吧？"

"没事……我本来也是准备今天和他好好聊一聊的。"

辜田叹声气："你们好好说啊……我听他最后说话的语气，真是蛮生气的。"

苏南吃过饭，又在房间里待了一两个小时，把要说的话捋顺了，然而陈知遇还没有回来。

暗云密布，天就快黑了，也不知道晚上是不是又要下雪。

苏南再也坐不住了，戴上帽子围巾，出门去找人。

沿路有人在铲雪，路面湿滑，极不好走。

一公里的路，走了快二十分钟。到停车场一看，陈知遇的车还在那儿，应该还没下山。

折返时，沿路各色咖啡馆和酒吧的霓虹灯已经亮起来，寒风长了毛刺一样，不断地往衣服缝里钻。

一家一家地找过去，天光褪尽，天彻底黑了。

七点多，一家酒吧门口，路对面的一个石墩子旁，苏南终于发现了人影。

陈知遇靠石墩站着，脚下几个东倒西歪的啤酒瓶子，一地的烟蒂。

身上的羊毛大衣被风吹起一角，似乎一点儿也不能御寒。

他手里夹着烟，低垂着头，维持那姿势，一动也不动。

第十三章 落雪满南山

苏南站了一会儿,慢慢走过去。

靴子踩着雪,发出"咔吱"的声响。

陈知遇抬起头来,顿了一会儿,才说:"你怎么出来了?"

"要下雪,你没有带伞。"

到近前,她伸手,把他的手抓过来,冻得和冰块一样。

她解下自己的围巾,去给他围。绕一圈,动作就停住了。

眼泪止不住,扑簌往下落。

陈知遇丢了烟,抬脚碾熄,抓住她手臂把她按进自己怀里,大衣解开,罩住她,把围巾在她脖子上也绕了一圈。

寒风里,两个人紧紧靠在一起。

风声,松涛,一阵一阵荡过耳边。

"……陈老师,这个选择题,真的太难太难了……"哽咽的声音被揉进风声,一下就模糊了,"在 M 市的那天,我是真的想过,如果怀上那就好了,我就能心安理得地留下来,享受您的庇佑和呵护。这想法多自私多自甘堕落啊,所以才会……"她身体发抖,又想到那天被医生宣布是"流产"时,一霎如坠深渊的心情。

"……为什么非得走?"

"因为……"

一辈子在他的阴凉之下,做一朵不知风雨的娇花,固然是好的。

可她也想与他并肩,千锤百炼,经历一样的春生秋落,一样的夏雨冬雪,看一样高度的云起云灭。

苏南缓缓抬眼,对上他沉水一样的目光:"……我想被您放在心上,更想被您看在眼里。"

放在她腰上的手紧了紧。

"你要走,我能拦得住你?但你跟我商量过吗?我以为你想留在崇城,所以帮你选了这么一个工作。你不乐意,最开始为什么不说?"

"我……"

"我以为上回我们就达成共识,有一说一……"

"你也没告诉我啊!"泪水凝在脸上,被风刮得刺痛,"你说,一盏灯亮得太久,没别的原因,只是忘了关;突然熄灭,也没别的原因,只是钨丝熔断了——可你不能让我在黑暗里走了这么久!你恋旧,而我是个新人……"

沉默。

只有风声呜咽。

过了很久,她手指猛一把被攥住,贴在他衬衫的胸口上,狠狠压住。

"这话你不觉得诛心?我是吃饱了撑的跟程宛离婚,带你去见我家人和朋友,跟我父亲闹翻,得罪程家一帮子人?苏南,你是不是觉得在一起就是上下嘴皮子一碰这么简单的事?"

感觉她想抽手,他捏得更紧:"那天在首都把杨洛的故事告诉给你,就清楚说过了,这事已经过去了。从首都回去,我一天都没去市中心的房子住过,对我而言,我在崇城的家就是跟你待着的大学城的公寓。东西已经让程宛联系捐给地质博物馆,还要整理,过段时间才能运出去。我活生生一人跟你朝夕相处,我做了这么多事,你看不见?"

苏南紧咬着唇。

陈知遇低头看她:"你要是觉得委屈,你为什么不直接来问我?"

没听见她吭声,他自己替她回答了:"觉得问了跌份?觉得我会生气?觉得人死为大,再计较显得你肚量太小?苏南,我要在乎这些,一开始就不会把杨洛的事一五一十告诉你!"

谈来谈去,都是各自固守一隅。

他太自信,她太自卑。

恋爱有时候谈得太体面,太理智,反而会滋生嫌隙。

没有不顾形象,没有歇斯底里,没有嫉妒沉痛,没有一次又一次直入底线打破壁垒,怎么能有血肉融合的亲密关系?

他们两个人,都太体面了。

寒风一阵强过一阵,站立太久,靴子里的脚已经冻得麻木。

陈知遇腾出一只手,把围巾给她掖得更紧。

还剩下最后一个问题,刺一样地扎着,鲜血淋漓。

先开口的,是陈知遇:"……对不起。"

苏南使劲眨了一下眼。

他一下午都坐在酒馆里,酒喝了很多,却不见醉。

第十三章 落雪满南山

愤怒很快消退,只剩下让他浑身发冷的懊悔和痛苦,就跟门口那铲雪的铲子在他心脏上来了那么一下一样。

他不记得自己上回哭是什么时候,也不记得是为了什么事。

年岁渐长,到了他这个岁数,能让他哭的事情,已经很少很少了。

然而,当他拎着酒瓶靠在石墩上,冻了一冬天的风朝他扑过来的时候,他是真的哭过。温度低,泪很快就凝在脸上。

酒喝完了,烟只剩下最后一支,痛却依然真真切切。

他们的第一个"孩子",有了又没了,而他在两个月之后才知道。

又想到苏南。

她是对他多失望,才能在遇到这样的事情之后,仍然对他三缄其口?

以为在这段关系里他是稳操胜券的,原来其实不是。

她这样年轻,无限宽广的天空可以任她去飞,如果她要走,他留不住。

他拿什么留住她?日渐老朽的岁月?望而生畏的往事?实打实的"二婚"的身份?还是他的自以为是,沾沾自喜?

"陈老师……"她喊了一声,却突然被他紧紧抱住,力气之大,勒得她差点儿喘不过气。

他没说话,隐约似乎……

她愣了一下,要抬头去确认,却被他大掌死死地按住了脑袋。

她不动了,伸手环抱住他。

温热潮湿的呼吸,一下一下喷在她的颈间。

风声肆虐,被石墩挡住的这一隅,一点儿微薄却绵长的温暖,让苏南心里从来没有这么柔软过。

过了很久,他哑着声音问她:"……疼吗?"

她摇头。

"怕不怕?"

"有一点儿……"

"……是我浑蛋。"

她依然摇头。

安静地抱了一会儿,他又问:"……真想走?"

她点头。

顿了顿,陈知遇捉住苏南的手,伸进自己裤子口袋里。

苏南的手早已冻得没有知觉,过了好一会儿,才反应过来……而后难以置信地瞪大眼睛。

他让她手指团紧,然后缓缓拿出她的手,在冻得发白的嘴唇上碰了一下,最后掰开她的手指。

苏南睁着眼睛,不敢眨。

陈知遇把躺在她掌心里的戒指,很不耐烦地往她手指上一套:"等领了证,你就早点儿滚!待我跟前碍眼!"

风一下就静了。

很久——

"陈老师……"

"老师什么老师,"陈知遇把她戴着戒指的手紧攥进自己手里,没发觉自己手都有点儿颤抖,"赶紧回去,外面这么冷,让你待屋里,你跑出来干什么?"

"……那你跑出来干什么,还穿得这么少。"

"你管……"一句话没说出口,就看见她眼泪又落下来,"哭什么?"

苏南拿手背使劲抹了抹眼睛:"……你要等我吗?"

"等。"

"最多可能要三年……"

"三年,我还死不了。"

"……"苏南哭得不能自已,"我不舍得你等。不管是等不回来的人,还是等得回来的人,我不舍得你等了……"

陈知遇没好气:"……你非逼我反悔?"

他十分粗暴地在她挂着眼泪的脸颊上擦了一把,把缠在自己脖子上的一半的围巾取下来,给她裹了三圈。

"……我不等你,这辈子也不会再等别人了。"

陈知遇把苏南拎回房间,紧闭门窗,开大了暖气,脱下她冻透的靴子,拿被子给她披上,又去开浴室的热水。

第十三章 落雪满南山

抓住她的手,使劲搓了几下,待浴室里热气腾腾了,推她去洗澡。

他自己身上还是冷的,散发一股寒气。

"你不洗哦?"

"你先洗。"

浴室里面雾气缭绕,很暖和,水温也调得有一点儿烫,冲了两下,周身都暖和起来。

洗完澡,陈知遇拿浴巾给苏南擦了几下,塞进被窝里,然后牵过来吹风机,帮她吹头发。

他不擅长做这个事,跟吹落了水的猫一样简单粗暴。

苏南一边在心里嫌弃,一边又颇为享受。

头发到七八分干了,陈知遇打电话让人送吃的上来,挨床沿坐下,去看裹着被子、只露出一颗脑袋的苏南:"你在家里有没有好好休息?"

苏南点头:"辜田骗我妈,说我是肠胃炎……"没沾过一点儿辛辣生冷,平时也不怎么出门,就帮忙看看宁宁,基本在苏母不知情的情况下,养好了身体。

陈知遇叹声气,还是觉得心疼。他把她手抓过来,捏着她带着戒指的中指,无意识地摩挲两下。

苏南在床上爬了两步,过来抱住他,也不知道怎么安慰,自己心里也难受:"……还会有的。"

过了半刻,陈知遇沉沉地"嗯"一声,又说:"我在乎的不是这个,是你没告诉我,没照顾好自己的身体。"

晚饭,陈知遇说什么也不让她喝酒了,虽然已经过了两个月,就怕她又冻又喝酒,落下什么病根。

"就一口……"

"一口也不行。"

看苏南扁嘴,他凑过去吻她一下:"一口。"

他口中有杨梅酒的甜味。

吃完,时间已经不早了,两个人漱过口,就回床上窝着。

很多话要说,先大概聊过的,现在又把一些细节单拎出来讨论。

苏南五指并拢,看自己右手中指上明晃晃的钻戒,有点儿晕晕乎乎的,她再怎么"两袖清风",也抗不住这个,傻笑问他:"什么时候买的?"

陈知遇哼一声,不答。

"尺寸刚刚好哦。"

"……"陈知遇白她一眼。

虽然没给苏南机会把话说出口,但他心里清楚,苏南陪他过来,是准备跟他分手的。

他来求婚,她来分手……

他没忍住,往她脑袋上拍了一掌。

苏南扑倒下去,又转过头来:"干吗打我?"

"该。"

苏南当然也觉得惭愧,有时候自己性子起来了,特别拧,钻进牛角尖里就是不肯出来。

她之前总说苏静,自己何尝不是一样的。

她服软,凑过去亲他:"我错了。"

陈知遇捏着她肩膀,低头去吻。

第二天,陈知遇领着她在附近逛了一圈。

这上面有一个剪纸博物馆,展览着大量漂亮的成品,还能免费教学。

苏南在剪纸老师的指导下,成功剪出来一个"福"字,非要贴在陈知遇的车窗上,被嫌弃了。

抱着几幅剪纸工艺品,又去逛别的小店。

但这几年全国各地旅游商业化,造出来的"古镇"都大同小异,乐趣有限。

雪停了,阴云拨开寸许,显出云后的半轮太阳。

今天来玩的人比昨天多,民宿一时间闹起来,晚上有人抱了吉他在院子里唱歌:"今天的风又吹向你,下了雨,我说所有的酒,都不如你……"

陈知遇:"俗气。"

苏南:"我觉得这个歌挺好听的啊!"

第十三章 落雪满南山

唱到副歌部分,有几个穿长裙的姑娘上去跟歌手合照。

陈知遇:"刻奇。"

苏南:"……你好烦。"

虽然觉得俗气又刻奇,陈知遇却没走,跷腿坐在院子的木凳上,点一支烟,看一会儿远山的雪色,又看一会儿面前的苏南。

有风,有雪,有爱人。

到十点,两个人回到房间。

苏南先去洗澡,洗完出来,陈知遇正靠窗坐着,一边翻带过来的一本漫画书,一边在……哼歌。

哼的还是刚在院子里的那首歌。

苏南:"俗气!"

实在没什么可玩的了,两人下了山。

天彻底放晴,从支棱的树杈后面,投过来干净清澈的阳光。气温却比昨天低,刮进来的风带着刺骨的冷。

苏南吹了一会儿,关上窗户。

在商量接下来去哪儿的问题上,两人产生了分歧。

苏南想回南城,她还要回去注册,然后修改论文准备三月的预答辩。

陈知遇,则想去槭城。

"我家里……真的蛮乱的。"

"我知道。"

苏南还是没法松这个口:"……房子很旧。"

陈知遇看他一眼:"读博的时候跟同学去支教,西南的山里,穷乡僻壤,车都开不进去,到镇上还要走上一两个小时。没自来水,方便的地方是连着猪圈的旱厕。我一个男人,有这么矫情吗?"

苏南笑了。

陈知遇:"我还怕你家里不肯松口。"

"怎么可能!"

"你看,"陈知遇数给她听,"身为教师,斯文扫地;大你十岁,为老不尊;还是二婚,始乱终弃……"

苏南哈哈大笑。

末了,还是说不过他,苏南给苏母打了一个电话。

"妈,你在家吗?"

"在啊……你这个孩子怎么回事,去学校也不等我走亲戚回来再说。"

苏南支支吾吾:"妈……我马上回家了。"

"怎么去了又回来了?什么时候?"

"……三个小时就到吧。"

苏母:"……"

"我还带了一个人。"

"谁?"

苏南瞧一眼陈知遇:"……男朋友。"

那边静了几秒,响起苏母激动的声音:"你什么时候找的男朋友?你不晓得早点儿打招呼?!我菜都没买,家里也没收拾!你……他有没有什么忌口的?要不还是出去吃?"

一连串的问题,让苏南也不知道从哪个开始回答。

陈知遇能听见她电话里的声音,也觉得有点儿冒昧,就说:"跟阿姨说,我明天去拜访。"

苏南忙说:"明天来!他今天在槭城还有别的事情。"

挂了电话,苏南看一眼陈知遇:"……你好烦哦。"

陈知遇不为所动:"我觉得你是越来越有出息了。"

苏南笑嘻嘻:"您教得好啊。"

第十四章

誓言与承诺

我遇见你，我记得你。

这座城市天生就适合恋爱，你天生就适合我的灵魂。

——杜拉斯

傍晚，苏南正在陪宁宁玩魔方，苏静下班回来了。

厨房里的苏母听见动静，拿着铲子就出来了："南南找男朋友了！"

苏静："嗯。"

"大学教授，比南南大十岁，你说是不是不靠谱啊？"

没等苏静回答，苏母又说："南南说他在市中心都有房，崇城市中心，没个四五百万买不到吧？咱们是不是太高攀了？其实钱多钱少是其次，主要是这人还离过婚……二婚男，是不是图咱们南南年轻？这些条件这么好了，是不是他本身条件不行？"

苏静："……还挺帅的。"

苏母一愣，苏南也一愣，齐声问："你见过？"

苏静一笑，看向苏南："上回巷子口那个？"

苏母还是莫名其妙："上回是哪回？"

苏静："……还挺靠谱的。找就要找个帅的，以后分了也不亏。"

苏南："……"

苏静拍拍她的脸："你的事你自己做主。"脱了外衣，蹲下身去抱自己的心肝宝贝。

一下午,苏南跟苏母把家里彻彻底底地打扫了一遍。年前刚扫过,这回倒没费太大的工夫。

晚上,苏母又跟苏南商量菜式,把冷冻室里的一些腊货拿出来解冻。

她思来想去的,又一把拉住苏南:"要不咱们还是出去吃吧?"

"妈,真的没事。我们家就是这个情况,非要遮遮掩掩硬充胖子也没意思。"

苏母:"……听你说的,你找的这个条件还行,怕第一回登门就给他吓跑了。"

"吓不跑的,"苏南笑一笑,"他要是在乎这个,我都不会和他在一起。"

苏南洗过澡,去卧室。

宁宁一般跟苏母睡主卧,苏南两姐妹睡次卧。

苏静正在抹乳液,一下挤多了,把多的往苏南脸上一抹。

苏南将其抹匀:"姐……"

"嗯?"苏静看苏南笑得傻乎乎的,赶紧将她一拦:"别秀恩爱!我不听。"

苏南过去抱住她的腰。

苏静"啧"一声:"撒娇别找我。"她还是由她抱着了,平静说道,"……你自己做主。不管最后什么结果,还有妈跟我。"

苏南"嗯"一声。

小时候,有个男生欺负苏南,往她文具盒里放毛毛虫,揪她辫子……苏静就趁那个男生尾随苏南回家的时候,把他堵在巷口,非常心安理得地以大欺小,把他给训得汪汪大哭,后来那个男生见到苏家的人就躲着走。

苏静结婚的这几年,年轻时的锐意锋芒被蹉跎太多了,现在离了婚,才又渐渐变回原来的样子。对于苏南,苏静心存感激。要不是她说的那句"连买卫生巾的钱都要问男人要,你这样活得有尊严吗",她恐怕现在还没清醒过来。

姐妹一起长大,又经历过很多的事,已经说不清是谁帮谁更多了。

第十四章 誓言与承诺

睡前，苏南给在宾馆住着的陈知遇发微信，问他睡了没有。

陈知遇："睡不着。"

苏南："怎么了？"

陈知遇："紧张。"

苏南不信。

陈知遇："爱信不信。"

苏南笑一声，回复："我妈果然很嫌弃你的二婚身份，问你为什么离婚，是不是有什么毛病，还是单纯图我年轻漂亮。"

陈知遇："你今天才知道？"

苏南："那你赚了。"

陈知遇："顶多不亏吧。"

苏南头顶的被子一下被掀开。

苏静看她："发什么见不得人的短信非要躲被子里？你也不怕把自己给憋死了。"

苏南："……"

陈知遇不大喜欢跟人拿聊天软件聊天，用他的话来说，特没情调，今天却很有耐心地，陪她聊了半个小时。

苏南看时间已经不早了，跟他说"晚安"。

半刻，陈知遇发过来一条语音消息。

认识近两年，谈恋爱半年多，第一条语音消息。

苏南激动地点开这只有一秒钟的语音。

陈知遇说："晚安。"

声音好听死了。

再按，再放。

苏静忍无可忍，把苏南手机一夺："你听了二十遍了！"

上午十点，准时响起敲门声。

苏南半个屁股坐在沙发沿上，听见第一声就立即如离弦之箭一样弹起，跑过去把门打开。

苏母也赶紧放下宁宁站起来。

245

陈知遇手还没放下，门就开了。

苏南今天穿了件新衣服，白色的薄款棉服，衬得脸更加白净。

他心里涌动着一种异样的喜悦，被苏南牵着进了门。

打招呼，坐下陪着聊天，说明情况，表达决心……一样一样来，直到瞧见苏母掩口一笑，起身说："南南，你陪着，我去做饭了。"

看着苏母进了厨房，陈知遇将目光投向旁边跟宁宁玩小飞机的苏南。

苏南抓着宁宁的手，把飞机向着陈知遇飞过去："飞呀飞呀……轰一下！就撞上冰山了！"

飞机"坠毁"在他膝盖上。

陈知遇："……"

宁宁咯咯直笑，跑过去抱着陈知遇的膝盖："冰山！"

苏南："叫陈老师……"

陈知遇："叫姨父。"

苏南忙朝着厨房看一眼："叫陈老师……"

宁宁："姨父！"

2岁多，不满3岁的小姑娘，粉雕玉琢一样，笑起来眉眼弯弯。也不认生，就跟他这个刚来没多久的"姨父"玩起来了。

"陈老师，你陪会儿宁宁，我去帮我妈的忙。"

接下来，"开飞机"的大任，就落到了陈知遇头上。

他从来没对小孩儿这么耐心过，陪着玩着玩着，心里骤然生出一层薄薄的遗憾之感。

中午，苏静特意请了假回家吃饭。

统共就五个人，然而张罗了一大桌子的菜。苏母对这个大了十岁又是二婚的准女婿，越看越满意，就想文化人果然不一样，举止谈吐都斯文客气，周到有礼，在械城还真没接触过这样的人。

她思想朴素，就觉得"知识分子"，尤其大学教授，是值得尊敬的。

吃过饭，苏静回去上班，苏母去收拾厨房。

陈知遇想去苏南卧室看一眼。

苏南没能说得过他，打开卧室门，领他进去。

第十四章　誓言与承诺

苏家的房子确实很旧，然而杂物不多，收拾得干干净净，就连小孩子的玩具也没有随处乱丢，用一个专门的纸箱子装着。

苏南和苏静的卧室，也是一样，很旧的两扇衣柜，一个书橱，一张书桌。

陈知遇走去书桌看了一眼。

桌面上搁着一块玻璃，玻璃下面，整整齐齐地压了好多张奖状。

"苏南同学，本学期成绩优异，德智体美劳全面发展，被评为三好学生，特发此状，以资鼓励。"

"不要读出来！"

陈知遇笑一声，又去看下一张。

苏南过去拉他："不要看了……"

"奖状都不让看？"

"我早就想扔了，我妈宝贝得跟什么一样，非要留着。"

"扔了干什么，以后可以鼓励我女儿，你看你妈妈从小到大都是好学生……"

话音刚落，陈知遇沉默了一下。

苏南也沉默了一下。

苏南："……怎么就是女儿呢？"

她心里一时软得不行，声音都小了。

"不知道……"陈知遇笑一声，瞥了瞥正趴在床上翻画册的宁宁。

又吃了晚饭，到八点钟，苏南送陈知遇下楼。

穿过巷子，走着走着，就到了陈知遇第一回抱她的桥上。

陈知遇背靠着桥栏杆站着，把苏南揽进自己怀里。

他今天一整天心情都有点儿奇怪，一种喜悦满溢之后的诚惶诚恐。没忍住，低头去亲她。

苏南踮了脚，双臂绕过他的肩头，把自己整个地迎向他。

温柔又绵长。

苏南退开，轻轻地喘一口气。

"明天是工作日。"陈知遇伸出手指，捋一捋她额前的头发。

"嗯？"

247

陈知遇瞧她:"你户口本在吗?"

苏南愣了一下,半会儿,反应过来:"不在我这儿……"

陈知遇沉吟。

苏南又说:"……但是我可以去偷。"

陈知遇挑眉。

苏南弯眉一笑:"……偷户口本结婚,蛮刺激的,我没做过。"

陈知遇把她翻个身,按在栏杆上,把她紧紧圈在自己双臂之间,再低头吻她,一句称呼,混着夜风,被他送进急促的呼吸之中:"南南……"

苏南攥紧他的衣袖。

"……你去偷,我给你放风。"

苏南一晚上都没有怎么睡安稳,早上六点半就醒了。

苏母房里传来一声:"起这么早啊!"

苏南含糊应了一句。

洗脸的时候,苏静进来拿毛巾,把她上下瞅了几眼:"你昨天往包里藏什么了?"

苏南:"没,没有啊……"

苏静戳她脑袋:"两家父母还没见过面,你是不是有点儿着急了?"

苏南绞着毛巾:"……我要外派了,想早点儿把这件事定下来。"

"外派?去哪儿?"

"非洲。"

苏静一愣,把浴室门掩了一下:"去那么远做什么?"

"反正是要出去,就去个钱多的。"

镜子里自家妹妹低着头,瞧不见脸上什么表情,但听语气挺平常的。

她总这样,闷声不吭地就把决定给做了。

"家里现在不需要靠着你一个人了,我虽然挣得不多……"

"我们现在住的地方楼层又高,采光又不好,妈本来就有关节炎,等年纪再大了,上楼都不方便……槭城房子便宜,我出去一年就可以让妈搬去低层的、环境好一点儿的小区了。"

苏静沉默,半晌:"……姐没本事。"

第十四章 誓言与承诺

苏南笑一笑,摇头:"我出去的时候,家里还要你照看呢。"

"要去多久?"

"最少两年,最多三年……一年应该能有一周的年假吧。"

"你现在把证领了,以后要是再有什么变故……"

苏南笑说:"我去哪里有变故啊,跟黑人叔叔吗?"

"陈知遇……"

"我信他。"

苏静也就不说什么了。

苏南洗漱完毕,又特意借用苏静的化妆品,给自己化个淡妆。

苏静看她一眼:"你这是化的什么鬼东西?"把眉笔夺过来,拿化妆棉把她自己化的擦了,轻捏着她下巴,唰唰几笔,一个秀气的眉形就勾了出来。

"哇,姐你好厉害啊!都可以专门给人化妆了。"

"是你自己不练。"苏静又把眼线、睫毛给包办了。

苏南往镜子里的自己看一眼:"好看吗?"

苏静拍拍她的脸:"好看。"

苏南穿上昨天的那件薄羽绒服,套上靴子,出门了。

苏母在屋里问:"南南这么早去哪儿啊?"

苏静:"谈恋爱!您别管了!"

陈知遇已经在巷口等着了。

刚过七点,巷子里几乎没人,就听见熟悉的"哒哒哒"的声音。

穿白色上衣的身影,闯进视线。

他试着回忆了一下上回跟程宛领证,是什么感觉。

搜肠刮肚……没感觉。

就记得当时他赶着出差,程宛赶着去开会,两个人在排队等待的时候,都各自电话不断。很公事公办地领了一个证,跟去银行新开一个户头没什么两样。倒是离婚的时候,预见到后续的一摊子麻烦事,还稍稍地激动了一下。

苏南停在近前,冲他一笑:"陈老师。"

249

神采奕奕的一张脸,清秀俏丽。

陈知遇凑过去准备亲一下,被苏南一下给躲过了:"刚涂好的!"

两个人去早餐店里吃过早餐,开车去民政局。

到时七点半,本以为能成为今天的第一对,然而都有更早的,已经有三对情侣在前面排着队了。民政局八点半才开门。

陈知遇:"等吗?还是去别处逛逛。"

苏南看他:"等吗?"

陈知遇一眼看穿她的想法:"等。"把她手抓过来,揣进自己口袋里。

她手很小,手指柔软,捏着就很舍不得放下。

苏南怕把脸蹭花了,只是虚虚地靠着他,摇来晃去的。

"站稳。"

"哦。"

站不到两下,又开始摇来晃去。

陈知遇:"……"

随她了。

很快就到了八点半。

苏南还没反应过来:"这么快啊?"

进去以后先填表。苏南自己填一行,就要来看他一眼。

陈知遇:"……能好好填吗?"

苏南:"你写字真好看!"

填完表,宣誓。

听说很多地方,有时候一天人数过多,都会把这个流程略过,或者只是草草地走个形式。但今天工作人员刚上班,情绪还比较饱满。

工作人员:"请二位面对庄严的国旗和国徽,一起宣读结婚誓言。"

苏南看一眼陈知遇,紧张得呼吸都放缓了。

却见陈知遇神情肃穆,郑重地举起了右手。

两个人,同时出声:"……我们自愿结为夫妻,从今天开始,我们将共同肩负起婚姻赋予我们的责任和义务……"

一字一句,清晰严肃。

"……风雨同舟,患难与共,同甘共苦,成为终生的伴侣。"

第十四章 誓言与承诺

终生的伴侣。

好像有回声,荡在胸腔里。

宣誓完毕,让他们去做体检。

苏南捏着宣誓词,还在低头去看那上面的字,没发觉陈知遇的脚步已经停下了,差一点儿撞上。陈知遇握着她手腕,往另一边一推:"女同志去那儿。"

看一眼她,明白她心里是什么感受,靠前一步虚虚地一揽:"……去吧,一会儿说。"

苏南被体检的一些问题,闹得有一点儿红脸。

走廊里等了一会儿,就看见陈知遇捏着常规检查的单子出来了。

"怎么样,你……"

一声笑荡在她耳边:"我怎么样,你还不清楚吗?"

然后就是拍照,拿证。

红色的,硬硬的两本,盖着钢戳,封面上有烫金的国徽,拿在手里,有一点儿沉。

工作人员说了一声恭喜,然后递来一只小小的袋子。等走出民政局大门,苏南把袋子解开,看一眼……又合上了。

一袋子的计生用品。

陈知遇已经看见了,瞅着她笑:"国家发的东西,我们什么时候用起来?"

苏南:"……"

刚刚酝酿出来的,一点儿关于"婚姻"的肃穆之感,瞬间就被陈知遇给破坏了。

等到了车上,苏南再把两个人的结婚证拿出来,正面背面,里面外面,每个角落,都仔仔细细看过一遍,最后定在两个人的合照上。

陈知遇的登记照,都能拍出一种写真的气质。

就盯着他看了好久,心想真好看啊真好看啊。

这么好看的男人,现在是她的了。

看完了,不由生出感慨:"第一次结婚,好新鲜啊!"

陈知遇目光扫过来:"你还想结几次婚?"

回到家,苏南偷偷把户口本放回苏母房间衣柜的抽屉里,然后开始收拾东西准备返校。

苏母觉得苏南要是能跟着陈知遇的车一起走,有个照应当然更好——苏南都长年累月各地乱跑了,她还是觉得不放心。

下午一点,到达崇城。

苏南很久没住大学城的公寓,再去竟然觉得有些怀念。

两个人简单做了打扫,又去附近买了新鲜的蔬菜回来——陈知遇的坚持,结婚后的第一餐,一定要在家里吃。

苏南起太早,领了个证,又从槭城奔到了南城,饿了,懒得张罗太多,就炒了两个菜。

陈知遇倒是比以前好打发,也不挑,就着没啥荤腥的两个素菜,吃了两碗饭,完了还破天荒头一回帮她把碗刷了。

老婆的待遇,比女朋友还好。

苏南没什么实感,这样就算是结婚了?

陈知遇洗过碗,洗了个手,出来看她在发呆,把有点儿冰的手背往她脸上一贴。

苏南缩了一下脖子。

陈知遇在她身旁坐下,摸出一支烟点燃,转头看她:"想办婚礼吗?要想办,你去之前可以先办了。"

"暂时……不办吧。"

"怎么?"

"嗯……"苏南想了一下,有点儿自私的,想把婚礼当作自己凯旋的庆功宴。

陈知遇听了她的想法:"随你。"

看她还是有点儿割舍不下的样子,陈知遇说道:"苏南,你既然决定去了,就好好干。外派,还是非洲,不是轻轻巧巧一句话的事。你遇到什么事,我都帮不上忙,你得真正开始靠你自己。"

苏南点头。

第十四章 誓言与承诺

陈知遇手指点在她肩膀上:"诉苦没用,跟我哭也没用。"

苏南再点头。

"……要是干不出个人样,你屁滚尿流逃回来可以,千万别说我教过你。"

苏南:"你以为我吃激将法这一套吗!"

"你吃啊。"

苏南:"……"

她把他烟夺了,掐灭,扑过去抱住他肩膀:"陈老师……我要是想你怎么办?"

"憋着。"

"你要是想我呢?"

"我不想你。"

苏南梗了一秒钟,片刻,头在他怀里蹭了蹭,低声说:"……今天我们结婚。"

陈知遇:"嗯。"

"是个特殊日子。"

陈知遇立即领会到了她的意思,然而义正词严地拒绝:"不行。"

苏南打他一下,准备起身,却又被他拽回去。

窗帘没完全拉上,留了一线,夕阳蹑足而入,一小片,投在地板上。夕阳渐沉,夜幕慢慢落下。

一吻结束,陈知遇把她手抓过来,贴着自己胸口,低沉的声音,还带着一点儿急促的呼吸:"……线在这里,随便你飞。"

第十五章

杏花遇雨，浊酒遇歌

假如你老了十岁，我当然也同样老了十岁，
世界也老了十岁，上帝也老了十岁，一切都是一样的。

——朱生豪

苏南回校注册之后，又立马去 C 司报道。

实习本来年前就该开始，要修养身体的原因，苏南硬是跟主管把时间磨到了年后。忙了一上午，先是谈明外派意向，然后没时间缓冲，直接就开始上手做主管布置的任务。

没带喘气地在格子间里忙活了三四个小时，中午给辜田打电话，一起去食堂吃饭。

辜田对她与陈知遇的事情分外关注，又懊恼当时自己嘴上没把门，一径追问后续情况。

苏南："结婚了。"

辜田呆住。

苏南笑说："不要歧视已婚妇女。"

辜田懒得管这个："……确定了吗？不会后悔吗？我听好多人说，异国是没什么好结果的。外派非洲的那些男人，赚了钱就去鬼混。"

苏南："……我不好外国人这一口啊。"

辜田手伸过来使劲晃她两下："严肃点儿。"

第十五章 杏花遇雨，浊酒遇歌

苏南一笑："你知道老师这个职业最大的优点是什么吗？"

辜田："……稳定？"

苏南："有寒暑假。"

虽然有寒暑假的陈老师，已经明确表示过："寒暑假这么宝贵的东西，我能浪费在你身上？"

之后几天，都是昏天黑地。相较于年前就入职的辜田的进度，苏南的进度已经落下很多。C司本来节奏就很快，团队里多是底层出身、咬牙拼杀的狠角色。除了进出食堂，偶尔会被阳盛阴衰的C司的男同事多看两眼，苏南并没有因为自己的性别受到一点儿优待，反倒得比男人更加努力，才能消除一些固有的偏见。

朝九晚七，时常加班，等下班到家，基本倒头就能睡着。

刚开学，陈知遇事情也多。

他去年刚替孙院长把院里垂涎已久的两个奖给拿了，在学界进一步声名大噪，讲座座谈邀约不断，也不能都拒，规格高的，有交流意义的，还是得择几个应承下来。

同时，孙院长还会时不时给他塞几个任务。比如这学期，就让他开一堂统共八节课的选修课，双周周四晚上。这是孙院长与一个有名的公开课平台合作的项目，旨在扩大学科和学院的影响力。

这种公开课，内容就不能草草敷衍，考虑各方面因素，一堂课差不多得花上一周的时间来备课。

苏南沮丧："为什么是周四晚上啊？我周四最忙了……"

陈知遇："你想来听？"

"对啊。"

陈知遇："以前让你选我课的时候，怎么不见你有这个热情？"

"我还没热情？你的课我一堂没翘过，还记了这么厚的笔记。"她比了一个厚度。

陈知遇笑一声，想到当时坐第一排，哼哧哼哧记要点的"小萝卜头"。

有回，趁苏南去洗手间的时候，他把她笔记本拿过来看。

一五一十记得很详细，哗啦啦翻到最后，掉出一张纸来。就从本子里扯下的,折了一折。展开,里面郑而重之写着"知遇"两个字,然后是随意涂画的一句话:人生相知,如杏花遇雨,如浊酒遇歌。

他当时看见这话的感觉,像是深夜出门,被清澈如霜的月光泼了满怀。

"等公开课上线了,你再去看,"陈知遇起身,伸手盖上她的笔记本电脑,"现在去睡觉。"

"我还有事没做完……"

"你做事方法就不对,"陈知遇也不坐下,从桌子上拿过一张纸,笔筒里抽出一支笔,唰唰在纸上画了一个十字。

苏南:"……坐标系?"

陈知遇:"……"

他提笔开始写字:"没教过你?紧急重要,紧急不重要,重要不紧急,不重要不紧急……你把每天要做的事分类,照这个优先级顺序来做。"

苏南:"听过,但没照着这个执行过……"

她把他手里的笔夺过来,就要去划拉明天的任务。

陈知遇:"……这件事非要今天做?紧急吗?重要吗?"

苏南眨眨眼。

陈知遇瞅着她,要笑不笑的:"我这儿有一件重要又紧急的事……"抠下她手里的笔,攥着腕子把她从座位上拉起来。

三四天下来,苏南初步适应了公司的工作节奏,然后被领着进了组。

组长是个中年胖子,瞅着有点儿眼熟。

苏南想了一下,想起来了,就是当时第一轮面试的面试官。

组长也认出她来了,笑着伸出手:"我叫徐东,大家都叫我东哥。"

苏南跟他握手:"我叫苏南,要麻烦您多指教了。"

徐东摆摆手:"好说好说——咱不废话了,事儿还挺多的,你过来吧,马上开会。你先跟着书记做会议记录。"

苏南正式接触工作内容,初时觉得忐忑紧张,但会议没开始十分钟,就只剩下深深的沮丧——全英文的,她英语日常会话还行,但这会儿专业词汇满天飞,一个还没来得及反应,另一个就钻入耳朵,只能连蒙带猜地去领会意思。

中午稍作休息，下午接着开。

六点会议结束的时候，苏南脑袋里已经是一团糨糊，然而还不能下班，还得帮书记整理会议记录。

徐东走过来，把很厚一本书往她桌上一搁，笑说："是不是听得挺费劲的？"

苏南很坦诚说是。

"没事，新人刚进来都这样——这书你拿去看一看，记一记，遇到不懂的来问我。"

苏南忙点头。

徐东拍拍她肩膀："你先忙——托业考试赶紧准备起来。"

苏南整理完会议记录，又特意把眼生的专业词汇抠出来，记在一个小本子上，查释义写例句。

电话响了。陈知遇打的，问她下班没有。

苏南一看，已经快八点了，赶紧关电脑收拾东西："下了……我马上回来。"

背上包，快步走到门口，就看见对面一辆车正打着双闪灯。C司地址偏远，周围车也少，苏南左右看一眼，飞快穿过马路奔过去，拉开副驾驶的门。

陈知遇在抽烟，等她坐上来，把烟灭了，一条手臂撑着方向盘，转头看着她："你是不是忘了明天是什么日子？"

"明天……"苏南愣一下，"明天是什么日子？"

陈知遇抬手拍一下她脑袋，发动车子："笨。你生日。"

苏南"啊"一声："明天就16号了？"

"嗯，"陈知遇把车汇入主道，"去市里，跟我父母吃顿饭。我爸明天腾不出时间。"

苏南脑袋都不会转了："……谁？"

陈知遇看她一眼："我说的不是中文？"

"为什么不早点儿告诉我，我……"

"证都领了，我爸能拿你怎么样？"陈知遇手臂伸过来拍她脑袋，"你先休息会儿,半小时才到。"

苏南在车里打了个盹,被陈知遇叫醒。

车停在一处很安静的地方,前面一栋灯火通明的小院。

穿过院子,到了一间包房门口。

陈知遇推开门,攥着苏南的手,朝着屋子里正在喝茶的两人:"爸,妈。"

桌子左边坐着的双鬓斑白的男人,缓缓抬眼扫过来。面上一点儿表情不露,目光含着迫人的威压。

苏南一个哆嗦:"叔……"

她看见陈知遇目光扫过来,赶紧改口:"爸……"又看向对面含笑的顾佩瑜,"妈。"

陈震神色淡淡:"坐吧。"

苏南战战兢兢的,被陈知遇拉着在桌旁坐下了。

顾佩瑜笑看向苏南:"才下班啊?"

"嗯……"

"在哪儿工作?"陈震突然插进来。

"C司。"

陈震用公事公办的语气评点:"这家公司这几年发展势头不错——你是什么岗位的?"

苏南无意识地扫了陈知遇一眼,方说:"提供解决方案的,主要是……"

"什么时候毕业?"

"六月……"

陈震点点头,脸上还是跟刚进门时一模一样,没有一点儿变化。

苏南怀疑,他是不是根本三十年没做过激烈的表情。

以为他还要往下问,结果就这么几个连寒暄都算不上的问题之后,就再没同她说过什么了。等菜端上来,就完全只有苏南、陈知遇和顾佩瑜三人说话。陈震沉默坐着,沉默吃饭,沉默喝酒,既不对他们聊的话题感兴趣,也并不打算表现出兴趣。

古里古怪的一餐饭,就这样吃完了。

第十五章 杏花遇雨，浊酒遇歌

服务员收了桌子，拿上一壶茶。

"苏南，"陈知遇看一眼顾佩瑜和陈震，"斟两杯茶。"

苏南立即明白过来，提起茶壶，把两只白瓷的杯子斟上，先端起一杯，恭谨地递给陈震。

陈震顿一秒，接过了。

顾佩瑜笑意盈盈地接过来另一杯。

喝过茶，顾佩瑜从旁边的包里掏出一封鼓鼓囊囊的红包："给小辈的一点儿零花钱，不要嫌少，以后知遇的臭脾气，麻烦你多担待。"

苏南诚惶诚恐，手足无措地看向陈知遇。

陈知遇示意她接。

苏南赶紧接过来，沉甸甸的一封，压着手，估摸着一点儿也不少。

外面夜已经很静了，陈知遇将顾佩瑜背上车，让陈震开车小心，注意安全。

陈震睨他一眼："没事多回去坐坐，别不着家。"

陈知遇点头应下，又看向后座的顾佩瑜："妈，您早点休息。"

一旁的苏南乖觉地跟陈震和顾佩瑜都道了别。

等车开走了，苏南抱住陈知遇的腰："陈老师，你爸是不是不满意我啊？"

"什么我爸……改口费白拿的？"陈知遇白她一眼，"他夸你公司就不错了，还能指望他夸你本人？我长这么大，都没听他夸过我一句。"

苏南笑了："……这么可怜啊，那我以后多夸夸你。"

"省了吧，你除了说我长得好看，还会说别的吗？肤浅。"

苏南眨眨眼，踮脚凑到他耳边，轻声说了句。

陈知遇差点儿呛住。

伸手捏她脸，低头沉声笑说："……你脸皮怎么越来越厚了，嗯？"

苏南不理他，去拆红包。

"多少张？"

"你自己数啊。"

苏南很老实地数起来："一、二……"

两分钟后:"一百,一百零一。"

最后一张,是张簇新的一元纸币。

万里挑一。

她长这么大,还没收过这样大的红包:"好多啊……"

"没法退,这是礼数。你收着买糖吃。"

"吃出蛀牙……"

陈知遇拉开车门:"走吧,回家。"

到家已经十点了,苏南先洗澡,躺在床上,一边把红包拿出来,美滋滋地再数一遍,一边等陈知遇。

数到第三十张……睡着了。

是被陈知遇揉醒的,一睁眼,感觉自己额头上贴了什么东西,一摸,是钱。

再一看,陈知遇把她红包里的纸币给她盖了一身。

苏南无语地坐起来:"……你好幼稚!"

陈知遇闷笑一声,把一个信封塞进她手里:"生日快乐。赶紧睡吧。"

"你把我叫醒,就是为了说句生日快乐?!"

陈知遇挑眉。

苏南也不知道该哭还是该笑了,把满床崭新崭新的纸币收拾好,然后就要去拆信封。

"不重要不紧急,现在别看了……睡觉。"

苏南瞅着他,笑说:"是不是情书啊?"

陈知遇板着脸:"你想得美。"

夺过来,往床边柜子上一扔,关了灯把她按进被子里:"睡觉!"

半夜,苏南醒了。

一旁陈知遇呼吸沉沉,她蹑手蹑脚地爬起来,拿上信封和手机,用手机背光照着,悄无声息地出了卧室。

到书房,把灯打开,拆开信封。

一共三样东西。

首先是一份细致的体检报告,各项指标,一切正常。

第十五章 杏花遇雨,浊酒遇歌

然后是一张明信片,是拿她那日在南山的剪纸博物馆剪出的"福"字制作的,上面一行陈知遇手写的钢笔字,遒劲洒脱,行云流水:人生相知,如杏花遇雨,如浊酒遇歌。

最后,是四张纸的一封情书。

最后一句话,他写:

无非是多等你一些时日。

无非是把我沥尽浮华的年岁,时针再拨慢一些。

夜安静无声地淌过。

苏南捂着嘴,又赶紧去擦眼睛。

过了很久,情绪才平复下来。

把所有东西都归拢收拾好,又静悄悄地回到卧室,把信封放回原处,假装自己从来没看过。

她掀开被子重回到床上,大约是动静吵到了陈知遇,他翻了个身,手臂就习惯性地环过来,把她圈进怀里。

第十六章

夏日骊歌

> 我爱你 / 不光因为你的样子
> 还因为 / 和你在一起时 / 我的样子
>
> —— 罗伊·克里夫特

时间仿佛被按了快进,一路飞快碾过苏南"好好感受最后半年学生生涯"的念头,拂冬迎春,又一路奔着初夏而去。

苏南南城、崇城两地往返,论文预答辩、实习、托业考试……一项一项奔忙,转眼就到了五月底。

五月十日,毕业论文答辩。

苏南是下午那组,她中午没睡,在宿舍里把 PPT 过了一遍又一遍。论文此前也已经给陈知遇过了一遍又一遍,答辩老师能提什么问题,会提什么问题,陈知遇也都跟她详细分析过了。

不怵,但也免不了紧张。

眼看时间差不多了,苏南收拾东西,和同一楼层的几个女生,一道往院办赶去。

在院办楼下,碰见了江鸣谦。

电梯一堆人等,江鸣谦干脆拉着她去走楼梯,边走边问她:"答辩准备得怎么样?"

"你还是操心你自己,"苏南笑说,"涵姐跟我说了,你预答辩的时候,问题还是蛮多的。"

江鸣谦挠挠头:"没怎么花时间在这上面——今天过不了就过不了吧,我也不是非要这个文凭的。"

苏南一愣。

恰好到了两楼之前的平台,江鸣谦转过身来笑看着她:"成功的创业者,大学肄业不是标配吗?"

"……就为这样的理由?"

江鸣谦嘿嘿一笑:"我还是蛮洒脱的对吧?"

苏南脚步一顿,认真看他:"嗯。"

到了四楼,两人在江鸣谦要答辩的教室门口分道扬镳。

苏南:"还是祝你答辩通过。"

江鸣谦笑着摆了摆手,进去了。

答辩一共六个人,每人半小时时间。

苏南在公司被操练得多了,现今再上台前做题报,再不像以前那样容易紧张。

从缘起到背景,再到文献综述、研究方法、研究设计……研究结论和不足,一项一项,张弛有度,有条不紊。等说完就微微鞠了一躬,拿上笔等五位老师提问。

先是有人夸了两句她论文做得比较扎实,然后询问她深度访谈样本的选择标准,质疑她的样本是为了支持结论有意筛选过的,存在一定的偏差。另外几位老师,有人对她所选用的巴赫金的狂欢化理论,是否完全适用于传播学研究提出了一些见解,有人让她再详细解释一下问卷设计的内在逻辑……

这几个问题,陈知遇预先都有点到过,也提点过应该怎么回答。

苏南就照着陈知遇提示的思路,结合自己的论文,一个一个应对过去。等回答完毕,回到位上,才发觉自己满手的冷汗。

后面还有两个同学,一晃就结束了。

六个人和旁听的学生被请出教室,五位老师商量答辩结果。

十来分钟,门开了。

苏南深呼一口气,重回教室。

答辩组长捏着一张纸，扫视一圈："经过我们讨论，最后决定，这次答辩，杨舒、刘景云……苏南这五位同学，通过后修改……"

四楼有个休息区，桌子沙发一应俱全。

暖黄色的夕阳洋洋洒洒铺了一地，楼外几棵大树越发绿意森森。这树，她以前在陈知遇的办公室里常看。

脚有点儿发软，喜悦的感觉温热的潮水一样，浸得她心里有点儿满溢之后的懒散。

她把书包搁在瓷砖地板上，斜靠着窗，掏出手机来，给陈知遇打电话。

"怎么样……"

橙黄翠绿，一齐涌入眼帘，苏南笑说："答辩通过了。"

那边顿了一下，一声轻笑："我早知道了。"

"知道了你还问。"

"你这么笨，保不准恰恰就撞上那10%不过的可能。"

苏南不和他抬杠，总觉得去年在他眼前据守一隅心怀鬼胎的日子已经很远了，突然之间又历历在目。

"陈老师，谢谢你。"

这一句，郑而重之。

谢他倾囊相授，谢他春风化雨，谢他严格规训。

谢他虽有私心却无私举。

谢他让她看见了一位高校教授，在学术上应有的风骨。

走到院办门口，身后传来江鸣谦的声音："苏南！"

苏南顿下脚步。

江鸣谦奔过来，笑得露出一排整齐的牙齿，这样子一看就是过了。

苏南也替他高兴："可惜啊，你当不成肄业的创业者了。"

江鸣谦哈哈大笑："明天我们请涵姐吃饭吧，去年毕业的师兄师姐说，往年都是答辩结束了请谢师宴的。"

苏南点头："那你张罗。"

第十六章 夏日骊歌

"好啊。"

两个人往外走,互相聊了几句近况。

到校门口,苏南拒绝了江鸣谦吃晚饭的邀约:"先不吃了,我回去休息一下。"

江鸣谦笑说:"那行,我先去了。"

点头,转身要走,又被江鸣谦给喊住。

"那个……"江鸣谦挠挠头,"还没祝你新婚快乐。"

苏南静了片刻,笑说:"谢谢。"

江鸣谦看着她,眼里太多的欲言又止,然而沉默了数秒,又笑起来,一摆手:"……我去吃饭了!"

高大的影子,风一样地蹿入人群之中,很快消失在视野之中。

谢师宴,应届的都到齐了,只有几个在外实习的小师妹没赶回来。

林涵颇多感慨。她扫视一圈,最后目光落在苏南身上:"你们是我带的第二届。每年到这个时候,我都挺惆怅的,人来了又走,感觉自己也一年一年在变老……"

大家齐声说:"涵姐,你年轻着呢!"

林涵笑了一声:"以后天南地北,想再聚也不容易。无论什么时候,你们以后遇到什么事,都可以给我打电话。经过南城,有时间也可以来我办公室坐坐。这话我每年都在说,今年也同样的送给你们——不论以后你们是取得巨大成功,还是只是芸芸众生寻常的一个,我都只有一个要求:清白为人,清白做事。"

所有人,垂首沉默。

林涵端起酒杯,笑说:"哎,每年都把气氛搞得这么伤感,我这个毛病真是改不掉——来来,喝点儿酒。这酒是姜医生专门帮忙挑的。"

"咦……"大家都红着眼,又笑出声,"又虐狗!"

吃完饭,大家在门口各自道别。

林涵喊住苏南。

"涵姐。"苏南乖乖地立在林涵面前。

"上一回,可能话说重了。"林涵看着她,"……这样的话,我做老师的可能不该说,但反正你已经算是毕业了,说句实话也无妨。你们这一届里面,我是最喜欢你的。我父母离婚早,小时候一直是跟爷爷奶奶生活,一个人背井离乡求学,在你身上,我能看到一股劲儿,跟我年轻的时候很像。所以有时候,不免会拿自己的标准往你身上套。你是可以成就一番事业的人,所以不想你太早被情爱所牵绊——但是转念又想,个人有个人的路。"

苏南垂着头:"涵姐,我明白。"

林涵笑一笑:"非洲挺苦的,去了好好努力。年轻的时候,受一点儿苦其实没有什么坏处。"

苏南点头。

林涵拍拍她肩膀:"替我向陈知遇问声好……以后你们婚宴上,他欠我的酒,一杯都别想逃。"

隔日,苏南把宿舍还剩下的东西收拾得七七八八,一并打包寄往崇城,只留下了被褥和日常用品,留着毕业典礼和拍毕业照时回来住。

宿舍里弥漫着伤感的氛围,大家约定了过两周一起拍一组宿舍毕业照。

都各有去路,也不能耽误很久。

下午,苏南就乘高铁回崇城了。

陈知遇下班,一打开门,一股食物香味扑鼻而来。

他站门口体会了一下心里一时涌动的,不知名的情绪,换了鞋,直接往厨房去。

在水槽里洗个手,走到苏南身后。

苏南:"快了,还有一个菜。"

陈知遇没说话,伸手捏着她下巴,把她脑袋扳过来,亲了一下。

苏南推他:"菜要糊掉了。"

"这顿算什么,谢师宴?"

"也不是不可以这么说。"

陈知遇搂着她腰:"不觉得太寒酸了?"

"要怎么豪华?"

第十六章　夏日骊歌

陈知遇眼里带点儿不太正经的笑意:"加点儿餐后甜点?"

苏南:"……"

"餐后甜点",陈知遇吃了整整两个小时,结束后摸过烟,点燃一支,有一下没一下地抽。另一只手,缠着苏南的头发,绞了又松,松了又绞。

苏南扯了一下自己的头发,没扯动,就随他玩了。

躺着休息一会儿,苏南抬眼看着他:"陈老师……"

陈知遇看她。

"我六月二十号毕业典礼,你会去看吗?"

"可能去不了。崇大也有毕业典礼,院里的学校的,也差不多是那个时间。"

苏南多少有点儿失望,但没表现出来:"哦。"

"想我去给你献花?我十年前就不干这种事了。"

"您最脱俗了。"苏南轻哼一声。

六月,整个学校走了快一半的人,生活了三年的地方,骤然显出一种安静的隔膜。

苏南终于开始觉得自己不再属于这里。

约定的宿舍四人的毕业照,最终种种原因,也没有成行——好像是过了满盈的那一刻,再要团圆,一切都难了。

班级毕业照倒是照了。南城大学不缺好景色,北边爬满爬山虎的钟楼,和被绿荫遮蔽的古建,就是拍摄毕业照的最佳背景。

但研究生,终不似本科一班子人情谊深厚。读本科时,大家刚认识时都是18岁出头,虽然天南地北,然则各有赤子之心。等到了研究生,同学相处更复杂,过往经历迥异,要处出感情来,比之本科难上加难。好比苏南的几位室友,平日里约饭吃饭,但一旦不在学校了,十天半个月也想不来发一条微信。苏南又是格外看重意气相投,交友在精不在多的人。

六月二十日,院毕业典礼;二十一日,校毕业典礼。

学位授予仪式在院里举办,校毕业典礼只有各院毕业片宣传和领导致辞。

苏南听说有些学校的学位授予,是全校一起举行的,几十个院齐聚一堂,排在最后上台的院不知道要等到猴年马月。

清晨八点,热气还没升起。北园草地上、钟楼下、礼堂前,处处都是穿着硕士服拍照的人。

苏南穿的硕士服,质量比旁边人高出了一大截。

是陈知遇送的。他说费了这么老大的劲毕了业,典礼就别穿学校替你们租的八十块一套的了。

正跟着室友一起拍照,远远听见有人喊:"苏南!"

抬眼一看,草地那头,江鸣谦冲她招手。

江鸣谦个子高,学位服套在他身上显得短了一截,样子特滑稽。

到跟前,江鸣谦取下学位帽扇风,举了举自己带来的单反,笑说:"跟我合张影?"说着,把自己手里的单反交给了同行的同学。

两个人,找了一个人少的地方。

江鸣谦迈一步,与她肩膀挨着肩膀,伸出手臂,将她肩头一揽——没真的揽,握成拳头,虚虚地贴着。

她不知道为什么就觉得有些动容,然而江鸣谦这样坦荡,自然不须她来什么客套的安慰。

江鸣谦笑说:"看镜头啊。"

苏南:"哦。"

对面男生拍了几张,递过来给他们看。

江鸣谦瞅了一眼,摸摸鼻子:"蛮好的。"接过相机,冲苏南一摆手,"你接着拍,我去找我班上同学了。"

苏南心里生出一些感慨。

本科,尤其是研究生期间,爱情真的太速食了。最初她以为江鸣谦对她,也是像见过的多数男生那样,习惯性走几个套路,若能套上就开始,套不上迅速转移目标。

但不是。江鸣谦对着她有一种笨拙的真心,跟她在高中时才见过的那些笨蛋男生一样。

不管回应还是不能回应,她很感激这样一份"笨拙"。

第十六章　夏日骊歌

九点，开始入场。整个报告厅，坐得满满当当，不少的学生家长也出席了。

两个常在学生会活跃的学生充当了主持人，十点，毕业典礼正式开始。

学生会贴心地准备了几个节目营造气氛，十点半，学位授予仪式正式开始。

两百多号人，一次上台八个人，点名，排队，上台，下台，有条不紊。

二十多分钟后，苏南被点到名，把自己的书包和学生会发的小纪念品留在座位上，去讲台下右侧排队。队伍里排了三五分钟，终于轮到她。

台上第四人是林涵，她在第三位，两人错了一个位置。苏南赶紧回头，央求后面的男生跟她换了一个位置。

庄重的音乐声里，她缓缓走上台，微微颔首，喉咙一时哽咽："涵姐。"

林涵与她目光相对，笑着替她把学位帽的帽穗从右边拨到左边："恭喜你毕业啦。"

苏南说不出话来。

"要说的，谢师宴那天都说了。以后安身立命，谨记本心。"

苏南眼含泪光，点头，接过林涵递来的学位证书，握手，转身。

苏南目光扫一圈，找自己的座位。

一张清俊的脸骤然闯入视线，她一愣，顿住。

就看见那人懒洋洋地从她的位上站起身，把一捧娇艳欲滴的玫瑰，往她怀里一塞。

身边顿时响起惊讶的吸气声、尖叫声："陈老师！"

"是陈知遇！"

"原来……"

一阵接一阵的快门"咔擦"，半个报告厅的人，全都围拢了过来。

苏南这辈子，头一次这么万人瞩目。

怀里玫瑰馨香扑鼻，就让她想到那时坐在办公室里，陈知遇把一束玫瑰掷于她桌前。

仿佛把一片冰心，投掷于她的玉壶。

陈知遇扬一扬眉："恭喜你，毕业了。"

269

一把握住还呆愣着的苏南的手腕,一带,连同人,连同花,连同代表了她三年岁月的学位证书,一并抱入怀里。

周遭一霎静默,紧接着响起越发响亮的呼声。

不知谁起头鼓了一下掌,整个报告厅里顿时掌声震耳欲聋。

苏南……已经傻掉了。

小女生的一点儿虚荣心,被这人用明天估计要在朋友圈里竞相转载的方式彻底满足。

她不敢抬头,脸埋在陈知遇怀里:"……你不是说不来吗?"

"……想一想,还是来吧。别人都有家属,你没家属,怪惨的。"声音带着笑,沉沉地贴着她耳朵。

"……他们还在看吗?"

"你要是想被他们看久一点儿,大可以再抱久一点儿。"

苏南挣扎着要离开,却被陈知遇给按住了。

"想好说什么了吗?"

苏南:"没……我应该说什么?"

陈知遇:"……我也没想好。"

苏南:"……"

"那就再抱十秒。"

十秒钟后,陈知遇松开苏南,捏着她的手,微笑,颔首……一句话也没说。

有人要过来合影,有人要上来采访,他全都摆手拒绝了,牵着苏南,在座位上坐下。

到底是研究生,该有的素质还是有的,看他们无意多曝光,都各自回到了自己位上。

好奇的窥探避免不了,就由它去了。

苏南这会儿还在一种刺激的迷离之中:"什么时候来的?"

"你刚上台,我刚到。"

他的到来引起了一小阵骚乱,有几个女生激动地要过来与他合影,他阻止了,伸出一指抵在唇上,做出一个嘘声的动作。

到得很巧,因而适时地用镜头捕捉到了自己的傻学生,憨直可爱,

第十六章　夏日骊歌

又眼角挂泪的笑容。

苏南抱着花，傻笑两声。

陈知遇挑眉："满意了吧？"

"孙院长会不会要找你谈话啊……我已经可以猜到一会儿朋友圈的文章会怎么写了。"

陈知遇煞有介事："当名人，就有这点儿苦恼，你要适应。"

很快学位授予仪式就结束了，研会又拿出两个小节目，在"放心去追，勇敢地去追，追一切我们，未完成的梦"的伤感歌声里，毕业典礼结束。

陈知遇和苏南提前走了，怕赶上离场的人潮，又要体验一把当名人的苦恼。

陈知遇在路上打电话在附近的星级酒店订了房，载着苏南直接过去。

"你今天还有什么安排？"

"中午下午没什么安排了，晚上班上要吃散伙饭。"

陈知遇："嗯。"

苏南瞅他："嗯什么？"

陈知遇瞥她一眼，不答。

到酒店房间，苏南脱了鞋，把花和学位证书搁在桌上，就要去脱自己身上焐出了一身汗的硕士服。

"等等。"陈知遇提着相机过来了，"去阳台上，给你拍张照。"

苏南立在阳台上，有点儿僵硬地看着陈知遇："怎么拍？"

"你随便……别看我，看什么都行。"

看苏南手足无措，指一指阳台上的藤椅："坐这儿。"

苏南坐下了，陈知遇往她面前丢了本杂志："你随便翻，别管我。"

古里古怪的，苏南只能由他了。

拍完照，苏南冲了个凉，躺进干爽的被子里。

陈知遇点了一支烟，坐在床沿上，转头看一眼，把被子掀开了："别把自己憋死了。"

苏南蹭过来，头枕在他腿上。

"陈老师。"

陈知遇把烟拿远了："嗯？"

"你当年毕业……是什么感觉？"

"没什么感觉。想着马上要博士入学，烦。"

苏南笑了。看着他清俊的眉目，心陷在一种格外甜蜜的徜徉之中。

到底不是年轻人了，他眼角已经有一些细纹。

然而这些她都喜欢。

陈知遇伸手轻抚她刚洗过的、柔软的长发："……第一回见你的时候，真没想到你有毕业的这一天。"

苏南："……你又讽刺我。"

陈知遇笑一声。

看她站在台上，从林涵手里接过学位证书，心情分外复杂。归纳起来，竟然不是对女朋友的，而是——

有女初长，今已亭亭。

苏南办完一堆烦琐的手续，和南城大学的关系，也算是到了路尽顿足的地步。

回首这三年，前一年碌碌无为，后两年的记忆，全与陈知遇有关。

而他们的认识，真是因为一场寻常的会面。

缘分是三千落雪拂面，恰有一瓣，融在你手心。

相较于陈知遇闲散的暑假，苏南的整个夏天，就繁忙得多。

六月签合同，正式入职；七月考了托业考试；八月定最终外派地点，苏南去马拉维，辜田去坦桑尼亚，之后，各种外派需要的繁杂的证件和手续，开始一项一项地办起来。

派遣通知下来那天，苏南和辜田趴在地图上，找了半天，才在非洲大陆右下部分，找到了丁点儿大的马拉维共和国。

苏南就去查这个她此前听都没有听过的小国家，国土面积，11.8万平方千米。

辜田笑得不行："好小啊，抵不上我国一个省。"

第十六章　夏日骊歌

幸运在坦桑尼亚和马拉维挨一块儿,两人一同过去,多少算是个照应。

八月末,苏南还没走,程宛先一步走了。

程宛这半年,总算把身上一摊子的事都卸除干净。既已出了"花果山",再不用当猴子猴孙,自然是海阔凭鱼跃。

程父还在跟她冷战,她也不想继续搁崇城给老人家添堵,收拾收拾行李,决定先往北欧去一趟,"洗涤心灵"。

周末,陈知遇携家属给她饯行,谷老板、谷老板娘和"谷小少爷",也跟着出席。

都是熟人,很不拘着。

苏南对小孩儿感兴趣,池叶一进门,她就把近半岁大的"谷小少爷"接过来。

"谷小少爷"长得像池叶,眉目很是清秀,不认生,脾气也好,逢人就笑,跟谷信鸿粗犷的画风一点儿不沾边。谷信鸿满意得不得了,说自己儿子才半岁,就已是翩翩浊世佳公子,以后不知道多少姑娘为他倾倒。

"谷小少爷"脚腕子上戴了一个银制的脚环,缀着两粒铃铛,一动就丁零响。

陈知遇一边听谷信鸿和程宛说话,一边分神去看苏南哄弄小孩儿。她蹲在孩子跟前,扮猫脸念儿歌,把人逗得咯咯直笑,伸着两节细嫩的小藕节,就要她抱。

过年在苏南家就发现了,苏南能跟小孩儿相处得很好,宁宁也很喜欢她。她很有耐心,碰到孩子哭的时候尤其。

谷信鸿注意到陈知遇目光,"嘿"一声,拿手肘轻轻一撞他:"羡慕?"

陈知遇抿口茶,懒得理他。

对面程宛剥碧根果,瞅陈知遇一眼:"年纪大了吧?急了吧?后悔了吧?"

陈知遇神色平静:"俗人才一生围着繁衍生息这点儿生存本能打转。"

然而,他实则肠子都悔青了。

客座授课的事,林涵邀请了他好几年,他要是早一年去,也能早一些认识苏南。

谷信鸿和程宛齐声:"装模作样。"

苏南捏着"谷小少爷"幼嫩的小脚,听池叶细声问:"你真的要去非洲啊?"

苏南笑笑:"嗯。"

"去年第一次见到你的时候,我就知道你不是可以坦然接受别人荫蔽的那种人。"池叶笑说,"年轻有年轻的选择,撞上南墙的痛,放肆拼杀的血,不都是年老之后的故事吗?"

苏南看她:"那你呢……"

"我啊,"池叶目光温柔缱绻,定在"谷小少爷"清澈的眼睛上:"我就喜欢稳定、细水长流的生活。"

池叶冲她挤挤眼,凑近低声说:"……我帮你看着陈先生啊,有什么情况就和你汇报。"

苏南哑然失笑。

离开餐馆,夜已经很深。

夏夜空气残余一点儿暑气,扑面而来,长了毛脚一样,粘着皮肤。

陈知遇捏着苏南的手,走一阵消食。给程宛的这顿饯行酒,多少让他触景生情。

年幼他曾向往从军,后来阴差阳错学了建筑,又转行做起传媒。程宛想去制造航母,却学了法律,最后找了个对口工作,又在平步青云之时,自愿折戟沉沙。谷信鸿想当宇航员,后来入了伍,又变成了一身铜臭的商人。

人过而立,奔不惑而去,尤能感受到命运的翻云覆雨。

早十岁,或者早上六七岁,他兴许还能抛下一切,奔着即将远航的苏南而去。

如今呢?

如今只愿做一个港口,等她漂泊已久之后,入港靠岸。

九月,出发的日子到了。

第十六章 夏日骊歌

在陈知遇的帮助之下,苏南的东西收拾得齐备妥当,只要是能想到的,一点儿也没落下。

两个大箱子,立在客厅里,没了一半苏南的东西,公寓一下就显得空了。

陈知遇立在窗边,点了支烟,往厨房去看一眼。

灶上拿砂锅焖着汤,盖着锅盖的锅里烧着水,苏南在"笃笃笃"切菜。

他立在厨房门口,拿着烟,很慢地抽。

苏南回头看他一眼:"怎么了?"

"没事。"

他只是站着,看着她。

"有油烟的,你出去等。"

他仍说"没事"。

直到一支烟抽完,他才转身出去。

晚餐,老鸭汤、剁椒虾皮小白菜、荷塘小炒、清炒虾仁、冰糖南瓜。苏南盛上两碗米饭,又去拿两罐啤酒。

一蔬一饭,味道清甜可口。越发显得啤酒凉,入口尤为苦涩。

吃完饭,陈知遇先苏南一步去洗澡。

他坐在马桶盖上,又点一支烟。

活到这个年岁,不习惯把离别搞得过于伤感,然而吃完饭时,数度难以忍受。不是不想放下点儿身段,恳求苏南别去了——他赚的钱她下辈子都花不完,何必要在他 35 岁的这关头,再让他遭受一段离别?

浴室没开换气,很快就一股浓烈的烟味。

陈知遇将还剩半截的烟灭了,起身脱了衣服,放水洗澡。

响起敲门声。

陈知遇关上花洒,听浴室门外苏南轻声问:"我拿点儿东西,可以进来吗?"

陈知遇应一声。

浴室门打开了,苏南立在门口,没进来。

"拿什么?"

苏南摇摇头,微微偏了一下头,看着他,把浴室门关上,"哒"一声,

275

锁上。

窗帘被风掀起来,又"啪"一下,拍在窗框之上,有很细微的风声。灯亮了彻夜,很快天也将亮了。

陈知遇手指绞了苏南的一缕头发:"回来以后,想过什么样的生活?"

苏南愣一下。

浅黄色灯光将他墨色头发的发尾,染出点儿暖色的调子,让他神情看着有一点儿倦怠的懒散。

"……想在安静一点儿的地方定居,大学城公寓这样的,就可以了。"

"还有呢?"

"嗯……"苏南偏头想一下,"想有个院子,种一棵无花果树——我喜欢《怦然心动》。角落里架蔷薇架,可以爬到窗下,开花的时候,很香。还要种一棵枫树,我喜欢小时候槭城满城红艳艳的叶子。如果院子有野草,不要铲了,就随它去长。栅栏下面放一个小盆,每天早上添一点儿猫粮,让野猫自己过来吃……还种一点儿猫薄荷吧?然后……"她顿一顿,想一想,又补充,"最重要的是……"

陈知遇看她。

苏南抬头:"……春夏秋冬,要一直和你在一起。"

陈知遇心里一紧。

苏南抱住他的腰,把头靠在他胸膛,听里面很有力的心跳:"陈老师,谢谢你。"

"谢我什么。"

"……你尊重我的选择。"

沉默片刻,听见他低哼一声:"别臭美,我是嫌你在我跟前碍眼。"

苏南也不争辩,低着头说:"……我很快就很久不会碍你眼了,很久很久……"

陈知遇沉着脸:"……你是不是讨打?"

半响,没听见吭声。

伸手把她头抬起来,就看见眼里蓄了将落不落的泪花。

"……现在知道哭了?"

第十六章　夏日骊歌

"没哭……一个虫子撞进我眼睛里了。"
"哦,那怎么不撞我眼睛里?"
"你眼睛比我小。"
陈知遇:"……"

这一夜有月。
他们彻夜未眠,东边的靛青天色裁出一线暖光,两人起床,吃早饭,开车去机场。
飞机从崇城国际机场起飞,到香港转机,再在约翰内斯堡转机,然后抵达马拉维首都利隆圭。
清晨,整个机场已是人潮如织,进口出口,白人黑人……繁忙熙攘。
办完登机和托运,陈知遇将她送至安检口,嘱咐:"起飞到达,都跟我说一声。"
"嗯。"
"遇到不懂的,给我打电话也行,问机场工作人员也行,别一人瞎琢磨耽误时间。"
"嗯。"
"注意安全,遇到有人搭讪,提高警惕。"
"嗯……"
陈知遇难得没忍住,絮叨嘱咐了一大堆。
最后抬腕看手表:"你现在去安检,到登机口休息一会儿,赶早不赶晚。"
很迟疑的一声:"……嗯。"
陈知遇把她随身背着的行李包递过去:"进去吧。"
苏南接过,拿上登机牌和身份证,脚步一顿,往安检口走。
走两步,又回头。
陈知遇白衣黑裤,一手插在口袋里,安静地注视着她去的方向。
排进队伍,再回头。
陈知遇还是那样站着,看着她。
酿了一整夜的,不舍、难过和惶恐,骤然潮水一样地涌上来。

她飞快奔出队伍，又几步跑回陈知遇跟前，扑进他怀里，一把将他抱住。

"陈老师……"哽咽，直至泣不成声。

陈知遇按着她后背，抬腕又看了看时间，还够。

拽着她手腕，一直拖出大厅。

外面晨风裹着热气扑过来，车流人声鼎沸。

陈知遇把她整个圈在外墙与手臂之间，拿身体将来往行人的视线彻底挡住，给她这暂时脆弱的一方角落。

苏南捉着他衣襟，指节都快泛白："陈老师……"

"再给你哭十分钟，然后去安检。"

"我……"

陈知遇看着她，不舍，却也不得不心硬如铁："到这份上，你要是敢说一句不想去了，今后就别见我。"

苏南紧咬着唇，眼泪啪嗒往下落。

陈知遇把她紧攥的手捏过来，抵在自己胸膛上："记得我说的吗？线在这儿。"

苏南飞快点头。

时间一分一秒过，陈知遇看一眼手表，掏出纸巾，把她脸上泪擦干净，伸出一指竖在她眼前："不准哭了。"

苏南死咬着嘴唇，点头。

陈知遇收起手臂，一手插进口袋，笔直站着："你自己去安检，我不送你进去了。"

苏南看着他。

"去。"

她抓紧了背包的袋子，静了数秒，一闭眼，再睁开，后退一步："再见！"

生怕勇气一生即灭，她飞快转身，向着大厅门口飞奔而去。

陈知遇顿了一会儿，提步，往门口走去。

那一道身影，已经汇入了排队的人流之中，瘦弱的一道身影，随着队伍慢慢往前挪动。

第十六章 夏日骊歌

终于,她把登机牌递上去,走进了安检门,彻底看不见了。

陈知遇垂眸。

立了片刻,离开航站楼,往地下停车场去。

在车里,他点了一支烟,很慢地抽完了。

把两年以来的时光,在脑子飞快地过了一遍。

最后的定格,是那一天荒烟蔓草,他背着她,满天星斗。

昨晚,琐碎烦冗,说了很多事。

苏南握着他的手:"很小的时候,读三毛,她说,每想你一次,天上飘落一粒沙,从此形成撒哈拉。

"……我呢。我想你的时候,南山终年落满雪花。"

第十七章

静水流深

> 当我跨过沉沦的一切,向永恒开战的时候,你是我的军旗。
>
> —— 王小波

数次转机,颠簸,苏南抵达利隆圭机场时,整个人已经累得散了架。

C司驻利隆圭办事处派了人来接机,一个四十来岁的中年男人,个子不高,一米七出头的样子,戴一副眼镜,穿一件藏青色的POLO衫,额上有抬头纹,见了苏南便热情打招呼,十分随和。

这人叫何平,是苏南在这边的直接主管。

何平开一辆半旧的白色轿车,车落了很多灰,很久没洗过一样。他把苏南的两个行李箱往后备厢里一放,开车往市区去。

何平把自己手机丢给苏南,让她拨电话给家里报平安:"一会儿吃了饭,我带你去办当地的卡。"

"国际长途贵吗?"

"这儿还挺贵的,你挑重点讲,"何平笑说,"宿舍有WiFi,我们一般跟家里语音视频。"看苏南还有点儿茫然,又补充一句,"00加国际区号,再拨电话号码。"

"我可能要打两个。"

何平笑呵呵说:"逗你玩儿的!随便打!我们每个月有通信补贴,不

第十七章　静水流深

差这两个国际电话的钱。"

车窗外稀树草原飞掠而过，天蓝得没有一丝杂质，整条路上，人烟稀少，车更是见不到几辆。

苏南把长长一串数字输完，听见电话那端传来一声"喂"。

她眼眶一热，别过脸去让风吹着眼睛："陈老师，是我……"

"我知道，国际号码，还能有谁？"陈知遇声音带着笑。

"……我到了，也跟同事接上头了。"

"还行吗？"

"感觉……"苏南瞥一眼何平，"这儿挺穷的。你去过三峡机场吗，他们这儿首都的机场还没三峡机场大。"

"这不就是你们这些小清新要的返璞归真的生活吗？好好体验，不准叫苦。"

还是熟悉的陈知遇，好像就在跟前一样。

苏南笑一声。

到底不好意思拿别人的手机讲太久，又说两句，就挂了电话。

然后又给家里拨了一个，跟苏母报平安。

何平接过苏南递来的手机，笑说："你一个小姑娘，怎么会选非洲？东南亚不挺好的吗？"

苏南摸摸鼻子："……钱多。"

何平哑然失笑："这儿真挺苦的，你做好心理准备。"

中午，抵达市中心。

房子都不高，车也不多，像国内的三线小城。想象中荒凉、脏乱的场面没有出现，多少让苏南安心了一些。

何平领她在市区一家法国人开的餐厅吃过中饭，然后去办电话卡。马拉维就本地的 TNM 和印度人办的 Airtel 两家移动通信商，资费也都不便宜。比较尴尬的是，电话卡办了，苏南的手机跟卡却没办法兼容。何平让她把卡先拿着，回头去问行政申请购买 C 司自产手机的员工福利。

下午，在一家华人开的超市购置了床单、被褥、蚊帐，以及一些日常用品。开车渐渐远离了市区，抵达了 C 司在利隆圭郊区的驻地。何平领她去签了到，拿到临时的门禁卡，然后把车开去宿舍。

车停下，苏南才发现，所谓的"宿舍"，居然是一整片的别墅。

别墅外观气派，里面却没有一丁点儿软装。何平帮她检查了水电，让她今晚先在这儿休息，以后有空，再往里填补家具，又问她拿了驾照没有。

"拿了，就是没怎么开过……"

何平笑说："你去超市，可以问我借车。"

等何平走了，苏南开始收拾东西。

别墅两层，就睡她一个人——何平说办事处统共七十多人，女的只有四个，那四人分了一栋，没空房间再住其他人，让她暂时先一个人住着，回头让后勤帮忙协调。

过了半小时，何平来敲门，拿了个随身 WiFi，C 司自产的。

"这个你先用着，密码贴在盒子上了，网线回头再牵——你先休息一会儿，晚上来我家吃饭。"

苏南把东西收拾好，睡了两小时，晚上去何平住处。

这才知道，何平一家三口都在马拉维。他们儿子已经 4 岁了，明年就要回国去念书。

何平来这儿九年了，他来时整个办事处才五个人，其中三个是工程师，负责帮通信商 TNM 架设基站，开拓无线电服务。

席上喝了些酒，何平讲起自己刚来时的事，说那时还没别墅，就是简易的平层，第一天直接睡在水泥地上。马拉维老停电，雨季，碰上蚊虫肆虐，那滋味格外难受。那时候也不像现在定期组织灭蚊，在这儿的每个人，一个月要得好几次疟疾。

"现在呢？"

何平笑说："那真不敢保证。"

苏南："屠呦呦都拿诺贝尔了……"

"马拉维的贫穷在世界上都排得上号，医疗卫生基础差，不把这块搞起来都是白搭，非洲只有阿尔及利亚和马约特岛这俩富得流油的地方彻底清除了疟疾。"

末了，何平看她一眼，笑一笑，笑意里明显含着对她这个娇滴滴的小姑娘的不信任。

一个月下来，苏南渐渐习惯了在利隆圭的节奏，简言之，就是——加班。

朝九晚十是常态，酌情延长，且无上限。

她还是一个人住，平常会开着何平的车去市里的大型购物中心采办东西，渐渐为自己的卧室添置了一套沙发，一组落地灯，一块从土耳其人手里买来的编织地毯，几组从当地市场上买来的黑木木雕，雕刻着鬼面，或者马拉维的国鸟鱼鹰。

时间久了，就发现在这里最难受的倒不是穷，利隆圭并不穷，只是不够发达，该有的都有。最大的问题，是无聊……最开始兴致蓬勃，四处去爬山看湖，等工作越来越忙，爬山和去市中心逛街的兴致都没有了，只每周跟公司里的一些同事打两场排球。

也就越发思念陈知遇。

不管多累，不管几点下班，苏南都会给陈知遇发一条微信，汇报自己今天做了什么。

两个人约定谁也不等谁的回复，到该睡觉的时间就睡，睡醒了再说。

是以，苏南每晚睡前发去微信，每天早上都能收到回复——陈知遇也妥协了，该用语音就用语音，跟她讲学校发生的事，今年招收的新研究生如何如何，上课被人提了个什么问题，孙院长有意让他开始着手准备评教授职称……

马拉维与国内有六小时的时差。

苏南一点才下班，回别墅洗了个澡，瘫在床上，给陈知遇打语音电话，却不小心按成了视频。

国内七点，陈知遇刚起床。

他是用电脑屏幕接的，把摄像头对准自己，一边去衣柜里拿领带，一边跟苏南说话。

苏南看着他修长的手指把衬衫的扣子一粒一粒扣起来，扎进西裤里，翻腕，拉一拉衣袖，然后开始打领带。

陈知遇向着屏幕这儿看了一眼："怎么不说话……"

"想……"

陈知遇缓缓走到屏幕前:"想什么?"

苏南脸埋进枕头里:"……想给你打领带。"

陈知遇闷声笑起来:"你回来,我让你帮我打。"

苏南闷着,"嗯"一声。

"你快睡吧……都一点半了。"

苏南点点头,又抬起脸:"我下周要去布兰太尔。"

"做什么?"

"独立见客户……"

陈知遇扬眉:"不是挺好的吗,这才几个月,就能独当一面了?"

"小单……还挺简单的。"

何平最开始不觉得她能吃苦,但快三个月带下来,发现她有一股韧劲儿,让加班就加班,让出差就出差,说一不二。

他明年要调回国,布兰太尔那边的负责人过来补他的空缺,苏南明年就要去布兰太尔挑大梁。

看苏南实诚勤勉,也就不藏私,倾囊相授,领着她快速熟悉业务,只要是苏南能做的,都会指派她去做。

现在苏南已经跟过了两个大单,具体流程算是熟悉了,但完完全全自己去谈,还是第一次。

"凡事总有第一次。"

苏南问:"你第一次讲课,紧张吗?"

"我又不是无所不能,肯定紧张。课备了一个月,开场白都串好了,等上台的时候,全忘了……"

苏南笑了:"然后呢……"

"然后还能怎么办,"陈知遇跷腿在电脑屏幕前坐下,"即兴发挥。"

苏南"嗯"一声,"那你还记得自己说了什么吗?"

陈知遇有点儿郁闷:"……院长录下来,过一段时间就放给我看。"

苏南笑,眼皮却渐渐沉了,听着陈知遇开始讲他那一天的即兴演讲,闭上了眼。

"……苏南?"

第十七章 静水流深

屏幕那边,苏南脸枕在手臂上,一侧脸颊被压得鼓鼓的,有一点儿变形。头发垂下来,呼吸沉沉,显然已经睡着了。

眼下,有一圈很明显的黑眼圈。

快三个月了,她是真的一句苦都没有喊过。

给他发来的照片,全是褐色高原、蓝色湖泊、台湾人的瓜果园、德国人的啤酒庄、黑人的农贸市场和印度人的比萨店。给他看利隆圭街道上的mini bus——实际上就是国内的金杯,小小一辆车,却要坐十几个人,明显超载;给他看背着木柴蹬自行车的黑人青年——即便在首都,也有好多人烧不起液化气,需要用最原始的能源烧饭;给他看一种叫做"西玛"的食物,用玉米面糊煮成,味道特别奇怪。

她力图让他知道,她一点儿也不苦,这儿多姿多彩。

陈知遇没有叫她,也没关视频,就坐在屏幕前,点燃一支烟,静静地看。

直到时间划过八点,他伸出手指,弹了一下屏幕里苏南鼓起来的脸颊,自顾自笑一声:"傻。"

布兰太尔距离首都利隆圭360公里,在何平的建议之下,苏南自驾过去。与布兰太尔C司的接头人碰过面,领了资料,在何平帮忙预订的酒店下榻。晚上啃过资料,隔日就给客户打电话。

客户是当地人,说话口音很重,苏南费了老大的劲,跟他定了一个面谈的时间。

十二月下旬,马拉维已进入雨季,午后天气闷热,噼里啪啦下了一场阵雨,空气里一股尘土的气味儿。

苏南驾车去客户公司,却被前台一个黑人姑娘拦了下来,查询之后,说她没有预约。苏南给客户打电话,被告知他刚出去了,让她在公司等着。

没办法,只能等。

苏南把随身携带的笔记本掏出来,坐在大厅里边做事边等,快两小时,有个穿蓝色衬衫的黑人走进来。

苏南对黑人脸盲,连丹泽尔·华盛顿和威尔·史密斯都分不清。瞅着那人跟照片上有点儿像,又不敢确定,赶紧掏出手机拨个电话。

铃声响起。

苏南赶紧把东西往包里一塞,小跑着奔过去,说明来意。

那人停下脚步看她一眼,嘴里说了句什么,苏南反应了一秒钟才明白是让她跟上去。

然而,这次谈得很不顺利。

口音障碍倒是其次,主要是这人有点儿激进情绪。这些年,C 司攻城拔寨似的在马拉维交付一个又一个的基站,这人觉得这是新的殖民主义方式,经常义愤填膺地痛斥。

苏南只得听着,然后委婉替自己的同事和同胞澄清,列举了几个援非医疗队和 NGO 组织的义举,试图表达善意。

不知道哪句话惹到了这个哥们儿,他突然就不说英文了,一拍桌子站起身,叽里呱啦蹦出一串的神秘语言,听着跟说 RAP 似的。

苏南呆住了。

他一抬手,情绪激烈道:"Get out!"

苏南回去,改日又来拜访,吃了好几次闭门羹,只得去跟前台的姑娘套话,才知道前几年有个 NGO 组织在布兰太尔这边出过丑闻,而这位客户,就是当时那个 NGO 组织在此处落地的志愿者之一。

苏南前两天说的那番话,简直正正好戳到对方的逆鳞。

又磨了好长时间,诚心道歉消除影响,摆事实讲道理,最后客户总算松口,说这事儿他做不了最终决定,让她去找在萨利马部署分公司业务的主管。

苏南已经在布兰太尔耽搁了好多天,本来是想歇一晚再去萨利马,权衡之后,下午四点,还是直接上路了。如果开得快,在天黑之前应该能抵达萨利马。

走 M1 道路,再转 M5。行到半路,豆大的雨点就落了下来,噼里啪啦砸着车窗。

雨势倾盆,能见度低。车开不动了,只能暂时靠路边停着。

苏南摸出手机,已经快六点了。马拉维离赤道近,天说黑就要黑,

第十七章　静水流深

几乎不会有任何慢吞吞的过渡。

苏南心里着急，没时间等雨停了。

正要发动车子，"咣当"一声，车身剧烈一震。

还没反应过来是怎么回事，又是一声，车窗"啪嚓"一声，玻璃顿时豁出个大洞！

苏南尖叫一声，抱住了脑袋。

便听外面几个声音高喊："Money！Money！"

苏南吓得浑身直哆嗦，摸出包里钱夹丢了出去。

一阵叽里呱啦，过一阵，声音远了。

苏南这才敢抬起头，往外看一眼，几个小孩儿扬着钱夹和铁棍，朝着路外奔去，雨幕里隐约能瞧见几栋破败的茅屋。

心有余悸，好半晌才缓过来。

何平跟她提过，C司刚来的时候，马拉维治安还没现在这么好，那时候的宿舍时不时有人破窗抢劫。这回苏南出发前，特意被叮嘱过，钱要分开放，重要证件也要分开放，遇到打劫的不要讨价还价，直接给。车他们不会抢，因为即便抢了也加不起油。

暴雨从破了的窗户哗哗往里灌，苏南按着心脏深吸了几口气，也没时间清理碎玻璃，不敢继续耽误，从包里抄出件衣服把头一包，猛踩油门，迎着密集雨幕疾驰而去。

苏南在萨利马找到一家正规酒店下榻，然后去检查何平车的情况。

车屁股被人砸出个大坑，驾驶座车窗整面都得更换。

苏南给何平打了个电话。

何平也是吓得不行，说当时少嘱咐了两句，在非洲没什么人烟的路上开车，千万别随便停车。

让她别担心，人没事儿最重要，末了呵呵笑说："知道我车为什么这么破了吧？"

这话把苏南给逗乐了。

何平帮苏南查了查在萨利马的汽修站，把地址告诉她，让她把车开过去装玻璃，然后在当地租一辆车。

忙完，回到酒店，苏南才觉惊怖和委屈之感一阵阵泛起来。

一算时间，国内已经凌晨两点了，没给陈知遇拨电话，只发了条微信，说自己已经在萨利马了，又拍了张酒店房间的照片发过去。

经历了被砸车这么一遭，后续跟主管的谈判竟然异常顺利，大约是"人品守恒定律"发挥了作用。

在萨利马再耽搁半天，车修好了，苏南返回利隆圭，向何平呈上自己差点儿丢了半条命换来的一纸合同。

何平忍不住感慨："第一天在机场见到你的时候，我还在心里骂了总部两句，心想这种虎狼之地，派个小姑娘过来，闹呢？"

苏南笑一笑。

何平比个大拇指："面试你的是谁？回头我得好好感谢他。"

"徐东。何主任你认识吗？"

何平一拍大腿："徐东啊！徐胖子！我本科同学！你怎么不早说？"

这下更是对苏南激赏有加，慷慨大度地把她的公干时间多报了一天，让她好好休息。

过两天，收到了辜田的消息。

辜田比苏南晚一个月出发到坦桑尼亚，她适应得快，如鱼得水，喜欢这儿的黄土地黑皮肤红太阳，以及非洲人民的热情，只差没把这儿引为第二故乡。

辜田问苏南元旦有没有空，她来马拉维联络感情。

元旦，C司慷慨地给了两天假期。

苏南接待了辜田，领她在利隆圭转了一圈。

下午在餐厅吃饭，苏南掐着时间，给陈知遇拨了个电话。

苏南："陈老师，新年快乐。"

陈知遇笑一声："今天没上班？"

"没。好歹是新年，不放假员工要造反了。你一个人在家吗？"

陈知遇："……不然还有谁？"

"……"苏南知道他故意曲解她的意思，也就顺着他的话开玩笑，"那说不准，万一哪个姑娘，要赖着跟你一块儿跨年……"

第十七章　静水流深

"还真有。"

苏南："……"

陈知遇："叫苏北,等你回来,带你认识。"

苏南："……您还能更扯淡点儿吗?"

陈知遇笑一声,问她在哪儿。

"在外面,跟辜田一起吃饭呢……不信?不信我给你来张自拍……"

"自拍?"从洗手间里出来的辜田,适时捕捉到了这两个字,凑到苏南身旁。

苏南把两个人的合照,给陈知遇发过去,再接起电话。

陈知遇："……你怎么晒黑了?"

苏南："……"

陈知遇笑一声,让她先吃饭。

辜田扑闪着大眼睛,特无辜地看着苏南："南南,有个问题我很好奇?"

苏南端起茶："嗯?"

"你俩异国……某方面的感情怎么维系啊?"

苏南差点儿把茶喷出来。

两天假期一晃而过,送走辜田,苏南重新投入繁忙的工作。

这天下班,觉得头有点儿晕晕乎乎。洗了个澡,塞了两片感冒药,给陈知遇发了条微信,睡觉。

早上醒来,一看时间,快十点了。闹钟响了好几次,一次也没听见。

苏南赶紧爬起来,就觉得一阵天旋地转,耳朵里轰轰响,嗓子干得发疼,呼出的气体滚烫。她去厨房烧了点儿开水喝下,给何平打电话。

"何主任,能不能请一天假,我发烧了。"

那边安静半会儿,何平："……你不是'被虐'了吧?"

没过半小时,就有人来敲门。

何太太送来常备的青蒿片,让苏南赶紧服下,然后开车载她去医院化验检查。

化验结果出来,Malaria 1+,恶性疟。

医生开了药，让苏南回去连续服用四天，再过来复查。

到晚上，疟疾的症状就全部出现了：腹泻、头疼昏沉、忽冷忽热。

不能洗澡，也不能开空调。

好不容易睡着了一会儿，又冷醒了，不停地打摆子，她低喊一声："……陈老师。"

愣了一下，才想起来这是在马拉维。

整个房间昏沉，黑暗里只能看见一点儿物体的轮廓。没开灯，不知道是几点了。两层的别墅里，没有一点儿声音。

去摸手机，身体一抖，手也跟着一抖。

"啪"一下，手机被推到了地板上。

过了很久，也没攒出爬起来去捡的力气。

阒静无声里，她突然就哭了出来。

接下来两天，都是这样的症状。

到第四天，缓和了不少，已经可以自如行动。自己开车再去检查，已经康复了。

还好何平有多年"抗疟"经验，发现及时。

苏南捏着单子，靠在何平那辆半旧的车上，给陈知遇发了条微信。

这儿3G信号不好，半天才发出去。

开车，回别墅区。

苏南从车窗里探出头，在别墅大门刷了门禁卡，栏杆抬起，正要进去，余光里忽瞥见一道人影。

她愣了一下，脚一松，车熄火了。

她急忙拉开车门，跳下车。

前面，那人靠边站着，脚边立了个箱子，已经入乡随俗地换了套浅色衣服，白色棉麻衬衫、亚青色亚麻长裤。

这样闲适清雅的陈知遇，她以前还没见过。

她不知道为什么立着没动，半会儿，蹲下身，捂住脸哭出声。

下一刻，那人就迈步过来，一把将她捞进怀里，也不管保安亭里两道好奇的目光，手掌在她脸上抹了一把，低头就要去亲她。

第十七章 静水流深

苏南使劲一推:"我疟疾刚好!要传染给你的!"

"……"陈知遇忍无可忍,一掌拍她额头上,"……疟疾还能通过接吻传染?你这蚊子够大的。"

苏南"扑哧"一声笑出来,脸上还挂着泪。

又被陈知遇嫌弃,又哭又笑的,丑不丑。

苏南领着陈知遇在保安亭登了个记,开车进小区,先没回家,而是去找何太太还车。

何太太围着围裙,正要准备做午饭,接来车钥匙,问苏南:"复查过了吧?"

苏南笑说:"复查过了,已经好了。真的感谢您和何主任,给你们添麻烦了。"

何太太笑说:"不麻烦不麻烦,都出门在外的,相互照应是应该的。你问何平再要两天假吧,休息好了再复岗。这个病说大不大,说小不小的。"

说着,将目光移到了站在苏南身后的陈知遇身上。

苏南介绍:"这是我……我老公,陈知遇,放寒假过来探亲的。"

陈知遇瞥一眼苏南,眼里带点儿笑,上前一步来跟何太太握手。

何太太:"哦你好!前几天给何平打电话的就是陈先生您吧?"

苏南一愣。

陈知遇点点头:"苏南不省心,给你们添麻烦了。"

何太太呵呵笑说:"都是这么过来的——不如中午在我家吃饭吧,我给何平打个电话。"

苏南:"谢谢您,今天先不麻烦您了。陈知遇他刚到,坐了二十几个小时飞机,想说让他先休息一会儿,等过两天周末,何主任休息的时候,我们做东请你们吃饭。"

何太太是个爽利人,笑说:"也行!"

又把车钥匙递给苏南:"那车你先开吧!带陈先生去市里逛一逛。"

两个人往苏南住的地方走。

苏南背着手看着陈知遇:"你还没跟我交代呢。"

291

陈知遇:"交代什么?"

"你给何平打过电话?"

陈知遇十分嫌弃地看她一眼:"你那天没给我发微信。"

苏南愣了下,想到那天把手机从床上推下去,死活没爬起来去捡。就那一天,她没像往常一样跟陈知遇汇报工作。

她停住脚步,转身,上前一步,抱住陈知遇的腰,把头靠在他胸前,很低地喊了一声:"……陈老师。"

陈知遇声音里裹着点儿笑:"你刚刚跟何太太,说我是你谁?"

苏南:"……"

陈知遇:"嗯?"

苏南头埋下去,声音快听不清了:"……老公。"

到住处,苏南先指点陈知遇去洗澡。

陈知遇应下,在别墅里逛了一圈。

空气里一股消毒水混合驱蚊液的味道,客厅里只有两张沙发一个茶几,特别空。卧室里让她收拾得很有意趣,一张床垫直接放在地上,床头一盏落地灯;床前铺了张色彩鲜艳的地毯——他在她发来的微信上看过,说是土耳其人手里买来的;床头墙上挂着一块波希米亚式的挂毯,挂毯上又挂了各式各样的小东西,明信片、拍立得照片,等等;床对面一排低矮的柜子,柜子上摆着形状各异的黑木木雕、稀奇古怪的破烂玩意,柜子里放着书和资料。

苏南拿了一个铁皮盒子过来给他看:"这是从一个索马里人手里买的。罐子打不开,也不知道里面有什么。"

晃两下,里面哐当哐当的:"卖给我的那个人说,是他出海从一艘海盗船上捡到的。"

陈知遇:"……你也信?"

苏南:"也不贵啊,就五十块钱!"

陈知遇轻哼一声,却没出言讽刺。

来一趟,从她去找何太太开始,到看见她这间卧室,他本来还高悬的心,一下就落下来。

第十七章 静水流深

苏南还有一点儿不舒服，所以午饭只简单炒了两个菜。

她做饭的时候，洗过澡的陈知遇就一直在厨房里待着，听她讲在这儿的见闻："这里蔬菜好贵，好一点儿的大米，一千克要四千克瓦查——差不多等于人民币三十八块钱。洋葱是论个卖的，一个也要人民币二十块……"她叹声气，"就肉便宜一点儿，可是我又不爱吃肉。"

陈知遇看她一眼，难怪又瘦了。

陈知遇在飞机上没休息好，吃过饭就在床上午休。

苏南趁此出去了一趟，在别墅区里专门为方便家属而开的超市，给陈知遇买了拖鞋、牙刷等日常用品。

要结账的时候，想到什么。

往收银台旁的架子上看了一眼，脸上发热，最后一咬牙，抄了两盒丢进购物篮里。

陈知遇睡到傍晚才起，一醒来，就看见她蜷坐在地毯上，把电脑搁在一个小方桌上，正在噼里啪啦敲键盘。

没开灯，电脑屏幕幽淡的光，照得她神情格外柔和。

她觉察到他醒了，急忙停了动作："吵醒你了？"

陈知遇摇头，摁亮了床旁边的台灯，不说话，朝她伸出手。

苏南愣了一下，合上电脑，走过去。

陈知遇抓着她腕子，一带。

她倒在床上，他翻个身。

视线相对。

陈知遇手指碰了碰她脸颊："想我吗？"

人其实很奇怪，在外人面前顽强犹如金刚之躯，却能被最亲密的人一句最普通不过的话轻易击垮。

声音就有点儿颤了："……想。"

陈知遇低下头来，含住她有点儿颤抖的唇，很温柔地吻她，浅尝辄止。

心情过于珍而重之，久别重逢，反而不敢触碰太深。

吻了一会儿，陈知遇侧躺下，将她合在怀里。

苏南："你饿不饿？"

陈知遇摇头,苏南则一言不发。

很久了。

梦里面好多次梦到这样的场景,还在崇城的公寓,很亮堂的阳光。梦醒来的时候,想到即将要面对的繁重如山的工作,真的不止哭了一回。

可是是她自己咬了牙也要出来的,陈知遇这样尊重她的选择,她有什么脸哭。

于是极快调整心态,全情投入工作。

最开始的一两个月,人生地不熟,语言不通,饮食不惯,气候不适,是在这样煎熬的心情之下,一天一天硬抗过来的。

"……前两周我不是跟你说我要从布兰太尔开车去萨利马吗?在路上,我遇到了当地小孩儿砸车……"她感觉到陈知遇手臂一紧,忙说,"没……我没事。他们只要钱,我给了钱他们就走了。但是……当时是真的吓傻了,玻璃碎了落在身上的一瞬间,我只有一个念头,你怎么办……"

陈知遇面色如铁。

苏南凑近在他唇上碰了一下:"……每回都想告诉你,每回都怕你担心。"

陈知遇:"我担心个屁。"

苏南:"……大教授不要随便说脏话。"

"你让我省心过吗?嗯?找个老婆跟养小孩儿一样。"

苏南直笑:"谁让你图我年轻漂亮呢?"

"自己照镜子看看,晒黑成什么样了,你问问漂亮这个词,它还认识你吗?"

苏南眨眨眼:"你漂亮不就够了吗?"

陈知遇:"……"

万里之遥,百日之隔,也没有让他们之间的距离变远。

还是和之前一模一样。

陈知遇这次过来,还真不是纯为了见苏南。

省内有一个公益组织,主要任务就是在西南非这一块,以论坛的形

第十七章 静水流深

式普及人文学科。公益组织在寒假的几站是津巴布韦、赞比亚和莫桑比克，陈知遇收到邀请函，一看这几个国家，恰好离马拉维不远，就应允下了津巴布韦这一站的活动。

苏南上班的这一周，他往津巴布韦飞了一趟，五天连去了五座城市，赶在苏南周六放假之前，又回到了马拉维。

苏南周五加班到了十一点，回到家一开门，发现屋子里有光，吓得一哆嗦，差点儿准备喊保安。

就听卧室里传来陈知遇的声音："回来了？"

"陈老师……"

陈知遇走出来，瞅着她笑："我让何太太放我进来的。"

苏南抚抚胸口："……吓死我了。"

第二天艳阳高照，出门却能闻到一阵潮湿的水汽。

雨季阵雨不期而至，悄然而走。

苏南和陈知遇，请何家三口，去市中心吃饭。何平开车，苏南坐后座，给陈知遇介绍当地的风土人情。

近郊多数路段是没浇水泥和沥青的土路，晴天尘土扑面，雨天湿泞难行。

沿路经过一家店，凋敝破败，店门口泥泞低洼的地上，几个穿得脏兮兮的当地青年，正在蹲着喝啤酒，嘉士伯，这儿习惯称之为"Green"。

苏南他们的车经过时，有个穿红衣白裤，骨瘦如柴的小男孩儿微张着口，怀里抱着一个比他小不了多少的小男孩，目送着他们离开。

最早一阵，苏南看见这些情形常常会从心底里觉得难受，久了就发现这种难受于事无补。

习惯了，但每每看见，仍能生出一种明知无用的悲天悯人之感。

车很快到了老城市，苏南指着外面的建筑，一处一处跟陈知遇介绍："那栋绿顶红房是 NICO CENTER，老城区的商业中心之一，药店、书店、超市，什么都有……"

"那个红底白字的 Bata，是卖鞋的，肯尼亚的品牌，在非洲这边还挺有名……"

穿过老城，到了新城。

利隆圭街头建筑普遍低矮，车从旧城区开到新城区，路面宽敞许多，沿路建筑也渐渐显出些城市的气息。

"对面那儿，那个圆顶建筑，是马拉维议会大厦，是我们国家援建的……"

车从近郊到老城区到新城区，仿佛是从蛮荒到文明的进化。

吃饭的地方，是新城区一家意大利人开的餐厅，红墙尖顶的设计，很有欧洲殖民时期的遗风。

吃饭的当口，何平和陈知遇略略说起C司在马拉维的贡献。何平在这儿待了九年，薪水高固然是一部分原因，但没点儿革命乐观主义的奉献精神，真没办法待这么久。

"……我九年前刚来的时候，这儿出了市中心那片地儿就没信号了。我国与第三世界的穷兄弟结盟，还是为非洲大陆的一些国家做了不少好事。"

陈知遇点头，就与何平聊起了前几日去津巴布韦的见闻，言辞之间颇有感慨。

非洲很多国家兵连祸结，穷困不是一朝一夕而成，已如痼疾，极难清除。

苏南本在逗何平的儿子，听见陈知遇讲他在津巴布韦最后一站讲座结束，有一个黑人青年上来求他赠书，不知不觉就插入话题："……然而国外政府、无国界医疗队和NGO组织的援助其实都是杯水车薪，一场战争一打，就有成千上万的流民。而且国家发展和政策是相辅相成的，战后初期南非发展得多好，后来被西方那一套理论制度蒙蔽，自毁城墙，好不容易构建的工业体系破坏殆尽，现在也……"

一转头，看陈知遇眼里带笑，正看着她，言辞就有些犹豫了。

陈知遇笑一笑："继续说。"

"……没什么可说的啦，"苏南摸摸鼻子，"我来之后，才发现我们的同胞真是太勤奋了，国家独立，国民勤劳，不崛起都没有道理。"

陈知遇笑了。

敢情她来一趟，培养出国家荣誉感了？

第十七章　静水流深

吃过饭，下午何平一家另有安排，苏南单独载着陈知遇去看湖。

马拉维湖是马拉维的著名景点，很多背包客把马拉维称之为"失落的天堂"，一半是因为这湖。

天蓝水蓝，蓝得醉人，在湖泊的尽头，汇成一线。

陈知遇说，很像是泰国的苏梅。

湖上有许多观光活动，小岛浮潜、观鱼等等，陈知遇都不甚有兴趣，最后两个人在附近找了一家临湖的酒店住下，观湖吹风。

湖岸树下，挂着吊床。

苏南丢下东西兴奋地爬上去，跷着脚晃晃悠悠。她看陈知遇也紧跟着出来了，忙问他："驱蚊水你抹了吗？雨季蚊子多，被咬一口就可能'被虐'了。"

陈知遇："'被虐'了？"

苏南："就是得疟疾，何主任他们都这么说。"

陈知遇走过去，看她一眼，忽伸手把吊床一推。

"啊啊啊！"

苏南快给这使劲一晃吓得半死，赶紧抓住了拴着吊床的绳子。

等晃动好不容易停下了，她从上面下来，气鼓鼓地看了陈知遇一眼，冷不丁把他一推。

陈知遇脚下趔趄，倒地之前，顺手将苏南一拽。

两个人齐齐倒在沙滩上。

苏南抓了把细沙，往他脖子里塞："你好幼稚啊！"

陈知遇哈哈大笑。

半会儿，伸手："拉我一下。"

苏南戒备地看着他。

"不逗你了。"

苏南这才伸手。

两个人拍掉身上的沙子，在沙滩上靠膝坐下。湖风轻拂，太阳快要落了，湖面一片的灿红浓金，美得声势浩大。

陈知遇看她。

苏南："……干吗？"

陈知遇："你涂防晒霜了吗？不怕晒黑？"

"……"苏南跪在沙滩上，转向他，强烈谴责，"您越来越没有一点儿老师的样子了！"

"本来就不是，"陈知遇要笑不笑地瞅着她，"你昨晚喊的我什么？"

苏南脸唰地红了。

片刻，伸出一根手指使劲往他肩膀上一戳，低哼一声："……为老不尊。"

"我还不老吧？"

"……也快了。"

"那你看着我。"陈知遇把她的手抓过来，很用力地攥住。

金红漫天，渐有夕阳冷却之后的靛蓝。

"……看着我变老。"

陈知遇的假期很长，已经明说了要等过了初三再回去。

当地有华人互助协会之类的组织筹备了春节联欢晚会，何太太喜闹，和何平还有儿子一块儿去了。

苏南则和陈知遇留在别墅里包饺子。

和面、拌馅儿、擀皮，全要自己来。

苏南在擀皮这件事上，远没有陈知遇有天赋，不是薄了就是厚了，末了把啤酒瓶一扔，很不服气："为什么要包饺子啊，我们南方人过年不吃饺子。"

"那你说做什么？"

苏南噎住了。

贴春联？放烟花？这里要是能有这样的物资条件，也不至于能给她开出这么高的工资了。

陈知遇把沾了面粉的手往她脸上一抹："不会擀就一边去，别添乱了。"

苏南擦擦脸："你怎么会啊？"

"我妈是北方人。"

"啊……"苏南又把啤酒瓶拿回来，"那我得学。"

第十七章　静水流深

陈知遇笑一声。

两个人，最后一不小心，包出了两百来个饺子，决定送一部分给何平他们。

陈知遇扫了一眼，开始挑挑拣拣。

苏南："这是做什么？"

陈知遇拣出个包得歪歪扭扭的："这是你的杰作吧？"

苏南："……嗯。"

"太丑了，送不出手。"

苏南："……"

别墅里没电视，苏南就问要不要把电脑打开，放点儿往年的春晚。

陈知遇白她一眼："有那么好看？"

"增加点儿年味，假装自己在国内嘛！"说着就熟练地挂上 VPN，翻出个春晚相声小品集锦，调大音量。

"观众朋友们，我可想死你们了！"

陈知遇："……"

苏南嘿嘿一笑："怎么样，是不是过年的感觉就来了？"

中午吃过饺子，两个人也没出去，就在别墅里消磨时间。

外面艳阳高照，实在和印象中的过年大相径庭。

趴在小桌子上，叹气："……感觉自己一辈子没见过雪了。"

陈知遇赤脚坐在地毯上，很慢地喝着茶："你把春晚集锦关掉，看一会儿《冰雪奇缘》，下雪的感觉就出来了。"

苏南笑得不行："……你好斤斤计较啊！"

苏南给家里拨了个视频通话。

国内刚过八点，春晚刚刚开始。苏静举着手机，喊苏母过来。

片刻，苏母就凑近，笑眯眯地喊一声："南南。"

"妈。"

宁宁直往两人中间凑，叠声喊"小姨"。

苏母："吃过饭了？一个人啊？没跟同事在一起？"

"没呢，跟……"看陈知遇一眼，见他点点头，就把电脑屏幕往旁边推了推,"跟陈老师在一起。"

陈知遇礼貌地打了声招呼。

苏母有点儿惊讶:"非洲那么远啊……"

陈知遇笑一笑:"应该的。祝您新年快乐——您和苏南说话吧。"

苏南又把屏幕朝向自己,跟苏母絮絮叨叨说了些最近的事,都是报喜不报忧。末了又跟苏静和宁宁说了会儿话,关上视频。

片刻,苏南沿着地毯爬过去,往陈知遇背上一趴。

陈知遇放了茶杯,偏过头看她。

"陈老师……"

"嗯?"

苏南凑近,在他嘴唇上碰了一下,然后把头埋在他肩膀上。

一窗的阳光,给她发丝勾出金色的边,逆光的脸上,带点儿温柔的惆怅。

"舍不得我了?"

苏南点点头。

"我还没走呢。"

"你过了大后天就要走了。"

"谁让你来的,该。"

苏南笑一笑:"下回啊,下回你再来,提前跟我说,我们公司可以给员工家属申请往返机票的。"

陈知遇挑眉:"还想有下次?"

"肯定会有啊……"苏南双臂整个从背后环抱住他的肩颈,"陈老师……我有个问题。"

"问。"

"……我来的这三个多月,你是怎么解决生理问题的啊?"

陈知遇忍无可忍了:"……你离辜田远一点儿!"

晚上七点,吃过晚饭,两人出门。

天彻底黑了,小区简易的操场上闪着灯光,传来隐约的音乐声。

苏南拉住陈知遇胳膊:"我们过去看看!"

第十七章 静水流深

是公司同事,在操场上把几张桌子拼在一起,摆上了零食啤酒,又接了灯泡和音响,放的是老歌,张国荣、梅艳芳,还有奥斯卡金曲。

有几个一起打排球的同事认出了苏南,朝他招手:"过来一块儿喝酒!"

苏南转头看看陈知遇:"喝吗?"

陈知遇将她手一捏:"去打声招呼。"

走过去,便有人递上来啤酒,目光往苏南和陈知遇牵着的手上扫一眼,笑说:"苏南,不介绍一下?"

"我爱人,陈知遇。"

有几个俄罗斯面孔的高个儿姑娘,也围了过来,拿带着口音的英语,调笑似的夸了几句陈知遇长得帅。

有个男同事凑过来,冲苏南笑说:"原来你已经结婚了?"

苏南心里有点儿不悦,面上倒是带着笑:"我记得我第一次自我介绍的时候就说了呀。"

男同事:"以为你开玩笑呢,对吧?"

便有另几个男同事笑着附和。

陈知遇神情平淡:"我夫人初来乍到,承蒙各位照顾。"

人群里走出来一个中年男人,不怀好意的笑声立时止住了。

苏南:"王经理。"

王经理点点头,笑着与陈知遇握了握手:"我没认错的话,您是崇城大学的陈知遇教授?"

陈知遇点头。

"我是C司驻马拉维的总负责人,以前在投标会上,与令尊有过一面之缘。"

几句话,信息量丰富。

能进C司的,个个都是人精。看王经理对陈知遇毕恭毕敬,也知对方必然不只是一个穷教书的。

王经理将陈知遇和苏南引到中央,一起喝了几杯酒。

陈知遇过来一趟是为了探亲,不想跟生意场上的事扯上瓜葛,再则不喜别人太过盛情,找了跳舞的理由,领着苏南远离人群,到操场边上去了。

音响里在放《人鬼情未了》的主题曲,陈知遇朝苏南伸出手:"会跳舞吗?"

"会点儿,初中的时候我姐为了参加舞会,老拉着我在屋里瞎转,"苏南看他一眼,"跳得不好。"

"没事,我们也瞎转。"

陈知遇把她手一牵,搂着她的腰,合着音乐的节奏,很慢地摇着步子。

苏南手搭在陈知遇肩膀上,那边的音乐声和笑声都有点儿远了,彩灯一闪一闪的,萤火虫一样,有点儿别样缱绻的气氛。

"这些人,平常骚扰过你?"

苏南神情怏怏,有点儿不太想提起:"在这儿的,加上我统共五个女员工,有几个已经结婚了,有几个有固定的玩伴……"

看她是新来的,又年轻,姿色清丽,明里暗里不少人表达过追求之意。苏南从不假以辞色,很严肃地声明过自己已经结婚了,然而基本没人当真,只当是心高气傲,久而久之,也传出些很难听的言辞,编排她和何平。

"还好我跟何太太往来密切,她很明白我是什么样的人,不然……"

这一层,她基本没和陈知遇提过。在这儿待着难受,除了外在的因素,更多的是这些令人心烦的人际关系。

这里的男人不都像何平那样虽然左右逢源,但能遵守原则底线。好些人是从很底层的地方摸爬滚打上来的,自带一身洗不去的市侩气,总要从任何事情上都占点儿便宜,才觉得自己这苦吃得值。

苏南指一指远处那几个跟男人调笑的异国面孔:"有几个男同事,在这边拿到工资,去欧洲扫货,顺便去东欧的红灯区逛了逛,那四个女人,都是……"

陈知遇"嗯"一声。

苏南叹声气:"……校园外的世界,原来这么肮脏。"

陈知遇看她。

他被苏南吸引的一点,就是她虽然境遇坎坷,吃过很多的苦,却能

第十七章　静水流深

保持一颗本心。

生离死别倒是其次，主要是生活中那些贫穷、寒碜的琐碎，对人性潜移默化的塑造，容易把一个人善与真的那些弧光，磨得支离破碎。

音乐如流水缓慢淌过："To the open arms of the sea. Lonely river sigh, wait for me, wait for me. I'll be coming home……"（流向大海敞开的怀抱。寂寞的河叹息，等等我，等等我。我会回家的……）

陈知遇带着苏南，缓慢地绕着圈："……人之一生，常常需要为之拼搏的母题，是不能变成自己所讨厌的人。"

苏南心里被很温暖的潮水浸过："我不会。"

操场遥远的一角，灯光昏暗。

但头顶有星光，清楚明亮。

来这儿之后，苏南时常加班到深夜，从公司步行回宿舍，累得心里焦躁，总会抬头看夜空。

这儿光污染不严重，星星很亮，密密麻麻地挤在天上，拥挤又热闹，疏远又孤独。

南半球的星空与北半球的不同，她常常看得入迷。

人啊，不管如何泥足深陷，也不能忘记对星空的渴望。

"陈老师……"

"嗯？"

苏南顿下脚步："……我想亲你了。"

陈知遇笑一声，低下头来。

回到别墅，九点了。算着，国内已经是初一。

苏南洗个澡出来，听陈知遇在打电话。

半刻，他聊完。

"谁？"

"程宛。在冰岛，住的酒店停电了，一个人裹在被子里发抖。"

苏南笑一声："好惨啊。"

"我要是不来，你现在肯定也是裹在被子里，一边哭一边给我打电话。"

"是，"苏南过去抱抱他，"你最贴心了。"

没想到她这么乖，一句话都不顶嘴，陈知遇反而不知道该说什么了，推一推她，去洗澡。

洗完出来，看苏南跪在地毯上，往一个红包里塞钱。

"多少钱？"

苏南吓一跳："……你走路没声音的啊。"

"你从哪里弄来的红包？"

"昨天在华人超市买面粉的时候看见的啊。"

苏南把鼓鼓囊囊的红包，递到陈知遇手边："来，给家属的。"

"多少？"

"哎哎哎——现在别看。"苏南捏住他的手，"能有多少，我很穷的，钱都要攒起来。"

"攒起来干什么？"

"带着嫁妆，嫁给你啊。"

陈知遇笑一声。

他头发还有点儿湿润，衬得眉眼格外清俊。

苏南抱膝坐着，看着他笑。

"傻笑什么？"

"我想，你老了也一定很帅，帅老头。"

陈知遇："……谢谢。我也就刚过了36岁，离老还远。"

片刻，又说："过年的大好时光，你就用来思考帅不帅这么肤浅的问题？"

"过年嘛，吃肉喝酒，恭喜发财，年年有余，哪一项不肤浅？"

陈知遇看她片刻，一笑，把毛巾往她头上一扔，抓着手腕带过来："……我们来做点儿深刻的事。"

夜晚就这样浪费而过，冲过澡，再回到床上，看时间，已经过零点了。

陈知遇拍一拍苏南的脸："新年快乐。"

苏南看着他，眼里盈着光。

"新年快乐。"

他们在一起度过的，第一个新年。

第十七章 静水流深

初四上午,苏南开车送陈知遇去机场。

离别的话说了很多,也不想把气氛搞得太伤感,彼此嘱咐了一些,后面全是在插科打诨。

到安检口,也没说太多废话,陈知遇摆一摆手,进去了。

苏南踮着脚,待他身影看不见了才折返。

开车回公司,心里陡然空落落的。突然就明白了为什么上次,他安抚过她之后,执意让她一个人进去安检——送别的事,太容易损耗一个人的坚定意志了。

陈知遇上了飞机,把随身带的一个休闲的背包搁在行李架上。想起什么,又拿下,从里面掏出除夕那天苏南给他的红包。

他靠窗坐下,系上安全带,把遮光板打开。

阳光明亮,从小窗里洒进来,落在他腿上、手臂上。

拆开红包,里面正儿八经的钱币就几张,还是马拉维克瓦查,折合成人民币,估计连桶泡面都买不起。

还真是"能有多少"啊。

陈知遇哭笑不得。

数点着,就发现纸币下面,是一叠纸。

裁剪得整整齐齐的白纸,上面自己拿笔写着"1""5""10"等字样的阿拉伯数字。

下面应当写发行银行的地方,写着"陈氏夫妇小金库"。

陈知遇一下笑出声。

他数了一下,"陈氏夫妇小金库"发行的纸币,各种大额小额的"毛票",加起来统共只有 100 块钱。

100 块,能干点儿什么?

继续往后数,后面一张白纸,附了货币兑换说明——

生气后原谅一次:1 元;

吵架后和好一次:2 元;

忘了生日获得原谅:5 元;

忘了结婚纪念日获得原谅:10 元;

305

跟女学生走太近被发现，获得解释机会：20元。

陈知遇笑不可遏，继续往下看。

和苏南刚领证之后没多久，和顾佩瑜聊过夫妻相处之道。

顾佩瑜与陈震性格大相径庭，磕磕碰碰度过了四十年，对于这个领域，她是当之无愧的专家教授："静水流深，任何感情到了最后，都得变成亲情。一辈子对着一个人，能不腻吗？没了最开始自然而生的激情，后面的惊喜、感动，都是要花时间去创造的。夫妻之道是什么？我看就两个字，用心。"

他手指一顿。

看见这张长长的兑换说明的最后一行——

陪你一辈子：100元。

第十八章

烛火重燃

你再不来

我要下雪了

——木心

陈知遇归国,先往父母跟前报到,又去了一趟槭城,给苏母拜年。

为防仓促,先给苏家拨了电话。苏母惊喜不已,又觉惶恐,与他定了时间。

苏南强烈要求,先不想告诉家里两人领证的事,是以陈知遇这次拜年,不能太过盛情,只能以准女婿的身份。

初八苏家的亲戚已经走得七七八八了,在陈知遇来之前,苏母又特意花了点儿工夫把家里收拾规整。

如今宁宁懂事了,也能稍微离得开人,嘱咐她不攀高不摸插座,她都能听得进去。苏静要上班,苏母在厨房忙一会儿,就往客厅里喊一声:"宁宁!"

宁宁就脆生生回应:"外婆!"

苏静提前了一小时下班,回家帮苏母做饭。

到十点半,准时响起敲门声。

苏静放下手里正在择的菜,过去把门打开。宁宁也跑过去,拥住她的腿。

苏静把宁宁往里搂一搂,让陈知遇进门:"陈老师。"

苏静摸宁宁脑袋:"喊叔叔。"

宁宁睁着大眼睛仰头看他片刻:"叔叔!"

小孩儿忘性大,不记事,已经不记得去年陪她玩飞机的"姨父"了。

苏母从厨房出来,笑着打了声招呼。

陈知遇递上两只袋子:"苏南托我给您带回来的。"

苏母抽纸巾擦擦手上的水,笑说:"南南真是,那么大老远的。"

打开纸袋,把里面的东西都拿出来,陈知遇在旁介绍:"这是马拉维的特产,黑木木雕。"

一组五个,展现非洲民俗的人像。苏母摸着穿着部落服饰的小人:"还有黑色的木头?不是刷的黑漆吧?"

陈知遇笑说:"不是,是天然的木头雕刻的。"

再翻,就是些零零碎碎的小玩意儿,苏母一样一样看过,爱不释手,垂头拭了一下眼角,笑说:"南南在非洲还好吧?我听说那儿穷,又缺水。"

"还好,您放心。"

苏母点点头:"你见过了,我就放心了。她从小就这样,遇到什么事,从来不主动跟我们说。"

"她特意嘱咐我过来见您,就是想让我给您带话。她说她适应得很好,那儿什么也不缺,让您别担心。"陈知遇提起另一个小一些的纸袋,从里面拿出厚厚一叠照片,"这是我跟她出去玩,给她拍的照片。我洗出来了,您看看。"

苏母惊喜地接过去,一张张翻看起来:"她微信上经常给我发照片的,但都是自拍。我说都是大头,有什么好看的,让别人拍几张全身的,她不干,说别人拍的她丑——这不挺好看的嘛!"

照片里,苏南提着鞋赤脚踩在沙滩上,冲镜头笑得格外灿烂。

抓拍的,事后她非让他删掉,他不干。父母就爱看这样的,有趣味有情景。

"哈哈哈,这是……"苏母笑得前仰后合——手里的照片上,路中间有只很大的狗,苏南想过又不敢过,狗张嘴吠,她身体往后躲,"南南怕

第十八章 烛火重燃

狗,小时候被狗咬过。"

又翻一张。

"哎哟,这小孩儿真黑啊,衬得南南白得跟什么似的。"照片里,是在一家餐馆,老板的小孩儿过来送啤酒,苏南弯下腰,给他递小费。

一沓照片,很快就看完了。

苏母又从头看一遍,郑而重之地收好,叹声气:"哎……三年,也真是太久了。"

"苏南说了,今年过年就争取回来。她是九月过去的,在那边待了还不到半年,公司不准假。"

苏母点点头:"现在视频方便,我每周都能看看她。就是心疼她老加班,成天一两点睡,女孩子不能这样不爱惜身体的啊。"

陈知遇也心疼这点,但有时候无济于事的催促说得太多,反倒容易给苏南造成心理负担,只能叮嘱她多锻炼。

苏母收好东西,嘱咐苏静陪着陈知遇,自己回厨房做饭去了。

苏静了解妹妹性格,一贯是报喜不报忧的,直截了当问陈知遇:"她在那边,遇没遇到过什么困难?"

苏静知道两个人领了证的事,又是平辈,陈知遇也就没隐瞒:"我到她那儿的前几天,她得了疟疾。"

苏静一愣:"问题不大吧?"

"没事,她说就一条疟原虫。吃过药就好了,就是……"陈知遇笑一笑,"发现及时,痊愈很快。"

就是……他查过了,得过疟疾,两年内是不能生育的。

也是老天铁了心要把她留在非洲发光发热。

宁宁下巴搁在茶几上,看电视里的动画片。苏静将她捞起来,让她好好坐着。她看一眼厨房,里面传来炒菜和油烟"呲呲"的声音,自己压低了声,对陈知遇说:"苏南挺任性的,哪有新婚跑出去两三年的,真的很感谢你肯包容她。她可能没和你说过,她之所以非要出去,是想早点儿赚到钱,给妈买套房子。"

陈知遇:"……她没和我说过。"

"……我之前跟王承业——我前夫离婚的事,对苏南影响很大。她有

309

点儿拧,打心眼里觉得女人不能依靠男人,不然可能就跟我和我前夫一个下场。"

陈知遇愣了一下。这他倒是真不知道。

苏静忙替妹妹解释:"……不是说你不值得信任,而是这是她的一个处事理念。她原则感很强,从小到大都是这样。"

片刻,陈知遇点头:"我理解,我尊重她。"

两个人又聊了一些话,都是围绕苏南和苏家的境况展开。

苏静在超市干了一年,工资微薄地涨了一点儿。每月有苏南往家里微信转账,日子倒是过得比较宽裕。

她最近有个打算,想在学校附近开一家卖平价化妆品的店。

这个想法,一则是受苏南那天无心之下,说她都可以自己给人化妆的启发;二则是她在超市工作的时候,常有高中女生过来,向她请教化妆的问题,有时候甚至给她 5 块 10 块钱,让她帮忙修眉。

但现在最大的问题,就是高中附近的商铺都是旺铺,地租十分不便宜。

吃过中饭,苏母回自己卧室,翻出本相册,给陈知遇看。

"苏南的?"

"姐妹俩的都有。"

苏母翻开一张:"你看这张。"

照片里,苏南手里拿着一个橘子,脚拐进了木椅子下面的横杆里,嘴噘得老高。

陈知遇笑说:"不高兴。"

"5 岁时候拍的。当时她刚睡醒,哄了老半天,就是不想拍,给了她一个橘子,她才勉为其难地答应了。"

继续往后翻。

苏南穿着草绿色的裙子,手里捏了个气球,撇着嘴在哭。

苏母:"7 岁,六一儿童节。她跳完舞才发现衣服后面破了个洞,觉得别人肯定都看到了,丢人,就哭了一路,怎么哄也哄不听。"

陈知遇抿唇一笑。

倒是她的性格。

第十八章　烛火重燃

再往后，就到了十来岁，小姑娘正在抽条，个子一下就蹿上去了。

有一张照片，是她穿着一条浅色的长连衣裙，站在走廊里，面朝着窗户，侧过脸来，看着镜头。

以前的胶片，拍出来的照片总像是带一点儿朦胧的柔光。照片上少女纤细亭亭，细梗洁白的花骨朵一样。还带一点儿婴儿肥的脸，目光里盈着将开未开的羞涩，安静地看着他。

美得让人心脏微颤。

苏母抿嘴一笑，把照片抽出来："这张南南自己也喜欢，总说自己长大了就长残了……"

"长大了一样好看。"

苏母心花怒放："这张就送给你吧，可别告诉南南，不然回头她肯定要跟我急。"

陈知遇掏出手机："您自己珍藏，我翻拍一张。"

苏母点头："也行，也行。"

陈知遇满载而归，离开槭城之前，想到一事，往高中附近去了一趟。

回到崇城，没几天，陈知遇接到林涵的电话。

两人有一阵没见过面，寒暄几句，林涵开门见山："我有个学生，叫江鸣谦……"

"江鸣谦？"

林涵顿了下："你认识？"

岂止是认识。

"江鸣谦，怎么了？"

林涵："他在创业，之前获得过天使投资，但后续的好几次投资，都没拿下……"

"他做什么的？"

"APP，一个背单词的，十天快速记忆托福单词之类的。也不是让你帮忙，就是问你有没有兴趣了解看看。要合适，你投投看，不合适就算了。看孩子焦头烂额走投无路的。"

陈知遇沉吟。

林涵笑说:"你该不是因为他喜欢苏南,所以有所顾忌吧?"

陈知遇笑一声:"你少给我来这套。"

"成吗?就见见。我不干涉,不合适就算了,在商言商,投下去不是小数目,我不会让你拿这么多钱来做人情。"

"那你牵个头,找个时间碰头见一见。"陈知遇一顿,"……这事儿你别告诉苏南。"

林涵笑起来:"你成天考虑这么多,累不累?心眼多得跟筛子一样。"

陈知遇不以为意:"以我对你这位学生的了解,即便我觉得合适想投,他也不见得会接受。"

"……你从哪儿了解的?"

陈知遇:"……"

能喜欢上苏南的,都是一个德行的倔脾气。

包括他自己。

初夏,空气升温,潮而闷,远处云积天暗,似是有雨。

陈知遇心烦意乱,走神了很长时间,等回过神来,办公桌对面的女生还在"嘤嘤"哭泣。

又一个被他挂了科,重修却错过了考试时间,明年要出国的。

"撤课是教务处的工作,请你直接去教务处说明情况吧。"

"教务处同意撤课,是需要任课老师和院长签字的……"

陈知遇:"……"

看来这是打听得一清二楚,专到他跟前来装孙子。

"同学,你应该听过,在我这儿没有挂科撤课的先例,我不能单独给你开这个便利,否则对前面照章处理的学生不公平——请回去吧。"

女生不说话,低头捂着脸抽泣。

门大开着,有老师经过,笑说:"陈老师,还没下班啊!"

陈知遇苦笑:"做点儿学生工作。"

看一眼时间,已经五点半了。

陈知遇站起身:"同学,请回去吧。明年这课我还开,你再修一次就行。"

第十八章　烛火重燃

女生坐着不动。

陈知遇拿上车钥匙:"我今天下班了,你明天再来吧。"

女生缓缓抬眼,红肿的眼睛瞅着陈知遇:"陈老师,只要您批准我撤课,我……我什么都能做。"

陈知遇怒火直冒。

他忍住了,面上没表现出来,然而再没耐心陪着她耗,沉沉道:"我帮你打电话给院长,你有什么诉求,去找院长,我听从院里安排。"

女生见他真要掏手机,这才站起身。

陈知遇锁上办公室门,女生在墙根蹲下,捂着脸痛哭。

陈知遇不再假以辞色,径直走了。

刚出院办大楼,就看见对面树底下蹲着个人。陈知遇看了两眼,认出来了。

那人也抬起头来,瞅着陈知遇,半刻,走过去。

陈知遇神色平淡:"林涵让你来的?"

林涵打那通电话已经过去了两个多月,一直也没真安排他与江鸣谦碰头。他以为江鸣谦已经渡过难关了,就完全把这茬抛到了脑后。

江鸣谦闷着头"嗯"了一声:"见你一面,给涵姐一个交代。"

差人办事,这态度还真有意思。

陈知遇今天已经被气够了,也不在乎再被人多气一会儿。好歹是林涵的学生,况且也被打过招呼,这个面子还是要卖的。

开车,载江鸣谦去附近找了家西式简餐,边吃饭边聊。

陈知遇开门见山:"我知道你不会接受投资,我也就跟你聊两句,好跟林涵交差。做的什么产品,定位是什么,发展目标是什么,说说吧。"

江鸣谦从背包里翻出三份厚实的资料,递给陈知遇,然后闷着头,啃三明治。

"……"陈知遇掂了掂资料的分量,"你不介绍?"

"计划书挺明白的。"

"产品呢?雏形总得让我看看吧?"

江鸣谦这才放下三明治,抽了张纸擦擦手,从包里拿出台安卓的测试机,解锁了打开APP,递给陈知遇:"你先玩,我吃点儿东西。"他嘟嚷着，"……两天没吃饭了。"

陈知遇无话可说了。

市面上背单词的 APP 花样繁多数不胜数，江鸣谦这个，主打的特色就是"速成"，专给平时不烧香、临时抱佛脚的学生用。

他们根据一个什么记忆者协会的三维记忆法，自创了一套单词记忆方式，陈知遇试学了一课，产品做得还行。

又翻了翻产品企划书，做得很扎实很专业。回头跟谷信鸿评估一下，倒也不是没有投的可能。

这些年，他副业基本就是在做这个，投了很多新兴的项目，有的赚钱有的亏本，但多数都是赚了。

互联网这块的泡沫渐渐散了，江鸣谦的这个产品，想要出头，也不是那么容易。但注册和 DAU（日活跃用户）够了，后面是再拉融资或者直接转卖，都有更多可能。

"我回头跟专业团队评估一下，一周之后给你答复。"

江鸣谦可能已经吃饱了，手里拿了片面包，扯得七零八落。他神情颓唐，看着疲惫不堪。

陈知遇全然清楚他是个什么心态。

林涵给他打电话时，他的团队就出现了危机，两个多月下来，要不是到了山穷水尽的地步，他不至于走这最后一步。

向情敌低头，这滋味，想想……

咖啡馆里不能抽烟，陈知遇端起水杯喝了一口，也不劝说什么，反正他一切公事公办，别人接受不接受，他无法左右，个人有个人的选择。

吃完饭，下雨了。

陈知遇将江鸣谦送到酒店，自己回家。

隔日下午两点，跟刚醒的苏南视频电话。

苏南没起床，趴在床上盯着屏幕，笑问："陈老师，你什么时候放暑假啊？"

陈知遇把刚刚去茶水间接来的开水冲入水杯："……不要以为我不知道你打的什么算盘。"

第十八章 烛火重燃

苏南嘿嘿一笑:"我这边是冬天,比北半球凉快,气温刚刚好,你过来玩啊,我给你报销机票。"

陈知遇坐下:"别来这套。"

苏南坐起来,屏幕晃了一下,才又稳定:"对了,我昨天收到了江鸣谦的微信。"

陈知遇:"……"

"好奇怪,没头没尾的,就问我大丈夫是应该能屈能伸,还是'引刀成一快,不负少年头'。"

陈知遇挑眉,"他知道'引刀成一快,不负少年头'是汪精卫说的吗?"

苏南:"……"

陈知遇就把林涵委托他的事跟苏南说了。看苏南面色犹豫,便说:"你别往复杂的方向去想,要能赚钱,谁跟钱过不去。"

苏南笑一笑,玩笑说:"咦,您好市侩。"

陈知遇慢条斯理地喝茶:"我又不是神仙。"

苏南抱着膝盖入迷地看着他:"你要是神仙,我就不喜欢你了。"

喜欢的,就是他那点儿琐碎的烟火气息。

苏南伸手碰了一下屏幕,叹气:"陈老师,我好想你啊。"

"想什么想,心思多花在工作上。"

"你都不想我的吗?"

陈知遇眼也没眨:"不想。"

"为什么啊?"

"我有苏北。"

苏南笑不可遏:"在哪儿?给我看看?你办公室藏不住人的吧?"

"她害羞。"

"你说得这么煞有介事,我真要吃醋了……"

敲门声响起,陈知遇放下茶杯:"你赶紧起床去上班。"

苏南凑近来,冲他亲了一下。

陈知遇眼里带点儿笑,等她把视频关上了,起身去开门。

是昨天的女生,穿了条很短的明黄色连衣裙,化了妆。

陈知遇把门一掩，没让她进来："什么事？"

"我……我能再跟您聊聊吗？"

陈知遇很是头疼："你去四楼休息区等着，我马上过来。"

休息区是公共区域，人来人往。

女生站着不动，嗫嚅："能进您办公室说吗？"

"不去休息区？那跟我一块儿去校长办公室。"

她打的什么主意，陈知遇看得一清二楚。

之前学校里不是没出过同样的事。

女生垂头站立片刻，很不情愿地转过身，往休息区去了。

陈知遇把手头一点儿事处理完，走去休息室。

女生坐在靠窗的沙发上，听见脚步声，缓慢站起来，盯着陈知遇："……陈老师，这些话我谁也没说过，我之所以重修考试没来，是因为……因为宿舍有人要害我！"

陈知遇拧眉。

"真的……她们三个每次都在背后说我的坏话，孤立我……考试那天，我出门去打了个开水，回来她们就把我关在了宿舍门外，死都不让我进去……我才没去考试的！"

陈知遇越听越不对劲，立即给女生的辅导员拨了一个电话。

没一会儿，辅导员就来了，把女生的室友也喊了过来。

然而询问之下，那三个女生哇哇大哭，说女生有"神经病"，她们聊明星八卦，女生也会以为她们是在说她坏话，大半夜骂骂咧咧，让她们没法睡觉，她们忍耐很久了，那天早上，女生又"犯病"了，因为洗衣室的洗衣机都被占用了，她就认为是她们针对她，在走廊里破口大骂，扬言要找自己家里亲戚"解决"她们，她们不得已才把她关在门外的。

陈知遇问辅导员："这件事你知道吗？"

辅导员讪讪一笑："……听，听过，以为就是女生之间闹矛盾。"

陈知遇压低声音："你联系心理健康教育办公室的人……"

没过多久，心理室的老师来了，安抚了女生几句，把她带走了。

陈知遇刚与苏南通话的好心情被破坏殆尽："……这件事我会报告给院长，麻烦您后续跟进处理。"

第十八章　烛火重燃

辅导员赔了个笑，走了。

之后，听辅导员的汇报，已经联系过女生家长，并建议他们带女生去进行专业的心理咨询。这女生"精神有毛病"的传言一直都有，但是学校没重视过，学生家长也讳疾忌医。

整一周，女生再没来过，这件事也似乎消停下来。

江鸣谦的报告，陈知遇已经给谷信鸿，和公司的专业团队讨论过了，认为有投资的潜力，但还需要跟江鸣谦进一步面谈。

陈知遇联系了江鸣谦，让他去上回吃饭的地方碰头。

梅雨季到了，雨断断续续一直没见停。

下班之时，天已经黑得跟泼墨一样，远处雷声滚滚，随即倾盆雨势，泼天而下。

陈知遇去停车场取了车，顺着西门开出去。门出去的路是双行道，车少，陈知遇一般都走这条路。

雨幕密不透风，能见度低，车勉强只能跑三十码。

快到路口处，电话响起，看一眼，是江鸣谦打来的。

他正准备靠边停车，视野里陡然出现一道明黄的影子，往车前一闪……

那个女生！

陈知遇心里一凛，下意识往左边打方向盘。

便听见一声刺耳的喇叭声，左边车道里，对向蹿出辆刚转了弯的小车……

手机是跳起来的。

是跳，不是振，跟突然醒来，骤然猛跳了几下的心脏一样。

苏南昨天被何平拉着去应酬，远在万里之外的异国他乡，碰到了华人客户。对方先不来虚的，拾起了汉语文化圈的陋习，别的不说，先喝个不知今夕何夕。

苏南从前酒量就不行，被何平带着练了，还是不行。

一提到喝酒，就恨自己对自己太狠，来非洲又是被砸车又是得疟疾，

317

都撑下来了，最后差点儿倒在饭桌文化上。

中午吃过饭，她就赶紧回自己的格子间，趴着补觉。

然后手机就欢快地跳起来了。

她摸到手机，没看屏幕，直接接起来，揉了下宿醉以后闷疼的太阳穴："喂……"

"苏南……"

苏南使劲想了一下，一愣，坐起身："江鸣谦？"

"嗯，是我，你还能听出我声音啊。"

"怎么了？又来问我能屈能伸的问题了？"

"不是……"江鸣谦犹豫着，"陈知遇出车祸了。"

苏南猛一下站起来，脚在椅子腿上绊了一下，赶紧扶住桌子，堪堪站稳。

江鸣谦说："没什么大碍！你别担心！"

心脏扑通直跳，太阳穴里也像是有一根神经一扯一扯："他……"

"闪避及时，就是颈椎有一处轻微骨裂，要住一个月的院……"

苏南慌得坐立难安："你能把电话给他吗……"

"他还没醒。"

反复咀嚼几个字："颈椎……"

"检查过了，不会影响到身体机能。我已经给涵姐打过电话了，涵姐在联系他家人。我想……可能还是得跟你说一声。"

苏南蒙了半晌，才想起来跟江鸣谦说谢谢："……是你送他去医院的？"

江鸣谦沉默一会儿："……跟他约了今天碰头。"

到时间了，陈知遇还没到。正准备再打个电话催一催，就听见外面有人喊出车祸了。出去一看，就在餐馆出门两百米的路口处。没含糊，赶紧报警叫救护车，把人先送去医院。

苏南哽咽："……谢谢。"

她挂了电话，就去找何平请假。

何平正在打电话，做个手势让她等着。办公室窗户靠北，洒了点儿阳光进来，落在地板上，白晃晃的。

苏南盯着那一片，听见何平打完了电话，回过神来："何主任……"

第十八章 烛火重燃

何平瞧她:"怎么了,这副表情?"

"我得请个假,回国一趟,陈知遇……出车祸了。"

何平一提眉毛:"情况严不严重?"

"……颈椎轻微骨裂。"

"没什么大碍吧?"

听语气,是不想批假的意思,苏南咬着唇:"我必须得回去一趟。"

"苏南,不是我不想给你批。你来我就说过,这儿苦,来容易回去难。路上就要花两天,你能回家待多久?我老婆没来之前,有回她做手术,这边工程要交付,大家都没日没夜加班,我也是没回去的……谁能等你一个人?"

"……五天,行吗?就当是预支了今年的年假。我就回去看他一眼,不然我没法放心。"她忍着泪意,尽量让自己声音平静。

何平沉吟。

把人留着,估计也没法沉下心工作。他们上周刚刚交付了一个项目,新项目还在接触之中,没到最忙的时候。考虑片刻,何平还是准假了。

"去网上填申请表,下载了交给行政打印盖章。"

苏南颔首,说声谢谢。

临时订机票贵得令人咋舌,而且相当麻烦,要中转约翰内斯堡和亚的斯亚贝巴两个地方。

这些,苏南都顾不上了。

这一回,她对"心急如焚"和"归心似箭"这两个词,陡然有了切身的体会。

在机场中转的时候,拿出手机连接机场 WiFi,就有陈知遇几小时前发来的未读消息。

直接发的语音,告诉她他已经没事了,让她别冲动回来。

苏南回复他:"你了解我会冲动,难道不了解你劝不住我吗?"

披星戴月,抵达崇城是在次日下午,苏南等不及坐机场大巴,直接乘出租车。出租车上,苏南手机打开,陈知遇也就只回复了四个字:"一路平安。"

她盯着屏幕,莫名地就要哭出来。

想到那年接到父亲酒精中毒去世的消息，被苏母拉扯着往医院紧赶慢赶，一路仓皇惊惧，看见病床上盖着白布的身体，第一反应不是哭，是想要去扯开那白布。

苏母一把拽住了她，抱住她号啕大哭，痛感才一点点漫上来。

接到江鸣谦电话的那一刻，她仿佛又看到了当年那被母亲紧抱着快要喘不过来，哭得脸憋得泛红的自己。

世间太多的猝不及防，死亡是最蛮横无理的一桩。

所幸陈知遇没事。

然则不能细想，一想就觉得骨头缝里都在泛着冷。

下午五点，抵达医院。

苏南立在走廊，整理了一下表情，才推门进去。

程宛和顾佩瑜都在，陈知遇躺在床上，带着颈托，头动不了，只斜了一下眼。

苏南捏着行李袋的手指松了又紧："程小姐，顾阿姨。"然后将目光定在陈知遇脸上。

他眉骨上有伤，贴着纱布，冲她笑了一下："不是让你改过口了吗？"

顾佩瑜笑笑："没事儿，慢慢改。"将程宛一拽，"走，陪我去弄点儿晚饭过来。"

程宛拍拍苏南肩膀，带上门，贴心地把空间留给两人。

苏南放下行李袋，这才慢慢地走过去。

在床边蹲下，抓住陈知遇的手，顿了一下，把脸靠在他手背上。

"苏南……"

没听见她出声。

片刻，她紧攥着他的手，俯下头去，脸把他的手掌压在床沿上，肩膀剧烈地颤抖起来。

陈知遇头没法动，很费力地抬起另外一只手，放在她脑袋上轻抚："真没事了。"

苏南哭了好一会儿，才渐渐平静下来。

陈知遇手掌摩挲她的发丝："累不累？"

第十八章 烛火重燃

苏南看着他,摇头。

"过两天就能下地走路了,只是颈托要戴一个月——好在马上放暑假,没人能瞧见我这副尊荣。"

他还有心思自嘲。

苏南气笑了,脸上还挂着眼泪:"……你答应我会照顾好你自己的。"

"天灾人祸,不可抗力。"就跟她讲了具体怎么回事。

苏南咬牙切齿:"……她自己想死,为什么要拉上别人当垫背?"

陈知遇安抚她:"她精神有问题,心理室的老师说,有点儿妄想症的症状。和病人怎么讲道理?问过了,她不是想自杀,是想拦车申冤。"

掌上,还沾着她刚刚哭过的眼泪,陈知遇嫌弃地抬起来:"……给我擦了。"

苏南:"……"抓着他手,在被单上胡乱地蹭了两下。

陈知遇笑出声,把她手攥过来。

双人病房,另外一床空着,就住了陈知遇一个人。阖着门,房间里安安静静。

"苏南,"陈知遇仰视着她,"既然这样,正好,有两句话跟你说。"

"什么?"

"生老病死的事,谁也说不准,"陈知遇看着她,"如果……"

苏南立即明白过来他要说什么,抬手就去捂他嘴:"你别说!"

陈知遇没动,看着她,目光沉静深邃。

苏南紧咬着唇,与他注视。片刻,盖在他嘴上的手,慢慢往下滑。

陈知遇顺势攥住了,贴在自己穿着病号服的胸口上。

里面一颗心脏,有力地跳动。

"年轻气盛的时候,三年五年,从不以为时间是多可怕的事。到我这年岁,生离死别都遭遇过了,再送人离开,跟动刀一样。但我为什么还是答应了你外派,你想过吗?"

眼前的人清瘦、憔悴,目光却清亮,一如他的灵魂。

苏南摇头,觉得自己又要哭出来了。

"就怕你遇到今天这样的事。我长你十岁,以后多半是要走在你前面的……你在外历练之后,能抗得住事,以后万一我……"

"你不要说了……"眼前瞬间模糊了。

陈知遇笑一笑,温柔地看着她。

看她咬着唇,两只消瘦的肩膀枯叶一样微微颤抖。

不忍。然而这最后一堂课,不得不教。

"你答应我,不管我怎么样,别人怎么样,你要把自己的日子过好。"

苏南安静饮泣。

"……没有谁,是离了谁一定活不下去的。"

苏南摇头,眼泪顺着鼻梁滑到下巴,滴落而下,她克制不住,从没哭得这么狼狈过,一把把被他攥在手里的手抽出来:"……不,你要是不在,我一定活不下去!你不要不信!"

她顿了顿,像是瞬间找到了最有力的反驳武器:"要是我死了……"

"瞎说!"

"要是我死了,你还能爬得起来吗!陈知遇,你还能爬得起来吗?"

陈知遇不说话了。

不能。

二十来岁,失去所爱,已经去了他半条命。

那样枯朽地活过了十多年,风穿过锈蚀的躯壳,空荡荡都是回声,活着,仅仅只是活着而已。

直到遇到苏南,荒野之中,心里那间黑暗了很久的屋子,才被烛火一盏一盏重新点亮。

如果这烛火灭了,他将永远沉沦。

她看着他,凝着泪的眼睛,固执而清澈:"这一课还给你,我才不要听。我好好活着,你也好好活着。"

半晌。

"好,我答应你。"

第十九章

归来与厮守

你所在之地,是我不得不思念的天涯海角。

——简媜

这晚苏南留在医院陪护。

陈知遇让她回家去休息,她执意不肯答应,就随她了。

程宛过来了,还给两人送来晚饭。顾佩瑜腿脚不便,没跟着过来。

程宛看陈知遇惨成这样,忍不住揶揄几句:"本命年没穿红裤衩吧?我记得谷信鸿不是送了你一套吗?怎么不穿上驱邪?"

陈知遇:"……"

程宛搬个板凳坐下,拉着苏南聊天。

"非洲好玩吗?好玩我过一阵去看看。"

苏南照实说。

程宛:"那我就不去了,我可吃不了苦。"

陈知遇:"你还是赶紧滚回来给谷信鸿帮忙吧,都喝西北风了。"

程宛嘻嘻一笑:"今朝有酒今朝醉嘛。"

等两人吃过饭,把东西一收,直接撤了。

苏南下去便利店买了点儿洗漱用品,这两天就准备在医院住下了。医院条件还行,有一个单独的卫生间,设了二十四小时热水。

陈知遇颈脖做了固定，没法转动，除此之外别处都没什么大碍。

苏南将他从床上扶起来，进卫生间的时候，怕他看不见门槛，提醒："迈腿。"

开了花洒，调一调水温，放在面盆里，然后去帮陈知遇脱衣服。

"你出去吧，我自己来。"

苏南手指在他衣扣那儿停顿数秒，低声说："我可是对着国徽和国旗宣誓过的。"

风雨同舟，患难与共，同甘共苦，成为终生的伴侣。

洗完澡，苏南帮陈知遇穿上衣服，带回到病床上，让他卧下。

"帮我看看手机，有什么要紧的消息或者邮件，帮我回复一下。"

苏南瞅他："……能看吗？"

"有什么不能看的。"

苏南拿过陈知遇搁在床头的手机，也不问密码，直接拉起陈知遇的手，把大拇指摁上去。

陈知遇："……"

要不是头不能动，他很想转过去冲她翻个白眼："这时候不应该问解锁密码吗？"

苏南点开手机邮箱："不问我也知道，是我生日对吧？"

陈知遇挑眉："你试试。"

苏南锁屏，试了一下，居然不是。换他生日，也不是。结婚纪念日，还不是。

搜肠刮肚，也想不起来还能有什么别的。

陈知遇有点儿得意："150423。"

苏南看他，"……这是什么日子？"

"第一次见你。"

一霎，有些莫可言说的动容。

"……这你都还记得。"

"也不是，"陈知遇促狭而笑，"回去查了一下那年传播学高峰论坛发给我的邀请邮件。"

第十九章　归来与厮守

苏南："……"

苏南替他把社交信息都处理过了，时间到了八点。

陈知遇拍一拍病床："过来躺会儿。"

苏南正要乐颠颠过去，听见敲门声。

来的是江鸣谦，手里提了个果篮，看到苏南的一霎，僵滞了一下。

苏南笑着打了声招呼。

江鸣谦走进去，往病床上的陈知遇看了一眼，也不说话，把果篮放在柜子上，闷头在椅子上坐下了。

苏南觉察到了，两个人之间快要化成有形有质的实体的尴尬。

男人为了一点儿自尊心，幼稚起来简直令人发指。

过了好半晌，陈知遇开口："去了说明会？"

江鸣谦："……去了。"

"谷信鸿怎么说？"

江鸣谦嘴像是粘住了一样，半天才张口："……让你拍板。"

陈知遇："你怎么说？"

江鸣谦："我再考虑考虑。"

陈知遇："没考虑好，那你跑过来干什么？"

江鸣谦不由自主地朝着苏南看了一眼。

苏南："……"

她冤枉！

江鸣谦本意是想让苏南说点儿什么，但这一瞥，立马让陈知遇误会了。

陈知遇这辈子最倒霉的时候，就被江鸣谦给碰上了，本来就实打实怄了一口气，"不投，滚蛋"这话，只差说出声。

苏南打圆场："……合作的事，等陈老师休息一阵，你们再详谈？"

陈知遇问苏南："几点了？"

"八点十分。"

"不早了，送客吧。"

苏南："……"

小心眼！

苏南拿上手机："我送他下去。"

"还要送下去?"

吃起醋来,跟3岁小孩儿一样,苏南懒得理他,掩上门,和江鸣谦往外走。

到一楼大厅,江鸣谦顿下脚步:"外面热,你不要出去了。"
苏南看他:"还没好好跟你道谢。"
"没什么,换成别人我也义不容辞……"
"陈知遇是有恩必报的人,你当是让他还你的人情吧。"
江鸣谦立即抬头看她。
他不知道为什么,心里骤然觉得酸胀难忍。这一年多,带着团队拼了命地赶进度,一家一家地跑去谈投资、谈资源置换。没休息过,也没有任何休息的心思。
苏南笑一笑,把目光投向门外。
来来去去的行人和车流,让崇城从早到晚都喧嚣不息,恍如飞驰而去的时间。
"……我也有过想一夜之间变老十岁的念头,但终究年轻是我们现在最大的资本。"极远处的天空里,有红色的点一闪一闪,似乎是夜行的航班,苏南看得入迷,"你团队有十几人在你背后支持你呢,你要领着他们继续往前走。"
不是为她,更不是为了已成痼疾的执念。
为了自己。

送走了江鸣谦,苏南回到病房。
陈知遇瞥她一眼,目光凉凉。跟被踩了尾巴的老猫一样。
苏南在床沿上坐下:"吃不吃水果?"
"不吃。"
"喝水呢?"
"不喝。"
"……"苏南哭笑不得,"被江鸣谦救,就这么让你耿耿于怀吗?"
陈知遇瞅她:"送了他这么久,说什么了?"

第十九章　归来与厮守

"给他发好人卡,"苏南彻底没脾气了,"高兴了吗?"

陈知遇低哼一声。

第二天,孙乐山院长过来探病,提到那个女生的事。

陈知遇神色淡淡。

有时候,学校有很多的不得已、很多的妥协,到现在具体这一桩上,不用看,他也能知道外人口中会传些什么。

苏南感觉到气氛严肃,站起身,"孙院长,您跟陈老师聊……"

孙院长:"坐着。"

苏南只得坐下了。

孙院长看向苏南:"你说说,这件事,换了你坐我这个位置,你会怎么做?"

苏南看一眼陈知遇:"……我有私心。"

孙院长叹声气:"谁没点儿私心?知遇我一手带到现在这个位置,我一生桃李满天下,就他最合我脾气。"

陈知遇:"……您别当面夸人,听着有点儿瘆人。"

孙院长瞪他:"闭嘴憋不死你。"

陈知遇就乖乖闭嘴了。

"……也是因为知遇这说一不二的脾气,我这边受了不少压力。就说这件事,学生重修再被挂科,疑似老师蓄意为难,投诉无门,拦车申冤……学校已经给我施压了,多大点儿事,给她撤课了不行吗?"

陈知遇语气平淡:"我听从院里决定。"

孙院长:"你倒是会装乖,每回都把皮球踢给我。"

苏南没忍住插入一句:"……陈老师信您不会打破他一直想要坚守的原则。"

孙院长长叹一声:"要保护一个人的锋芒,得背负多少压力。"

然而,也正是这些锐意锋芒的人,构成了书页之间那些同样锐意锋芒的真知灼见。

孙院长有事,待了一会儿就走了。

陈知遇有点儿烦躁,想抽烟,然而这是在病房,自己又是这德行,只能忍着:"你是不是也觉得我有点儿小题大做?"

"人的底线一旦打破,是会越来越低的。"苏南认真地看着他,"您这样才华横溢的人,要是连这点儿原则之内的随心所欲都不能享受,我宁可您不要做这个老师。"

陈知遇笑一声。

也不知道是什么毛病,他总能被她夸得服服帖帖。

大抵这也是男人的劣根性之一。

两个人说回孙院长来之前的话题,陈知遇问:"你请了几天假?"

"五天,路上要耽搁两天,只能待三天。"

陈知遇看着她:"后悔了?"

苏南鼻子发酸:"……不后悔。"

"下回遇事,别贸贸然跑回来,让你主管为难。以为你出去快一年,这毛病已经改了呢。"

"那得先把你给改了。"

陈知遇哼一声:"想得美。"

没待两天,苏南就得马不停蹄地折返。

临行前话不密,苏南嘱咐陈知遇好好养病,陈知遇嘱咐苏南路上小心。

两个人虽然已经异国了大半年,但是没什么距离感,都有事业,都有忙得倒头就睡的时候。想得不得了,在偶尔会突然掉线的视频通话里看一阵,撒娇一阵,关上视频就要继续工作。

她是耐得住寂寞的人。他也是。

临行前,苏南还给自己留了半天一夜的时间,回械城一趟。

程宛替陈知遇将人送去高铁站。眼看着暗云翻卷,似又有下雨的迹象,车开快了些,赶在雨落之前,把车开进了停车场。

翻身下车,开后备厢帮苏南取行李:"你东西还挺轻的。"

苏南从程宛手里接过十六寸的小箱子:"就带了几件衣服。"

程宛笑一笑,摸烟点燃,侧头看苏南:"是不是后悔出去了?"

苏南却是摇头:"要是说后悔,怎么对得起陈老师放我出去的苦心。"

"说句实话,"程宛吸一口烟,缓慢地吐出来,"我最开始不是很看好

第十九章 归来与厮守

你跟老陈。我还在满地爬的时候就跟老陈认识了,很明白他是怎样的一个人。"

苏南垂着头没吭声,想到第一回去见程宛和谷信鸿,听见的两人的谈话。

"他这人有时候实在太耀眼了是吧?"程宛看苏南一眼,见她不自觉地点了点头,笑说,"从小到大都这样,他是人群的中心。能长久跟他在一起的,要么和他是一类人,要么能坦然接受他这一点。快一年没见了,你变化真的很大……真要谢谢你,我跟老陈三十多年友谊了,就怕他这样古井无波过一辈子。能遇见你,是他的幸运。"

苏南反倒少见地局促起来:"不,我才是幸运的那一个。"

程宛一看时间,差不多得送人去检票了,拍一拍她肩膀:"惜缘吧。等你回来,你俩的婚礼我亲自帮你们操办。"

动车一个多小时,抵达槭城。

苏南临行前给苏母打了个电话,没人接,又打给苏静。苏静说苏母领着宁宁去医院接种疫苗了,让她到了直接去问她拿钥匙。

苏南拖着箱子,在高中附近的超市下了出租车,到超市一问,才知道苏静已经不在这里当收银员了。

超市老板指一指斜对面那条街:"那家店里,应该是开着的,你过去看看吧。"

一爿小店,做了个灯箱照片,上面的印着"Pretty Girl"。

苏静侧坐着,低着头,正在给人做美甲。

苏南顿了顿,方才拖着箱子走进去。

"欢迎——"苏静抬头,"回来啦?先坐会儿,我做完了给你拿钥匙。"

苏南打量店里。

各种平价的化妆品琳琅满目,日本、韩国、欧美的都有。她不精于此道,有些品牌只是略略听过。但既然她都听过,显然都是很大众畅销的产品了。

柜台那儿,贴了张 A4 纸,上面打印着:可免费帮忙联系代购。

没一会儿,苏静给人做完了美甲,找了钱,去后面的洗手池洗了个手出来，打量苏南："怎么晒黑了？"

苏南摸摸脸："都说我晒黑了，有这么黑吗？"

"没见过你这样不讲究的女人。"苏静抽了把修眉刀，"坐着，我给你修一修眉毛。"

"不用了吧……"

"我练练手。"

苏南在凳子上坐下，看苏静靠过来，柔软的手指轻按住她下巴，固定。

细细的"唰唰"声。

"姐，这店是你开的？"

苏静手一顿："一直没找到机会跟你说这件事，说了你别怪我。"

苏南头不能动，目光扫了一下："什么？"

"过年的时候陈知遇来拜年，我随口提了一句，想自己开个店，但是资金差一点儿才能到位。过了没多久，这家店的店主就联系我说，有人把店盘下来了。"

苏南一愣。

苏静手上动作不停："我肯定不能白受这个恩惠，跟他签了协议，赚的钱会分期给他。"

"现在赚吗？"

"还行，主要是做美甲和化新娘妆挺赚的，卖开架也能有点儿利润。"

苏南一时说不清心里的滋味。

为苏静高兴，更多是为陈知遇的心细与温柔而动容。

修完了，苏静捏着海绵把落在她眼皮上的眉毛轻轻擦去："你比我幸运，陈知遇是个好男人。苦日子已经过去了，以后和他好好地过。"

在店里待一会儿，苏母打来电话说疫苗已经打完了。苏静索性提前关了店，和苏南回家。

晚上，母女三人絮絮叨叨地唠了大半宿，到三点才睡。

苏南早上六点爬起来，呵欠连天。

苏静起来煮面："去飞机上多睡会儿。"

苏南洗漱完毕，坐下吃面。苏母也起了，问苏南东西收拾好没有，

第十九章 归来与厮守

赶不赶得及,苏南连连点头。

"下回回来,是什么时候?"

"说不准呢,下回我帮您申请机票,您过去玩吧?"

"去非洲啊?"苏母连连摇头,"我可不去,人生地不熟的。"

面条只下了这么一碗,苏静去洗漱了,苏母就坐在苏南对面,看着她吃:"……三年啊,这才一年,什么时候是个头。"

苏南一顿:"……我会争取明年就回来的。"

"其实也不愁别的,就想问问你,你跟你那个陈老师,是认真的吗?等你回来,他都多大岁数了?"

苏南闷着头:"明年 37 了。"

苏母叹口气:"他别的都好,就是年龄……"

苏静洗完脸,从浴室出来,帮妹妹说话:"大一点儿好,知道疼人。"

"那也大太多了……"

"随南南自己喜欢吧。我跟王承业看着条件般配,结果呢?"

苏母不说话了。

苏南吃不下了,把筷子轻轻放在桌上,抬头看着苏母,认认真真说道:"妈,有件事一直瞒着你……"

苏静看她一眼。

苏南没看她:"……我跟陈老师,已经领过证了。"

苏母愣住。

"就去年年初的时候。因为暂时没准备办酒席,所以没跟您说。"

苏母半晌没从惊讶中缓过来:"……两家家长都没见呢,你这是做的什么事?"

苏南道歉。

苏静劝说:"算了,妈,都是大人了。南南要外派这么久,人家还愿意等,还领了证,是真心实意想跟她好。别的都是形式,等南南回来了,再慢慢补。"

"……我还能说什么?"苏母起身,"你们这两个孩子,没一个让我省心。二三十岁的人了,还不如宁宁懂事。"

吃过面,苏静送苏南去高铁站。

331

苏南冲房里苏母道了别，刚要出门，苏母走出来了。

到她跟前，往她手里塞了张纸："过年的时候请人测过了，你们八字很合。"

苏南展开看一眼，天干地支生肖五行，一堆乱七八糟的，看不懂，就扫到几个"吉"，几个"利"。

苏母背过身抹泪："路上小心，自己在外面照顾好自己，遇到什么事跟家里打电话。"

一路颠簸，回到利隆圭，刚跟陈知遇和家里报了平安，就接何平通知，让她马上去办公室。

去了才知道，何平母亲生病住院，生命垂危，在这儿的外派要提前结束。

苏南有点儿蒙。

何平情绪倒是镇定，眼睛却熬红了："……布兰太尔的负责人已经跟我把工作交接清楚了，你现在马上去接替他。遇到什么不懂的，尽管问他，不行也可以远程打电话给我……"

"何主任，"苏南刚从崇城回来，如何不理解他的心情，"……您赶紧回去吧。"

何平顿一顿，抹一把脸："对不住，前几天话说重了……"

苏南摇头："这边你放心，赶紧去吧。回国了，要是有什么需要帮忙的，可以联系陈知遇。"

何平点点头，废话也不多说了，让她联系布兰太尔的人，自己则去找行政办结束派遣的一系列手续。

苏南没在利隆圭逗留太久，很快去了布兰太尔。

经过大半年磨炼，这回再没有人为她保驾护航，真真正正，到了她独当一面的时候了。

十一月，马拉维雨季到来的时候，来了个新同事，男的，刚刚本科毕业，叫张恒。

张恒就是典型的很有忽悠劲儿，一开口能把天上卫星都说下天的那

第十九章　归来与厮守

种人。苏南不太喜欢与这种类型的人打交道，但他这个岗位，能说会道倒是件好事。

张恒来的时候，跟何平走后接替利隆圭工作的前布兰太尔负责人发生了点儿矛盾，被临时调到布兰太尔历练，就在苏南手下。

见面，张恒先笑嘻嘻喊了一声："苏南姐。"

苏南恍惚了一会儿才意识到，可不是嘛，过了年就满27岁了，人家叫她一声姐不算吃亏。

苏南带着张恒开始做项目。

男生耐造，分配什么任务就去做什么任务，谈判这一环他最为擅长，只是有一点，有时候忽悠劲儿上来了嘴上把不住门，凡事过犹不及，有些小心谨慎的客户，反倒容易心生疑虑。

好在有苏南善后。何平评价苏南是"真诚型选手"，她言辞不动听，但能让人感觉到踏实。

两个人配合，在布兰太尔的工作展开犹如攻城拔寨。

快过年时，陈知遇又来探亲，这回苏南坚持帮他申请了往返机票。

布兰太尔是马拉维第二大城市，比起利隆圭稍稍差了一点儿，但也算过得去。该玩的，上回来时苏南就领着玩了个遍，实在无处可去，最后周末两个人就窝在家里下围棋。苏南的围棋是陈知遇手把手教的，下得不好，落子慢，他也不催，只偶尔会说一句"笨"。

陈知遇戒烟了。夏天在医院住了一个月，想抽烟又每每顾及场合，这样挨过半个月，居然不知不觉就戒下来了。

倒也不是没有养生的考虑。上回苏南哭得惨兮兮让他好好活着的场景，每到关键时刻就飘进脑袋里。

从前不觉得自己的生死是件多大的事，但现在得替苏南着想。

拂过年关，又晃过一个暑假，苏南在马拉维，转眼就待了两年。

九月，苏南和张恒去跟当地的通信商谈续约的事。合约订立是在十年前，今年刚好合同到期。十年间C司提供后续保养和维修服务，但毕竟是已经渐渐要被淘汰的技术，修修补补到现在已是大限。

苏南和张恒的任务，就是要说服客户同意在技术更新换代的情况之下，答应与C司续约。

给回扣、请客吃饭，这些在国内的套路，在这儿一样少不了。一套流程走下来，续约的事，就谈得八九不离十了。

从高级法餐厅出来，苏南开车载张恒回公司宿舍——车是何平留给她的，说破破烂烂的，开了七八年了，卖二手卖不了几个钱，让她先开着。

苏南晚上没喝多少酒，全是张恒一边灌酒一边灌迷魂汤。

夜里车少，行在路上，窗外极安静。

张恒把窗户打开，手肘撑在车窗上，带热气的风扑进来。

他今天志得意满，情绪高涨，瞅着苏南笑说："苏南姐，这单过了，下回让我自己单独试试吧。"

"想出师了？"有时候，张恒也会开玩笑似的喊她"师父"。

张恒笑笑。

"那这单后面你来跟吧，后面开始谈合同条款，问题不大了。"她知道他还是想调回利隆圭，毕竟首都，机会更多。

"苏南姐，你为什么要外派来非洲啊？"得到保证的张恒心满意足，将衬衫领带松了松。

"钱多呗。"

"你老公不像是没钱人啊？在国内还不能解决你的就业问题吗？"

苏南有所警觉，张恒明着暗着向她打听陈知遇不是一次两次了。她也是从本科过来的，知道现在高校学生很流行"人脉"这个论调——不管是谁，感觉以后兴许能为己所用的，都想将其化为自己的"人脉"。

这观点苏南是嗤之以鼻的，只要自己走到一定的位置，足够优秀，资源和机遇也是随之而来的。

太浮躁了。

"他就是一个大学教授，能饿不死自己就不错了。"

张恒笑笑，不以为然。

抵达住宿区，苏南将车开到张恒宿舍门口。张恒跳下车，关上门，冲她说了声谢谢。

苏南发动车子，眼角余光瞥见门打开了，一个高挑的白俄罗斯女人闪出来，缠住张恒，两个人搂抱着进了屋，心里说不出的倦怠。

苏南把车停在自己别墅门口，背靠着车身，抬头向上看去。

第十九章 归来与厮守

很亮的星,缀在深蓝色夜空里。

后续的合同款项,张恒开始跟人谈起来。

这单子大,丢了两人估计都别想在 C 司待下去了,苏南不是完全放心,然而心有余而力不足——前几天跟人去当地餐厅吃了顿饭,回来就开始上吐下泻,低烧不断。

她被上回"被虐"的经历吓怕了,赶紧去医院检查。所幸不是疟疾,只是普通的食物中毒。

就这么要命的关头,张恒又来添乱子。

本来都谈得好好的,突然接到通知,客户方要终止合作。

苏南一上午跑了三趟厕所,被折腾得脚底发软,不敢耽误,赶紧往公司去问明情况。

前几日踌躇满志的张恒落汤鸡一样,耷拉着肩膀:"苏南姐……"

苏南捂着肚子在工位上坐下,语气已经控制不住了:"什么情况?"

"我……"

三泡稀拉得她说话都有气无力:"跟没跟你说过,这单丢了我们就能回国喝西北风了?"

"苏南姐,对不住。"张恒吓得没了主意,赶紧把事情前因后果倒给苏南。

问题就是出在他那张嘴上。

合同快定下来了,他人还没出客户公司,就接到一通朋友的电话。电话里一顿吹嘘,后面渐渐就没警觉了,侮辱人的话接连不断往外冒。前台偏偏是个懂一点儿中文的人,一怒之下冲上去和张恒理论,就这样惊动了管理层的人。

苏南听完两眼一抹黑。偏偏就是这种最坏的情况。

不敢怠慢,赶紧去见客户。

低声下气赔礼道歉,软磨硬泡地缠了人整整一周,又让利了半个点,最后客户总算有松动的迹象,提出两个要求,不容更改:第一,张恒需要在他们的公司的全体员工大会上,当面为自己的不当言辞道歉;第二,他们不再信任张恒这个人,直到交付之前,都必须由苏南跟他们接洽。

只能照单全收。

苏南快气吐血了,张恒犯错,她也得跟着连坐。驻马拉维分部的总负责人王经理亲自过来问责,把两人痛批一顿,各自写检查。张恒停薪三个月,苏南停薪一个月。

到十二月,张恒停薪结束,这个项目也完成验收。

苏南一纸辞呈递了上去,紧接着就被王经理喊去利隆圭谈话。

敞亮的办公室,十二月阳光耀眼。

王经理给苏南倒了杯茶,自己在大班椅上坐下:"还在为上回的处罚生气?"

"王总公事公办,我没有异议。"

"那怎么要辞职?你知不知道,再在这儿待两三年,那你回国能直接去中层管理。"

苏南微讶:"不是说外派三年就行吗?"

王经理笑得暧昧:"把人留下的能力,我们还是有的。你的能力我们有目共睹的,好好做吧,辞职信我当没看见……"

"谢谢王总赏识,但是已经决定了。现在项目正好已经交付,是我辞职的最好时候。"

"你这第三年已经做了三个月了,不觉得亏?拿不到第三年的年终,你不是白跑过来受苦。"

苏南只是笑说:"我真的已经决定了。"

王经理瞅着她,半晌失望地摆了摆头:"你太任性了,以后会后悔的。"

任性的事,她做了不止一回两回。

就像她现在不后悔两年前出来,今后也必定不会后悔今天自己回去。

两年的工资拿下来,卡里的那串数字,让曾经困扰她的,惶惶不可终日的,早已烟消云散。

陈知遇还有两周到38岁,她还有两个月到28岁。

年轻已经不是她的资本了。

未来无数的可能性才是。

苏南要辞职的消息,很快在国内的何平和曾经短暂带过他半年的徐

第十九章　归来与厮守

东都知道了。

新丧刚过的何平，倒是支持她的做法；徐东则希望她再忍耐九个月，等外派完成了，申请调回来，那时候资历够了，上升很快。

人一旦下定了决心之后，就不想再回头去找退路了。

何平问苏南为什么辞职："张恒那事儿我听说了，其实没那么严重，我司在全球这么多驻地，一年发生两起三起都很寻常。"

"何主任，和张恒的事儿没关系。我是发现自己对这一套太娴熟了，以前跟您去谈合作的时候，到递回扣这个环节，我就觉得格外难受。但自己在布兰太尔做了一年半，居然已经对这种事心安理得……"

"这不是职场的常态吗？"

苏南在电话这端摇头。

前年除夕夜，在星空下，陈知遇说："人之一生，常常需要为之拼搏的母题，是不能变成自己所讨厌的人。"

她深信不疑，陈知遇是这句话坚定的践行者。

研二时，他们曾在湖边讨论过"薪火相传，燃灯守夜"的话题。

她只想跟随他的脚步。

刚下飞机，扯絮似的雪花开始落，洋洋洒洒往车窗玻璃上扑，瞬间融化，留一点儿水渍。

进城的路，堵得一塌糊涂。

司机是个话痨，絮絮叨叨讲着如今政策异变，油价几何，西城掘隧道，东城起高楼，老百姓日子过得忐忑，但逢新年年关，还是得乐观积极，一切向前看，生活哪儿有蹚不过的沟、过不去的坎。

一个半小时，出租车到大学城公寓。

苏南用打车软件付了账，又多给十元做小费，下车前，笑说一句"平安夜快乐"。

钥匙被陈知遇留在了物业办公室，她去领了钥匙进屋，放下行李，没休息，赶往崇城大学。

能容七八十人的大教室，后门开着。

声音从前方传来，一把清越嗓音，娓娓道来，叫枯燥的学术词语都多了几分趣味。

"萨义德曾经说过,观念一旦因其显而易见的效用和力量流布开来之后,就完全可能在它的旅行过程中被简化、被编码、被制度化。萨义德观念流变的理论,恰好可以说明批判学派进入大陆之后的演化……"

讲台上的人,衬衫外面一件烟灰色的针织衫,面容清俊,气度昂藏。

他身后投影上的PPT,一如既往简约,只有几个关键词。

"1986年,王志兴就指出,简单地把批判学派统统视为源于法兰克福学派,是错误的……"

苏南轻手轻脚地从后门走入,在倒数第三排的位置坐下,没引起任何同学的注意。

讲台上的人却在此刻抬眼。

"21世纪,批判学派与经验学派二元对立的状况,开始被解构……"

目光略微一扫,落在她脸上,语气少见地一顿。

片刻,眼里染进点儿笑,话锋陡转:"今天平安夜。"

台下学生相视一看,低语,不明所以。

他把捏在手里的粉笔往讲台上一丢:"碰上院长,就说陈老师让你们去图书馆找资料——下课。"

教室里安静片刻,爆发出惊喜的呼声,学生手脚麻利地收拾东西,出笼子的鸟一样飞奔出教室,临走前没忘向讲台上道一句"平安夜快乐"。

很快,教室里就没人了。

陈知遇关了设备的按钮,抬眼看向倒数第三排:"最后留下的那位同学,把后门关上。"

苏南忍住笑,起身锁上了门,缓缓走去讲台。

他在看她。

穿了件白色的羊绒大衣,灰色的围巾,长发堆拢着,簇拥着一张脸,小小的,鼻尖泛红。

"陈老师,圣诞放假没什么作业吗?"

"有,来我办公室领。"

上楼梯的时候,陈知遇脚步已经有些急了。

碰见一位老师,心不在焉地打了声招呼。到办公室门口,拿卡刷了

第十九章　归来与厮守

一下，推开门，拽住苏南手腕，往里一拉。

手里的书"啪"地落在脚边，他一句多余的话也来不及说，双手按着她肩膀，猛地往门板上一抵，腾出一只手，把门落锁，低头吻下去。

雪安静下落，天色昏暗。

许久，陈知遇方才退开，温热手指碰一碰她的脸。

"……什么时候到的？"声音有点儿哑。

"刚到。"

陈知遇拾起散落一地的书本、笔和 U 盘，往办公桌上一扔。

到停车场取车，往公寓开。

苏南打开车窗，雪花飘进来，落在脸颊上，触之即化。她静静凝视，目眩神迷："感觉有一辈子那么久没有见过下雪了。"

"冷不冷？"

苏南摇头，看着建筑和树尖上冒顶的白色，呼出一口气，大团白汽被裹进风里。

没一会儿，车到了小区。

进了电梯，陈知遇又把她圈进怀里深吻。

"……有监控的。"

"管他。"

出电梯，拥着她到了门口，陈知遇腾出手开门，进屋以后直接将人打横抱起。

往卧室去的路上，苏南蹬落了靴子。陈知遇打开空调，抖开被子将她一裹。

外面风声呼号，隔着厚厚的玻璃，朦胧而模糊。

外面天已经黑了，隐隐约约能听见"We wish you Merry Christmas"的歌声，不知道是从哪里传来的。

结束，陈知遇总算心满意足，抱她去洗澡。

没心思开伙，点了家高级餐馆的外送。苏南裹了块羊绒的毯子，两个人坐在沙发上吃东西。

一碗南瓜粥，熬得甜糯而不腻，她一勺一勺喝着，洗净的脸上显出沉醉而满足的神情："……祖国！我终于回来了！"

陈知遇瞅她："傻。"

"你不知道，辜田知道我要提前抛下她，快气疯了。我临走前，她专门从坦桑飞过来跟我辞行，还送了我一堆东西……"

"……这回又送你什么了？"

"嘿嘿……"

陈知遇："……"

苏南放下碗勺，趿着拖鞋去翻自己的箱子。半晌，从箱子里抄出个金色的纸盒，扔给陈知遇。

纸盒上，印着浮雕的神秘花纹，正面硕大一行不知道是哪个部落的文字。翻过来，背面居然有阿拉伯语、英语、日语、法语和中文的五国语言简介。

酋长、秘方、神秘配方、精油……

一眼瞥见的，是这么几个词。

陈知遇面无表情地将盒子往垃圾桶里一扔："用不着。"

"万一……"

"没万一。用不着。"陈知遇朝她伸出手，板着脸，"手机给我，删了辜田，以后别跟她联系了。"

苏南笑瘫了。

这天晚上，他们坐在窗前，喝了半支香槟，事无巨细地聊了一宿，直到天色微明，苏南困得眼皮都睁不开了，才去睡觉。

太多的话要说，相遇后的一分一秒都不舍得浪费。

醒来屋内一片敞亮，细看才发现是雪光。

苏南赤脚跳下床，凑到窗前往外一看，远近一片茫茫的雪白。崇城在南方，这样的大雪实属少见。

没忍住开了窗，探出头一阵大吼："啊——"

领子被人往后一拎，紧接着窗户推挤着风，"啪"一下合上。

陈知遇不知道什么时候进来的，松了她衣领："别扰民。"

第十九章　归来与厮守

苏南笑吟吟，看他片刻。

两年多的时光，将他眼角的细纹雕刻得更深了几分。

然而，他的意气风发，他的日渐苍老，他的一身征尘的过去，对酒当歌的未来，那些相识至今的痛苦彷徨、细微琐碎……

有关于他的所有，她都喜欢。

她扑上去，将他抱住："雪下得真大。"

"嗯。"

"……一定是知道我想你了。"

下午两点，吃过饭，苏南将自己裹得严严实实，挽着陈知遇出去看雪。

车缓慢行在路上，被大雪覆盖的圣诞节，陡然多了几分节日的氛围。沿路商铺门口立着结着红色果子的冬青，墨绿飘带，金红字母，全是节日祝语。

苏南嘴里在哼歌。

陈知遇凝神听了一下，她哼的是"Jingle bells, jingle bells, jingle all the way……"

陈知遇："……"

出去两年多，回来更幼稚了。

车穿过了大学城的商业中心，没停，反倒往更偏远的北面驶去。

苏南好奇："去哪儿？"

"到了你就知道了。"

车开二十分钟，周遭的一切都安静下来。入目是大片完整的白，总觉得极柔软，又极纯净。

降了速，车开入一个别墅区。

"顾阿姨搬下来了吗？"

"不是。"陈知遇语焉不详地应了声。

车沿着小区里的林道缓慢前行，最后停在一栋独栋的楼前。

他下车，绕过去给苏南拉开车门："到了。"

苏南屏着呼吸，隐约觉得自己心脏都轻了。

341

鼻酸眼胀地被他拉着下了车，看他打开了白色的栅栏门，然后白雪皑皑的小院，整个出现在视野之中。

陈知遇伸手，捞起她垂落的围巾，掖紧，指着院里的一景一物向她介绍。

"无花果树、枫树……西北角，樱花树。攀上二楼的是蔷薇架……"他蹲下身，捞出栅栏脚下一个装满了雪的东西，把雪倾倒而出，手指轻轻一敲，"碗，装猫粮的。天冷了，猫来得不多……猫薄荷也冻死了。"

风荡过无花果树的枝杈，簌簌地往下落雪，恰好砸在苏南的帽子上。

陈知遇走过去拍掉："外面冷，进去看看。"

她脚步仿佛定住，迈不动，喉咙发哽："陈老师……"

一句话也说不出。

陈知遇看她一眼，攥着她温热的手，走过被雪淹没的鹅卵石小路，上两级台阶，到廊下。

风小了，苏南眼前蒙眬，水雾层层往上漫。

陈知遇掏钥匙把门打开。

屋里飘出来一股清甜的暖气，"喵呜"一声，一只姜黄色的猫不知道从哪里蹿了出来，蹭着陈知遇的裤腿。

陈知遇松开她的手，把猫拎起来，往她怀里一塞。

"苏北，这是你妈妈苏南。她人笨，你别嫌弃她。"

苏北："喵~"

陈知遇微微一笑，风流云散。

"今后，我们就一起生活了。"

（正文完）

番外一

春枝与新芽

腊月初十，苏家迁新房。

新城区的新商品房，7层，120平方米，三室两厅，采光好，电梯上下。小区绿化和基建齐备，出去就有公交站，出行也方便。

半年前就装修好交房了，但苏母一直不肯搬，说要等苏南回来。

到过年前的整二十天，苏母都在不亦乐乎地收拾新家，没多久就让她整理出大概，然后该添的添，该扔的扔。

生活渐渐有了新的模样。

三个房间最大的那间，给了苏静和宁宁。宁宁明年上小学了，有了宽敞明亮的写字画画的地方，高兴得不得了。每天从幼儿园回来，都会自觉自发地在书桌前坐一个小时涂涂画画。

过了年，初十，陈知遇领着父母正式登门拜访。

延宕了三年，两家父母总算见上面。

中饭是在苏家吃的，有陈知遇镇场，陈震一贯的低气压丝毫没影响到两位妈妈一见如故。席上，顾佩瑜吃到一种清甜爽口的红心萝卜，一个劲儿问是怎么腌制的，两人讨论起了做法，陈震更是一句话也插不进去。

吃过饭，苏母和苏静去厨房收拾，苏南留下陪公公婆婆聊天。

陈震沉声问："新工作找好了？"

苏南还没张口，顾佩瑜一下截住他："苏南才回来几个月，在非洲那么辛苦，多休息一段时间是应该的。我看婚礼过了再去找工作就特别好。"

陈震又说："想去什么公司，跟知遇说一声……"

顾佩瑜："这话我不爱听，苏南现在的能力和经历，哪个公司去不了？"

陈震无话可说了。

顾佩瑜拍拍苏南的手："你别理他，话不投机半句多。"

苏南憋着笑。

一会儿，苏母出来，和顾佩瑜开始商量起办婚礼的事。此前苏母已经跟苏南通过气，说是希望办两场，槭城这边的可以简单些，但是一定要办，小城市话头多，光领证不办席怕有人说闲话。至于崇城那边，让陈家决定。

苏母这想法和顾佩瑜一拍即合，两人兴奋勾画起来，正好，一场西式，一场中式。

苏南凑到陈知遇耳畔，低声说："陈老师，我怎么觉得要结婚的不是我啊？"

陈知遇笑一声："让她们折腾吧。"

宁宁抱着本厚厚的唐诗画册挤过来，看大人都在说话，就陈震一人闲着，凑到他膝头："这个字怎么读啊？"

陈震愣一下，就看见宁宁把画册摊在他膝盖上，小手指点着画册上的一处。

宁宁如今懂事了，不会再往脏兮兮的地方凑。头发留长了，让苏静编了一个公主头，身上穿着白色兔绒的外套，下面配一条牛仔的小裙子，粉雕玉琢一样可爱。

"蓬，这个字读蓬，"陈震捏着画册，低头耐心说道，"蓬头稚子学垂纶，意思就是，头发蓬乱的小孩儿，在河边学钓鱼。"

"钓鱼啊，宁宁也想学钓鱼。"

"春天到了，天气暖和了就能钓鱼。"

"爷爷会钓鱼吗？"

"会……"

陈知遇、苏南和顾佩瑜面面相觑，仿佛活见鬼。

苏南心想，陈家的人，怎么一个比一个"傲娇"。

下午，陈知遇开车，苏南领着顾佩瑜和陈震小城里逛一圈。顾佩瑜腿脚不便，只被推着在河堤上坐了一会儿——槭城那条污染了多年的城内河，政府总算下令治理了。槭山上也密集种植移栽了上千株的枫树，誓要把"红枫古道"的旅游招牌打出去。苏静已经在观望风声了，一旦形势好，她预备把美妆店盘出去，去景区开店。

晚上在槭城大酒店吃饭，陈震和顾佩瑜顺便下榻于酒店。

吃过晚饭，陈知遇送苏家的人回去。

苏母不让陈知遇来回折腾，让他就宿在家里。

苏南拉着陈知遇，下楼去小区对面的超市买新的洗漱用品。

晚上仍有一点儿春寒料峭，苏南踩着路牙的边缘，一手攥着陈知遇，走两步，失去平衡，就顺势往陈知遇怀里一扑。

陈知遇将她腰一搂，在树影的遮蔽下，略一低头吻下去。

亲了一会儿，苏南就这么抱着他："陈老师。"

"嗯。"

"好想你啊。"

"才分开几天？腊月二十七不是见过吗？你以前整年在非洲的时候，怎么不想我？"

苏南就凑上去，再亲一亲他："也想啊，我只是不说。你没有这种体会吗？当你想要一件东西的时候，说出来了，会比放在心里更想要。"

陈知遇："歪理。"

两个人腻歪一会儿，去超市。

结账的时候，不约而同地看见了收银台旁边码放的计生用品，又不约而同地移开了视线。

回家各自洗漱过，陈知遇进了苏南的房间。

她在家住的机会不多，就选了北面那间最小的。房里陈设也少，干净整洁，床品刚洗过，一股清香的气息。

苏南给他端了杯热水过来，递过去等他喝过，搁在床头柜上，关了房间大灯。

躺下，说了会儿话，半刻，看见门缝里客厅的灯也熄了，整个房里都安静下来。

苏南抓着他手指，轻声说："年前我去市里的三甲做过全面体检。"

言下之意。

"不找工作了？"

"生完再找，成吗？"她侧着头，床头小灯幽幽的光盈在眼里，"要麻烦陈老师先养家一年啦。"

"一辈子都行。"

苏南翻身撑起上半身，在他唇上碰一下："我养我自己，你养小朋友。"

在家过了元宵，苏南就回崇城了。

外派非洲两年的积蓄，给家里买了房，也够不了她坐吃山空太长时间。

虽说有陈知遇这个靠山，苏南还是克制不住地开始投简历。C司的工作经验，让她投简历几乎无往不胜，然而到要面试的时候，就怠懒下来，总觉得自己投的工作不是自己想做的。暂时不投了，缓下来。

闲下来的时间，她常会去西郊陪顾佩瑜。

现在顾佩瑜所住的别墅常年有客，艺术沙龙、书友会，几乎每周末无休，年轻学生和艺术家络绎不绝。

苏南留下帮忙，筹划、接洽她都能做，没在顾佩瑜那儿待半个月，就已经把未来半年的活动安排得有声有色。

周末，西郊别墅办了个青年画家的交流会，宾主尽欢，到九点才散。

时间太晚了，苏南懒得开车，直接宿在别墅。

十点，陈知遇过来了。

今天倒春寒，他身上沾了些寒露的气息。

苏南在廊下抱一抱他，笑问："你怎么来了？"

"有人不回家，我只能过来了。"

进屋，陈知遇喝了杯热茶，上二楼房间休息。

苏南换了睡衣，正蹲在地上看一幅画，听见门阖上的声音，也没回头："你看这幅画。"

陈知遇走过去，跟她一块儿蹲下。

画上画着一枝毛茸茸的树枝，长了一芽小小的苞，新绿里透出一丁点儿的粉色。右下角，草签着一个"词"字。

"今天找一个年轻画家买的。她其实身价很高了，出道的画作就在北京卖了二十万。但是她很任性，遇到喜欢的人，白送都行，遇到不喜欢的，给她一千万她都不肯卖。"苏南说到兴奋处，眼睛闪闪发光，"你知道巧合的是什么吗？她老公比她大十二岁，而且也是崇城大学的教授，教摄影的。不过现在是客座教授了，只有空的时候过去开开课。"

苏南对这画爱不释手："春枝绽新芽，真好。"

"你花多少钱买的？"

"三千，便宜吧？转手就能拍出几十万呢。她很喜欢我，说我对她的胃口，还说要是需要，可以撺掇她老公给我们拍婚纱照。"

陈知遇笑一声。

苏南看够了，旋个身，凝视陈知遇："陈老师，跟你说个好消息。"

陈知遇："……非要蹲着说？"

苏南笑了："就蹲着吧，怕你听到好消息，高兴得站不住。"

陈知遇微微屏住呼吸，心里已经有所预感："……什么好消息？"

苏南看着他，眼里盈着满溢的笑意，微微一偏头，发丝垂落几缕。

她难得地分外害羞，摸了摸鼻子，垂眼说道："……你要养小朋友啦。"

春枝绽新芽。

可不是好消息嘛。

番外二

小朋友与大朋友

又名《老来得子的陈教授"我控制不住我自己"的朋友圈（已分组）晒娃日记与亲友评论精选》。

作者：陈知遇

编辑：苏南

出镜模特：小虾米

1【公开】
小朋友诞生了，3.2千克。
感谢辛苦的苏南大朋友。

——

顾佩瑜：辛苦辛苦，今天家里煲排骨番茄汤。
苏母：小公主真可爱。
辜田：咦，卸货了，再来非洲浪啊！
林涵：让苏南好好休息。

苏静、陈震、孙乐山院长等100多人点赞。
江鸣谦已被屏蔽。

2【分组】
育儿这方面，我完全是领域外的新人。昨晚为了让苏南大朋友睡个好觉，独自带小虾米睡觉。夜半啼哭，冲泡奶粉，记起苏南嘱咐，又给小虾米换尿不湿。

大朋友手忙脚乱，小朋友酣然入睡。
——
顾佩瑜：疼老婆的好男人。
苏南：技术不行，还须磨炼。
辜田回复苏南：什么技术[坏笑]？

辜田已被屏蔽。

3【公开】
小虾米满月。
夫人嫌吵闹，故不办酒席。感谢各位朋友关心问候，望海涵。
——
陈震等100多人点赞。

4【分组】
小虾米生病，夜半驱车去儿童医院挂急诊。大厅俱是父母，或恓惶，或忧怖，或温言安慰，或垂首拭泪。深感天下父母心。
——
苏母：好些了吗？我明天过来帮忙。
顾佩瑜：好些了吗？
池叶：最近流行性感冒多发，平日里少带孩子去公共场合，多注意卫生。
谷信鸿回复池叶：老婆，还不睡啊？

5【公开】
小朋友半岁。
——
学生甲：小公主好可爱啊！
老师乙：什么时候抱来学校看看？

孙乐山院长等 100 多人点赞。

6【分组】
小虾米半岁，一家三口合影。苏南大朋友说，她小时候不爱拍照。小虾米小朋友没这个毛病，喜欢笑，镜头感也好。

——

林涵：……我怎么看到了两条内容差不多的朋友圈？
顾佩瑜：好可爱啊！
苏母：南南不爱拍照是因为小时候为了拍她哭，抢过她的零食。
苏静回复苏母：妈，你……

陈震点赞。

7【分组】
夜半小虾米啼哭，照旧起床冲泡奶粉。
神思昏沉之时，听此前只是"咿咿呀呀"的小虾米，咂嘴叫了一声"爸爸"。

——

程宛：……别装了，都高兴坏了吧？
苏南：得意什么，两周前就喊我"妈妈"了。
陈震：多带过来玩。

8【公开】
小朋友一周岁。

——

同学甲：我昨天！去院办办事，碰见陈老师和小公主了！天哪真是太可爱了！小公主如果开微博，一定能成为新网红！
同学乙回复同学甲：羡慕！多说点儿！
同学甲回复同意乙：陈教授会不会拉黑我们啊 [笑 cry]！情况是这样的。昨天小公主好像没睡醒还是怎么，精神不太好。在休息茶座，陈老师和院长聊天,小公主就一直抓着陈老师衣服的袖子蹭蹭,超委屈地喊"爸爸"。

同学乙回复同学甲:脑补了一下……

同学甲回复同学乙:我觉得我可能会被拉黑[笑cry]。

9【分组】

小虾米爱吃糖,给她担心牙齿,不给于心不忍。

——

苏南:你不要溺爱她!一撒娇你就没辙了!

顾佩瑜:糖还是要少吃的。

苏母回复顾佩瑜:对,零食吃多了不爱吃正餐。

陈震:不可不给,少吃无妨。

10【分组】

小虾米可有绘画天赋?

——

顾佩瑜:不错!请个老师吧。

陈震:尚幼,不可让科班老师局限天赋。

苏南:……我能告诉你实话吗?这就是昨天我陪小虾米玩,她手掌沾颜料随便抹的。你特别喜欢的"具有后现代风格"的那一笔,还是我画的。

陈知遇回复苏南:私聊。

11【分组】

周末踏青,槭城风景不错。

小虾米和宁宁玩疯了,在车里昏昏入睡。

——

苏静:宁宁太闹腾。

苏南回复苏静:小虾米也一样……我每天跟在她后面收拾,愁死了。

陈知遇回复苏南:我收拾居多。

351

苏南回复陈知遇：……
陈知遇回复苏南：私聊。

12【分组】
宁宁和小虾米姐妹两人包饺子，一手一脸面粉。
厨房遭殃，新衣遭殃。
——
顾佩瑜：饺子好吃吗？
陈震：带点儿回来。

13【公开】
小朋友两周岁。
——
同学甲：一年了！我居然没有被拉黑！
同学乙：陈老师，经常带小公主来学校啊，您上课，我们帮您带。

14【分组】
前几天带小虾米去学校，一路上遇太多同事塞零食。盛情难却，但收下又不能给小虾米吃。
——
林涵：分给你学生。
陈知遇回复林涵：好主意。
苏南回复陈知遇：……女学生？
陈知遇回复苏南：私聊。

15【分组】
虽不得已，但今日确信小虾米可能确实没有绘画天赋。
逛美术馆，她把山石认作螃蟹，把建筑认作巧克力条，把人物认作姜饼小人。
——

程宛：恰好相反，我认为以小虾米的联想思维，不做画家可惜了。
陈知遇回复程宛：当真？
苏南：……带她看点儿童能看的画展不好吗？这种后现代主义的画作，能看懂就见鬼了。

16【分组】
小虾米今日沉迷音乐不可自拔。
信手弹的一段节奏。
[附小视频]
——
林涵：门德尔松？
苏南：……明天就请老师。
陈震回复苏南：孩子尚幼，遵循玩乐天性为佳。

17【分组】
小虾米背诗：A burnt child dreads the fire（挨烫小儿才怕火），捣衣砧上拂还来。
——
林涵：押韵。
苏南：……怎么感觉双语教学那么不靠谱。

18【分组】
没给小虾米买喜欢的玩具，她生了一小时气。
虽明白她已四岁，该教导万事不可从心所欲的道理，但还是不忍。
——
苏南：一屋子玩具，开公司都够了。
陈震：不过一个玩具，给她又如何？

19【分组】
小虾米上钢琴课。

她说喜欢门德尔松和肖邦，讨厌巴赫，柴可夫斯基像个在冰原里踽踽独行的伤感老头子，她想给他递一支火柴。

——

林涵：……总算从画画那条歧路上走回正道了。
苏南：昨天让我听睡着的是什么曲子？
陈知遇回复苏南：门德尔松《乘着歌声的翅膀》。

20【分组】
小虾米踢足球膝盖受伤了。一直凶巴巴的苏南大朋友，给她涂碘酒的时候手都在抖。我说我来吧。结果我也差不多。
好在伤口不深，应该不会留疤。

——

顾佩瑜：小孩子受点儿小伤不要紧的，你小时候三天两头都带着伤。
陈震：怎么带孩子的？
陈震回复顾佩瑜：女孩儿和男孩儿能比吗？
苏南：……谁凶巴巴了？
陈知遇回复苏南：私聊。

21【分组】
小虾米和"谷小少爷"。他俩可能前世有仇，碰一起就得打架。
你儿子多大的人了，和一个小姑娘计较@谷信鸿。

——

谷信鸿：欢喜冤家嘛！
池叶：小谷平常还好的，碰到虾米就龇牙，我也纳闷呢。替我给虾米道个歉，回头我教训小谷去。
苏南回复池叶：多半是虾米挑衅在先，我去问问她。

谷信鸿已被屏蔽。

22【公开】
崇城有没有比XXX更好的私立幼儿园?
——
老师甲:没了吧?
老师乙:没了。

23【分组】
小虾米天天跟幼儿园的这小子黏着,我得给她转园。
——
顾佩瑜:不是很正常吗?这小子长得不错啊。
苏南回复顾佩瑜:好像还是个混血,蓝眼睛真可爱。
陈震:赶紧转。

24【分组】
给小虾米读睡前故事。她说不喜欢小美人鱼,为不值得的人牺牲太不划算了。我说这就是爱情的悲剧。
——
程宛:你女儿是对的。
林涵:你女儿是对的。
谷信鸿:你女儿是对的。
谷信鸿:原来我之前一直被屏蔽了?

谷信鸿再次被屏蔽。

25【分组】
小虾米今天问我从哪里来的。
我说花苞里长出来的。
——
苏南:是呢。
陈知遇回复苏南:她说她不是小虾米吗,难道不是油焖大虾生的。

陈震：周六带小虾米回家吃油焖大虾。

26【分组】
小虾米问我跟苏南大朋友是怎么认识的。
我说是寻常日子的寻常相识。
——
林涵：我撮合的，谢谢。

27【分组】
量身高，小虾米又长了两厘米。
——
陈震：成大虾米了。
苏南：请求财政拨款，衣服要换新了。
陈知遇回复苏南：私聊。

28【分组】
问小虾米未来想嫁一个什么样的人。
她说爸爸这样的。
——
程宛：她是受虐狂吗？！
苏南：……她可能嫁不出去了。

程宛已被屏蔽。

29【分组】
小虾米问我未来会离开她吗。
我说，父母的爱自古都是指向离别的。
但我会保护她，一直到我生命的终了。
——
陈震：孩子还小，别成天教一些有的没的。

顾佩瑜：哎。

苏南点赞。

30【仅苏南可见】

小虾米说，爸爸你怎么有皱纹了，我给你摸一摸，摸平。

——

苏南："多少人曾爱你青春欢畅的时刻，爱慕你的美丽、假意或真心。只有一个人还爱你，虔诚的灵魂，爱你苍老的脸上的皱纹。"

番外三

天上月与心上人

从崇城到 W 县，自驾五小时。

自市区进省道，沿路已是平湖烟树，宁寂空阔，阒无人声。

小虾米 4 岁的时候，苏南当年曾经推拒掉的 W 县陪同考察之旅，终于成行。

县内山清水秀，如世外桃源，但时隔多年，旅游业仍是毫无起色，不过这样倒是最大限度地保留了原生态的面貌。

一家三口没在县内逗留，直接开车去了清湖镇的民宿。民宿是当地出身的一个年轻人在经营，生意颇不错，尤其是夏天，得提前一个月预约才能抢到房间。

车停在民宿门口，苏南把小虾米抱下安全座椅，放在地上。

小虾米自觉抓住了苏南一根手指，展眼看一眼，激动地喊起来："妈妈，荷花！"

苏南蹲下身，从随身背的包里掏出防晒霜，往虾米脸上抹，应景地随口说道："接天莲叶无穷碧……"

虾米粉嘟嘟的脸被揉来揉去，拽着苏南衣袖，微微眯着眼，流利接上下一句："映日荷花别样红！"

擦完脸再擦手臂："小荷才露尖尖角……"

虾米："早有蜻蜓立上头！"

"真棒。"苏南笑着在她脸上轻轻地亲了一下。

虾米解放了，沿着千亩荷田的堤岸，向着前方的大门一路小跑而去。

"慢点儿跑！不要摔倒了！"陈知遇提醒。

"知道啦！"

虾米跨过鹅卵石的台阶,迈进民宿的院子,瞅见院墙上爬了满藤的蔷薇花,走过去轻轻拨一拨花瓣。

"小朋友,你找谁?"屋内走出来一个年轻男人。

虾米指一指花:"我家里也有。"

年轻男人瞅她一眼,总觉有点儿眼熟,蹲下身耐心问她:"你家在哪里呀?"

虾米摇头:"不告诉你。"

"你爸爸妈妈呢?"

"他们慢吞吞。"

慢吞吞的陈知遇和苏南,拖着行李过来了:"虾米……"

年轻男人循着声音转过头去,惊喜道:"陈老师!"

陈知遇点一点头,与他打声招呼。

年轻男人站起身,过去同陈知遇握手:"好久不见了。您要是提前说一声,我去县里接您。"

陈知遇笑说:"就是怕你兴师动众才让我夫人订的房。"

年轻男人便看向苏南。

苏南笑说:"你好。"

"您好,幸会幸会!"

寒暄几句,年轻男人说道:"房间已经收拾好了,三位先去入住?"

年轻男人把一家三口引进店里。

虾米抓住爸爸的衣袖,好奇不已,一路走一路看,年轻男人也适时同虾米和苏南讲解:此处地价便宜,加之政府有意扶植旅游业,这民宿以极其便宜的租价拿到了大片的地。民宿在设计上也毫不吝啬,独立独栋,三面是因势而建的木屋或 loft,中间分布着各类的"蛋居""穴居"。"蛋居"整个外形似蛋壳的形状,内部装修以童话为主题展开;"穴居"仿照《魔戒》系列霍比特人的居所,内部装修走魔法奇幻风格。是以一到夏天,常有家庭带着孩子过来避暑。

苏南他们住的是靠南边的一个 loft,跟其他房子隔了一些距离,十分清静。背面出去有个小型的游泳池,虾米看见了立即去翻行李找泳衣。

陈知遇蹲下身把她拦住:"不吃饭的啊,嗯?"

虾米手臂搭在他肩膀:"游饿了好吃饭!"

"你问问妈妈答应不答应。"

苏南把带来的洗浴用品一一拿出来:"陈老师,你不要推我出来当恶人。"

虾米咯咯笑,人小鬼大地学苏南:"陈老师。"

中饭在民宿餐厅吃的,山野风味,清淡爽口。民宿老板要请陈知遇三人去县里的酒店吃饭,陈知遇婉拒,过来这儿就是为了享受清净的,不乐意再往喧闹的地方去。

虾米特别爱吃一种拿野菜煎的饼,混着菜糊吃得小肚子都胀起来。休息一会儿消食半小时,回房间也不提游泳的事了,困得在沙发上就睡着了。

陈知遇将她抱回二楼的床上,脱了鞋盖上薄被,安置好了再回到楼下。

苏南窝在沙发里,也有点儿昏昏欲睡。早上起太早,又坐了一路的车。

感觉到沙发陷下去一点儿,她睁开眼:"陈老师……"

"去床上睡吧。"

"我眯一下就好。"说着身体往下滑,枕在陈知遇腿上。

窗帘分两层,亚麻下面一层细纱,亚麻的那层拉开了,从细纱里漏进来的光柔和朦胧。

苏南想起旧事:"上回我趾甲伤了不来,你一个人是不是挺失落的?"

陈知遇微挑着眉:"失落什么?跟人谈合作,人直接往我房里送女人。"

苏南差点儿跳起来:"还有这回事?!"

"让你不来,你来了他们就没这胆了。"

苏南一笑:"还是记仇嘛。"

陈知遇轻哼一声。

说着话,过了一会儿,没听见苏南再出声,低头一看,苏南已经睡着了。

他将搭在沙发扶手上的流苏盖毯拿过来给她盖上,手掌有一下没一下地摩挲着她的头发。

听见有人叫"爸爸"。

陈知遇头一动,才发现自己不知什么时候也睡着了。

拍拍苏南肩膀,起身把她脑袋搁在沙发上,上二楼去看虾米。

苏南已经醒了,睁眼瞧着他身影上去,紧接着上面响起温和安抚的声音。

她头枕在自己手臂上,翻个身,瞧见透过薄纱洒落在地上的阳光,不知为什么就笑出声。

下午,苏南和陈知遇一起先将行李箱收拾出来。他们每次出游都免不了要带一堆的东西,尤以虾米的居多。

虾米原也在帮忙,看到行李箱里的游泳衣了,想起了还没办的"正事"。

陈知遇接手了整理的工作,让苏南跟虾米游泳去,剩下的交给自己。

两人在游泳池里游了一小时的泳,洗过澡换了衣服,又同陈知遇一道去附近的书院逛了逛。

清湖镇是宋朝一位名臣的故乡,那书院就是他小时候曾经读书的地方。

书院清净无人,院前种了棵枫杨树,已有百年历史,投下的绿荫都带着点儿森然的古意。

进屋,那古色古香的厅堂里摆着书案和文房四宝,白墙上挂着孔老夫子的画像。

虾米朝着那画像恭恭敬敬鞠个躬。

苏南纳罕:"你认识这是谁吗?"

"认识!爸爸说,是他们教书匠的祖师爷!"她讲话抑扬顿挫,这句更让她说出点儿韵律感。

苏南没忍住笑了:"在我不知道的时候,你爸成天都教了你些什么?"

"还教我,另外一个老头儿,喜欢骑牛!还有个老头儿,喜欢跟鱼过不去!"

苏南估摸着应该是说的老子和老庄，引导她："跟鱼过不去？"

虾米晃晃脑袋："子非我，安知我不知鱼之乐也。"

陈知遇深感欣慰。

苏南抬脚悄悄碰一碰陈知遇的鞋，低声说："陈老师，我读书时老记不住老庄的《逍遥游》，你也教教我呗。"

晚上，民宿热闹起来。

大堂里摆着齐房顶的书架，设了咖啡茶座，还有架钢琴。

虾米一看见钢琴就激动："妈妈，我今天还没练琴！"

"出来玩，特批你不练。"

"我能去弹会儿吗？"

苏南征询了茶座柜台的意见，得到许可之后，蹲下身嘱咐虾米："可以弹，但是不能瞎弹，那边有哥哥姐姐叔叔阿姨在看书聊天，你弹一点儿温柔一点儿的曲子。"

虾米点点头，坐去琴凳上。个子矮，腿悬空着，还踩不到踏板。

门德尔松的曲子响起来，苏南和陈知遇携手走去门外。

隔了一道门窗，乐声显得朦朦胧胧。

院子里一股花木的清香，头顶星河璀璨，长长的银河，仿佛要从天际垂落而下。

两个人并肩站着，谁也没说话。

过会儿，苏南翻个身，凑前一步，头埋在陈知遇的肩膀，蹭一蹭："跳舞吗？"

陈知遇搂住她的腰，很慢地晃起步子。

不约而同地想到了在非洲那一年的除夕夜。

已经过去了那么久，又仿佛只在昨天。

晚上九点，陈知遇躺在床上，给虾米读睡前故事："'她说过只要我送给她一些红玫瑰，她就愿意与我跳舞，'一位年轻的学生大声说道，'可是在我的花园里，连一朵红玫瑰也没有'……"

虾米眨眼越来越慢，不一会儿小脑袋一歪，睡着了。

陈知遇合上书，轻手轻脚地从床上起来，走下楼。

苏南立在窗前，听见脚步声，没回头："睡了？"

"嗯。"陈知遇走过去，从背后环住她，"该你了。"

"该我什么？"

苏南疑惑转头，却一下被捏住下巴，带着很明显意味的吻落了下去。

"……教你《逍遥游》。"

窗户忘了关，窗帘一下一下拍打着窗棂，一角露出外面明亮的月光。

他就真的教起来。

水击三千里，抟扶摇而上者九万里。

一小时后，"授课"才结束。冲过澡，清清爽爽的两人去阳台上喝啤酒。

陈知遇还要再开她玩笑："背下来了吗？"

苏南："……"

一辈子都忘不掉。

陈知遇瞅着她笑："我记得你回国那年，辜田给你送了非洲酋长秘方，用得着吗？"

"用不着！您老当益壮！"苏南抬脚去踢他，"你怎么这么记仇！"

陈知遇把她脚抓着："规矩点儿。"

她从前一直惶惑不定，徘徊于荆棘路上，寻一处栖身之地。

如今偶尔也会诚惶诚恐，怕幸福太过满溢，自己不够惜福。

好在不管多远的路，这个人会一直一直陪她。

这是很好的一天。

远能看月，近能看山。

更近，心上人在眼前。

番外四

且饮且行

虾米出生以后，苏南和陈知遇的婚礼才开始筹备。

槭城的那场定在十月末，人请得不多，皆是两家的近亲与挚友。

大到酒席菜品，小到请柬样式，苏南和陈知遇亲力亲为。

请柬是专门请人设计的，枫叶的形状，翻开来是陈知遇亲自写的"人生相知，如杏花遇雨，如浊酒遇歌"。

十月末，近山处的枫叶都红了，烛照十里，似美人红装。

早起接亲，一排的豪车，引得街坊四邻都驻足围观。苏母是俗人，似觉得扬眉吐气，一直激动拭泪。

宾客虽已精简多次，也有十五桌之多。熟人闹起来反倒更加肆无忌惮，见惯了陈教授平日里不怒自威的模样，当然得趁此机会好好捉弄一番——仪式结束，非要让他与苏南接吻一百秒，少一秒罚一杯酒。

苏南瞅一眼陈知遇，正想着要不要跟大家求个救、告个饶，便见他将领结稍稍一松，往前踏了一步。

她的手腕被他一抓一带，稳稳落入他怀里。他抬起她的手，宣示主权似的在她戴了钻戒的手指上轻碰一下，手掌轻按着她颈后，低头便吻下去。

欢呼声，鼓掌声，怪叫声……

苏南的脸烧红成一片。

底下真有人煞有介事地倒计时：六十六、六十五、六十四……

苏南闭眼，干脆豁出去了。

终于倒数完毕，掌声如潮，要掀翻屋顶。

陈知遇轻拥着苏南，贴着她的耳朵轻声问："知道刚谁起哄最带劲吗？"

"谁？"

"辜田。"

苏南笑出声来。

"这回我真记住她了，不是让你别跟她来往了吗？"

"……陈老师，这不讲道理啊。"

"还有，谁让你把江鸣谦请来的。"

要不是顾及还在台上，苏南铁定笑岔气："……江鸣谦送了红包的，好大一个呢。"

陈知遇轻哼一声："庸俗。"

苏南忍住笑。

下午，安置好了所有宾客，把虾米托给了苏静照顾，卸了妆换了衣服的两人，出去透气。

两个人沿着河堤，走过第一次拥抱的地方，又去民政局的门口晃荡一圈。

深秋风寒露冷，酒醒之后体温渐低，陈知遇解了自己的围巾给苏南围上，问她回不回酒店。

苏南走近一步，把两手揣进他风衣的口袋里："陈老师。"

陈知遇低头看她。

"想去看一看杨洛吗？"

陈知遇沉默，疑惑地看着她。

苏南抬眼，不卑不亢地与他注视："我想去看看她。"

坐出租车到近郊的公墓，只要半小时不到。

一尊洁白的汉白玉墓碑，照片上年轻的女人温柔含笑。苏南把带来的矢车菊放在墓前，风吹着花瓣瑟瑟轻颤，像一顶顶蓝色的小帽子。

她蹲下身，把长出的杂草清理干净，与照片中的人安静对视，心里亦是安静平和。

她很清楚，这些年陈知遇怕她多心，怕她又缩回那个自卑的壳里，所以关于杨洛的一切，只字不提，甚至连当年读建筑设计时认识的那些共同的朋友组织的聚会，也一概不去。

然而回望一路走来的山水和日月，她早在不知不觉间，坦然拥抱了陈知遇的过去。

还有更长的路，与更长的岁月。

把讳莫如深酿作一壶酒，山长水阔，且饮且行。

下山的路，两个人牵手，缓缓地走。

苏南忽然停下，望着陈知遇，一脸郑重："陈老师。"

陈知遇看着她。

"谢谢你。"

与我相逢。

番外五

故事之前

陈知遇从小就是顶聪明的孩子，诵读记忆都比同龄人快了一步，有时还会有些语出惊人的洞见。当然人们一般称之为"童言无忌"。

那时候尚且健在的外公却隐隐担忧，觉得孩子太早慧不好。小孩儿就该愚笨天真些，人之一生那么长久，有的是漫长而枯朽的岁月来领略洞彻的冷寂，不必要急于一时。所谓情深不寿，慧极必伤。

成长并不是一段太混沌的时光，至少对陈知遇而言是如此。他太聪明，因此太易得到，想要什么伸伸手就能够到。人生就像是一个大的游乐场，很多事于他不过是游玩的项目，有些玩一玩就腻了，有些还在排着队就失去了兴趣。

研究生毕业归国后的很长一段时间，陈知遇都不知道未来要做些什么。跨专业读研对别人而言存在一定难度，于他却不过在体验另一个索然无味的项目。彼时那样颓丧，都没花太多时间在学习上，却一样拿到了毕业证书，他就更觉得索然，觉得人生无非一盘已经通关的游戏卡带。

崇城大学新闻与传播学院的院长孙乐山与陈家有几分私交，有一回碰见了，孙院长听说陈知遇念了传播学，就鼓动他要不再去拿个博士学位，到时候去崇大教书吧。

陈知遇对教书没兴趣，但实在无事可做，也就随口应允下来。后来果真去读了个博士，回来以后联系孙院长，笑问，包不包工作分配啊。

他没有真走孙院长的"后门"，自己通过学校正规的人才引进渠道进的崇大，从讲师做起，教书、做研究、发刊……晋升速度如同坐火箭，但让人心服口服。聪明人只要愿意花精力，任何事情都能做得很出色。

他说不上对当老师有多热爱，只不过骄傲不允许他在一个岗位上混吃等死,即便是游戏,这游戏他也想玩到完美通关再说。

那时也不过是打算先干着,实在没兴趣了再另谋出路,直到评上副教授,有了带研究生的资格,人生好像凭空就多了几分责任。

带的第一届研究生他至今都记得,不是多聪慧的三个孩子,但胜在认真勤恳。

那三个孩子论文答辩通过那天,他似乎从一片虚无中摸索到了一点儿存在的意义。

他从小是个随心所欲的人,教师这份职业却要求在某种既定的轨道上运行,这种循规蹈矩,似是无意中为他提供了一个锚点。

孙乐山对他的评价也是"傲气",傲气的人从不敷衍,所以孙乐山相信他会成为一个好的老师和学者。正因如此,孙乐山会在某些冲突中保护他这份"傲气"。

原以为只是一份临时糊口的工作,却一年一年做了下来,恍然回首之时,他发现这已是他尝试最久的"游乐项目"了。

它并不那么好玩,但无端有种魔力,让他愿意再尝试一年,再尝试一年。

也是研究生毕业以后,很长一段时间,陈知遇都没做过梦。

他小时候其实是个挺多梦的人,梦里的剧情精彩纷呈,倘有心记录下来,略做扩充恐怕就是一篇志怪小说。

但那段时间,睡眠只是一片空白。

有人说无梦是睡眠质量高的表现,这样看也不失为一种好现象。

程宛却说,那是因为你现在的人生太无聊了。

相对于他读研那会儿的醉生梦死,他现在的生活确实称得上是无聊——陈副教授对社交、旅游一类的一概兴趣缺缺,工作之外的时间宁愿待在家里翻翻书。非核心圈子的聚会,一般很难请得动他。

顾佩瑜申请了申根签证,打算去欧洲自由行,叫陈知遇趁寒暑假陪她一块儿,他也懒得去。

顾佩瑜说,知遇,你真要……就这样一辈子吗?

她故意略过的内容,陈知遇知道是什么,但只是笑了笑,不想多解释。

其实很难说这是一种故意。故意一定要固守着什么，营造什么样的人设。只不过，人生中叫他能提得起兴趣的事，确实已然所剩无几了。

程宛有时候会试探，说认识了一个什么什么样的女孩子，问他有没有兴趣一起吃顿饭，他总是婉拒。

他排斥一切人为刻意的安排，更别说将自己置身于这般需要诸多社交技巧的尴尬场合。工作已经够累了。

因为同学又是同行的关系，陈知遇与林涵一直保持着联系。

那天林涵给打了个电话，说得了块石头，到时候叫自己的研究生去崇大参加论坛活动时顺道给他带去。

电话里林涵再三嘱咐，这学生我很喜欢，你得关照关照，别一张口就说些伤人的话。

陈知遇笑说，我在你们眼里就这种形象？

林涵说，看来你对自己很没有自知之明。

后来见了面，很是局促的一个女生，那汇报的论文主题陈旧得一塌糊涂，但他记得林涵的嘱咐，没当众给人难堪。

但私底下还是不免多啰唆了两句，因为他曾经带过一个学生，跟这个叫苏南的女生很像，并没有做好读研的充足准备，被社会环境、就业形势半推半就地上了这趟车，结果念得痛苦极了。

苏南全程惴惴然，好像生怕被人批评，他自觉也没这样严厉，何至于？

这真是一次寻常的会面，寻常得不在他的人生中掀起一丝波澜。

但那天晚上，他无端做了一个梦。

梦的内容也很莫名，可以说几无太多剧情，和他小时候做过的那些跌宕起伏的梦相比，也似乎平平淡得不值一提：那是个无人的荒野，荒野里有一个小木屋，他歇在那木屋里，躺在躺椅上，什么也没做。木屋顶上悬着一颗灯泡，老式的那种钨丝灯。在这寂静无聊，似是趋于永恒的梦境里，那灯泡也趋于永恒地亮着，他也趋于永恒地盯着那灯泡，一动也不动。

梦倏然转醒。

发现是手边的一本书被推到了地上，发出了"啪"的一声。

深夜的世界似乎独剩他一人，他回想着方才的梦，像是某部文艺电影里，意识流的一幕，评鉴不出更多的意义。

但小时候做过那么多情节连贯的梦，他隔天就忘记了，这无意义意识流的一幕，那灯泡恒久亮着的场景，却长久地留在了他的脑海里，总会在独处的某些时候，突然地闪现。

那是否是一种预兆？

林涵再度作为中间人与他接洽，说南城大学再次邀请他前来开设一门选修课。

他自己在崇城有教学工作，实在不愿意两头跑，但架不住孙乐山院长实则早已与南城大学新传院那边的领导达成了交流学习的意向。

孙乐山说他是崇大的招牌，这事儿当仁不让。

没办法，他只得暂停了崇大的选修课，接下了去南城大学交流的担子。

林涵跟他熟识，对他的脾性也了解，接待的工作都由她负责。不得不说南城大学也是周到，从工作到生活，关照得面面俱到。

甚至，林涵还派了自己最喜欢的研究生来给他做助教。

那也是一个寻常的黄昏，整个城市笼罩于初秋淅沥的小雨中，不愧为江南的城市，这雨下得都比崇城更有意趣。

他和林涵坐在办公室里，喝茶聊天，主要聊他要开设的那门选修课。

敲门声就在此时响起。

他也不过寻常地投去一眼，看见那日给他送石头的女生走了进来，发丝被雨水打湿，雾蓬蓬的，她仍是有些局促的模样，但或许南城大学是她主场的缘故，没有那样格格不入。

林涵问她选了他的课没有，她说"选了"。

撒谎的神情，他一眼看穿，却不戳破。

林涵委派了助教的任务给她，那一瞬间她的表情似是末日降临。

自己真有这么可怕？

他觉得有趣，于是玩笑语气说道："仰仗你多帮忙了，苏南同学。"

或许仰仗二字太大，她表情又似惶恐。

这个寻常的黄昏结束，晚上，他又梦到了上回的木屋与灯泡。

那灯泡依然亮着，像是要一直亮到世界终结。

然而，就在他抬眼凝视的时候，灯泡闪了一闪，突然就灭了。许是钨丝熔断。而那钨丝熄灭前的最后一丝光亮，像个符号一样固执地残留在他视网膜中。

黑暗里，他站起身，推开了木屋的门。

外面是雾茫茫的黑暗荒野，很远的远方，似乎有一线光亮。

那是什么？

是另一盏灯？

他不知道。

他只朝着光亮的地方走了过去。

（全文完）

陈知意有时候觉得，
自己甚至不比门口那棵老比扫八的老树活得更有意思。
老树年年岁岁立在那儿，几十年风雨之中，
最不济，我还芸芸众生的故事。
可很长一段时间，她的生命跟静止在某个节点。
她有庸常的生活，繁杂的俗务。
有每一天的早升暮下的太阳，每一年的春生冬灭……
她像是变成了一座立在原地不动的钟表。
指针从"12"又回到"12"，轮回无尽。
她拥有一切，可好像也没有故事。
山野之间，万事万物，岩石生灵，跟神明。
神明之上，她敬自然。
此时此刻，未知在脚下一路延伸
那尽头隐藏而不敢爱的焦虑的慌恐，渴望与恐惧。
砰砰突突 就是每一段故事开始时的模样。
人们所谓之心—— 怦然心动。